Une nuit, des jumeaux

*

Séduite par Domenico Salvanelli

*

Une offre si troublante

W0266950

LOUISA HEATON

Une nuit, des jumeaux

Traduction française de
EVELINE CHARLÈS

BLANCHE

HARLEQUIN

Collection : Blanche

Titre original :
TWINS FOR THE NEUROSURGEON

© 2021, Louisa Heaton.
© 2022, HarperCollins France pour la traduction française.

Ce livre est publié avec l'autorisation de HARLEQUIN BOOKS S.A.

Tous droits réservés, y compris le droit de reproduction de tout ou partie de l'ouvrage, sous quelque forme que ce soit.
Toute représentation ou reproduction, par quelque procédé que ce soit, constituerait une contrefaçon sanctionnée par les articles 425 et suivants du Code pénal.

Si vous achetez ce livre privé de tout ou partie de sa couverture, nous vous signalons qu'il est en vente irrégulière. Il est considéré comme « invendu » et l'éditeur comme l'auteur n'ont reçu aucun paiement pour ce livre « détérioré ».

Cette œuvre est une œuvre de fiction. Les noms propres, les personnages, les lieux, les intrigues, sont soit le fruit de l'imagination de l'auteur, soit utilisés dans le cadre d'une œuvre de fiction. Toute ressemblance avec des personnes réelles, vivantes ou décédées, des entreprises, des événements ou des lieux, serait une pure coïncidence.

Le visuel de couverture est reproduit avec l'autorisation de :

© SHUTTERSTOCK/JOSEP SURIA/ROYALTY FREE

Tous droits réservés.

HARPERCOLLINS FRANCE
83-85, boulevard Vincent-Auriol, 75646 PARIS CEDEX 13
Service Lectrices — Tél. : 01 45 82 47 47 - www.harlequin.fr
ISBN 978-2-2804-7017-9 — ISSN 0223-5056

Composé et édité par HarperCollins France.
Imprimé en mars 2022 par CPI Black Print (Barcelone)
en utilisant 100% d'électricité renouvelable.
Dépôt légal : avril 2022.

FSC
www.fsc.org
MIXTE
Papier issu de sources responsables
FSC® C159065

Pour limiter l'empreinte environnementale de ses livres, HarperCollins France s'engage à n'utiliser que du papier fabriqué à partir de bois provenant de forêts gérées durablement et de manière responsable.

Prologue

Dès qu'elle fut entrée dans sa chambre d'hôtel, Samantha Gordon se débarrassa de ses chaussures. En soupirant, elle laissa tomber son sac sur le sol puis elle s'approcha de la fenêtre pour contempler Paris.

Auréolée d'une lumière dorée, la tour Eiffel scintillait dans le lointain, véritable cœur battant de la capitale. Autour d'elle, les rues et les avenues ressemblaient à des veines jaunes ou rougeoyantes. Les Parisiens et les touristes, élément vital de la cité, poursuivaient leur existence comme si aucun événement marquant ne venait de se produire.

Comment est-ce possible ?

Sam enviait leur ignorance. Elle aussi, elle aurait voulu jouir une dernière fois des plaisirs offerts par cette ville. Manger des crêpes ou des macarons, se promener au bord de la Seine ou admirer le Louvre dans toute sa beauté avant de repartir pour Richmond…

Au lieu de cela, elle restait immobile dans le noir, seule, consciente que, par sa faute, une belle enfant n'était plus de ce monde. Une merveilleuse petite fille de onze ans, Emmeline, qui avait déjà subi tellement d'épreuves. Épuisée, elle avait supplié les médecins de ne pas l'opérer encore une fois.

Mais ses parents en avaient décidé autrement. Sam savait que quelque part, dans cette cité vibrante et lumineuse, ils étaient en miettes. Ils regrettaient peut-être leur décision. Sans doute se faisaient-ils des reproches. Il se pouvait même que ce deuil marque la fin de leur couple car la mère d'Emmeline était certaine que l'intervention était nécessaire, mais le père n'en était pas persuadé.

Ce qui était sûr, c'était qu'ils resteraient traumatisés à jamais.

— Je suis tellement désolée, Emmeline, murmura-t-elle en posant le front contre la vitre.

Jamais elle n'oublierait cette petite fille.

Jamais.

Quelqu'un frappa doucement à la porte, la ramenant à l'instant présent. L'espace de quelques secondes, elle pensa ne pas répondre. Elle n'avait envie de voir personne...

Le lendemain, son avion décollait à 8 h 30, ce qui impliquait d'être à l'aéroport au moins une heure avant. Pour le moment, la meilleure option semblait être se cacher sous sa couette.

— Une seconde !

Pieds nus, elle traversa la chambre, ramassa son sac et le suspendit au dossier d'une chaise, puis elle rangea ses chaussures sur le côté et regarda par le judas qui venait la déranger à cette heure.

Yanis ?

Yanis Baptiste était l'un des neurochirurgiens avec lesquels elle avait travaillé durant ce partenariat entre son hôpital de Richmond – St. Barnabas, surnommé affectueusement Barney – et l'hôpital Saint-Albert où exerçait Yanis.

Durant un mois, Sam et quelques collègues étaient venus à Paris tandis que des médecins parisiens s'étaient rendus à Londres pour y travailler. Cet échange durait depuis quelques années, si bien que Sam avait eu vent de belles histoires qui lui avaient donné l'envie d'y participer. C'était l'occasion d'acquérir de nouvelles connaissances et de s'imprégner de la culture locale.

Mais que faisait Yanis devant la porte de sa chambre ?

— Salut..., dit-elle en ouvrant. Je n'attendais pas de visite.

Elle lui sourit malgré elle. Yanis Baptiste était vraiment canon, avec ses cheveux noirs et ses yeux bleus perçants. Il avait des pommettes saillantes et une bouche... Sam se rappelait que la première fois qu'elle avait vu Yanis elle avait éprouvé le désir bizarre de sucer sa lèvre inférieure, ou même de la mordre.

Il était difficile de travailler avec lui sans se laisser distraire par son charme. Sam avait réussi à conserver ses bonnes manières, en dépit du fait qu'ils ne cessaient de flirter comme les deux adultes consentants qu'ils étaient.

— Il y a une tradition à Saint-Albert, répondit-il. Quand nous perdons un patient, nous trinquons ensemble pour célébrer sa vie.

Tout en parlant, Yanis brandit la bouteille de vin rouge qu'il tenait à la main.

S'il s'agissait d'une *tradition*… Sam était d'accord pour boire quelque chose de plus fort que le thé qu'elle était sur le point de se préparer.

Elle s'écarta pour le laisser entrer. Lorsqu'il franchit le seuil de la chambre, elle sentit son odeur – quelque chose d'exotique et de masculin qu'elle huma en fermant brièvement les yeux – puis elle referma la porte derrière lui.

Yanis se mit en quête de verres qu'il trouva sur le minibar.

— Tu aimes le merlot ?

— Évidemment.

Sam ne savait pas trop où s'asseoir. Il n'y avait qu'une seule chaise dans la pièce, ou le lit. Elle resta debout tandis que Yanis débouchait la bouteille et les servait tous les deux.

Il lui tendit son verre et leva le sien.

— À Emmeline ! dit-il.

Une grosse boule se forma dans la gorge de Sam.

— À Emmeline…

Après avoir trinqué, elle but une gorgée de cet excellent vin tout en observant le beau visage de Yanis et ses yeux expressifs. Elle pourrait s'y noyer, si elle n'y prenait pas garde.

— Tu étais bouleversée, quand tu es partie, dit-il.

Il la fixait intensément. Ce n'était pas un reproche, plutôt une affirmation, ou peut-être une invitation à en parler si elle en ressentait le besoin.

— La perte d'un patient est toujours une épreuve.

— C'est vrai.

Éprouvant soudain le besoin de s'asseoir, Sam se laissa tomber sur le bord du lit.

— Ça m'a anéantie, tu comprends ? Elle ne voulait pas être opérée une fois de plus. Elle était fatiguée et refusait de se battre encore. Combien d'opérations avait-elle déjà subies ?

— Trois, répondit tristement Yanis en s'asseyant près d'elle.

— Pendant sa courte vie, cette petite fille a supporté trois interventions destinées à enlever sa tumeur au cerveau. Rien d'étonnant à ce qu'elle en ait eu assez.

À chaque fois, outre le traumatisme de l'opération, elle affrontait des périodes de convalescence de plus en plus longues.

— Tu sais bien que si nous n'avions rien fait elle aurait perdu ses fonctions vitales et serait morte.

— Mais elle aurait eu plus de temps avec sa famille, avec ses pauvres parents et son petit frère. Ce temps, nous le lui avons volé !

Submergée par la culpabilité, elle but une grande gorgée de vin.

— Mais elle aurait souffert, tu le sais aussi.

— Elle nous a suppliés, Yanis ! Elle nous a *suppliés* ! Mais ses parents ont voulu qu'elle soit opérée parce qu'ils avaient confiance en la médecine, et regarde le résultat !

Il secoua la tête.

— Nous les avons conseillés et préparés de toutes les façons possibles, Sam. On ne pouvait pas savoir que son cœur s'arrêterait, car les précédentes opérations s'étaient bien passées.

— Mais nous connaissions les risques.

— Il y en a toujours. Nous avons fait ce qu'il fallait, Samantha, tu dois en être convaincue. Cette tumeur progressait lentement dans son cerveau, ce qui aurait causé la perte des fonctions vitales… La parole, la déglutition, la mobilité. Imagine sa vie sans tout cela. Aujourd'hui, nous avons tenté de donner à cette petite fille six mois supplémentaires de normalité.

— Et aujourd'hui, nous avons échoué.

Sam se leva pour se servir un autre verre de merlot.

— Je voudrais juste que…

Elle se tut, tentant vainement de retenir ses larmes. Elle pensait à sa propre enfance passée dans les cabinets des médecins et les hôpitaux. À la peur qu'elle avait éprouvée. À n'importe quel moment, elle aurait pu subir le même sort qu'Emmeline.

Se levant à son tour, Yanis s'approcha d'elle et la regarda dans les yeux.

— Tu voudrais quoi ?

Une larme glissa sur la joue de Sam.

— Que les choses soient différentes, répondit-elle.

Lui prenant son verre des mains, Yanis le posa sur le minibar avec le sien puis il attira Sam dans ses bras. Elle s'y réfugia volontiers, en quête du réconfort qu'une personne pouvait lui prodiguer. Elle avait besoin de cette chaleur, de ce sentiment de sécurité, d'une connexion qu'elle n'avait pas eue depuis longtemps.

En quittant Richmond, elle ne s'était pas attendue à se sentir aussi seule à Paris, la cité de l'amour. Elle s'était imaginée rencontrant un serveur français ou un barman, quelqu'un qui l'aurait fait rire en dépit du travail difficile qu'elle effectuait.

Malheureusement, elle avait été tellement prise par l'hôpital, tellement épuisée lorsqu'elle regagnait sa chambre d'hôtel chaque soir, qu'elle n'avait pas vraiment eu le temps de profiter de son séjour parisien. Mais au moins, elle connaissait Yanis, depuis un mois qu'ils travaillaient ensemble, et elle avait toute confiance en lui en tant que médecin.

Elle se laissa donc aller contre lui avec un soupir d'aise, jouissant de sa chaleur et de la force des bras qui l'enveloppaient. Fermant les yeux, elle s'abandonna au plaisir que lui procurait cette étreinte. Yanis effaçait son chagrin en lui caressant le dos d'une main et les cheveux de l'autre.

Peu à peu, ses larmes se tarirent et Sam s'aperçut qu'ils oscillaient doucement. Il la berçait, la réconfortait, et c'était si bon qu'elle aurait voulu que cela ne s'arrête jamais.

Elle leva la tête pour le regarder, lui sourire et le remercier.

Mais sous le regard bleu intense, les mots se figèrent dans sa gorge.

Les yeux de Yanis exprimaient une interrogation, un désir et un besoin. Soudain, elle réalisa à quel point il était affecté, lui aussi. Yanis avait connu Emmeline beaucoup plus longtemps et bien mieux qu'elle. Il l'avait vue grandir, pendant toutes ces années, et nul doute qu'il avait espéré une autre issue que celle d'aujourd'hui. Et pourtant, c'était lui qui s'efforçait de la consoler, *elle*.

Lui aussi, il avait besoin de réconfort.

— Yanis…

— Oui ?

— Tu veux bien m'embrasser ?

Jamais de toute sa vie elle n'avait demandé à un homme de l'embrasser, mais, en l'occurrence, elle devait le faire. Elle savait que Yanis ne prendrait pas cette initiative sans son autorisation. Il ne s'y autoriserait pas, pour la seule raison qu'ils se réconfortaient mutuellement. Mais quelque chose avait changé en elle pendant qu'il la serrait contre lui. C'était comme si tout son corps avait repris vie.

En rentrant dans sa chambre, elle était accablée par le chagrin… Mais maintenant, ce fardeau avait disparu et elle se sentait vivante pour la première fois depuis des siècles. Elle savait seulement que quelque chose devait absolument se passer entre eux.

Après tout, n'était-ce pas sa dernière nuit à Paris ?

Pourquoi ne pas profiter de ce temps qui leur était imparti à tous les deux ? Yanis était là, dans sa chambre d'hôtel, et ils méritaient de se donner mutuellement du plaisir, ne serait-ce que pour oublier l'espace d'un instant la peine qu'ils éprouvaient.

Yanis lui passa un doigt léger sous le menton et le souleva pour la regarder dans les yeux. Elle vit ses pupilles élargies et assombries par le désir.

Sa bouche qui frôla alors la sienne suscita un feu d'artifice dans tout le corps de Sam. Une chaleur ardente se déversa en elle tandis qu'elle s'agrippait à lui.

Ne me laisse pas partir.

Les lèvres de Yanis tracèrent un sillon brûlant le long de sa nuque, tandis que sa langue caressait sa peau. Sam vibrait de plaisir.

Son cœur se mit à battre plus vite et plus fort. Elle avait besoin de sombrer dans l'oubli, et c'était exactement ce que lui offrait Yanis.

Il l'embrassa sur la bouche avec passion.

De ses doigts fébriles, Sam entreprit de lui dénouer sa cravate, puis de défaire les boutons de sa chemise afin de poser les paumes sur son torse, sentir sa chaleur, sa force et le jeu de ses muscles sous sa peau.

Elle se débarrassa de son chemisier tandis qu'il faisait glisser la fermeture Éclair de sa jupe qui glissa sur le sol. Yanis la souleva ensuite dans ses bras pour la déposer délicatement sur le lit. Refusant d'être séparée de lui plus de quelques secondes, elle l'attira contre elle et se cambra à sa rencontre. Enfin, elle savoura le poids de son corps sur le sien, la peau de Yanis contre la sienne.

Il était magnifique, ainsi qu'elle l'avait imaginé depuis le premier jour de leur rencontre à Saint-Albert, avant même qu'ils se soient mutuellement présentés.

Il était grand, au moins un mètre quatre-vingts, avec des cheveux épais et ébouriffés, donnant l'impression qu'il sortait à peine de son lit. Mais en même temps, on voyait immédiatement qu'il prenait soin de lui. Sa chemise bien taillée moulait ses épaules larges et son pantalon mettait en valeur ses cuisses et ses longues jambes.

Était-ce un homme qui savait s'habiller, ou une caractéristique française ? On disait que les Français avaient un sens inné de l'élégance, et Yanis aurait pu être mannequin à ses moments perdus. Les infirmières, les patientes, les autres médecins – parmi lesquels figuraient un ou deux hommes – jetaient tous un regard appréciateur sur Yanis Baptiste.

Et il était *célibataire* ! C'était à se demander comment c'était possible, mais, pour l'instant, Sam appréciait surtout quand la bouche de Yanis faisait des merveilles en glissant le long de son ventre.

Remarquait-il ses cicatrices ? Se posait-il des questions ? Soudain submergée par la honte, elle eut envie de se cacher, mais ce sentiment disparut, tandis qu'il poursuivait son chemin sans s'arrêter ou parler.

Du bout de la langue, il taquina le nombril de Sam avant de lui mordiller la hanche. Ensuite il fit glisser son slip le long de ses jambes. Oubliant ses craintes, Sam se souleva pour l'aider, frémissant de plaisir lorsqu'il effleura l'intérieur de sa cuisse gauche.

Elle enfonça les doigts dans les cheveux de Yanis…

Et puis… *Oh oui !*

Elle perdit toute notion du temps et de la réalité, comme si tous ses soucis s'évaporaient. La honte elle-même disparut, faisant place à l'émerveillement. Sous les lèvres de Yanis, elle connaissait une excitation délicieuse dont elle aurait voulu qu'elle ne cesse jamais. Yanis la faisait monter toujours plus haut, tandis que sa langue la léchait. Et juste au moment où elle allait exploser, il reprit sa bouche et elle sentit son propre goût sur ses lèvres.

— Sam, on devrait se protéger.

— Je prends la pilule. Tu as un préservatif ?

Il secoua la tête puis sourit.

— Je ne suis pas venu ici pour… En réalité, je n'ai pas été avec une femme depuis longtemps.

— Et je n'ai pas été avec un homme depuis longtemps.

Elle l'attira contre elle et lui encercla la taille des jambes. Quelques secondes plus tard, elle laissa échapper un soupir de plaisir lorsqu'il s'enfonça en elle et se mit à bouger lentement sans jamais la quitter du regard.

Plongée dans les yeux bleus, elle sentit venir la vague qui allait la submerger. Elle était incapable de se détourner et, d'ailleurs, elle ne le voulait pas. Cette connexion était nécessaire pour qu'elle puisse lire en lui comme il lisait en elle.

L'espace d'un bref instant, elle eut peur de ce qu'il pouvait voir, qu'il devine qu'elle était brisée et ne pourrait jamais être réparée. Elle ferma donc les yeux et enfouit le visage contre le cou de Yanis.

Elle sentit l'orgasme arriver, les étincelles, la vibration des terminaisons nerveuses, puis ce fut l'explosion et elle laissa échapper un cri en s'agrippant aux épaules de Yanis qui la rejoignit dans l'extase. Puis il s'immobilisa et l'embrassa.

La délicatesse de ses baisers apaisa la fureur de l'instant qui avait précédé. Il se redressa pour la regarder dans les yeux.

— Tout va bien, *ma chérie* ? dit-il en français.

Elle hocha la tête en souriant, puis ferma de nouveau les yeux. Soudain, elle avait honte de ce qu'elle venait de faire, mais elle était surtout effrayée à l'idée qu'il ait vu qui elle était vraiment.

Avait-il vu la vraie Sam Gordon ? Celle qu'elle s'employait à cacher soigneusement ? Avait-il deviné son secret ?

Maintenant que c'était terminé, maintenant qu'elle avait eu ce dont elle avait besoin afin de sombrer dans l'oubli, elle voulait que Yanis s'en aille.

Avant qu'il puisse poser trop de questions.

1.

Trois mois plus tard

Franchir le seuil du bloc opératoire avait quelque chose d'exaltant. C'était le lieu où la magie s'exerçait, où l'inévitable pouvait être évité. Le lieu où le chirurgien combattait la maladie, la vieillesse ou le traumatisme. Le lieu où, grâce à son habileté, il sortait vainqueur de ce combat.

Lorsqu'elle y pénétrait, vêtue d'une tenue stérile, gantée et masquée, Samantha avait le sentiment d'être invincible.

Son patient était déjà sur la table, anesthésié et sous respirateur. Près de lui, les appareils bipaient, contrôlant son oxygénation, son rythme cardiaque, sa pression artérielle et sa température.

— Je vous écoute, dit Sam à l'infirmière de bloc.

— Dante Jackson, quatre mois. Nous devons traiter son hydrocéphalie grâce à une dérivation.

— Vous avez vérifié son bracelet d'identification ?

— Oui. C'est le bon patient qui est sur la table.

Sam hocha la tête, puis elle examina une dernière fois les scans qui s'affichaient sur un écran, bien qu'elle les connaisse par cœur. Elle savait exactement ce qui se passait dans la tête de ce petit garçon, mais c'était un rituel. Elle vérifiait et revérifiait. Dans son bloc, il n'était pas question de faire des erreurs ou d'avoir des surprises.

— Scalpel, dit-elle en tendant une main.

Aussitôt, l'infirmière le plaça sur sa paume.

Il était temps de commencer.

Comme d'habitude, Sam marmonna son petit mantra derrière son masque :

— Par-dessus tout, ne pas faire de mal… Faisons la différence, tout le monde, ajouta-t-elle plus fort à l'intention de son équipe.

Elle sentit ses collègues se détendre et remarqua même quelques rides du sourire au coin de leurs yeux. Ce rituel était une façon de se souhaiter mutuellement bonne chance et, chaque fois, Sam avait le sentiment qu'ils étaient tous sur la même longueur d'onde.

Mais aujourd'hui, elle avait une impression bizarre, comme si elle était hors jeu. Lorsqu'elle était malade, elle se persuadait que ce n'était rien ou seulement un rappel psychosomatique de son enfance. Bien entendu, elle savait qu'elle pouvait être souffrante comme tout le monde, attraper un rhume ou avoir une migraine. Mais elle se contentait de prendre du paracétamol pour soulager la douleur ou stopper la fièvre. Jamais elle ne laissait la maladie l'empêcher de faire ce qu'elle devait faire.

Mais à cet instant précis, elle se sentait un peu…

C'était difficile à définir. Depuis quelque temps, elle était fatiguée, elle avait parfois mal à la tête. Elle avait mis cela sur le compte de la surcharge de travail. Il manquait un chirurgien et on attendait son remplaçant, mais dans l'intervalle, Sam avait fait de longues heures supplémentaires pour assurer les services de deux médecins.

Cela n'avait pas été facile, mais elle était certaine d'en être capable. Le patron de la neurochirurgie l'avait gratifiée d'une petite tape dans le dos pour la remercier.

Elle baissa les yeux vers la tête rasée de son patient et procéda à la première incision, sûre et précise. Ses mains ne tremblaient pas, elle était solide comme un roc.

— Tout va bien, Aaray ? demanda-t-elle à l'anesthésiste.

— Pas de problème.

— Excellent.

Elle allait insérer un cathéter dans le crâne du petit Dante, ce qui permettrait au liquide céphalo-rachidien de s'écouler dans l'abdomen où il serait absorbé.

— Foret, s'il vous plaît.

Au moment où elle tendait la main pour prendre l'instrument, elle se sentit nauséeuse. Cela ne lui était jamais arrivé au bloc, où le reste du monde cessait d'exister jusqu'à ce que le combat soit terminé. Cette sensation, dans un lieu où elle était normalement en pleine possession de ses moyens, la déstabilisa.

— Quelqu'un peut me donner un peu d'eau ?

Elle devina que tous les yeux se tournaient vers elle.

Elle ne réclamait jamais à boire. Elle ne voulait pas de musique, elle aimait le silence, uniquement ponctué par le rythme rassurant des machines.

C'est nerveux, voilà tout. Tu as trop chargé la barque, c'est normal, naturel. Ignore-le. D'ailleurs, il faut que tu sois en forme aujourd'hui.

Le nouveau chirurgien devait se présenter dans la matinée. Il était probablement déjà là, en compagnie d'Elliot Parker, le chef de la neurochirurgie. Elliot aimait bien accueillir lui-même les nouvelles recrues et leur expliquer comment il concevait le fonctionnement du service.

Sam l'avait croisé dans le couloir un peu plus tôt. Elle lui avait dit que lorsqu'il aurait fini de terroriser le nouveau chirurgien il pourrait le lui envoyer au bloc, et elle lui permettrait éventuellement de l'assister. L'intervention n'étant pas très compliquée, Sam aurait pu s'en charger les yeux fermés, mais ce serait un bon prétexte pour évaluer ce nouveau collègue et s'assurer qu'il ferait l'affaire.

Elle avait d'ailleurs entendu parler de ce David Emery, qui avait récemment publié un article fascinant sur les trépanations, et elle avait hâte de travailler avec lui.

Elle prit une profonde inspiration avant de creuser un petit trou dans le crâne de son patient. Ignorant les protestations de son estomac, elle travaillait d'une main sûre, chaque geste faisant partie d'une chorégraphie parfaite.

Une infirmière lui apporta un verre d'eau avec une paille,

puis elle abaissa légèrement le masque de Sam pour qu'elle puisse boire. Le bien-être fut immédiat. Elle n'avait plus la bouche sèche, du moins pour le moment.

Elle reprit son travail, consciente que la porte du bloc venait de s'ouvrir et que quelqu'un s'approchait de la table, en face d'elle. Elle leva la tête pour accueillir David Emery.

— Bonjour. Je suis contente que vous nous rejoigniez…

Elle s'interrompit, ne se rappelant que trop bien ces yeux d'un bleu intense ombrés de longs cils noirs.

Était-ce vraiment lui ?

Ce n'était pas possible !

Ça l'était ?

Qu'était-il arrivé à David Emery ? Allait-il se présenter, lui aussi ?

— Yanis ?

— *Bonjour*… Comment vas-tu ?

Elle devina que son trouble l'amusait. L'espace d'un instant, elle tenta de recouvrer ses esprits et de chasser les images de ce qui s'était passé dans cette chambre d'hôtel.

Pour échapper au tourbillon qui menaçait de l'emporter, elle désigna leur patient.

— Voici Dante, quatre mois, qui va subir une dérivation ventriculaire. Tu en as déjà pratiqué ?

Sam avait conscience que sa voix tremblait, et elle ne parvenait pas à soutenir le regard de Yanis, pas plus que celui de ses collègues.

C'était comme si son corps *se rappelait*. Leur rencontre, si passionnée, l'avait laissée dans un état de confusion. Après l'amour, elle l'avait quasiment jeté dehors, tant elle craignait de s'être trop dévoilée ou d'avoir livré trop de secrets.

— Tout à fait.

Elle devait absolument reprendre le contrôle de la situation. C'était *son* bloc, *son* patient. Dante était la personne la plus importante, dans cette pièce, pas Yanis. Ce n'était pas le moment d'évoquer des souvenirs ou d'avoir des doutes.

— Eh bien, voyons ce que tu sais faire, dit-elle en lui tendant les instruments.

De cette façon, personne ne remarquerait combien la présence de Yanis la troublait et combien ses mains tremblaient.

Qu'il aille au diable !

— Un peu d'eau, s'il vous plaît.

De nouveau, l'infirmière abaissa légèrement son masque pour qu'elle puisse boire avec la paille.

— Merci.

Lorsqu'elle se retourna, Yanis était déjà au travail. L'air concentré, il installa la dérivation, puis il vérifia que le liquide cérébro-spinal s'écoulait correctement avant de refermer. Sam l'observa attentivement, veillant à ce que tout se passe dans les règles.

— Je ne m'attendais pas à te voir aujourd'hui, dit-elle.

— C'est un échange de dernière minute. Le premier choix d'Elliot a finalement refusé le poste et je l'ai accepté.

Sam savait que Yanis était un neurochirurgien exceptionnel qui constituerait un atout remarquable pour l'équipe car elle l'avait vu en action à plusieurs reprises.

— Aaray ? Tout va bien ? demanda-t-elle pour rétablir son autorité.

— La pression artérielle est bonne, Dante supporte très bien l'intervention.

— Parfait.

Pendant que Yanis suturait l'incision, elle éprouva une brusque bouffée de chaleur et sentit qu'elle vacillait. Que lui arrivait-il ? Très inquiète, elle se tourna vers l'infirmière et lui demanda d'éponger son front.

Elle n'avait jamais transpiré ainsi pendant une intervention, même si quelque chose tournait mal. Elle restait ferme, certaine de ses connaissances et de sa formation. Bien entendu, elle ressentait des poussées d'adrénaline de temps à autre, mais à cet instant, Yanis était la cause de tous ses maux.

Lorsqu'il eut terminé, Yanis se retourna pour remercier

l'équipe, et Sam sut qu'elle devait sortir de la pièce avant de rencontrer son regard.

J'ai besoin d'air frais.

Elle ôta ses gants, son masque et sa tenue qu'elle jeta dans la poubelle, et se précipita dans le vestibule du bloc pour se laver les mains. Avec un peu de chance, elle en sortirait avant que Yanis la rejoigne. Il lui fallait un peu de temps pour réfléchir à la façon dont elle allait gérer cette situation.

Cet homme avait vu son corps dénudé, elle lui avait dévoilé une partie de ses secrets bien qu'il ne sache pas ce qu'ils signifiaient. Parce qu'elle était certaine de ne plus jamais le revoir, elle s'était autorisée à trouver le réconfort dans ses bras.

Et maintenant, elle allait devoir travailler avec lui de façon permanente.

Elle se frotta les mains et les ongles, pressée de s'échapper. Les nausées n'avaient pas cessé et elle sentait ses jambes trembler, son corps était vidé de toute énergie.

— Samantha.

Cette voix ! Douce, veloutée et teintée d'un léger accent français. À elle seule, elle constituait une caresse, un baume sur son âme torturée.

Fermant les yeux, elle cessa un instant de se laver les mains, puis elle se tourna vers lui, sachant qu'elle devait rétablir une certaine distance entre eux après ce qui s'était passé à Paris.

— Docteur Baptiste…

Il avait retiré sa coiffe et son masque. Maintenant, il était exactement tel qu'elle se le rappelait, aussi beau que dans ses souvenirs.

Mais ce n'est pas parce qu'on a couché ensemble qu'on a établi un lien quelconque. On s'est juste réconfortés mutuellement. D'ailleurs il est sûrement avec une autre femme, maintenant.

Bizarrement, cette idée ne la réjouissait pas particulièrement.

— J'ignorais que tu comptais venir à Richmond.

— Je n'en avais pas l'intention, mais l'occasion s'est présentée, associée à une hausse importante de salaire. J'ai saisi cette chance de faire des recherches et mon frère m'a proposé d'occuper son appartement jusqu'à ce que je trouve où me loger.

— Ton frère habite à Richmond ?

— *Oui.* Mais pour l'instant, Luca implante des puces électroniques dans les rhinocéros, en Afrique du Sud. Il est chirurgien vétérinaire.

— Tout le monde est chirurgien, dans ta famille ?

Le sourire de Yanis accéléra le rythme cardiaque de Sam. Pourquoi lui faisait-il cet effet ? Et pourquoi son estomac ne cessait-il pas de la tourmenter ? Et quel était ce bourdonnement étrange dans ses oreilles ?

Elle vit que Yanis lui répondait, mais le son de sa voix ne lui parvenait pas, tant ce bourdonnement devenait de plus en plus fort. Autour d'elle, tout semblait se brouiller et l'obscurité envahissait la pièce. Elle comprit trop tard qu'elle était en train de s'évanouir.

Avant que tout devienne noir, elle vit que Yanis se précipitait vers elle pour la retenir. De nouveau, elle éprouva un apaisement merveilleux.

Yanis attrapa Samantha juste avant qu'elle touche le sol, puis il sortit avec elle de la pièce. Il ignorait la cause de cet évanouissement, mais il se demandait si elle avait suffisamment mangé et si elle n'était pas en état d'hypoglycémie.

Souvent, les chirurgiens pensaient qu'ils étaient des machines et pouvaient travailler pendant des heures. Leurs patients étaient leur priorité, mais à quoi bon s'ils n'étaient plus en état de les soigner ?

Une infirmière de bloc le croisa dans le couloir.

— Qu'est-ce qui est arrivé à Sam ?

— Elle s'est évanouie. Dites-moi où je peux l'étendre.

Sam avait besoin de se reposer, de boire et de manger. Yanis comptait en outre lui faire une analyse sanguine pour vérifier ce qui n'allait pas.

— Par ici.

L'infirmière ouvrit une porte et le fit entrer dans une pièce où les patients attendaient parfois qu'on vienne les chercher pour les emmener au bloc. Pour l'instant, elle était vide, et Yanis déposa délicatement Sam sur un lit, puis il actionna la télécommande de façon à surélever ses jambes. Il plaça ensuite un masque à oxygène sur son visage et régla le débit.

Il observa Sam, ses pommettes hautes et arrondies, le dessin délicat de ses sourcils et la masse flamboyante de sa chevelure contre la blancheur de l'oreiller.

— Je voudrais mesurer son taux de sucre et lui faire une prise de sang, dit-il à l'infirmière.

Celle-ci hocha la tête et sortit en hâte de la pièce.

Resté seul avec Sam, Yanis se pencha vers elle.

— Samantha ? dit-il d'une voix douce. Réveille-toi.

Elle était très pâle. D'habitude, sa peau d'albâtre offrait un contraste charmant avec ses longues boucles cuivrées. Mais à cet instant, son teint avait un aspect maladif qu'il n'aimait pas. Avait-elle trop travaillé pour remplacer le chirurgien manquant ?

Il avait été ravi d'accepter ce poste à St. Barnabas, bien qu'un peu chagriné de quitter son service. Et lorsqu'il avait découvert que Sam y était toujours, son excitation avait été à son comble. La nuit qu'ils avaient passée ensemble était gravée dans sa mémoire, même s'il n'avait pas compris pourquoi elle avait été si pressée de le mettre dehors. C'était comme si elle avait été gênée, mais il n'en voyait pas la raison. Elle était belle… parfaite.

Son trouble, lorsqu'elle l'avait reconnu, l'avait plutôt amusé. Mais de là à s'évanouir ! Il en déduisait qu'elle n'avait pas pris soin d'elle-même, ces derniers temps, et il soupçonnait qu'elle avait eu autrefois des soucis de santé.

Il n'avait pas été aveugle, cette nuit-là. Il avait vu ses cicatrices… Des cicatrices chirurgicales. Les marques d'une laparoscopie sur l'abdomen, une incision due à une appendicectomie. Cela ne datait pas d'hier, à en juger par les lignes à peine visibles, mais un chirurgien remarquait ce genre de choses.

Sam émit un gémissement sourd. Il lui prit la main et lui serra doucement les doigts.

— Hé ! Tout va bien. Ouvre les yeux.

Elle fronça les sourcils et battit des paupières, puis elle le regarda et écarta le masque de son visage.

— Qu'est-ce qui s'est passé ?

— Tu t'es évanouie.

— C'est impossible !

Elle voulut s'asseoir, mais il la repoussa doucement de façon qu'elle reste étendue.

— Repose-toi un instant, Samantha. Je devine que tu n'as pas beaucoup pris soin de toi, ces temps-ci.

Voyant qu'elle le foudroyait du regard, il se demanda pourquoi elle lui témoignait autant d'hostilité.

À cet instant, l'infirmière entra dans la pièce avec le matériel qu'il lui avait demandé.

— *Merci.*

— C'est pour quoi faire ? demanda Sam.

— C'est pour vérifier ton état de santé.

— Je vais très bien, dit-elle en tentant de nouveau de s'asseoir.

Mais lorsqu'elle eut fait basculer les jambes en dehors du lit, elle s'immobilisa et son visage prit une teinte verdâtre.

— Étends-toi, *ma belle,* laisse-moi m'occuper de toi.

— Je ne me sens pas très bien.

— C'est normal, après un évanouissement.

Se tournant vers l'infirmière, Yanis ajouta :

— Vous pouvez poser un linge mouillé sur son front ?

L'infirmière s'exécuta aussitôt, et Sam se laissa aller contre l'oreiller.

— Merci. Quels examens comptes-tu me faire ?

— Glycémie, vitamines et minéraux. Rien de plus basique.

Il lui lança un coup d'œil, songeant à la question qu'il aurait posée à n'importe quelle femme après un évanouissement.

— Et un test de grossesse, si tu es d'accord…

Elle lui lança un regard moqueur.

— Tu vas m'y obliger, si je refuse ?

— Bien sûr que non, répliqua-t-il en souriant.

— Tu n'en aurais pas le droit.

— C'est exact.

— Donc, je pourrais m'asseoir et attendre que tu t'en ailles. Ou attendre qu'on m'appelle pour un patient.

— Dans ce cas, je devrais faire part à Elliot de mon inquiétude.

— Tu n'oserais pas…

Il posa sur elle un regard très sérieux, cette fois.

— Tu n'as qu'à essayer. Je suis certain qu'Elliot n'apprécierait pas qu'un de ses meilleurs neurochirurgiens fasse une chute au bloc avec pour conséquence une fracture du crâne.

De nouveau, Sam le fixa avec hostilité, puis elle ferma les yeux et pressa le linge sur son front.

— D'accord, mais je ne t'aurais jamais cru capable de colporter des ragots, dit-elle en tendant le bras.

Satisfait d'avoir remporté une petite victoire sur cette femme qu'il admirait tant, Yanis préleva une goutte de sang sur le bout d'un de ses doigts. Ainsi qu'il le soupçonnait, le taux de sucre était très bas.

— Tu as besoin de manger.

— Pour l'instant, je crois que je vomirais aussitôt.

— Ton malaise persiste ?

— C'est juste de la fatigue. Ça arrive quand on travaille trop.

— Peut-être.

— Je ne vois pas ce que ça pourrait être d'autre.

Tout en enfonçant une aiguille dans une veine, Yanis prit soin de peser ses mots.

— Eh bien… Soit tu négliges ta santé depuis un certain temps, soit tu es malade, soit…

— Quoi ?

— Soit tu es enceinte.

Sam laissa échapper un rire nerveux.

— Enceinte ? C'est ridicule ! Je…

Elle se tut en détournant le regard, et Yanis devina qu'elle faisait des calculs rapides.

— C'est impossible !

— À quand remontent tes dernières règles, Sam ?

Un long frisson parcourut le dos de Yanis. Il n'était pas forcément concerné sous prétexte qu'ils avaient couché ensemble trois mois auparavant. Cela ne signifiait pas pour autant qu'elle portait *son* enfant. Entre-temps, elle avait pu faire l'amour avec un autre homme.

Mais l'expression de Sam l'inquiétait légèrement.

— J'ai toujours été irrégulière, et d'ailleurs, je prends la pilule, dit-elle.

Tant mieux ! Dans ce cas, il pouvait se détendre.

— Tu ne l'oublies jamais ?

— J'essaye, en tout cas.

Il retira l'aiguille de son bras et posa une petite compresse à l'endroit qu'il venait de piquer.

— Appuie dessus.

Il se détourna pour étiqueter les tubes, puis les glissa dans un sachet pour les envoyer au laboratoire.

— Est-ce que tu la prenais régulièrement, à Paris ? demanda-t-il.

— Ça ne te regarde pas.

— D'accord, on attend les résultats.

Il comprenait que Sam soit sur la défensive. Si une grossesse était la cause de son malaise, sa vie en serait bouleversée.

— Ce sera négatif, dit-elle. J'en suis certaine.

Mais elle n'en avait pas vraiment l'air, et Yanis était lui-même inquiet à l'idée que cet enfant puisse être le sien. Parce que, si c'était le cas, le nouveau départ qu'il avait envisagé en venant à Richmond serait bientôt anéanti.

2.

Le petit Dante se portait bien après son opération. Sam, qui l'avait examiné ainsi que deux autres patients fraîchement opérés, se rendit ensuite à la cafétéria pour manger quelque chose. Debout devant le comptoir, elle ne trouva rien qui excite son appétit et se contenta de prendre un chocolat chaud, un cookie et un jus d'orange. Il le fallait bien, si elle voulait rétablir une glycémie normale.

Au lieu de s'asseoir, elle emporta ses achats dans le couloir où elle se dépêcha de manger et de boire. N'importe quoi pour éviter de croiser Yanis et son regard interrogateur.

Yanis Baptiste… Jamais elle n'aurait cru le revoir. Et il avait fallu qu'elle s'évanouisse devant lui ! Pour couronner le tout, il y avait cette idée ridicule qu'elle puisse être enceinte. C'était impossible puisqu'elle prenait la pilule et qu'elle n'avait couché avec lui qu'une seule fois, à Paris.

Retenant son souffle, elle se rappela tous les symptômes qu'elle avait voulu négliger : la fatigue, cette nausée matinale, les maux de tête.

Elle caressa son ventre à travers sa tenue d'hôpital. Était-il plus rond ? Avait-elle pris du poids ? Peut-être un peu.

Et j'ai eu ce problème intestinal, à Paris.

Elle ne pouvait pas être mère. Cela ne faisait pas partie de ses projets et, d'ailleurs, elle n'était pas du bois dont on fait les mères. La sienne y avait veillé.

Mais pas question de continuer à ressasser. Par bonheur, son biper résonna, lui signalant qu'on l'attendait aux urgences pour examiner un patient victime d'une lésion traumatique.

Elle jeta l'enveloppe du cookie et la bouteille de jus d'orange dans la poubelle la plus proche, puis se dirigea vers la cage d'escalier.

Max Winshaw, le patient, était un homme d'âge moyen qui avait fait une chute de deux mètres sur une dalle de béton une semaine auparavant. À l'hôpital, les scans de sa tête et de sa nuque n'avaient rien révélé.

Pourtant son épouse, Cara, était très inquiète.

— Il ne va pas bien, docteur.

— Expliquez-moi.

Tout en écoutant Mme Winshaw, Sam examinait soigneusement son patient. Il était étendu sur le brancard, un bras sur les yeux comme s'il souffrait de migraine.

— Il s'est montré très irritable à cause de cette douleur dans la tête. Il a dit que ça empirait et que le paracétamol ne lui faisait aucun effet. Il n'a plus aucune énergie et sa vision est affectée.

— De quelle façon ? demanda Sam en utilisant sa torche pour évaluer les réactions pupillaires de Max.

— Il voit trouble ou flou, quelquefois. Mais c'est cette migraine qui est très inquiétante et, ce matin, il a été malade.

Sam hocha la tête.

— Nous allons refaire un scan pour vérifier qu'il ne fait pas une hémorragie.

— Dans son cerveau ? s'exclama Cara en portant une main à sa bouche. Oh ! vous pensez que ça peut être grave ?

— Nous en saurons davantage après le scan. Une infirmière va venir vous chercher, Max. Restez étendu.

Le patient émit un grognement.

S'il fallait opérer Max, elle le ferait transférer au bloc, et ce serait la meilleure façon d'occuper son temps en attendant les résultats de son analyse sanguine. Mais… elle venait de s'évanouir. Mieux valait sans doute appeler Yanis, même si sa présence l'énervait au plus haut point.

La sécurité du patient avant tout !

— Vous pouvez appeler le Dr Baptiste ? demanda-t-elle à l'infirmière. Il faudrait qu'il voie M. Winshaw.

— Bien sûr.

— Merci.

Sam détestait confier un patient à quelqu'un d'autre, mais, en l'occurrence, c'était certainement la meilleure chose à faire, même si elle se sentait beaucoup mieux depuis qu'elle avait mangé.

Quand Yanis franchit le seuil des urgences à grandes enjambées, Sam nota avec amusement les réactions du personnel féminin et de deux patientes.

— Merci de m'aider sur ce cas.

— Pas de problème.

— J'espère que je ne t'ai pas arraché à une tâche importante.

— Pas le moins du monde. Que puis-je faire pour toi ?

Sam lui fit un rapport complet, puis tandis qu'ils discutaient, les derniers scans apparurent sur l'écran de l'ordinateur. Leur diagnostic fut immédiat.

— Hématome sous-dural, avec un déplacement net de la ligne médiane. On doit l'opérer d'urgence, dit Yanis.

— Je pense que, cette fois, tu devrais t'en charger.

— Avec plaisir. Tu accepterais de m'assister ?

Sam aurait voulu refuser, mais elle adorait le bloc et il lui était difficile de refuser une occasion d'opérer.

— Bien sûr…

— Vous êtes prêts ? demanda Yanis à l'équipe médicale.

Tout le monde hocha la tête en chœur.

— Parfait. Est-ce qu'on a de la musique classique ?

Aussitôt, une infirmière alluma le lecteur de CD, et une douce mélodie se diffusa dans le bloc.

Sam esquissa un sourire derrière son masque. Elle avait oublié combien Yanis aimait le classique. Lors de leur première intervention commune, à Paris, elle avait cru à tort qu'il écouterait du rock. Elle avait vu ses mains et ses doigts habiles opérer délicatement un cerveau pendant que des harmonies célestes se répandaient dans la salle. C'était un spectacle assez extraordinaire. Il y avait une sorte de beauté dans la concentration de Yanis, dans l'intensité de son regard… C'en était presque hypnotique.

Il effectua la craniectomie, cette partie de l'intervention qui consistait à retirer un os du crâne pour avoir accès au cerveau. Il progressait sans à-coups, sans hésitation.

Sam adorait le voir travailler. Elle était fascinée par ses mains et la façon dont elles manipulaient les instruments.

À quoi pouvait-il penser ?

Il n'y avait aucune trace d'appréhension, sur son visage. Elle se demanda soudain comment il réagirait, si elle était enceinte de lui.

Peut-être que les gens normaux ne craignaient pas de devenir parents, mais Sam savait qu'elle était différente. La perspective de la maternité lui paraissait impensable. Elle avait une carrière, une vocation, et elle espérait devenir chef de service dans quelques années.

Une grossesse n'était jamais entrée dans ses projets.

Elle avait travaillé avec acharnement pour gagner l'approbation d'Elliot, son chef de service, qui la lui manifestait parfois d'une tape dans le dos.

Et voilà que son corps lui jouait des tours !

Mais bien sûr, le test allait être négatif !

Maintenant, l'écoulement de sang était visible à travers la dure-mère. Sam espérait que Yanis n'aurait aucun mal à aspirer les caillots, en revanche, la convalescence de Max ne serait pas simple. Dans ce genre de cas, le taux de mortalité était relativement élevé. N'importe quoi pouvait se produire après le drainage de l'hématome, comme un œdème du cerveau, une nouvelle hémorragie, une infection, des convulsions ou une augmentation de la pression intracrânienne. Il allait falloir surveiller attentivement Max en soins intensifs, après l'intervention.

— Aspiration.

Lentement, Yanis entreprit de retirer le sang coagulé. Ils purent ensuite voir l'origine du saignement et suturer la zone. Ils l'avaient déjà fait à Paris et ils travaillaient bien ensemble. Ils ne se gênaient pas mutuellement et savaient toujours ce que l'autre était en train de faire ou dans quel angle ils devaient se placer, après quoi ils rectifiaient leur position.

Ils travaillaient dans une sorte de bulle. Sam oubliait la musique et le reste de l'équipe, elle n'entendait plus les machines ou le cliquetis des instruments. Cela ressemblait à une danse… Un tango durant lequel deux personnes évoluaient indépendamment pour créer quelque chose de beau.

— Le saignement a cessé. Beau travail, Samantha.

Le compliment la fit sourire puis leurs regards se croisèrent. Elle aurait voulu dire quelque chose, mais elle en était incapable. Elle n'entendait que le battement de son propre cœur et ne sentait que la sécheresse de sa bouche.

Que lui arrivait-il ? Pourquoi Yanis avait-il ce pouvoir sur elle ? Ce n'était jamais arrivé à Paris.

Mais tu as couché avec lui, cette dernière nuit.

Et elle ne l'avait fait que parce qu'elle était persuadée de ne plus jamais le revoir. Elle avait cru pouvoir baisser la garde et profiter du réconfort qu'il lui offrait.

Elle ne pouvait pas nier qu'elle l'avait désiré.

Et maintenant, la tentation était de retour dans sa vie, son corps lui disait qu'il apprécierait de goûter encore le plaisir qu'elle avait connu dans les bras de Yanis.

D'accord… Je l'ai écouté et voilà où cela m'a menée.

Yanis replaça l'os et le fixa, puis ils s'écartèrent tous les deux de la table et ôtèrent leur tenue avant de regagner le vestiaire.

— Tout s'est bien passé, dit Yanis.

Sam hocha la tête.

— Il va falloir le surveiller pendant sa convalescence.

— Je ne perds jamais de vue mes patients. À ce propos… Comment te sens-tu ?

Sam se mit à rire.

— Je ne suis pas ta patiente, Yanis.

— Techniquement, tu l'es jusqu'à ce que nous ayons reçu les résultats de tes analyses. À ce moment-là seulement, je cesserai d'être ton médecin.

— Je suis certaine que le test sera négatif. Je suis un peu surmenée, c'est tout. Je vais d'ailleurs m'asseoir et me reposer.

— Les médecins sont toujours les pires malades, répliqua Yanis en s'essuyant les mains.

À cet instant, une infirmière arriva, tenant à la main une chemise en carton.

— Ce sont les résultats des analyses sanguines que vous avez réclamées en urgence, docteur Baptiste.

Après l'avoir posée sur le côté de l'évier métallique, elle s'esquiva.

Sam sentit sa tension grimper d'un coup. L'estomac noué, elle éprouva une brusque bouffée de chaleur. Elle voulut prendre le dossier, mais Yanis fut plus rapide qu'elle. Il lui jeta un coup d'œil qui signifiait : *tu es prête* ?

Puis il ouvrit la chemise.

3.

— Tu es enceinte.

Yanis prononça ces mots avec une sorte d'incrédulité. Il avait envisagé que ce soit possible tout en espérant se tromper.

Son passé défila dans son esprit. Les séances d'échographie avec Giselle. Les larmes. La douleur. La solitude. Le rejet. Les accusations.

— Quoi ? Donne-moi ça.

Sam lui arracha la feuille des mains et la parcourut, les sourcils froncés. Le taux d'HCG, son nom, sa date de naissance… Comme pour vérifier qu'il s'agissait bien d'elle.

Yanis l'observait en silence, submergé par des craintes et des doutes qu'il n'avait pas éprouvés depuis longtemps.

— C'est le mien ?

Il fallait qu'il sache si elle avait couché avec quelqu'un d'autre après lui. Il avait beau l'espérer, il se sentait mal. De toute façon, si Sam attendait un enfant, il devinait que la maternité ne faisait pas partie de ses projets.

Il se rappelait qu'ils en avaient discuté, à Paris. Ils avaient parlé de la façon dont ils envisageaient leur avenir, ce qu'ils voulaient accomplir. Sam n'avait parlé que de son travail, elle pensait se lancer éventuellement dans les essais cliniques et faire de St. Barnabas un centre de pointe en matière de neurochirurgie.

Étaient-ce des larmes, dans ses yeux ? Yanis aurait voulu la prendre dans ses bras pour la réconforter, mais c'était impossible.

Le foudroyant du regard, elle se dirigea vers la porte qu'elle poussa brusquement avant de s'engager dans le couloir.

Elle ne veut pas de cet enfant.

Yanis lui emboîta le pas. Pas question qu'elle l'exclue de cette décision ! Il avait besoin de savoir !

Il la rattrapa devant l'ascenseur.

— Sam ?

— Il faut qu'on refasse le test. Il y a certainement une erreur.

— Ce sont tes résultats.

— Ils n'arrêtent pas de se tromper, au labo.

— Sam, regarde-moi. Est-ce que ce bébé est le mien ?

Il ne tenait pas à lui faire une scène au beau milieu de l'hôpital, mais elle devait reconnaître qu'il n'y avait pas d'erreur. Il était inutile de perdre du temps avec ce faux problème.

Les portes de l'ascenseur s'écartèrent et elle entra dans la cabine.

— J'ai besoin que tu me répondes, dit Yanis en la suivant.

— Je n'ai couché avec personne d'autre.

Yanis retint son souffle. Elle portait donc son enfant ! Mais elle n'avait pas été examinée ou suivie par un obstétricien. Ils ignoraient si ce bébé était en bonne santé et étant donné ce qu'il avait vécu, il voulait le savoir tout de suite.

— On va prendre rendez-vous pour une échographie, dit-il.

— Non.

Seigneur ! Cette femme était têtue !

— Il faut qu'on veille sur ce bébé.

— Je ne veux pas le voir. Si je le vois, il sera réel et alors…

— Mais il est réel ! Tu peux enfouir ta tête dans le sable, *ma belle,* tu n'y changeras rien.

L'ascenseur s'arrêta à l'étage de la neurologie. Sam foudroya une nouvelle fois Yanis du regard avant de sortir de la cabine pour gagner le poste central, puis elle s'assit devant un ordinateur. D'une main rageuse, elle saisit son identifiant et son mot de passe, après quoi elle rédigea ses notes sur l'intervention que venait de subir Max. Une fois le document terminé, elle posa ses mains tremblantes sur le clavier et tout son corps s'affaissa.

Yanis ne voyait pas son visage, dissimulé par les longues

boucles cuivrées, mais à la façon dont ses épaules tressautaient, il comprit qu'elle pleurait.

Il était responsable de ce chagrin. Et elle ignorait encore le pire. Il avait mal pour elle, et il aurait voulu pouvoir la protéger de tout ce qui allait advenir. Jamais il n'avait souhaité qu'un tel événement se reproduise, propulsant Sam dans une épreuve terrible.

— *Ma chérie…*

Tendant la main, il repoussa une mèche auburn derrière l'oreille de Sam, puis il passa un bras autour de ses épaules.

Elle ne semblait pas s'inquiéter que quelqu'un puisse la voir pleurer. Il se demanda si l'équipe médicale l'avait déjà vue affectée par la perte d'un patient, comme elle l'avait été par la mort d'Emmeline.

Une infirmière passa près d'eux.

— Elle va bien ? murmura-t-elle.

Ici, les membres du personnel semblaient se soucier les uns des autres et former une famille. Mais tout en la serrant contre lui, Yanis se demanda si Sam n'allait pas être soumise par sa faute à de terribles épreuves. Elle ne savait pas ce qui s'était passé entre son ex-femme, Giselle, et lui. Il devrait le lui dire à un moment ou un autre, mais pas maintenant.

Prenant la boîte de mouchoirs qui se trouvait sur le comptoir, il la lui tendit.

— Sèche tes yeux.

Elle obéit en reniflant.

— Merci.

— De quoi ?

— De ne pas être furieux contre moi. De ne pas avoir piqué une crise.

— C'est bon. Tu es déjà assez bouleversée comme ça et nous sommes tous les deux impliqués. Si j'avais piqué une crise, comme tu dis, on nous aurait envoyés au quatrième étage.

Sam laissa échapper un petit rire.

— En psychiatrie… Qu'est-ce qu'on va faire, maintenant ?

Yanis laissa échapper un soupir, heureux qu'elle soit prête à coopérer, puisqu'elle lui demandait son avis. Il savait que la femme qu'il avait rencontrée à Paris ne comptait que sur elle-même. C'était déjà un miracle, si elle acceptait de se fier à quelqu'un d'autre.

— On va prendre un rendez-vous pour une échographie, préciser la date de tes dernières règles, mesurer la taille du bébé et s'assurer qu'il va bien ainsi que sa maman.

Elle leva les yeux vers lui, visiblement soulagée par la sollicitude qu'il lui témoignait.

— Au moins, l'un de nous deux sait comment se comporter, et ce bébé en aura besoin parce que je n'ai pas la moindre idée de ce qu'il faut faire pour être une bonne mère.

— Je t'achèterai un manuel, répondit Yanis en lui souriant avec affection.

Sam était capable de travailler au bloc pendant une journée entière. Elle pouvait effectuer sans aucune pause les interventions les plus délicates et les plus compliquées. Elle pouvait rester assise près d'un patient, attendant qu'il se réveille, et tant pis si cela durait des heures. En revanche, les quarante-cinq minutes qu'il lui fallut attendre pour subir cette échographie lui parurent interminables.

— Pourquoi cela prend autant de temps ?

— Le service est surchargé. Et je te rappelle que nous ne sommes pas passés par un médecin traitant pour avoir ce rendez-vous. Les collègues nous ont accordé ce privilège.

Cette attente était terriblement familière, pour Sam. Elle réveillait des souvenirs qu'elle avait mis des années à enfouir au fin fond de sa mémoire. Évidemment, elle était beaucoup plus jeune, à cette époque, et elle n'avait pas un bel homme à son côté. En revanche, sa mère était assise auprès d'elle et lui répétait ce qu'elle devait dire *et ne pas* dire.

Ce n'était pas très difficile. Quelquefois, elle était si malade qu'il était plus simple de rester tranquille et de laisser sa mère jouer son rôle de parent désespéré qui *savait seulement que quelque chose n'allait pas.*

Sam laissait les médecins l'examiner ou enfoncer des aiguilles là où sa mère prétendait qu'il y avait un problème. Elle voulait tellement aller mieux ! Et elle était persuadée qu'ils avaient le pouvoir de la guérir.

D'une certaine façon, sa vocation était née grâce à eux. Mais elle n'ignorait pas non plus qu'après une brève accalmie la rechute ne tarderait pas. Parfois même, le traitement était très douloureux.

Évidemment, ce qu'elle vivait maintenant n'avait aucun rapport avec ce qu'elle avait subi enfant. Elle n'allait pas être utilisée comme un cobaye. Ce n'était qu'une simple échographie qui ne serait pas douloureuse, et l'examen leur fournirait, à Yanis et à elle, la réponse dont ils avaient besoin.

Mais en observant les autres femmes qui se trouvaient dans cette salle d'attente, elle ne pouvait s'empêcher de penser qu'elle ne pourrait jamais être une bonne mère.

Les mères étaient censées être aimantes et bienveillantes, mais Sam était convaincue qu'elle ne correspondrait jamais à ce modèle.

Je n'ai aucune idée de la façon dont il faudrait s'y prendre. Et si je n'y arrive pas ? Et si j'abîme cet enfant ? Si je le condamne à des années de thérapie ?

Elle s'agita sur son siège, perturbée par ces pensées négatives.

Comme Yanis se tournait vers elle, elle lui adressa un sourire qui se voulait rassurant, alors qu'elle était submergée par la panique. La vie de Yanis allait changer, elle aussi. Que ressentait-il ? Il n'avait pas dit grand-chose.

— À quoi penses-tu ? demanda-t-elle.

— Je n'en sais rien.

— Tu dois être aussi choqué que moi.

— Exact, répliqua-t-il avec un sourire.

— Cela implique que nous allons tous les deux devoir prendre des congés de maternité et paternité. Ce sera un véritable défi.

— On trouvera une solution.

— Je ne veux pas cesser de travailler. Mon métier est ma vie.

Il devait comprendre qu'elle ne serait jamais une mère au foyer, la neurologie étant sa raison de vivre. Elle avait toujours été fascinée par la médecine et elle avait su qu'elle en ferait sa profession. Mais elle nourrissait une véritable passion pour la neurologie depuis que sa mère, puis les médecins, avaient soupçonné qu'elle avait peut-être une tumeur cérébrale.

Sam s'était mise à faire des recherches. Comme il n'y avait aucun livre de neurologie dans la bibliothèque de son lycée, elle en avait commandé chez le libraire qui s'en était un peu étonné.

Le cerveau était l'un des organes les plus importants et complexes du corps humain. Il déterminait ce qu'on était, comment on réagissait, comment on aimait, ce qui déclenchait le rire ou les pleurs. Il générait les émotions et stockait les souvenirs.

À l'idée que sa passion pour son métier pouvait être atténuée par sa grossesse…

C'était terrifiant.

— Je ne vais pas y arriver, Yanis.

— Bien sûr que si, répondit-il en se tournant vers elle.

— Qu'est-ce que tu en sais ? Tu ne me connais pas vraiment… Tu ne sais rien de moi. Nous ne sommes que des collègues liés par des circonstances indépendantes de notre volonté. Je ne crois pas que cette… *situation*… te comble de joie.

Yanis laissa échapper un soupir.

— C'est évidemment une surprise. Mais si nous sommes capables d'enlever des tumeurs, d'endiguer des hémorragies et de ramener à la vie des mourants, je pense que nous saurons la gérer. Nous sommes intelligents et compétents. Je crois en nous.

Sam lui enviait cette certitude. D'où lui venait-elle ? Elle aurait voulu le croire. Ces arguments étaient valables, mais sa peur l'emportait sur la raison. Plus que tout, elle craignait de ruiner la vie de cet enfant comme sa mère avait ruiné la sienne.

— Samantha Gordon ?

Une femme vêtue de rose se tenait sur le seuil de la salle d'échographie.

Sam et Yanis échangèrent un coup d'œil. Lui prenant la main, il la serra légèrement.

— On peut le faire, dit-il.

Sam lui jeta un regard incertain, mais elle se laissa guider dans la pièce plongée dans la pénombre.

L'échographiste se présenta sous le prénom de Marta.

— Pouvez-vous vous asseoir sur le lit, madame Gordon ?

— Merci de nous recevoir, dit Yanis. Nous apprécions beaucoup cette faveur.

Il trouvait important de manifester sa gratitude. Il n'était pas entré dans une salle d'échographie depuis longtemps et il sentait son appréhension croître.

Dans ce lieu, on vous annonçait des nouvelles magnifiques, mais aussi de véritables catastrophes. Son ex-épouse et lui y avaient appris que le cœur de leur fils avait cessé de battre à trente-sept semaines de gestation.

En se montrant reconnaissant, il espérait peut-être déjouer le sort.

— Je dois d'abord vous poser quelques questions, dit Marta à l'intention de Sam.

Elle lui demanda la date de ses dernières règles et si son cycle était régulier. Elle avait en outre besoin de connaître son passé médical. Cela n'avait rien d'étonnant, mais Yanis perçut de la nervosité dans la voix de Sam. Il tenta de la réconforter en passant un bras autour de ses épaules.

Comme elle lui jetait un regard reconnaissant, il vit de la peur dans ses prunelles bleu ciel. Il aurait voulu la protéger de toute peine, mais c'était impossible. Il la serra seulement contre lui pour lui faire comprendre qu'ils affronteraient ensemble la situation, ne serait-ce que pour le bien du bébé.

— Très bien, dit Marta. Vous voulez bien vous allonger ? Vous allez avoir une sensation de froid.

Elle mit un peu de gel sur le ventre de Sam, dont le visage se crispa. Elle semblait tellement terrorisée que Yanis lui prit la main.

— Tout va bien se passer.

Quoi qu'il arrive, il ne l'abandonnerait jamais. Il avait soutenu Giselle du mieux qu'il l'avait pu, mais au bout du compte, ils s'étaient séparés. Pendant longtemps, il en avait éprouvé un sentiment d'échec qui l'avait incité à s'investir totalement dans son travail. En tant que médecin, il pouvait aider ses patients et faire la différence.

Mais, en l'occurrence, il n'y avait rien qu'il puisse faire, et Sam ressentait certainement la même chose.

Marta plaça la sonde sur l'abdomen de Sam et commença à la déplacer. Yanis et Sam ne voyaient pas l'écran, car les échographistes s'assuraient d'abord que tout allait bien avant de le tourner vers les futurs parents.

Le visage de Marta n'exprimait rien.

— C'est une mauvaise nouvelle, n'est-ce pas ? demanda Sam. Je vais faire une fausse couche, ou alors c'est une grossesse môlaire ?

Yanis fut surpris qu'elle s'attende au pire car il avait cru être le seul. Mais il appréciait le réalisme de Sam. Dans sa vie, pas de licorne arc-en-ciel, juste des faits dans toute leur réalité.

Mais Marta secoua la tête en souriant.

— Il y a eu des grossesses multiples, dans vos deux familles ? demanda-t-elle en tournant l'écran vers eux.

La bouche soudain très sèche, Yanis fixa l'image. Est-ce qu'il l'interprétait correctement ?

Des jumeaux ?

Deux bébés. Ils allaient avoir *deux bébés*. Deux !

Il serra plus fort la main de Sam qui fixait l'image avec stupéfaction.

— Quoi ? Des jumeaux ? Ce n'est pas possible !

— Ça l'est, répliqua Marta en souriant.

Sam se concentra sur le bébé A, puis sur le bébé B. Ils

étaient tous les deux de bonne taille, si l'on en croyait les mesures prises par Marta.

Yanis avait presque perdu l'usage de la parole. Est-ce que c'était vraiment en train d'arriver ? Tout ce qu'il avait déjà vécu ? Tout ce qu'il avait perdu… Son rêve de fonder une famille était-il de nouveau réalisable ?

Ce sentiment initial de surprise teintée de joie fut soudain gâché par la peur. Tout cela pouvait très mal se terminer. Allait-il entraîner Samantha dans une épreuve terrible ?

— Vous voulez entendre leurs cœurs ?

Marta appuya sur un bouton et ils entendirent les battements réguliers de deux cœurs en bonne santé, tels qu'ils devaient être.

Mais son fils aussi avait paru plein de vie jusqu'à ce qu'il meure dans l'utérus. Juste au moment où Giselle et lui commençaient à croire que tout allait bien… Que, *cette fois,* ils allaient pouvoir décorer la chambre et acheter le berceau.

— Des jumeaux… Je n'arrive pas à le croire, dit Sam, la voix tremblante. Et ils vont bien ?

Marta hocha la tête.

— Ce sont de vrais jumeaux qui ont chacun leur poche amniotique. Ils partagent le même placenta, ce qui implique que nous allons devoir surveiller votre grossesse.

Sam hocha la tête. Il y avait un risque de syndrome transfuseur-transfusé. Normalement le flux sanguin était également distribué entre les deux bébés, mais il arrivait que l'un des deux reçoive davantage de sang au détriment de son jumeau qui pouvait en mourir.

Curieusement, la perspective d'une issue malheureuse semblait convaincre Sam de la réalité de cette grossesse.

— Votre placenta est assez bas, pour le moment, mais cela peut changer. En grossissant, il peut monter sans que cela cause un problème.

— Mais vous pensez à un placenta *prævia*, dit Sam.

Cela pouvait causer des saignements importants et impliquer une urgence médicale pendant la grossesse ou au moment de l'accouchement.

— Vous serez régulièrement suivie, dit Marta.

— Très bien.

De nouveau, Yanis s'étonna que Sam prenne avec autant de légèreté l'éventualité de complications. Il en était conscient aussi et il s'en attribuait la responsabilité, mais il ne pouvait pas le montrer à Sam. Elle aurait besoin qu'il soit fort pour elle, comme il avait tenté de l'être pour Giselle.

— Vous voulez des clichés ? demanda Marta en arborant un grand sourire.

Sam hocha la tête, puis elle se tourna vers Yanis.

— Yanis ? Tu te sens bien ?

Il se força à sourire, bien qu'il soit malade de peur.

— Évidemment !

Dans l'ascenseur qui les amenait à l'étage de la neurologie, Sam continua d'étudier les clichés qu'elle tenait à la main. Cela avait quelque chose d'irréel, mais ils étaient bien là, dans son ventre, ces deux bébés.

Elle se frotta l'abdomen comme pour établir une connexion entre ces images et son corps. Des jumeaux… Avec le risque de syndrome transfuseur-transfusé ou de placenta *prævia*. Finalement, elle n'était pas surprise.

— Qu'est-ce qu'on fait, maintenant ? demanda-t-elle.

Yanis avait l'air d'être dans un autre monde et c'était étrange. D'habitude, il incarnait la quintessence du Français sûr de lui. Mais en l'occurrence, il semblait absent et certainement pas heureux.

— Cette situation est bizarre, et je suis la première surprise, poursuivit-elle. Dieu seul sait ce que tu éprouves, toi aussi. Un coup d'un soir avec une collègue, et *bam*, merci, Sam, ce sont des jumeaux…

Elle glissa les clichés dans la poche intérieure de sa tenue d'hôpital. Inutile de mettre les collègues au courant avant d'être prête.

— Si tu préfères tirer ta révérence, tu es libre, ajouta-t-elle en soupirant. J'aimerais le pouvoir moi-même.

Les portes de l'ascenseur s'écartèrent et ils se retrouvèrent dans le couloir.

— Qu'est-ce que tu as dit ? demanda-t-il.

— Je ne sais pas… Je me retrouve dans une situation impossible et la raison me dit que je suis incapable d'être mère.

— Bien sûr que tu le peux ! C'est à la portée de n'importe qui !

— N'importe qui ? Tu devrais faire la connaissance de certains parents, aux urgences. Ils n'en ont pas la moindre idée.

— Mais toi, si. Tu es intelligente. Tu es médecin.

— Certes, mais parfois, l'excès de connaissances peut être néfaste.

Sam pensa à sa propre mère, à tous les livres de médecine qu'elle rapportait à la maison, à tous les manuels d'occasion qu'elle parvenait à se procurer. Ils avaient été la drogue de sa mère, sa cocaïne ou son héroïne. Son addiction. Ils avaient plus d'importance pour elle que sa propre fille, et elle les utilisait pour créer les situations dont elle avait besoin. Elle avait délibérément fait du mal à Sam pour recevoir l'attention qu'elle désirait si ardemment de la part des médecins et des infirmières.

Sam soupçonnait que ce comportement s'était manifesté dès sa prime enfance. Quand sa mère avait su qu'elle était enceinte, le père de Sam était parti, ce qui avait déclenché chez sa mère ce désir de reconnaissance, d'admiration.

Sam craignait plus que tout de suivre cet exemple. Elle avait fait des études poussées. Et s'occuper d'un enfant était déjà difficile, mais deux… Que se passerait-il, si le stress la faisait craquer ?

Toutes ces pensées affluèrent à son esprit, mais elle parvint à conserver un visage impassible.

— C'est juste… C'est juste que je ne sais pas comment m'y prendre, surtout avec des jumeaux.

— Je sais que c'est dur, mais abstenons-nous de toute réaction instinctive.

— C'en est une, et tu ne m'as toujours pas dit ce que tu éprouvais à ce sujet.

Yanis passa une main dans ses cheveux qui se remirent aussitôt en place, et Sam en fut bizarrement agacée. Elle aurait voulu, elle aussi, être toujours coiffée impeccablement. Réalisant qu'elle se laissait distraire par un détail, elle attendit la réponse de Yanis.

— Je pense que nous devons vivre cette expérience au jour le jour, dit-il.

— Tu veux dire qu'il vaut mieux ne pas s'en préoccuper jusqu'à ce qu'il soit trop tard pour faire un choix ? Ça semble judicieux, sauf que l'échographiste a bien précisé qu'il s'agit d'une grossesse à risque. L'un des bébés pourrait être énorme et l'autre chétif. Et je pourrais aussi me mettre à saigner… Tu ne trouves pas ça drôle ?

Elle s'aperçut que ce sarcasme hystérique n'était sans doute pas adapté, mais elle n'avait pas pu s'en empêcher. Il était facile pour Yanis de dire qu'ils devaient vivre cette expérience au jour le jour, mais ce n'était pas lui qui portait deux nouvelles vies dans son ventre. Ce n'était pas lui qui devrait affronter les conséquences médicales, cette surveillance qui ferait de nouveau d'elle un cobaye. C'était elle qui allait accoucher de jumeaux !

Sam ne voulait pas être amère, mais sur la balance des avantages et des inconvénients, cette situation penchait exagérément en faveur de Yanis. Ce n'était pas lui qui verrait son corps changer, il ne souffrirait pas de crampes ou de nausées. Il n'aurait pas de vergetures, de brûlures d'estomac ou de contractions. Il lui était facile d'envisager les choses avec philosophie.

Il pouvait toujours dire qu'ils affronteraient cette grossesse ensemble, mais dans quelle mesure était-ce vrai ? Il pouvait s'en aller à n'importe quel moment, et elle resterait seule avec son bébé.

Ses deux bébés !

— Tu es injuste, dit Yanis.

— Il n'y a aucune justice dans tout ça, répliqua-t-elle en se détournant.

À cet instant, son biper se mit à sonner, la ramenant dans son autre monde, celui dans lequel elle était une neurochirurgienne respectée et indispensable.

— Mon prochain patient est prêt, dit-elle. Je dois y aller.

— De quoi s'agit-il ?

— Il souffre d'une tumeur bénigne située sur la colonne vertébrale, et qui affecte ses mouvements.

— Je suis libre, permets-moi de t'assister.

— Je n'ai pas besoin d'un baby-sitter, Yanis. Je vais bien.

— Je n'en suis pas certain, mais une paire de mains supplémentaire peut toujours s'avérer utile. Et tu as subi un choc, aujourd'hui…

— Toi aussi.

Lewis Kosalski était un kayakiste réputé. Après une compétition qui avait duré vingt-quatre heures, il s'était aperçu qu'il avait un problème au niveau du dos et des jambes. Tout d'abord, il avait mis cela sur le compte de cette durée inhabituelle, mais la douleur avait persisté et il avait commencé à s'inquiéter.

— Il y a une technique que nous appelons esquimautage, ou roulade, expliqua-t-il à Yanis. J'étais en train de l'enseigner à des étudiants, en piscine, mais quand je me suis retrouvé sous l'eau, je n'ai plus eu assez de force pour remonter à la surface. La souffrance, au niveau de mon dos, était affreuse, et j'ai dû m'extirper de la jupe du kayak, mais pendant un instant, j'ai cru que j'allais me noyer.

— Ça a dû être effrayant, dit Yanis.

— Pas autant que cette opération, docteur.

— Vous êtes dans d'excellentes mains. Le Dr Gordon est sûre de pouvoir exciser cette tumeur.

— Je l'espère, dit Lewis en hochant la tête.

— Vous êtes prêt pour l'anesthésie ?

— Oui.

Yanis adressa un signe de tête à l'anesthésiste qui entra en action. Pendant ce temps, il se rendit dans le vestibule du bloc où il trouva Sam en train d'ajuster sa coiffe.

— Il est nerveux, dit-il.

— Est-ce qu'on ne l'est pas, nous aussi ?

— Tu redoutes cette intervention ?

— Non, répondit-elle avec un sourire. Je sais exactement ce que je fais.

— Très bien. Tu as mangé quelque chose ?

— Je ne vais pas m'évanouir, répliqua-t-elle en se lavant les mains. Détends-toi.

— J'ai le droit de m'inquiéter.

— Ah bon ?

— Parfaitement. La dernière fois, j'ai pu te rattraper. Mais là, je serai de l'autre côté de la table, alors si tu t'évanouis, tu tomberas sur le sol.

— Ça n'arrivera pas.

— Tant mieux.

— Mais c'est sympa de savoir que tu t'en soucies, je pense.

— C'est le cas.

— La venue des jumeaux ne te terrorise pas ? demanda-t-elle en souriant. Tu n'as pas envie de prendre tes jambes à ton cou ? Je ne te blâmerais pas. En fait, je crois que je te comprendrais.

Plaçant ses mains sous le robinet, Yanis les savonna et les frotta vigoureusement.

— Parce que tu voudrais prendre tes jambes à ton cou ? demanda-t-il.

— Oui, mais il est difficile de fuir son propre corps. Je crois bien que je suis coincée.

— Quoi que cette grossesse nous réserve, je suis certain que nous gérerons la situation.

— C'est ce que tu répètes sans cesse. Mais tu n'en as pas l'air si sûr.

C'était vrai, mais il ne pouvait pas exprimer ses doutes à

voix haute. Il tentait seulement de se persuader lui-même que tout irait bien.

Mais quand révélerait-il à Sam que Giselle n'avait pas seulement perdu un enfant, mais trois ?

Sam semblait déjà s'attendre au pire. Aujourd'hui, elle avait mentionné le syndrome transfuseur-transfusé. Mais *lui*, qu'allait-il transmettre à leurs bébés ? Était-ce son héritage génétique qui avait déterminé son incapacité à devenir père ? Si cette grossesse tournait mal, qui Sam blâmerait-elle, elle ou lui ?

Et dans ce cas, comment le supporterait-il ?

Après Giselle, il s'était dit qu'il ne tenterait plus jamais de fonder une famille. C'était trop risqué, et trop douloureux quand tous vos espoirs s'effondraient.

Il avait du mal à croire que quelques jours auparavant ce nouveau départ à Richmond l'enthousiasmait, et il avait été ravi de découvrir que Sam y travaillait toujours. À eux deux, il était persuadé qu'ils feraient de St. Barnabas l'un des centres de pointe en matière de neurologie au Royaume-Uni.

Il appréciait Sam. Bien plus que cela, en réalité. La nuit qu'ils avaient passée ensemble avait été magique. Il y avait entre eux une connexion qu'il n'avait pas ressentie depuis longtemps. Il espérait qu'ils seraient amis, qu'ils partageraient des moments de rire et de joie. Au lieu de cela, c'était sa faute si cette femme pour laquelle il éprouvait des sentiments très forts affrontait les moments les plus difficiles de sa vie.

Il avait soutenu Giselle du mieux qu'il pouvait, mais il aurait eu besoin que quelqu'un soit là pour *lui*. Les membres de sa famille avaient compati, mais aucun d'eux ne comprenait vraiment ce qu'il ressentait. Son frère et sa sœur avaient fondé leur propre famille sans aucun problème. Comment auraient-ils pu savoir à quel point il était désespéré et impuissant ?

Tout ce qu'il avait pu faire ou dire n'avait en rien pu aider Giselle. Il avait été incapable de soulager son chagrin ou le sien. La perspective d'affronter les mêmes tourments était tout simplement redoutable.

Ils entrèrent dans la salle d'opération où l'infirmière de bloc les aida à enfiler leurs tenues stériles et leurs gants.

— Commençons, dit Sam.

L'infirmière résuma le dossier de Lewis et précisa la nature exacte de l'intervention. Sam étudia le scan une dernière fois, puis elle marmonna quelques mots derrière son masque avant de les répéter à haute voix :

— Faisons la différence, tout le monde. Scalpel.

Faisons la différence.

Yanis l'avait déjà entendue prononcer cette phrase à Paris et il avait pensé que cela faisait partie du rituel de Sam. Il réalisait maintenant que ces mots traduisaient sa volonté de forcer le destin. Volonté qu'elle souhaitait transmettre à toute l'équipe.

Peut-être pourrait-il en faire bon usage, lui aussi. Peut-être pourrait-il cesser de craindre le pire et présumer que la situation dans laquelle ils se trouvaient, Sam et lui, ne générerait que le meilleur…

Il ferait en sorte que Sam bénéficie des meilleurs services médicaux, mais aussi qu'elle prenne soin d'elle-même, qu'elle mange et se repose correctement. Il lui montrerait qu'il était là pour elle, qu'il la soutiendrait et serait un partenaire actif.

Il pouvait faire la différence.

Il lui prouverait qu'à eux deux ils étaient capables de mener à bien cette entreprise effrayante. Plus important encore, qu'ils pourraient continuer de mener leur vie au lieu d'imaginer qu'ils se trouvaient dans un canoë, propulsés dans des rapides sans pouvoir rien faire.

Il y parviendrait. Ils avaient des pagaies, ils sauraient gouverner et reprendre le contrôle, manœuvrer pour quitter les eaux agitées et gagner la rive sans encombre.

D'accord, leurs vies allaient changer à partir de maintenant, mais cela n'impliquait pas pour autant qu'ils en seraient les témoins passifs. Ils pouvaient vaincre leurs peurs, leurs doutes, et montrer à cette grossesse qui étaient les patrons.

Sam effectua la première incision, et sa concentration évidente réconforta Yanis, l'assurant que sa décision était la bonne. Il laissa de côté tous ses soucis, tandis que l'intervention commençait.

Seul importait maintenant cet homme sur la table d'opération. Sa colonne vertébrale. Sa tumeur. Son avenir. Si Sam était capable d'oublier momentanément ce qui bouleverserait sa vie, il le pouvait aussi.

Inspirant profondément, il se focalisa sur leur patient.

Le reste du monde et ses tumultes se dissipèrent dans le lointain.

C'était la raison pour laquelle il aimait autant la chirurgie.

4.

L'atrium était un endroit calme et reposant. Des arbres, des buissons et des fleurs y poussaient, donnant l'impression d'être dans une serre. Les allées ponctuées de bancs faisaient des tours et des détours, ce qui permettait aux visiteurs et au personnel de s'installer à l'abri des regards dans de petits espaces privés, et de souffler un moment.

C'était le lieu idéal pour réfléchir, s'éclaircir les idées.

Sam était assise sur un banc et regardait le poisson, presque hypnotisée par ses déplacements.

— La Terre appelle Sam.

La voix de son ami Gil Alexander la ramena à l'instant présent. Elle adressa un sourire au chef de la réadaptation neurologique et lui fit signe de prendre place auprès d'elle.

— Tu vas bien ? demanda-t-il en s'asseyant. Tu avais l'air d'être à des milliers de kilomètres d'ici.

Sam laissa échapper un petit rire.

— Non à la première question et oui à la seconde.

— Je peux t'aider ?

— Je ne crois pas que cela fait partie de ton domaine d'expertise.

Gil fronça les sourcils.

— Donc, il ne s'agit pas du boulot. Hum… Intéressant. Est-ce que par hasard tu aurais finalement une vie privée ?

Cette plaisanterie ne datait pas d'hier.

— Disons qu'elle est compliquée, répondit Sam en souriant.

La première fois qu'elle avait rencontré Gil, ce n'était pas en tant que collègue. On l'avait appelée aux urgences pour recevoir un patient, et elle venait de faire son rapport, quand elle avait remarqué un homme, dans la salle d'attente, qui tenait des propos incohérents.

— Quelqu'un s'occupe de lui ? avait-elle demandé à la réceptionniste.

Celle-ci avait haussé les épaules.

— Je ne crois pas.

— Tu en es certaine ?

— S'il s'était approché de l'accueil, je m'en souviendrais.

Sentant qu'il y avait un problème, Sam s'était agenouillée devant l'inconnu et lui avait posé quelques questions. Ses réponses confuses l'avaient alertée et, après lui avoir fait faire un test d'effort qui avait été négatif, elle avait été certaine qu'il souffrait d'un traumatisme cérébral.

Comme il avait très mal à la tête, elle l'avait envoyé en imagerie médicale, et le scan avait montré une hémorragie qui nécessitait une opération en urgence.

Sam venait d'arriver dans le service et Elliot avait été tellement impressionné qu'il l'avait autorisée à l'assister au bloc. Par la suite, Sam avait appris que Gil, le patient, avait subi un choc sévère à la tête pendant une mêlée de rugby. Sur le coup, il avait pensé que ce n'était rien. Mais à mesure que les heures passaient, il s'était senti horriblement mal au point de se rendre aux urgences.

Cette intervention avait changé la vie de Gil. Il avait abandonné son poste d'urgentiste et repris ses études. Maintenant, il dirigeait le service de réadaptation neurologique de St. Barnabas. Il aidait les patients à reprendre le cours de leur vie après un traumatisme cérébral.

— Raconte, Sam, dit-il. On ne sait jamais, je pourrais faire preuve de sagesse.

Elle laissa échapper un soupir.

— Tu sais que j'ai passé un mois à Paris ?

Gil hocha la tête tout en sirotant son café.

— J'ai rencontré quelqu'un là-bas, ajouta-t-elle.

— Tu n'as rien dit à ton retour.

— Parce que je croyais que ce n'était rien.

— Et finalement, c'était *quelque chose* ?

Sam soupira pour la seconde fois.

— Oui. Il m'a consolée lorsque j'ai perdu une patiente, le dernier jour. Une fillette…

— Je suis désolé.

— J'étais vraiment mal. Je savais qu'elle avait très peur de cette opération.

Gil connaissait le passé de Sam. Il comprit aussitôt combien ce décès l'avait affectée.

— Je suis certain que tu as opéré cette enfant pour les bonnes raisons, dit-il.

— Je ne sais pas. Bref, Yanis et moi, on a couché ensemble, cette nuit-là.

Gil ne fit pas de commentaires, mais elle savait qu'elle devait lui en dire davantage. S'il y avait quelqu'un en qui elle pouvait avoir confiance, sur cette planète, c'était bien Gil. Il était son ami et il ne trahirait jamais ses secrets. L'amitié qui était née entre eux après l'opération était solide. Sam était fière de lui avoir sauvé la vie et il était persuadé que si son existence avait pris une nouvelle direction c'était grâce à elle.

— Et maintenant, il est ici, reprit-elle. C'est Yanis Baptiste.

— Ah oui ! J'ai vu son nom sur les dossiers de quelques patients. Et des infirmières n'ont pas tari d'éloges sur lui pendant la pause déjeuner. Apparemment, il serait *trooooop beau.*

— Elles le trouvent canon, c'est vrai, répliqua Sam en riant.

— Et je suppose qu'il voudrait reprendre votre relation là où vous l'avez laissée, à Paris ?

— Pas exactement.

— Où est le problème, alors ?

Sam inspira un grand coup avant de répondre :

— Je suis enceinte.

Gil n'émit pas un long sifflement, sans rire, ni sourire, pas plus qu'il ne la félicita. La regardant droit dans les yeux, il alla droit au but.

— Quel effet ça te fait ?

Gil était vraiment quelqu'un de bien ! Il était bienveillant et plein d'empathie.

— Je suis terrifiée.

Il lui prit la main et la serra légèrement.

— Qu'est-ce qui te fait le plus peur ?

— Tout.

— La maternité ?

Hochant la tête, elle essuya une larme.

— Tu ne seras pas comme elle, Sam. Tu es différente.

— Les enfants méritent d'avoir de bons parents, Gil. Des parents qui s'aiment, qui se soutiennent mutuellement. Yanis et moi, c'est à peine si nous nous connaissons. Nous avons passé une nuit ensemble, et voilà où nous en sommes. Veiller sur un enfant c'est déjà difficile, mais sur deux…

— Ce sont des jumeaux ?

— Oui.

Gil se tut pendant que deux patients passaient dans l'allée, traînant leur potence avec eux.

Lorsqu'ils se furent éloignés, il reprit :

— Je ne vais pas te mentir, ce ne sera pas facile. Est-ce que tu peux compter sur le Dr Baptiste ?

— Il dit qu'il me soutiendra.

— Il faut que tu en sois certaine.

— Mais si ça dérape ? Une grossesse multiple est toujours risquée et mon corps en a vu de dures, par le passé.

— Ton corps va très bien. Tu es forte, et c'est ta mère qui t'a fait du mal délibérément.

— Mais quand on te répète *tous les jours* qu'il y a quelque chose de détraqué, chez toi…

— Tu n'as rien de détraqué. Regarde-toi ! Tu es l'une des meilleures neurochirurgiennes du pays. Rappelle-moi la dernière fois que tu as été malade ? Ce rhume, l'été dernier ? Tout le monde l'a attrapé. Il n'y a aucune raison pour que tu aies des problèmes pendant ta grossesse.

— Je savais que tu me ramènerais à la raison.

— J'apprécie de te *sauver*, quelquefois. Tu m'as empêché

de faire le grand plongeon, et je trouve juste d'en faire autant pour toi, répliqua Gil avec un sourire.

— Merci. Je ferais bien d'y aller. J'ai un patient en consultation externe à recevoir. Et toi, tu vas bien ?

— Parfaitement bien, merci.

L'espace de quelques secondes, Sam posa la tête sur l'épaule de son ami, puis elle retourna dans l'hôpital.

Gil avait raison. Si l'on en croyait certains manuels, les pensées positives aidaient à se maintenir en bonne santé. Si elle pouvait faire quelque chose pour que sa grossesse se passe bien, elle devait agir.

Il ne s'agissait pas seulement d'elle.

Elle devait penser à sa famille.

Yanis passa la tête dans l'embrasure de la porte juste avant qu'elle accueille son patient.

— Je voulais te prévenir que Lewis va bien.

Bien qu'il soit trop tôt pour faire un pronostic, il était passé le voir aux soins intensifs. Sa température, sa tension et sa respiration étaient normales.

Après une intervention, les premières vingt-quatre heures étaient toujours cruciales car n'importe quoi pouvait survenir : un caillot qui se formait, le drain qui se bouchait ou une infection qui se déclarait. C'est pourquoi les patients étaient toujours surveillés de près.

— Super ! Merci de m'avoir prévenue. Il est toujours en observation ?

— *Oui.*

— Tant mieux.

Sam lui sourit comme si elle ne savait pas quoi ajouter. Se glissant dans la pièce, il referma la porte derrière lui avant d'approcher de son bureau et de s'asseoir en face d'elle.

— Tu dois savoir que tu peux venir me voir à n'importe quel moment, dit-il.

— C'est gentil.

— Tout se passera bien, si nous sommes convaincus de pouvoir compter l'un sur l'autre.

— D'accord… Mais ça risque d'être difficile pour moi parce que je ne me fie qu'à moi-même depuis très longtemps. Il faut aussi que tu le saches.

— Je peux comprendre que ce soit difficile, mais j'aurais du mal à admettre que ce soit impossible.

— C'est noté, dit Sam en hochant la tête. Autre chose ?

— *Oui*. Je voudrais t'inviter à dîner.

— À dîner ? Pourquoi ?

— Parce que nous avons besoin de manger, et pourquoi ne pas en profiter pour le faire ensemble et créer un lien entre nous ?

— Tu veux qu'on crée un lien ? demanda Sam d'un ton sceptique.

— Pas toi ? On va avoir des enfants ensemble.

— Un dîner… OK… À quelle heure ?

— Je peux passer te prendre à 19 heures ?

— Tu peux, répliqua-t-elle en souriant.

— Il me faudrait ton adresse.

Sam gribouilla quelques informations sur un post-it qu'elle lui tendit, le rouge aux joues.

— On dirait un rancard.

Yanis la fixa un instant.

— Parce que c'en est un, indubitablement.

D'ordinaire, Sam n'acceptait pas les rendez-vous, parce qu'ils impliquaient qu'on fasse confiance à quelqu'un. Si bien que lorsqu'elle avait besoin de la compagnie d'un homme, elle s'arrangeait pour que la rencontre se résume à une seule fois un soir. Inutile d'apprendre à se connaître, ni de savoir les goûts alimentaires de l'autre ou s'il préférait les chats aux chiens. On se donnait mutuellement du plaisir, et ensuite au revoir.

Elle ne l'avait pas fait souvent, craignant de s'exposer à la curiosité d'un inconnu en lui laissant voir ses cicatrices. Pour lui, elles ne signifieraient peut-être rien, mais pour elle, c'était la preuve qu'elle avait laissé quelqu'un d'autre la contrôler.

Mais cela ne lui arriverait plus jamais. Elle avait son propre libre arbitre et elle préférait n'avoir à veiller que sur elle-même. C'était facile et elle risquait moins de se gâcher la vie.

Alors, accepter un rancard…

La dernière fois que cela lui était arrivé, c'était à la faculté, avec un geek président du club d'échecs. Il s'était présenté chez la tante de Sam avec un petit bouquet, mais ensuite, leur relation n'était pas allée plus loin.

Alors pourquoi avait-elle accepté de sortir avec Yanis ?

Parce qu'il m'a prise au dépourvu. Parce que je ne savais pas quoi répondre. Parce que… Parce que je suis curieuse et qu'apprendre à connaître Yanis semble être logique.

C'était ce que Sam se répétait tout en se maquillant avec soin. Bien entendu, cela n'avait rien à voir avec le fait qu'elle était irrésistiblement attirée par cet homme. Elle s'efforçait seulement de se comporter en adulte responsable.

Pour le bien des bébés, elle devait communiquer avec leur père et trouver avec lui un terrain d'entente.

La sonnerie de la porte d'entrée résonna à 19 heures tapantes. L'estomac noué, Sam alla ouvrir.

Yanis était incroyablement canon et, à sa vue, elle éprouva une bouffée de désir. Le cœur battant la chamade, elle s'étonna d'une telle réaction.

Bon sang ! Tu le vois tous les jours.

Certes, mais en tenue de ville, Yanis était d'une séduction à couper le souffle.

Un pantalon sombre mettait en valeur ses longues jambes musclées et une chemise bleue ajustée soulignait la couleur de ses yeux, la minceur de sa taille et la largeur de ses épaules. Et quel était ce parfum ? Sam réprima l'envie de fermer les yeux pour le respirer, lui permettre de flatter ses sens jusqu'à ce qu'elle se sente toute chaude et langoureuse.

— Waouh ! Tu es plutôt pas mal.

— *Et toi, tu es belle,* répliqua Yanis avec un sourire.

Sam fit appel à toutes ses connaissances scolaires du français pour comprendre ce qu'il venait de dire. Elle devait avoir froncé les sourcils, car il ajouta :

— Je te trouve magnifique.

— Merci, répondit-elle en se sentant rougir. Où va-t-on ?

— Chez Le Chef.

— On va manger des plats français ? C'est une très bonne idée.

Elle prit son sac dans lequel elle glissa son téléphone portable puis ils sortirent de la maison et se dirigèrent vers la voiture de Yanis, au bout de l'allée. Sam sentait la paume de Yanis dans son dos, lui rappelant la dernière fois qu'il l'avait touchée, à Paris.

Sentant l'excitation monter, elle se réjouit qu'il ne puisse savoir à quoi elle pensait. Depuis son retour de Paris, ces images l'avaient hantée souvent pendant la nuit. Elle aurait voulu être une autre femme et pouvoir revenir vers lui encore et encore. Yanis était un amant expérimenté et il savait comment donner du plaisir à sa partenaire.

Combien avait-il eu de maîtresses ? À sa façon de faire l'amour, Sam supposait qu'elles avaient été nombreuses. N'était-elle qu'une conquête de plus ? Lui en voulait-il de l'avoir pris au piège en faisant de lui un père ? Il ne portait pas d'alliance et elle ne connaissait rien de son passé, sauf qu'elle se rappelait avoir entendu dire qu'il sortait d'une longue relation. Avait-il célébré sa liberté retrouvée en multipliant les liaisons ? Beaucoup d'hommes se comportaient ainsi.

Pendant que Yanis conduisait, elle chercha quelque chose à dire. À l'hôpital, c'était facile car ils pouvaient parler de leurs patients, mais de quoi discutaient les gens dans ce genre de situation ? Elle n'avait aucun talent dans ce domaine, et la seule justification de ce rendez-vous était qu'ils allaient être parents de jumeaux. Elle était terrifiée à l'idée de faire une gaffe.

À propos, les enfants… Eh bien, je connaissais votre père, mais j'ai dit quelque chose de vraiment stupide et vous ne le verrez jamais. Désolée.

— Alors, qu'est-ce que tu penses de Richmond ? Est-ce comparable à Paris ?

Yanis sourit.

— On ne peut pas les comparer. Paris est Paris, avec une vie culturelle intense qu'on ne trouve nulle part ailleurs. Richmond est paisible et verte. J'adore le parc et j'y fais mon jogging presque tous les matins.

— Tu cours ?

Sam imagina Yanis en T-shirt et en short, les muscles puissants de ses jambes jouant sous sa peau, la sueur faisant briller son front. Ensuite, Yanis sous la douche, nu et chaud…

Elle toussota.

— J'essaye, répondit-il. Toi aussi ?

— Moi ? Non. Je vais en salle de gym de temps à autre, quand le besoin s'en fait sentir, mais je me dis la plupart du temps qu'il me suffit d'aller au travail à pied.

— Tu devrais courir avec moi, quelquefois.

— Dans mon état ? s'exclama Sam en riant.

— Peut-être après, alors.

Après…

Il voulait dire après sa grossesse ? C'est donc qu'il pensait rester un certain temps. La perspective que Yanis Baptiste soit présent dans sa vie pour toujours était… déconcertante. Sympathique, mais étrange. Que seraient-ils l'un pour l'autre ? Deux futurs parents ? Ou quelque chose de plus ? Des *sex friends* ? Jusqu'à ce que Yanis rencontre quelqu'un de mieux ?

Sam avait beau savoir qu'aux yeux de beaucoup de gens elle était une femme appréciable, elle était incapable de se persuader qu'elle avait quelque chose à offrir à une autre personne. En tout cas, pas sur le long terme.

Sa propre mère, la femme qui était censée l'aimer et la protéger, avait été celle qui lui avait fait le plus de mal. Qu'est-ce que ce serait avec quelqu'un d'autre qui n'avait aucun lien du sang avec elle ?

Yanis avait l'air d'un type bien, et sans doute l'était-il. Il était beau, intelligent et compatissant. Mais qu'est-ce qui se cachait sous la surface ? Qui était le vrai Yanis ?

— Peut-être, dit-elle.

— Tu pourrais faire partie de ces mères qui courent en poussant leur landau devant elles. J'en vois tout le temps.

— À moins que tu fasses partie de ces pères qui promènent leurs enfants en poussette, répliqua Sam.

— Tu as raison, je pourrais, dit-il en riant. Tu vois ? Nous sommes deux adultes sensés… Nous discutons de la meilleure façon d'être parents.

Sam ne sut que répondre. Les propos de Yanis étaient logiques, et s'ils parvenaient à conserver un comportement sincère et dépourvu d'affect, il n'y aurait pas de problème. Mais les affects, les émotions, faisaient partie de la vie. Chaque décision en était imprégnée. Tout était-il blanc ou noir ? Sam doutait.

Le Chef disposait d'un petit parking où Yanis trouva facilement une place. La soirée était fraîche et Sam se réjouit d'avoir emporté son manteau. Une fois de plus, elle sentit la paume de Yanis au creux de ses reins lorsqu'ils entrèrent dans le restaurant et qu'il confirma sa réservation.

Le serveur les guida jusqu'à une table pour deux, près de la baie vitrée donnant sur un petit jardin. La vue était charmante, intime, songea Sam en regardant les arbres fruitiers, le gazon et les fleurs en pot éclairés par des lampadaires du plus pur style victorien.

Ils s'assirent, et le serveur versa de l'eau dans leurs verres.

— C'est très sympa, dit Sam. Tu es déjà venu ici ?

— *Non*, mais ce restaurant est sur la liste de recommandations que m'a laissée mon frère.

— Le frère qui puce des rhinocéros ?

— Exact.

— Tu as une grande famille ? Y a-t-il d'autres Baptiste dont tu pourrais me parler ?

— J'ai une sœur, Yvette, qui est professeur. Ma mère est infirmière en soins intensifs.

— C'est de là que t'est venue ta passion pour la médecine ?

— C'est possible. J'ai toujours été passionné par les anecdotes qu'elle me rapportait et ça peut avoir eu une influence sur ma décision. Et toi ? Qu'est-ce qui t'a fait choisir la médecine ?

Ayant trop honte, Sam ne pouvait pas encore lui dire la vérité à ce sujet, mais elle décida de lui en livrer une partie.

— Ma mère était passionnée par la médecine, elle aussi. Elle avait une façon de parler des médecins et des infirmières… J'imagine que j'ai voulu leur ressembler.

Elle se sentait incapable de dire à Yanis combien elle aurait voulu que sa mère se satisfasse de leur amour mutuel. Si cela avait été le cas, elle n'aurait pas cherché auprès des équipes médicales l'attention dont elle avait désespérément besoin.

Par bonheur, le serveur apporta les menus, fournissant à Sam une distraction bienvenue. La plupart des plats étaient rédigés en français, fort heureusement traduits juste en dessous.

— Ça a l'air délicieux.

— Tu as dit à ta mère que tu étais enceinte ?

Sam se mordilla la lèvre inférieure. Que répondre ? Qu'elle n'appelait sa mère qu'une fois par mois ? Que beaucoup de leurs échanges étaient tellement anxiogènes que Sam lui raccrochait souvent au nez ? Que si elle apprenait que sa fille attendait un enfant elle voudrait revenir dans sa vie, ce que Sam évitait depuis des années ?

— Pas encore.

— Il y a une raison particulière ?

— C'est juste… que je n'en suis qu'au début.

Yanis la fixa d'un air bizarre et elle comprit qu'il réfléchissait. Dans la mesure où elle était à la fin du premier trimestre, le risque de fausse couche était moindre. En revanche, il pouvait y avoir des complications. De toute façon, pas question d'en parler à sa mère, elle avait trop peur de rouvrir d'anciennes blessures !

— Et toi ? Tu en as parlé à ta famille ?

— *Oui.*

— Comment elle prend la nouvelle ?

Yanis se détourna comme si lui aussi ne lui livrait qu'une demi-vérité.

— Ils ont été surpris, mais heureux pour moi.

Mais encore ? Que lui cachait Yanis ?

Sam s'aperçut alors que le serveur s'était approché de leur table.

— Vous avez fait vos choix, *monsieur... mademoiselle ?*

— Oui, dit Sam. Je prendrai la terrine de crabe avec les toasts de pain au levain. Ensuite, la cuisse de canard avec le gratin dauphinois, s'il vous plaît.

— Et pour *monsieur* ?

— Du saumon gravlax, pour commencer, et le poulet mariné en plat.

— Excellents choix. Vous souhaitez que je vous apporte la carte des vins ?

Yanis regarda Sam.

— Pas pour moi, mais ne te prive pas pour autant.

— Je conduis. Non merci, répondit-il au serveur.

— Nous avons de très bons cocktails sans alcool, suggéra ce dernier.

— Je prendrai un Shirley Temple, dit Sam.

— Alors deux, décida Yanis.

Le serveur s'inclina avant de s'éloigner.

Sam appréciait que Yanis s'exprime en anglais. Il lui aurait été facile d'échanger avec le personnel dans sa langue natale, mais il avait préféré l'anglais par courtoisie envers elle. C'était très délicat de sa part.

Mais elle savait déjà qu'il l'était. Même à Paris, lorsqu'ils étaient entourés de Français, si elle ou un autre médecin anglais se trouvait là, il parlait systématiquement anglais. Elle lui avait été reconnaissante de connaître aussi bien sa langue car elle aurait eu du mal à se débrouiller en français.

Lorsqu'on leur apporta leurs cocktails, Sam adressa un sourire à Yanis. La lumière diffusée par le chandelier accentuait encore sa séduction et elle avait du mal à croire qu'ils étaient dans cette situation. Mais c'était le cas et elle ne pouvait nier qu'il l'attirait toujours énormément.

Ressentait-il la même chose à son égard ?

Et si oui, fallait-il y céder ou résister ? Serait-ce moins dangereux s'ils restaient seulement amis ?

Au cas où ils redeviendraient amants, que se passerait-il si leur relation se gâtait après la naissance des bébés ?

Quand leurs plats furent servis, Sam en était arrivée à la conclusion que Yanis et elle devaient s'en tenir à l'amitié mutuelle qu'ils éprouvaient à Paris, avant cette nuit fatale.

— *Bon appétit*, dit le serveur avec un grand sourire.

Malgré sa nervosité, elle mourait de faim. Quelque chose de bizarre s'était produit, depuis la découverte de sa grossesse. Maintenant que c'était officiel, son corps lui faisait savoir ce qu'il voulait… En l'occurrence beaucoup de nourriture.

En tant que chirurgienne, il lui arrivait souvent de ne pas manger pendant des heures, surtout si elle avait de nombreux patients en consultation ou si elle se trouvait au bloc. Maintenant, elle se demandait si elle serait capable de tenir dix ou douze heures sans se nourrir. D'une certaine façon, elle se réjouissait de la présence de Yanis, qui pourrait la relayer si c'était nécessaire.

— C'est délicieux, dit-elle. Pour toi aussi ?

— Merveilleux. Tu veux goûter ?

Il lui tendit une fourchette avec du saumon bien rose et elle se pencha pour qu'il la glisse dans sa bouche. Se laisser donner la becquée fit à Sam une impression bizarre, comme si Yanis et elle étaient soudain plus intimes. Plongeant les yeux dans son regard bleu et intense, elle se sentit rougir.

— Tu veux goûter mon plat ? demanda-t-elle tout en espérant que la lueur des bougies masquait cette rougeur.

Après avoir étalé un peu de terrine sur un toast, elle en préleva un morceau, puis elle le tendit à Yanis, dont les lèvres enveloppèrent le bout de ses doigts.

Mon Dieu !

Ses terminaisons nerveuses frémissaient de son envie d'être

à nouveau embrassée par Yanis. Le cœur battant et la bouche sèche, elle ne fut plus très sûre de pouvoir avaler une bouchée de plus. Elle but une grande gorgée d'eau et prit le temps d'une inspiration avant d'oser affronter le regard de Yanis.

J'ai juste besoin d'une seconde ou deux.

Tout en fixant son assiette, elle tentait de ne pas se remémorer cette nuit à Paris, son corps nu sous celui de Yanis qui en explorait les moindres recoins des lèvres et des doigts. Elle se rappelait avoir soulevé les hanches pour s'offrir à lui et le sentir en elle.

Ces lèvres… Sam eut soudain très chaud.

— Je… Excuse-moi, je dois aller aux toilettes, dit-elle en se levant.

Yanis en fit autant en posant sa serviette sur la table.

— Tu te sens bien ?

— Oui. J'ai juste besoin de… Hum… Où est-ce ?

Yanis pointa du doigt une petite porte sombre à l'arrière du restaurant avec une pancarte *Ladies*.

— Merci. Je ne serai pas longue, continue de manger.

Elle se précipita vers la porte, qu'elle poussa, et laissa échapper un son étranglé lorsqu'elle vit son reflet dans le miroir, au-dessus du lavabo. Elle fit couler de l'eau froide et s'en aspergea le visage avant de se regarder de nouveau.

— Qu'est-ce que tu es en train de faire ? Tu donnes un bout de toast à Yanis avec tes doigts ? L'amitié, Samantha ! *A-mi-tié !* Comment faut-il te l'épeler ?

Derrière elle, quelqu'un actionna la chasse d'eau et ouvrit une porte. Une petite dame âgée surgit et lui sourit avant de se laver les mains.

— Votre cavalier est un jeune homme adorable, dit-elle.

Sam se rappela qu'elle était assise à une table proche de la leur.

— C'est vrai…

La vieille dame se sécha les mains, puis elle entrouvrit la porte avant de se retourner vers Sam.

— Si j'avais cinquante ans de moins, je lui sauterais dessus.

Lui adressant un clin d'œil, elle quitta la pièce.

Sam fixa la porte un instant avant d'éclater de rire.

Yanis se sentait coupable de ne pas avoir dit à Sam toute la vérité à propos des réactions de sa famille lorsqu'il avait annoncé qu'il allait être père. Bien sûr, ses parents avaient été surpris, mais aussi inquiets.

— Tu penses que les mêmes problèmes pourraient se reproduire ? avait demandé sa mère.

Il s'était rappelé que les drames qu'il avait vécus avec Giselle n'avaient pas seulement affecté son épouse et lui, mais aussi les membres de sa famille. Ils avaient espéré être *grand-mère et grand-père, oncle et tante.* Ce qui était arrivé leur avait à tous brisé le cœur. Et davantage encore quand Giselle et lui avaient divorcé au bout de plusieurs années de vie commune.

Ils avaient aimé Giselle. Ils l'avaient adorée. Ils l'avaient accueillie dans leur maison et ils avaient dû accepter de la perdre, elle aussi, parce que Giselle ne supportait plus de les voir, comme si elle n'éprouvait plus aucune affection pour eux.

C'était faux, bien entendu, mais la peine et la souffrance avaient tout changé.

Il aurait voulu pouvoir dire à Sam que sa famille souhaiterait la rencontrer, mettre un visage sur son prénom, mais il savait qu'il n'était pas prêt.

Il n'aurait pas su nommer exactement leur relation et il ne voulait pas briser le lien fragile qui les unissait. Parce qu'il savait que quelque chose pouvait mal tourner à tout moment au début d'une grossesse.

Et s'il présentait Sam à sa famille et qu'on lui parlait de Giselle ? Sam ignorait qu'il avait été marié, elle en conclurait qu'il lui avait menti, qu'il avait délibérément omis cette information. Mais comment pourrait-il lui révéler ce qui était arrivé alors que Sam affrontait déjà la crainte d'un syndrome transfuseur-transfusé ou d'une hémorragie ?

Tant de choses étaient aléatoires ! Pas seulement physiquement, mais aussi mentalement et émotionnellement. Il savait qu'il ne devait pas se laisser aller au doute et à la peur, mais c'étaient des émotions qu'il associait désormais à la grossesse.

Ce n'était pas un réflexe dont il pouvait se débarrasser facilement. Mais en attendant le retour de Sam, il tenta de se persuader que sa relation avec elle était différente de ce qu'il avait vécu auparavant. Ce n'était pas parce qu'il avait perdu ses bébés, avec Giselle, que la même chose se reproduirait. Certes, il pouvait y avoir des problèmes, comme dans tout accouchement impliquant des jumeaux. Mais il y avait plein de jumeaux monozygotes à travers le monde et il devait absolument se focaliser sur les points positifs, plutôt que de pleurer sur son passé.

Quand Sam traversa la salle dans sa direction, il se leva et écarta sa chaise de la table.

— Tout va bien ?

Elle hocha la tête.

— Tout va bien.

5.

— Faisons la différence.

Devant la table d'opération, Sam fit une incision au niveau de l'artère fémorale de sa patiente. Elle allait procéder à une intervention qui résoudrait le problème d'anévrisme cérébral de Maureen Bowman.

Pendant plusieurs années, le diamètre de la dilatation artérielle était resté constant et les médecins avaient préféré ne pas intervenir. Mais ces dernières semaines, il avait grandi et atteint un peu plus de 7 millimètres. Désormais, il y avait un sérieux risque de rupture.

— Microcathéter, s'il vous plaît.

L'infirmière de bloc, Sarah, le lui passa. Sam adressa un signe de tête au radiologue pour qu'il déclenche le guidage fluoroscopique.

La bouffée d'adrénaline qu'elle ressentait toujours en opérant lui donna un regain d'énergie. Elle se sentait bien, positive, et elle savait que cet état d'esprit était dû au fait que rien de terrible ne lui était encore arrivé… Et aussi que Yanis et elle s'entendaient bien.

Les dernières semaines passées avec lui avaient été exceptionnelles. Il s'était montré attentif et prévenant, mais sans lui imposer ses opinions. Chaque jour, il l'examinait à l'hôpital pour s'assurer qu'elle allait bien, et après le travail, ils jouissaient de la compagnie l'un de l'autre pendant quelques heures. Rien de contraignant. Juste des promenades dans le parc.

Une fois, Yanis lui avait fait ses courses au supermarché parce qu'elle était très fatiguée. Il était revenu chez elle, chargé de sacs, et il avait même tout déballé et rangé. Elle avait été à la fois reconnaissante et très surprise, n'étant pas habituée à ce que quelqu'un prenne soin d'elle.

Après que la vérité avait éclaté à propos de sa mère et son syndrome de Münchhausen par procuration, elle avait vécu chez sa tante. Cette dernière lui avait fait nettement comprendre que c'était une faveur, qu'elle était seulement tolérée. C'était presque comme si la sœur de sa mère avait reproché à Sam ce qui s'était passé. Donc, la compagnie d'une personne bienveillante était une nouveauté.

Après avoir rangé les courses, Yanis lui avait demandé si elle avait besoin d'autre chose. Sam aurait donné n'importe quoi pour qu'on lui masse les épaules, mais elle avait seulement secoué la tête, dit qu'elle allait bien, et elle l'avait raccompagné jusqu'à la porte.

La situation était embarrassante, tout comme le soir où ils étaient allés ensemble au restaurant et qu'il l'avait raccompagnée chez elle. La conversation avait été agréable, ils en avaient appris un peu plus l'un sur l'autre, puis était venu le moment où les gens normaux s'embrassaient avant de se quitter.

— J'ai passé une très bonne soirée, Yanis, merci, avait dit Sam. Les plats étaient délicieux et la compagnie… agréable.

Yanis lui avait souri et ses yeux avaient scintillé dans la pénombre. Sam avait eu l'impression qu'elle pourrait l'embrasser, mais elle savait très bien que cela ne s'arrêterait pas là. Elle le désirait, elle se languissait de lui, et si elle s'était haussée sur la pointe des pieds pour presser ses lèvres sur celles de Yanis, elle aurait cessé de réfléchir. Ensuite, elle aurait jeté toute prudence aux orties et dispersé ses vêtements sur le sol de sa chambre.

Ils se seraient retrouvés au point de départ.

Alors, elle l'avait laissé se pencher pour déposer un chaste baiser sur sa joue. Toute rougissante, elle lui avait souhaité bonne nuit et avait refermé sa porte au prix d'un effort surhumain.

Le cœur battant, le corps vibrant de désir, elle s'était dit qu'elle aurait pu avoir davantage que des mets délicieux, ce soir-là. Mais maintenir leur amitié et le soutien de Yanis pendant la grossesse était plus important que tout. À quatre mois, maintenant, elle allait bien. Son ventre s'était arrondi et elle avait dû annoncer la nouvelle à ses collègues.

Lorsqu'elles avaient appris que Yanis était le père, les femmes avaient toutes poussé de hauts cris et elles l'avaient félicitée. Bien entendu, Sam avait eu droit à une succession de commentaires, du genre : « Petite cachottière, tu as de la chance ! »

Judy, une jeune interne qui espérait se spécialiser en neurologie, lui avait dit : « Bien sûr, que tu es enceinte ! Je n'en aurais pas attendu moins, si j'avais couché avec lui. »

La sollicitude dont elle était l'objet de la part de ses collègues lui avait ouvert les yeux. Elle avait passé le plus clair de sa vie à s'isoler, persuadée de ne pouvoir établir aucune connexion avec les autres. Et maintenant, « les autres » lui prouvaient le contraire, puisque apparemment tout le monde gardait un œil sur elle.

C'était à la fois agréable et étrange. Du coup, elle envisageait sa relation avec Yanis différemment. Ce n'était plus un secret ou le coup d'un soir honteux. C'était plus que cela et… se pourrait-il qu'il y ait un *happy end* ? Autour d'elle, on disait que Yanis et elle formaient un beau couple.

Très concentrée, elle guida le cathéter depuis l'artère fémorale jusqu'à l'artère cérébrale postérieure où se trouvait l'anévrisme.

Lentement et avec un soin extrême, elle ferma l'anévrisme à l'aide de spirales.

— Produit de contraste, s'il vous plaît.

Le radiologue l'injecta pour voir s'il y avait une fuite, mais ce n'était pas le cas, ce qui était parfait.

— Excellent. Nous avons presque terminé.

Sam retira le cathéter puis referma. Si tout se passait comme elle l'espérait, Maureen rentrerait chez elle d'ici un jour ou deux et poursuivrait bientôt sa vie comme si de rien n'était. Sam était heureuse d'avoir aidé cette femme qui vivait avec une bombe à retardement dans la tête. D'expérience, elle savait l'effet que cela faisait.

Sa grossesse pouvait mal tourner à n'importe quel moment. Mais jusqu'à présent, tout se passait bien, et elle avait un rendez-vous dans l'après-midi avec son obstétricien, le Dr Meyer. Avec un peu de chance, il la rassurerait.

Lorsqu'elle sortit du bloc et alla se changer au vestiaire, elle croisa Yanis qui commençait son service.

— Salut, dit-elle.

— Bonjour. *Ça va ?*

Il se pencha pour lui déposer un baiser sur la joue. Une fois de plus, elle dut réprimer l'envie de lui sauter au cou.

— Très bien, et toi ?

— Super… Tu es rayonnante.

Les yeux de Yanis pétillaient d'amusement, et Sam fut contente d'avoir cet effet sur lui.

— Oui. Opérer un anévrisme de bon matin me donne toujours un regain d'énergie.

— Non, c'est plus que ça. Comment vont les bébés ? demanda-t-il.

Il posa une main sur son ventre, et elle brûla d'envie de la prendre dans la sienne.

— Ils se portent à merveille, pour autant que je sache. Ils me disent qu'ils ont envie de gaufres avec de la sauce au chocolat.

— Tu n'as qu'à leur en donner.

Yanis se détourna pour ouvrir son casier et y déposer son sac à dos, puis il retira sa veste, révélant le gilet cintré qu'il portait par-dessus sa chemise. Il était vraiment séduisant, ce matin. Sam se surprit en train de parcourir des yeux le long corps athlétique.

Qu'est-ce qui ne va pas chez moi ? Ce sont les hormones ?

— C'est ce que je vais faire.

Ouvrant son propre casier, Sam reprit ses vêtements de ville et les emporta dans un box pour se changer. Elle avait des visites à faire et des patients opérés la veille à examiner.

Une fois habillée, elle réunit ses longs cheveux cuivrés en un chignon sur le haut de la tête et le fixa avec une barrette.

Lorsqu'elle sortit du box, Yanis l'attendait.

— J'ai quelque chose à te dire.

— Ah bon ?

— J'ai loué un appartement.

— Où ça ?

— Près du parc. Il comporte deux chambres. J'aimerais que tu viennes le visiter. J'ai pensé qu'il était important que je m'installe chez moi.

Cela semblait logique…

— Je voudrais que tu m'aides à choisir laquelle des deux chambres accueillera les enfants, ajouta-t-il.

Sam n'y avait pas pensé, comme si elle avait une sorte de blocage mental. Mais ces bébés pouvaient survivre… Elle devait réfléchir à l'endroit où elle les installerait après leur naissance. Son propre appartement disposait de deux chambres, mais l'une d'elles était remplie de cartons et de caisses qu'il faudrait débarrasser.

— Oh ! C'est d'accord.

— Pourquoi pas ce soir ?

— Tu as déjà emménagé ?

— Oui.

Accompagner Yanis dans son appartement… ? Y avait-il un risque ? C'était une chose de travailler avec lui et une autre de dîner avec lui dans un restaurant – des endroits publics, après tout –, mais se trouver avec lui dans un lieu privé… La dernière fois, elle y avait gagné deux enfants.

Au moins, c'est un danger que tu ne cours plus !

— À quelle heure ? demanda-t-elle.

— Je peux passer te prendre à 19 heures.

— Très bien. Tu viens avec moi voir le Dr Meyer, aujourd'hui ?

— À 15 heures ?

Sam acquiesça d'un signe de tête. S'il ne voulait pas venir, il n'y avait pas de problème.

— Je m'arrangerai pour être libre, dit Yanis. Si jamais on m'appelait au bloc, je t'enverrais un SMS.

Yanis n'avait pas été réquisitionné pour une opération, aussi se tenait-il près de Sam dans la salle d'attente du Dr Meyer. Apparemment c'était le médecin qu'il fallait consulter en cas de grossesse multiple. Sam savait qu'il était compétent parce qu'elle avait fait des recherches sur lui en ligne. Tout comme elle s'était renseignée sur le syndrome transfuseur-transfusé et le placenta *prævia*.

Mieux valait être préparée.

Quand on les appela, ils entrèrent dans le bureau et s'assirent après avoir serré la main du médecin.

— Donc, vous attendez des jumeaux monozygotes, dit ce dernier. Toutes mes félicitations. Comment vous sentez-vous, maman ?

Sam battit des paupières. C'était la première fois que quelqu'un l'appelait ainsi et il lui fallut quelques secondes pour comprendre qu'il s'agissait d'elle.

— Bien, mais j'ai tout le temps faim.

Le Dr Meyer tapota sur le clavier de son ordinateur pour afficher les clichés de la première échographie.

— Rien de plus normal, répliqua-t-il. Les bébés étaient de bonne taille, au moment de cet examen. Ils mesuraient chacun la taille d'un bébé unique. Il serait bon de refaire une échographie aujourd'hui, d'autant qu'ils partagent le même placenta. Je suppose que vous connaissez les risques ?

— Nous les connaissons, répondit Sam.

— Vous n'avez pas de grossesses antérieures à me signaler ?

Pour toute réponse, Sam secoua la tête.

— Très bien. Pouvez-vous monter sur la table d'examen, s'il vous plaît ?

Sam jeta un coup d'œil à Yanis, qui paraissait nerveux. Peut-être craignait-il de mauvaises nouvelles ?

Après s'être étendue sur la table d'examen, elle défit son

pantalon. Le Dr Meyer avait les mains froides, ce dont il s'excusa avant de lui palper l'abdomen.

— Parfait, dit-il. C'est exactement ce que j'attendais à ce stade. Ne bougez pas pendant que je branche la machine.

Il demanda à Yanis d'éteindre la lumière, et la pièce fut plongée dans l'obscurité à l'exception du scintillement qui provenait de l'écran.

Sam était anxieuse. Ce n'était pas parce qu'elle se sentait bien que tout allait bien. Elle avait l'impression d'être de nouveau une petite fille attendant d'être palpée et examinée jusqu'à ce qu'on lui dise qu'elle devait être opérée.

Ce n'est pas la même chose ! Cette fois, si je dois subir une opération, ce sera parce que j'en aurai besoin.

Est-ce que cela l'aidait vraiment de le savoir ?

Non.

Absorbée par ses pensées, elle remarqua à peine qu'on lui posait la sonde sur le ventre, jusqu'à ce que le médecin tourne l'écran vers elle.

— Ils semblent aller très bien tous les deux. Et de nouveau ils ont chacun la taille d'un bébé unique. Bébé A paraît légèrement plus gros que bébé B, mais c'est infime. Il n'y a pas de quoi s'inquiéter.

— Tant mieux.

Quelques clichés sortirent de l'imprimante. Le Dr Meyer en tendit deux à Yanis.

— Vous avez des questions ?

— Y a-t-il quelque chose que Sam doive faire ? demanda Yanis. Ralentir un peu le rythme ? Opérer moins fréquemment ?

Sam se sentit bouillir intérieurement. De quoi se mêlait-il ? Le Dr Meyer ne venait-il pas de dire que tout allait bien ?

Le médecin lui sourit.

— Tant que vous vous sentez en forme et que les bébés sont contents, ne changez rien à vos habitudes. En revanche vous devez prendre des pauses pour vous reposer et vous assurer que vous êtes correctement hydratée et nourrie.

Sam adressa un coup d'œil à Yanis comme pour lui dire :

« Tu vois ? Tu n'as pas à m'envelopper dans du coton. »

— Vous avez d'autres questions, Sam ? poursuivit le médecin.

— À quelle fréquence les bébés devront-ils être surveillés, dorénavant ?

— Je souhaiterais que vous ayez une échographie tous les quinze jours. Mais si vous avez le moindre souci entre-temps, si vous ne les sentez pas bouger ou que quelque chose ne vous semble pas normal, vous pouvez m'appeler, d'accord ?

Elle hocha la tête. Pour l'instant les bébés n'avaient pas encore bougé, mais elle avait lu que, lors d'une première grossesse, les futures mères ne sentaient rien avant dix-huit ou dix-neuf semaines.

— Comment saurai-je qu'ils bougent ?

Le médecin sourit.

— Vous pouvez sentir comme des petits frétillements de poissons, au début, éventuellement des coups de pied ou des étirements. À mon avis, ça devrait arriver en fin de semaine. Au rythme où ils grandissent, je crois que c'est imminent.

Sam laissa échapper un soupir de soulagement.

— Merci.

Mais elle restait nerveuse.

Quand Yanis vint la chercher à l'heure prévue, elle attaqua immédiatement :

— Qu'est ce qui t'a pris, de demander au Dr Meyer si j'avais besoin de ralentir le rythme ? Tu n'as pas à te mêler de ma vie de cette façon, tu comprends ? *Je* décide comment *je* travaille, *je* fais mes choix.

Yanis leva les mains en signe de reddition.

— Je suis désolé, je voulais juste m'assurer que les bébés ne courraient aucun risque si tu continuais à travailler comme tu le fais.

— Je suis parfaitement capable de prendre mes décisions moi-même.

— Je comprends et je suis désolé, mais j'ai le droit de m'inquiéter. Ce sont aussi mes bébés.

Il posa les yeux sur le ventre de Sam avec une telle tendresse inquiète qu'elle eut honte de son comportement. Il essayait seulement de veiller sur eux, après tout.

— Je sais. Écoute, oublions ça et allons voir ton appartement.

— Avec plaisir.

Ils traversèrent Richmond en voiture. Sam apprécia de n'avoir rien à faire. Pas de patients, pas d'opération et pas de stress. Elle pouvait se contenter d'admirer les arbres en fleurs. Le printemps s'annonçait dans tous les jardins environnants et les vitrines des pâtisseries regorgeaient de lapins, d'œufs et de poules en chocolat.

L'année prochaine, à cette époque, j'aurai deux enfants. En tout cas si tout se passe bien.

Elle avait encore peur. La tâche semblait insurmontable. Comment les autres parents faisaient-ils ? Comment mènerait-elle de front la maternité et son travail ? Bien sûr, les bébés seraient à la crèche, mais que se passerait-il si elle était au bloc, en train d'effectuer une opération importante, et qu'elle recevait un appel lui annonçant qu'un des enfants était malade et avait de la fièvre ? Ou un appel de l'école lui demandant de venir tout de suite les chercher ?

D'autres chirurgiens avaient des enfants. Elle devrait peut-être les interroger car ils étaient les mieux placés pour répondre à ses questions. Mais ils craindraient peut-être de l'inquiéter.

Qui était prioritaire ? Le patient sur la table d'opération, ou votre enfant ? L'enfant, sans aucun doute, mais comment abandonner un patient en cours d'intervention ? Une vie pesait dans la balance et il faudrait faire appel à un ou une collègue. Mais s'ils n'étaient pas libres non plus ? Et si Yanis était au bloc, lui aussi ?

— Tu es bien silencieuse, dit-il.

— Je réfléchissais à des choses, c'est tout.

— À propos des bébés ?

— Oui.

— Je pense à eux tout le temps, moi aussi.

Sam posa sur Yanis un regard intrigué.

— Ah bon ? Et qu'est-ce qui te vient à l'esprit ?

— Comment nous allons les élever, comment nous allons les partager.

Il avait raison… Comment allaient-ils les partager ? Garderait-elle les bébés du lundi au vendredi et ensuite Yanis les aurait le week-end ?

— Merci, dit-elle.

— De quoi ?

— De m'avoir donné une autre raison de m'inquiéter.

Il posa une main sur la sienne.

— Tout va très bien se passer.

— Tu peux le promettre ?

Portant les doigts de Sam à ses lèvres, il les embrassa.

— Je ferai de mon mieux.

L'appartement de Yanis impressionna beaucoup Sam. Il était spacieux, avec une grande salle de séjour, une belle cuisine, une salle de bains comportant une baignoire et une douche, ainsi que deux chambres.

— Où devrait-on installer les jumeaux, à ton avis ? demanda Yanis. Dans la chambre qui donne sur la ville ou celle qui donne sur le parc ?

— Sur le parc, évidemment.

— Je suis d'accord, dit-il avec un sourire.

Les murs de la pièce en question avaient été peints en vert sombre.

— Il va falloir une ou deux couches de peinture claire pour l'égayer un peu, dit Sam.

— Une teinte neutre jusqu'à ce qu'on connaisse le sexe des bébés. Tu aurais envie de le savoir avant l'accouchement ?

Là encore, Sam ne sut que répondre. Elle avait été tellement occupée à prévoir le pire qu'elle n'y avait jamais songé. Mais connaître leur sexe rendrait les bébés plus réels. Ensuite, Yanis suggérerait des prénoms, elle s'attacherait à eux, et leur perte, si elle devait survenir, n'en serait que plus douloureuse.

— Je crois que je préfère la surprise, dit-elle.

— Ah ! J'espérais que tu dirais le contraire.

— Tu veux savoir ?

— Oui.

— Pourquoi ?

Yanis haussa les épaules.

— Cela ferait d'eux des personnes réelles et on pourrait choisir les prénoms.

— Dans ce cas, les médecins pourraient te le dire, mais pas à moi, suggéra Sam avec un sourire.

— Tu imagines que je pourrais garder le secret ?

Elle se mit à rire.

— Peut-être pas. Tu n'as pas l'air du genre à cacher quoi que ce soit. Tu es plutôt un livre ouvert.

Yanis lui jeta un regard étrange avant de se diriger vers la fenêtre.

— Un jour, nous pourrions être dehors avec eux, en train de nous promener parmi les arbres, de jouer avec un cerf-volant ou encore de faire du vélo. Ça ne te semble pas bizarre ?

Si, très. Sam n'avait pas eu ce genre d'enfance, pleine de jeux et d'activités normales pour une petite fille. Son existence avait tourné autour des hausses de température, des visites aux médecins, des boissons et des plats étranges qu'on lui faisait avaler, des prises de sang… Elle se rappelait vaguement toutes les fois où on avait posé un masque sur son visage pour la faire dormir. Ses amies avaient été les infirmières, de gentilles dames en tenues colorées, avec un petit ourson en métal épinglé sur la poitrine.

Comment connaîtrait-elle les désirs d'un enfant ?

— Oui, c'est vraiment bizarre.

Elle se frottait le ventre quand elle s'arrêta brusquement. Qu'avait-elle senti ? Qu'était cette sensation étrange ?

Elle devait avoir froncé les sourcils car Yanis fut immédiatement à son côté.

— Il y a un problème ?

Déjà, il sortait son téléphone de sa poche, prêt à appeler quelqu'un. Une ambulance, peut-être ?

Lui prenant la main, Sam la posa sur son ventre.

— Tu peux sentir ? On dirait des petits poissons, c'est exactement ce que le médecin disait.

Elle souriait béatement. C'étaient la joie et la surprise que lui causait la présence de ces petites vies, *à l'intérieur d'elle-même.*

Pendant des années, les médecins lui avaient ôté des parties d'elle-même : les amygdales, l'appendice, un morceau de cartilage dans son épaule. On lui avait fait des scans, on avait cherché des tumeurs ou des grosseurs qui ne devaient pas être là, et maintenant cela…

— Je ne sens rien, dit Yanis, visiblement déçu.

Elle tenta d'appuyer sa paume plus fermement sur son ventre, en vain.

— Il faut peut-être que les mouvements soient plus forts, dit-elle.

— Oui. En tout cas, c'est un très bon signe. Ça veut dire qu'ils sont en bonne santé et qu'ils grandissent.

— Oui.

Elle leva vers lui des yeux mouillés de larmes dont elle ignorait l'origine. Elle pleurait de bonheur à cause des bébés, ou bien parce que, après toutes ces années durant lesquelles elle avait été brisée et sans cesse réparée, son corps savait comment faire quelque chose de bien.

— J'ai changé d'avis, dit-elle.

— Au sujet de la grossesse ? demanda Yanis en fronçant les sourcils.

— Non, mais je voudrais connaître leur sexe, moi aussi.

Soudain, cela semblait vital.

Yanis arbora un grand sourire.

— C'est vrai ?

— Oui. Je crois que j'ai besoin de savoir, maintenant. Avant, ce n'était pas le cas, mais c'est comme s'ils… m'avaient persuadée. Comme s'ils me disaient : « Salut ! On est là… Tu ne peux pas l'ignorer. » Ça n'a pas de sens ! conclut Sam en riant.

— Si, *ma chérie*, ça en a.

De nouveau, elle sentit les frétillements et posa une main sur son ventre. Yanis en fit autant et, pendant un long moment, ils restèrent silencieux, s'émerveillant d'avoir créé de nouvelles vies et s'en réjouissant. Pour l'instant, tout était parfait, le futur s'annonçait lumineux et merveilleux.

Levant la tête, Sam vit dans les yeux de Yanis la même émotion qu'elle éprouvait. Ils l'avaient fait ! Ils avaient conçu ensemble deux petites personnes. Jamais elle n'avait ressenti une telle connexion avec quelqu'un. C'était profond, et quoi qu'il arrive par la suite, elle savait qu'elle se rappellerait toujours cet instant.

Comme Yanis lui caressait la joue du bout des doigts, elle cessa quasiment de respirer en plongeant les yeux dans ses prunelles bleues. Elle devina ce qu'il voulait et, pour rien au monde, elle ne l'aurait arrêté. Depuis qu'il était entré dans le bloc où elle opérait, elle s'était languie de ses caresses. Au début, elle s'était répété qu'il n'était pas à Richmond pour elle, puis il y avait eu la découverte de cette grossesse, les jumeaux, le lien qui les unissait Yanis et elle.

Pourquoi ne pas s'abandonner ?

Comme il s'approchait davantage, elle posa les mains sur sa taille… Un signal qu'il ne pouvait manquer de comprendre. Lui repoussant les cheveux en arrière, il posa les lèvres sur son oreille qu'il se mit à mordiller.

Le cœur de Sam se mit à battre très vite.

Elle en avait besoin ! Tout le stress des dernières semaines était effacé par le plaisir qu'il lui procurait. Les tensions qu'elle avait réprimées sombraient dans l'oubli. Sa peau était comme électrisée, chaque terminaison nerveuse attendant les caresses de Yanis. Et quand il posa les lèvres sur les siennes, elle laissa échapper un gémissement. Glissant les doigts dans ses cheveux noirs, elle s'agrippa à lui comme si elle ne voulait plus jamais le laisser partir.

Il la prit par la main et la guida parmi les cartons et les meubles, puis il l'étendit délicatement sur une pile d'oreillers. Mais Sam ne voulait pas être traitée avec délicatesse.

Elle avait attendu cet instant trop longtemps !

Elle tendit les mains pour lui déboutonner sa chemise. Elle avait besoin de lui. Besoin de sentir la chaleur de sa peau, la fermeté de son corps. Besoin de le sentir contre elle, *en* elle.

Je me sentirais complète.

Elle ne chercha pas à analyser cette pensée fugace. De toute façon, elle était trop focalisée sur les boutons et la ceinture.

— Ralentis, Sam. Rien ne presse, murmura-t-il en la regardant dans les yeux. Ce n'est pas comme la dernière fois. Tu n'as pas à prendre l'avion, et nous avons l'éternité devant nous.

Elle sourit puis laissa échapper un soupir.

Elle avait pris l'habitude d'expédier ce genre d'affaires.

Quelque chose qu'elle faisait avec un inconnu pour satisfaire un besoin dans l'instant. Jamais rien de plus.

Mais ce qu'elle partageait avec Yanis était bien plus profond, qu'elle le veuille ou non. Ce ne serait pas le coup d'un soir. Dorénavant, il allait faire partie de sa vie. Il avait semé deux bébés dans son ventre et elle travaillait avec lui.

À quoi cela ressemblerait-il de prendre son temps ? À Paris, ils avaient fait l'amour parce qu'ils étaient tous les deux tristes et perdus. Ils s'étaient offert un réconfort mutuel. Mais, cette fois, ce serait différent.

— D'accord.

En souriant, elle le fit basculer sur le dos avant de l'enjamber et de s'asseoir sur lui. Yanis lui posa les mains sur les hanches pendant qu'elle déboutonnait lentement son propre chemisier. Elle aimait qu'il la regarde, que ses pupilles se dilatent à mesure qu'elle se dévoilait à lui.

— *Tu es si belle !*

— Qu'est-ce que ça veut dire ?

— Que tu es magnifique.

Rougissante, elle entreprit de dégrafer son soutien-gorge.

— *Non,* dit-il. Laisse-moi faire.

Se redressant, braquant sur elle un regard affamé, il défit habilement les agrafes.

— On dirait que tu as déjà fait ça, commenta Sam.

— Ce n'est pas la première fois, dit-il avec un sourire.

En riant, elle rejeta ses cheveux en arrière, comme pour mieux s'offrir aux lèvres de Yanis qui traçaient un sillon sur sa poitrine tandis que ses doigts lui chatouillaient la peau avant d'atteindre ses seins. La chaleur de son haleine et la morsure légère de ses dents étaient exquises. Et lorsqu'il s'étendit de nouveau, elle suivit le mouvement et posa la bouche sur celle de Yanis afin d'en explorer les profondeurs avec sa langue.

C'était un véritable délice, mais elle avait besoin de plus. Cet homme suscitait en elle une faim qu'elle n'avait jamais connue jusqu'alors.

À son tour, Yanis la fit basculer sur le dos puis il descendit la fermeture Éclair de sa jupe avant de la faire glisser le long de ses jambes, révélant un slip de dentelle. Il embrassa son nombril, son ventre arrondi qu'il dessinait du bout des ongles comme pour tracer le développement fascinant des nouvelles vies qu'il avait créées avec Sam.

Puis ses lèvres descendirent plus bas.

À travers la dentelle, il infligea à Sam une agonie délicieuse. Elle voulait un contact direct, sentir la langue de Yanis sur sa chair gonflée de désir. Mais il la taquina sans pitié jusqu'à ce qu'elle le supplie.

— Yanis… S'il te plaît !

Jamais elle ne s'était adressée à quiconque de cette façon, mais peu lui importait.

Un sourire malicieux aux lèvres, il fit descendre le slip de dentelle le long des jambes de Sam puis le jeta par terre. Et au moment où elle pensait que *oui*, il allait enfin la satisfaire, il se leva.

L'espace d'un instant, elle crut qu'il allait la laisser dans cet état, ce qui aurait été cruel.

— Qu'est-ce que tu fais ? demanda-t-elle.

— Je me déshabille.

Nue et impudique, elle lui sourit.

— Tu veux de l'aide ?

Il lui tendit une main et, dès qu'elle la saisit, il l'attira vers lui. Une fois debout, Sam l'embrassa sur la bouche tout en lui défaisant sa ceinture, puis elle trouva le bouton du pantalon et la fermeture Éclair. Sous le tissu, elle sentit un gonflement dur… Son cadeau ! Glissant une main sous le vêtement, elle se mit à le caresser. Comme il laissait échapper un gémissement, elle s'agenouilla devant lui et fit glisser le pantalon sur le sol puis elle aida Yanis à s'en débarrasser avant de prendre dans sa main le sexe dressé sous le boxer.

Ce n'était que justice si elle lui faisait subir le même supplice que celui qu'il lui avait infligé.

Elle leva les yeux vers lui. Yanis respirait fort et il était magnifique. Est-ce que tout cela était réel ? Une grande partie de sa vie, elle avait pensé que les gens n'avaient besoin d'elle que sur un plan médical. Que sa seule utilité était de leur fournir des informations ou d'employer toutes ses capacités à les guérir. Sur un plan personnel, elle s'était abstenue de tout investissement sentimental.

C'était le prix de sa sécurité.

Et maintenant, elle se retrouvait en terrain inconnu, elle plongeait dans des eaux inexplorées, pourtant elle n'en éprouvait aucune gêne, et c'était ce qui la surprenait le plus. Était-ce parce qu'elle avait changé, ou parce qu'il s'agissait de Yanis et qu'avec lui elle se sentait protégée ?

De toute façon, cela n'avait pour l'instant aucune importance.

Après l'amour, Sam resta étendue dans les bras de Yanis qui lui caressait paresseusement les hanches.

— Sam ?

— Oui ?

— J'ai remarqué que tu avais subi une laparotomie.

Elle se crispa et déglutit péniblement.

— Exact.

— Pourquoi ?

Elle haussa les épaules.

— Les médecins cherchaient un truc, quand j'étais petite. Ils essayaient de trouver ce que j'avais.

Mais à l'époque, elle le savait ! Elle savait bien que son corps n'avait rien, en dehors de ce que sa mère lui faisait. Elle affamait sa fille de façon qu'elle souffre d'une « perte inexpliquée de poids ». Elle la forçait à avaler des concoctions bizarres pour susciter « des douleurs d'estomac incompréhensibles ». Ensuite, elle jouait son rôle de mère angoissée et tellement reconnaissante à tous les médecins qui la réconfortaient pendant que Sam était au bloc.

La dernière laparoscopie avait été la goutte qui avait fait déborder le vase. Sam en ayant assez, elle avait finalement décidé de dire la vérité. Quand les médecins s'étaient réunis autour de son lit pour annoncer qu'ils n'avaient rien trouvé de concluant, sa mère était rentrée chez elle, sans doute pour préparer un nouveau plan médical. Sam avait demandé à parler à l'un des médecins et elle lui avait tout raconté, morte de peur à l'idée qu'il ne la croie pas. Seulement, il l'avait crue, et quand sa mère était revenue pour lui rendre visite, la police l'attendait, ainsi que les services sociaux.

Mais le dire à Yanis… ? Après ces moments d'intimité, elle aurait dû en être capable. Mais ce n'était pas uniquement lui livrer des informations, c'était affronter l'horreur et la pitié qu'elle lirait dans ses yeux. Elle ne pourrait pas le supporter.

— Et l'appendicectomie ? demanda-t-il.

— La même chose, c'est quand j'étais petite.

— Tu as passé beaucoup de temps à l'hôpital, pendant ton enfance ?

— On peut le dire.

— C'est de cette façon qu'est née ta passion pour la médecine ?

Sam réfléchit un instant.

— Ça m'a donné l'envie de comprendre le corps humain,

ce dont il est capable, ce qu'il peut créer, quelles maladies il doit affronter, sa force et ses faiblesses.

— Tu sais que tu es forte ?

— Tu crois ?

— Bien sûr. Tu portes en toi de nouvelles vies, c'est un prodige merveilleux.

— Et c'est effrayant. J'éprouve pour les mères un tout nouveau respect.

— Tu ne les respectais pas, auparavant ?

— Si, mais je n'avais pas vraiment conscience de ce que cela représentait.

— Comment est ta mère ?

— On ne se parle pas vraiment.

— Pourquoi ?

— C'est une longue histoire et, si ça ne t'ennuie pas, je ne voudrais pas gâcher ce merveilleux moment en parlant d'elle maintenant.

Yanis enfouit le visage dans son cou.

— D'accord.

Pour l'instant, tout ce dont Sam avait besoin, c'était de rester ainsi étendue contre lui.

6.

Sam trouva Yanis dans le vestibule du bloc, où il se lavait les mains.

— Tu vas opérer ?

— Oui. Une patiente atteinte de dysphasie craniométaphysaire.

C'était une maladie plutôt rare, caractérisée par une prolifération anormale des os du crâne et qui se poursuivait tout au long de la vie.

— C'est sa première opération ?

— La quatrième.

— Tu as besoin d'assistance ?

— Non. J'ai un résident et un interne avec moi.

— D'accord. J'ai mon échographie des vingt semaines cet après-midi à 14 heures. Tu pourras venir ?

Yanis jeta un coup d'œil à l'horloge murale.

— Ça devrait être possible.

— Je ne veux pas y aller seule.

Il perçut de la peur dans la voix de Sam. Elle paraissait en forme, mais bien qu'elle n'en soit qu'au cinquième mois, elle avait l'air d'en être au sixième ou au septième.

— Il y a un problème ?

Il espérait que non. Pas maintenant qu'ils étaient si proches du but. À partir de vingt-quatre semaines, les bébés avaient de bonnes chances de vivre.

— Non, c'est juste au cas où les nouvelles seraient mauvaises.

— Pourquoi veux-tu qu'elles le soient ?

— Parce que c'est ce qui m'arrive, en général.

À moi aussi.

Mais il devait être fort pour deux et rester positif.

— Tout va bien se passer, je te le promets.

Il savait qu'il ne pouvait pas faire ce genre de promesse. Comment aurait-il su que tout allait bien se passer ? Avec un peu de chance, l'échographie le confirmerait et peut-être aussi connaîtraient-ils le sexe de leurs bébés. La dernière fois, cela n'avait pas été possible.

— Je serai là, *mon cœur.*

— Merci. Bonne chance, pour ton opération.

— *Merci.*

Dès que Sam fut partie, Yanis cessa de sourire et se frotta vigoureusement les mains, incapable de chasser ses propres inquiétudes. Il avait peur de cette échographie. Il craignait chacune d'entre elles. Chaque fois, il s'efforçait de rester positif pour Sam, mais intérieurement, il était littéralement terrorisé.

Que se passerait-il si l'échographie révélait un problème ? Par exemple, si l'un des deux bébés était mort ? Devait-il dire la vérité à Sam ? Elle était déjà suffisamment inquiète comme cela !

Il aurait tellement voulu lui en parler ! Mais chaque fois qu'il l'envisageait, il constatait à quel point elle était tourmentée par ses propres doutes, ses propres craintes, sa certitude que quelque chose de terrible ne manquerait pas de se produire. Il ne voulait pas la pousser dans cette voie.

Il n'avait pas réussi à recoller les morceaux avec son épouse après les drames qu'ils avaient vécus. Pour l'instant, tout se passait bien avec Sam et il n'avait pas la moindre envie de tout gâcher. Être avec elle était… presque indescriptible. Elle était forte, même si elle l'ignorait elle-même. Et il l'admirait profondément, pas seulement en tant que neurochirurgienne, mais pour son courage face à l'incertitude.

Une incertitude qui pesait sur eux chaque jour, tel un nuage sombre.

La pression était énorme, et il était celui qui devait tenir le rôle de protecteur. Il était censé offrir une épaule réconfortante à Sam quand elle avait besoin de pleurer ou qu'elle attendait de lui qu'il la rassure.

C'était un fardeau qu'il était heureux de porter, mais parfois – juste parfois – il se demandait auprès de qui il pourrait lui aussi chercher du réconfort. Il aurait voulu que ce soit Sam, mais, pour l'instant, il devait garder pour lui ses peurs et ses secrets.

Il entra dans la salle d'opération et vérifia avec Aaray, l'anesthésiste, que sa patiente était prête.

Sam avait du mal à se concentrer quand les bébés lui donnaient des coups de pied. Elle se frotta le ventre puis repoussa ce qui ressemblait à des petits orteils avant de sourire et de consulter les notes concernant la patiente qui se trouvait en face d'elle.

— Donc, votre médecin traitant vous envoie à moi parce que vous avez des vertiges ?

Molly Jacobs avait une quarantaine d'années. Elle était frêle, pâle et visiblement nerveuse.

— C'est ça. Ils sont arrivés de nulle part.

— Combien de temps durent-ils ?

— Quelques minutes… Ou même des secondes. Mais j'en ressens les effets pendant une semaine ou deux. Il me faut un temps fou pour me remettre, et quand j'y arrive, je dois m'appuyer sur quelque chose parce que tout tourne autour de moi. C'est comme si j'avais bu alors que je n'ai même pas eu ce plaisir.

Sam lui sourit.

— Et quand cela a-t-il commencé ?

— Il y a trois ou quatre mois. Ça m'affaiblit tellement que j'ai dû prendre des congés.

— Quel est votre métier ?

— Professeur des écoles.

— Et d'après votre médecin, ce serait une labyrinthite ?

— Oui.

— Vous n'avez aucun problème d'audition ?

— Pas que je sache, mais j'ai des acouphènes.

— Pas de maux de tête ? Votre vue n'est pas brouillée ?

— J'ai des migraines et les yeux fatigués.

— Je vais vous envoyer en imagerie médicale pour vérifier qu'il n'y a pas quelque chose qui ne devrait pas être.

— Comme quoi ?

— Pour l'instant, inutile de nous inquiéter tant que nous ne savons pas à quoi nous en tenir, répondit Sam avec un sourire. C'est bon ?

— Oui ? Quand est-ce qu'on me fait cet examen ?

— Aujourd'hui. Vous êtes déjà enregistrée, répondit Sam en tendant à sa patiente une feuille de papier. Apportez ça à la réceptionniste qui vous dira où aller. Ensuite, vous pourrez rentrer chez vous et, si tout est normal, votre généraliste vous le dira. En revanche, s'il y a un problème, je vous contacterai pour vous fixer un rendez-vous.

— D'accord. Merci, docteur Gordon.

— De rien. Et bonne chance.

Après le départ de Molly, Sam se leva pour s'étirer et regarder par la fenêtre. De son bureau de l'hôpital, elle pouvait voir le jardin clos et, au-delà, d'anciens bâtiments en réhabilitation où son ami Gil travaillait. Elle ne l'avait pas vu depuis un certain temps et elle espérait qu'il allait bien. D'habitude, ils se voyaient une fois par semaine, mais depuis sa grossesse, elle passait beaucoup de temps avec Yanis, si bien qu'elle avait négligé Gil.

Se sentant coupable, elle se rassit et décrocha le téléphone pour former le numéro de Gil.

Il décrocha presque immédiatement.

— Salut, Gil, c'est Sam.

— Hey ! Quoi de neuf ?

— Tout va bien. On ne s'est pas vus depuis un moment et je voulais juste savoir si tout se passe bien pour toi.

— Je suis très occupé, comme d'habitude. Et toi ? Ça roule ?

— J'ai une échographie cet après-midi.

— Tout sera normal, répliqua Gil, qui avait dû percevoir une certaine tension dans sa voix. Je te rappelle que jusqu'à maintenant les bébés ne t'ont donné aucun souci. Comment Yanis se comporte ?

— Il est bien.

— Il me plaît. Je l'ai rencontré deux fois lorsqu'il est venu dans mon service pour suivre un patient.

— Il a ton approbation, alors ?

— Tout à fait. Tu sais qu'il tient vraiment à toi ?

— Qu'est-ce qui te fait dire ça ?

— La façon dont il parle de toi, son expression, ses yeux… Je ne sais pas. Ne me demande pas de le préciser, je ne suis pas un expert en matière de cœur humain.

— Tu es un vrai poète !

— C'est le nouveau moi, répondit Gil en riant.

— On devrait déjeuner ensemble, un de ces jours.

— On devrait. Je t'appellerai parce que, pour l'instant, j'ai un patient qui attend. Tiens-moi au courant, pour ton échographie.

— Bien sûr.

— Bye, dit Gil avant de raccrocher.

Après cet échange, Sam se sentit mieux. Elle n'avait pas beaucoup d'amis proches et Gil était le seul à savoir ce qu'elle avait vraiment vécu dans son enfance.

Un jour ou l'autre, il lui faudrait bien dire la vérité à Yanis… Mais quand ? Après la naissance des bébés ? Avant ? C'était une révélation tellement intime qu'elle devait être sûre de pouvoir lui faire totalement confiance avant de se confier à lui.

Elle décrocha son téléphone pour appeler la réception.

— Vous pouvez m'envoyer le prochain patient, s'il vous plaît ?

Perry Lombard, âgé de 48 ans, lui avait été adressé par son médecin traitant pour ses névralgies faciales qui se caractérisaient par des douleurs aiguës et prolongées sur un côté du visage. Ce syndrome, du nom de névralgie du trijumeau, affaiblissait tellement les patients qui en étaient atteints qu'ils se disaient incapables de faire quoi que ce soit pendant les crises.

— Bonjour, monsieur Lombard. Je suis Samantha Gordon. Comment allez-vous, aujourd'hui ?

— Bien pour l'instant.

— Je vois que vous venez en consultation à cause de vos névralgies faciales. Si vous me disiez ce qui se passe exactement ?

— Ça a commencé il y a environ un an. C'est arrivé tout d'un coup et on n'a pas pu en déterminer la cause. Maintenant, c'est plusieurs fois par semaine.

— Combien, à peu près ?

— Quelquefois c'est tous les jours, quelquefois tous les deux jours. Ça dépend… Mais je sens que ma santé mentale est menacée, maintenant, et je ne suis pas sûr de pouvoir supporter ça toute ma vie.

Sam avait malheureusement entendu souvent ce genre de propos dans la bouche de ses patients atteints de névralgie du trijumeau.

— Votre médecin vous a prescrit de la carbamazépine, à ce que je vois. Vous avez été soulagé ?

M. Lombard soupira.

— Au début, oui. La douleur était atténuée, mais elle ne disparaissait pas complètement et j'avais encore très mal. Malgré tout, je pouvais faire des choses, comme sortir avec ma femme ou travailler dans le jardin. Mais au bout d'un mois ou deux, j'ai commencé à ressentir des effets secondaires.

— Lesquels ?

— Des vertiges. J'avais l'impression de ne plus pouvoir aligner deux idées, comme si j'avais du coton dans la tête. J'avais aussi mal à l'estomac, je pouvais à peine manger et j'ai perdu du poids.

— Ensuite votre médecin vous a prescrit de la gabapentine. Vous n'avez remarqué aucune amélioration ?

— Ça m'a aidé à manger, mais ça a causé d'autres problèmes.

— Lesquels ?

M. Lombard parut gêné.

— Sexuellement.

Sam hocha la tête. Parfois les patients avaient du mal à atteindre l'orgasme.

— Qu'est-ce que vous espérez, en venant à l'hôpital ?

Il haussa les épaules.

— Je ne sais pas trop. Des suggestions sur ce qu'il pourrait être possible de faire ensuite, j'imagine. Les médicaments ne font qu'ajouter des problèmes et j'en ai déjà assez avec ces névralgies. J'ai demandé qu'on m'adresse à vous pour voir s'il y aurait d'autres options, chirurgicales ou pas.

— Il y en a, en effet. On peut recourir à des procédures percutanées qui peuvent soulager. Je pense aussi à la radiochirurgie et aux procédures de décompression. Elles se font toutes sous anesthésie générale.

— Quelle est la solution la plus simple ?

— Les procédures percutanées. Nous pourrions vous injecter du glycérol.

Sam afficha sur l'écran de l'ordinateur la coupe de profil d'un cerveau humain mettant en lumière les branches du nerf trijumeau.

— Ici, vous voyez le ganglion trigéminal, là où les trois branches du nerf trijumeau se rejoignent. Nous injectons directement dedans le glycérol dans l'espoir qu'il interrompra les signaux douloureux.

— Je resterai combien de temps à l'hôpital ?

— Une seule journée. Vous rentrerez chez vous le soir.

— Quelles sont les autres options ?

— Il y a ce qu'on appelle la radiofréquence. On utilise une aiguille pour envoyer de la chaleur dans le ganglion. La méthode consiste à introduire un minuscule ballonnet dans la joue, puis le gonfler de façon qu'il enveloppe le ganglion qui est ensuite compressé.

— Si je comprends bien, c'est ce ganglion qui est à l'origine de tous mes problèmes ?

— La meilleure solution serait d'intervenir sur cette zone.

— C'est dangereux ?

— Toutes les interventions chirurgicales comportent un

risque, bien sûr. Mais celles-ci sont les plus basiques que nous envisageons avant de chercher une autre solution.

— Si elles fonctionnent, ce sera pour toujours ?

— C'est variable selon les cas. Certaines personnes ne ressentent plus aucune douleur pendant des années. Pour d'autres, le soulagement se réduit à des mois ou des semaines. Parfois aussi on n'obtient aucun soulagement.

M. Lombard soupira.

— Il y a pas mal d'éléments à considérer, vous ne trouvez pas ?

— C'est exact.

— Est-ce que je pourrais bénéficier d'une de ces procédures ?

— Absolument. Vous avez essayé les médicaments et ça n'a pas marché pour vous. Si les douleurs commencent à menacer votre santé mentale, il est temps de faire quelque chose.

— Mais si ces interventions ne marchent pas, on pourrait envisager quelque chose de plus radical ?

Sam acquiesça d'un signe de tête.

— D'accord. Eh bien, j'ai besoin de réfléchir et d'en parler à ma femme, vous comprenez ?

— Bien entendu. Voici un document récapitulant toutes les procédures que j'ai mentionnées. Emportez-le chez vous, discutez-en avec votre épouse et, ensuite, composez le numéro qui se trouve à la fin. Vous obtiendrez mon secrétariat et vous nous ferez part de votre décision. Il n'y a pas d'urgence.

Sam se leva et se pencha par-dessus son bureau pour serrer la main de son patient qui lui sourit.

— Vous m'avez été d'une grande aide et je vous en remercie beaucoup. Vous serez là pour mon intervention ? demanda-t-il en regardant le ventre rond de Sam.

Elle se mit à rire.

— J'ai encore quelques mois à attendre, alors oui.

— Très bien. J'ai été ravi de vous rencontrer, docteur Gordon.

— Moi aussi, monsieur Lombard.

Pendant que son patient quittait la pièce, Sam se frotta le ventre. Les bébés lui donnaient beaucoup de coups de pied, aujourd'hui. C'était rassurant. Elle commençait à s'habituer à l'idée qu'elle allait être mère. Au début, elle était terrorisée, mais grâce au soutien de Yanis, ce n'était plus le cas. Pouvoir compter sur quelqu'un qui se souciait vraiment de vous était extraordinaire.

Elle en avait la preuve parmi ses patients. Si un proche se tenait au chevet de leur lit et ne les quittait pas, la guérison était plus rapide.

Elle avait cru n'avoir personne, mais elle se trompait.

L'opération de la dysphasie craniométaphysaire avait pris plus de temps que prévu. Tout en se lavant les mains, Yanis jeta un coup d'œil à l'horloge murale. Il était en retard d'un quart d'heure pour l'échographie.

Sam lui avait envoyé quatre SMS et elle l'avait appelé deux fois. Jurant sourdement, il courut vers l'ascenseur et appuya sur le bouton. Comme rien ne se passait, il emprunta l'escalier qu'il dévala à toute vitesse. Enfin, il fit irruption dans la salle d'attente de la consultation prénatale, hors d'haleine.

Tous les yeux se posèrent immédiatement sur lui. Il repéra Sam, dont le visage s'illumina à sa vue.

— Désolé d'être en retard, dit-il en l'embrassant sur la joue avant de s'asseoir près d'elle. J'ai raté quelque chose ?

— Non. Par bonheur, ils sont débordés, eux aussi.

— Il y a eu quelques complications pendant l'opération, expliqua-t-il à voix basse. La pression artérielle de ma patiente a chuté plusieurs fois et nous avons dû arrêter l'intervention pour donner à son corps le temps de se remettre.

— Tu as pu terminer ?

— *Oui,* Dieu merci. Comment vas-tu ? Comment vont mes bébés ? demanda-t-il.

Lui posant une main sur le ventre, il sourit en sentant des coups de pied dans sa paume.

— On va bien, répondit Sam. J'espère qu'on va nous dire la même chose pendant l'examen.

— J'en suis certain.

Il pressa les lèvres contre les cheveux de Sam et respira son parfum, s'efforçant de savourer cet instant. Pour le moment, tout allait bien.

Il adorait le lien qui s'était créé entre eux et il devinait que Sam avait des sentiments pour lui, elle aussi. Depuis qu'ils avaient fait l'amour dans son appartement, leur relation avait pris un tour différent. Ils n'étaient plus seulement collègues et amis… mais aussi amants.

Il adorait cela. Il adorait ce que Sam réveillait en lui. Il adorait lui jeter des coups d'œil, observer son sourire, écouter son rire.

À l'hôpital, Sam se focalisait sur son travail, et Yanis appréciait d'autant plus les moments où elle acceptait de se détendre.

— Samantha Gordon ?

Ils se levèrent avec un bel ensemble. Une fois de plus, Yanis sentit que son estomac se nouait sous l'effet d'une crainte familière. Jusqu'à maintenant, il avait toujours accompagné Sam à ses échographies. Ils surveillaient tous les deux le liquide amniotique dans lequel baignaient les jumeaux et, chaque fois, il savait qu'on pouvait leur annoncer une nouvelle dévastatrice.

Il avait fait des recherches sur le syndrome transfuseur-transfusé, il en connaissait les risques terribles. Il s'était même rendu sur des blogs de parents qui s'étaient trouvés dans cette situation et avaient perdu un bébé ou les deux.

Sam s'allongea sur la table d'examen et découvrit son ventre. Le médecin commença à bouger la sonde sur son abdomen.

— Qu'est-ce que vous en pensez ? demanda Yanis.

Voyant les deux cœurs battre, il se détendit un peu.

— Le jumeau A mesure un peu moins de 27 centimètres. Le jumeau B 24, dit le médecin.

— Ça paraît pas mal, non ?

— Ils vont bien, mais il y a moins de liquide amniotique autour du second bébé, il va donc falloir surveiller cela attentivement. Jusqu'à maintenant, ils faisaient à peu près la même taille, mais aujourd'hui, on commence à voir une différence.

— C'est le syndrome transfuseur-transfusé ? demanda Sam.

— Vous devez en parler au Dr Meyer. Il souhaitera probablement que vous ayez une échographie chaque semaine au lieu de tous les quinze jours.

— Mais les bébés vont bien, pour l'instant ?

— Les battements de cœur sont forts. Vous avez remarqué de nombreux mouvements ?

— Oui, répondit Sam.

— C'est parfait. Vous voulez connaître le sexe ?

Yanis pressa la main de Sam.

— Oui.

— Vous attendez des filles.

— Des filles ? murmura Sam.

Quelque chose enfla en Yanis et son désir de les protéger s'intensifia. Portant la main de Sam à ses lèvres, il l'embrassa tout en luttant contre les larmes. Maintenant, les bébés avaient pris une réalité nouvelle et ils avaient besoin que leur *papa* soit fort.

— Je vais envoyer mon rapport au Dr Meyer, dit le médecin.

— Merci.

Ensuite, les parents émerveillés purent voir les cerveaux, les foies, les poumons de leurs filles, ainsi que la longueur de leurs fémurs. Tout montrait que les bébés allaient bien, même si le placenta était un peu bas.

Sam et Yanis sortirent de la pièce avec des sentiments mitigés. Ils étaient exaltés à l'idée qu'ils attendaient des jumelles, mais la différence de taille les inquiétait.

— Ça pourrait empirer, Yanis.

— Pas forcément. La jumelle A a peut-être fait une poussée de croissance, mais la prochaine fois, sa sœur peut très bien l'avoir rattrapée.

Sam acquiesça d'un signe de tête, mais elle ne semblait pas rassurée.

— Sa sœur… Je n'arrive pas à croire que nous attendons des filles.

— Je sais. Il va falloir chercher des prénoms.

Sam secoua la tête.

— Pas tout de suite ! Ce serait trop affreux, si on les nommait et qu'ensuite… le pire se produisait, conclut-elle d'une voix brisée.

Yanis se força à respirer lentement. Il avait fait cette expérience. Giselle et lui avaient appelé leur futur fils Jacques avant de le perdre. La douleur en avait-elle été intensifiée ? Perdre un enfant à ce stade de la grossesse aurait été aussi terrible s'il n'avait pas eu de prénom !

Ce drame pouvait-il se reproduire ? Cette idée était absolument insupportable… C'en était trop pour Yanis.

— Désolé, je dois aller voir ma patiente.

Sam le regarda partir, blessée par ce comportement inhabituel. Avait-elle bouleversé Yanis en suggérant qu'ils pouvaient encore perdre les bébés ? Ce n'était qu'une possibilité et il devait en avoir conscience. Il fallait qu'il sache que rien n'était sûr, quand son corps était impliqué. Mais, par bonheur, son ventre était l'une des zones que sa mère n'avait pas délibérément abîmées. Et quand elle avait eu ses premières règles, Sam habitait chez sa tante.

Mais Yanis en avait peut-être assez de ses doutes incessants et se demandait pourquoi elle ne pouvait pas tout simplement se réjouir de porter leurs enfants.

Elle aurait bien voulu se comporter comme n'importe quelle autre future mère ! Elle aurait bien voulu se réjouir de son ventre arrondi et de chaque petit coup de pied. Elle voulait décorer la chambre d'enfants et passer des heures à chercher des prénoms dans des livres. Malheureusement, c'était impossible. Jusqu'à présent elle avait une échographie tous les quinze jours, et maintenant, ce serait hebdomadaire.

Les autres mères n'en avaient que deux. Deux ! L'une après le premier trimestre et la seconde à environ trente et une semaines.

Mais… pas elle, car elle avait des « problèmes ».

Encore et encore, elle se rappelait la menace du syndrome transfuseur-transfusé, quand le bébé donneur était petit et faible alors que le bébé receveur grossissait, souffrait de problèmes cardiaques ou pire encore. Mais comme si ce n'était pas assez, le placenta était bas et apparemment, il n'allait plus bouger, ce qui impliquait qu'elle pouvait se mettre à saigner n'importe quand. Il faudrait aussi surveiller cela.

Si le risque de syndrome transfuseur-transfusé s'accentuait, elle subirait éventuellement une intervention par laser pour rétablir une circulation plus égale du sang. Mais cette procédure comportait elle aussi des risques. Les jumelles pouvaient mourir ou le traitement ne pas fonctionner, ou seulement fonctionner pendant un temps trop court. Et Sam n'en était qu'à vingt semaines, ce qui était trop tôt pour qu'on puisse déclencher l'accouchement.

À cette idée, elle se sentit malade…

Elle n'était pas prête. Rien n'était prêt ! Yanis avait acheté quelques affaires, mais c'était insuffisant. Ils n'avaient pas de berceaux, de couches, de biberons et de vêtements. Devait-elle commencer à se préparer à l'arrivée des jumelles ?

Gagnant le service de neurochirurgie, elle s'installa devant un ordinateur. Dans un élan d'optimisme, elle commanda sur Internet deux berceaux, des vêtements, des couches et un double landau, qu'elle se fit envoyer chez elle. Cela fait, elle se sentit un tout petit peu mieux. Yanis saurait ainsi qu'elle allait de l'avant et qu'elle espérait que tout se passerait bien, même si elle lui avait fait part de ses inquiétudes.

Mais elle ne put faire taire la petite voix intérieure qui lui disait que, d'une certaine façon, elle tentait le sort.

Le service réservé aux soins postopératoires était un endroit habituellement calme et agréable, où les patients se remettaient de leur intervention. Après les soins intensifs, c'était une étape positive dans leur évolution. Cela voulait dire qu'ils étaient sortis de la zone de risques et qu'ils pouvaient envisager de rentrer chez eux ou d'être accueillis dans le service de réadaptation neurologique.

Sam attendit que Yanis finisse de parler avec un patient.

— Je peux te dire un mot ? demanda-t-elle.

— Bien sûr.

Il la suivit jusqu'au poste central, l'air un peu inquiet.

— Je voulais m'excuser, reprit-elle.

— De quoi ? s'enquit-il en fronçant les sourcils.

— D'être moi, d'envisager toujours le pire. Tu ne me ressembles pas sur ce point, tu restes optimiste. C'est juste que je suis toujours extrêmement pessimiste quand il s'agit de mon corps, et je voudrais t'en exposer les raisons.

— Très bien.

Sam regarda autour d'eux.

— Pas ici. Tu veux bien venir chez moi, ce soir ? Je préparerai quelque chose pour dîner.

À la pensée de ce qu'elle s'apprêtait à faire, elle sentit son rythme cardiaque s'accélérer, mais c'était nécessaire. Yanis découvrirait la vérité un jour ou l'autre, et il avait le droit de savoir qui était la future mère de ses enfants. Il ne s'agissait pas que d'elle. Si sa grossesse tournait mal alors qu'elle ne lui avait rien dit, elle se sentirait horriblement coupable envers lui.

— C'est d'accord, dit Yanis.

— Super ! Je te remercie.

Il lui prit la main.

— Tu sais que tu n'as pas à t'excuser auprès de moi ?

— Tu le penses vraiment ?

— *Oui*. Ton inquiétude… prouve seulement à quel point tu aimes déjà nos bébés. Comment pourrais-je te le reprocher ?

Sam haussa les épaules, ne sachant que répondre.

Yanis était tellement attentionné ! Tellement compréhensif ! Depuis qu'elle le connaissait, il n'avait jamais cessé de l'être. Peut-être fallait-il accepter le fait qu'il était naturellement bon et qu'elle devait lui faire confiance.

Quand on sonna à la porte, Sam ne savait pas encore si elle pourrait aller jusqu'au bout. Mais quand Yanis l'embrassa sur la joue avant de lui tendre un bouquet de fleurs et une bouteille de vin sans alcool, elle comprit qu'il n'y avait plus d'échappatoire possible.

Lorsqu'il se fut assis à la table, elle servit son plat de pâtes avec un pot de sauce et du parmesan. Elle remplit ensuite leurs verres de vin sans alcool.

— À ta santé, et à celle de nos bébés, dit-elle en levant le sien.

— À nos bébés, répliqua-t-il en trinquant avec elle.

Après avoir bu quelques gorgées, Sam ne se sentit pas plus confiante, mais son estomac cessa temporairement de la tourmenter.

— J'ai quelque chose à te dire, Yanis. Cela concerne mon passé et ce qui a fait de moi la femme que je suis aujourd'hui.

— Très bien.

— Je te le dis parce que je pense pouvoir avoir confiance en toi et aussi parce que nous allons avoir des bébés ensemble avec un peu de chance. J'aime à penser que tu seras toujours à mon côté.

— Bien sûr que oui ! De quoi s'agit-il, Sam ?

Inspirant profondément, elle posa sa fourchette.

— Je t'ai déjà dit que j'ai passé beaucoup de temps à l'hôpital, pendant mon enfance.

Posant les coudes sur la table, Yanis braqua sur elle un regard intense.

— *Oui.*

— Mais j'ai omis de te dire que je n'étais pas réellement malade.

Il fronça les sourcils, visiblement troublé.

— C'est ma mère qui me rendait malade, reprit Sam très bas. Elle souffrait du syndrome de Münchhausen par procuration.

Yanis ferma un instant les yeux puis il tendit le bras pour prendre la main de Sam et la serrer.

— Qu'est-ce qu'elle t'a fait ?

— Tu as vu mes cicatrices. Elle a convaincu les médecins d'effectuer plusieurs laparoscopies exploratrices. On m'a retiré l'appendice ainsi que les amygdales. On m'a fait des endoscopies, des analyses sanguines, des analyses d'urine… Elle avait l'habitude de me faire boire de l'eau salée pour me rendre malade puis, ensuite, de m'amener chez le médecin. Quelquefois, elle m'affamait et ne me nourrissait que de quelques gorgées de soupe pour que je perde du poids sans raison apparente.

Yanis secoua la tête en silence.

— Je crois que ça a commencé quand mon père est parti, continua Sam. Dès qu'il a su que ma mère était enceinte, il a disparu, la laissant sans aucun soutien. Sa grossesse a été difficile et elle a commencé très tôt à avoir des contractions, si bien que les médecins l'ont hospitalisée. Sa thérapeute m'a expliqué que tout a démarré avec l'attention qu'elle a reçue de la part de l'équipe médicale. Elle n'avait personne d'autre et tous les soins qu'on lui prodiguait pour le bien de son bébé ont semé le trouble dans son esprit. Mais après ma naissance, on l'a renvoyée chez elle. Les choses se sont bien passées pendant un temps. Elle me promenait dans ma poussette et des inconnues s'arrêtaient pour roucouler au-dessus de moi. Elles demandaient à ma mère comment j'allais, si je faisais mes nuits. Malheureusement j'ai grandi et on a cessé de s'extasier, alors, elle s'est mise à me faire du mal.

— Oh ! Sam !

À son tour, elle serra très fort les doigts de Yanis, heureuse qu'il ne la repousse pas avec horreur.

— En la voyant assise près de mon lit d'hôpital, les médecins la considéraient comme la plus attentive des mères, d'autant qu'elle me parlait constamment comme si elle s'efforçait de me réconforter. En réalité, il n'en était rien. Elle me chuchotait simplement ses instructions : « Reste tranquille. Ne bouge pas. Tâche de ne pas manger. Ne parle pas. Ne réponds pas à leurs questions. »

De nouveau, Yanis secoua la tête.

— Alors que j'étais à l'hôpital pour ma dernière laparoscopie, elle planifiait déjà ma prochaine « maladie ». Elle tentait de convaincre les médecins que j'avais une tumeur cérébrale en prétendant que j'avais des convulsions, que je me plaignais de ne pas bien voir, que j'avais des migraines. Mon rendez-vous était déjà pris en imagerie médicale, mais après la laparoscopie, j'étais terrorisée et j'ai tout raconté à l'équipe médicale. Lorsqu'elle est revenue me voir, la police et les services sociaux l'attendaient. Après ma convalescence, on m'a placée chez ma tante.

— Dieu merci ! Et tu allais bien ?

— Oui, en dehors des cicatrices qu'elle m'a infligées. Et en dehors du fait que, pendant des années, ma tante m'a répété que j'étais coupable. Par la suite, j'ai suivi pas mal de thérapies, mais j'ai toujours eu des difficultés à faire confiance aux gens.

— Je suis content que tu te fies suffisamment à moi pour m'en parler.

— Il le fallait. Nous attendons deux bébés et tu dois savoir pourquoi je crains toujours le pire. Pourquoi je pense toujours que quelque chose va mal tourner. C'est un mécanisme de défense… Ainsi je suis censée moins souffrir quand cela arrive réellement.

— Et ça marche ?

Sam haussa les épaules.

— J'essaye de m'en convaincre. D'ordinaire, je m'arrange pour m'échapper avant le désastre. Mais, cette fois, je dois affronter le fait que je suis enceinte et que ma grossesse va être difficile. Ma mère a failli me perdre, alors ça peut très bien arriver aussi avec nos bébés.

— Ta mère a très bien pu causer ses problèmes elle-même.

— Je n'en sais rien.

— D'après ce que tu m'as raconté, c'est fort possible. Dans ce cas, il n'y aurait aucune raison que tu traverses les mêmes difficultés.

— Cela ne m'empêche pas de m'inquiéter, Yanis. Et si j'étais comme elle ?

— Impossible !

— Qu'est-ce que tu en sais ?

— Je le sais parce que tu es une guérisseuse, un médecin. Tu fais en sorte que les gens aillent mieux, tu n'as jamais causé de tort à personne. *Non.* Tu n'as rien de commun avec elle…

— Mais si j'étais brisée de l'intérieur, incapable d'être mère ? Si mon ventre ne pouvait aller au bout de ces neuf mois ? Si ma mère avait eu raison, finalement ?

Yanis se leva pour contourner la table et s'agenouiller devant elle. Posant les mains sur son ventre arrondi, il l'embrassa.

— Je comprends que tu sois effrayée, mais la Samantha Gordon que je connais n'a rien à voir avec la femme que tu viens de décrire. Tu es forte, ton cœur est généreux. Tu rayonnes d'amour pour nos jumelles et jamais tu ne pourrais leur faire de mal. J'en suis profondément convaincu.

— Merci, répondit Sam avec un sourire.

— Merci de m'avoir fait suffisamment confiance pour tout me raconter. C'est un grand pas, Sam. Un très grand pas !

Elle acquiesça d'un signe de tête, espérant qu'il ne se trompait pas.

7.

— Où va-t-on ? demanda Sam quand Yanis passa chez elle et lui demanda de venir avec lui.

— Richmond Park.

— Pourquoi ?

— Pour te rappeler que le bonheur et la vie existent en dehors de l'hôpital.

Sam éclata de rire, puis elle prit son sac et une veste légère.

Pour gagner le centre-ville au volant de sa voiture, Yanis emprunta des rues bondées de monde. Par bonheur, il trouva une place pour se garer tout près du parc. Pendant que Sam attendait qu'il verrouille les portières, il ouvrit son coffre et en sortit un panier.

— On va faire un pique-nique ? demanda-t-elle.

— Exactement.

— D'accord.

Il nota avec plaisir que Sam se détendait à mesure qu'ils marchaient dans les allées. Le soleil baignait leurs visages et quand Yanis prit la main de Sam dans la sienne, il sentit que tous ses soucis commençaient à se dissiper.

Ils auraient pu facilement concentrer leur vie tout entière sur les patients et le travail. Leur métier était prenant, trop sans doute, et il était extrêmement important qu'ils prennent régulièrement des pauses pour profiter de la compagnie l'un de l'autre.

— Regarde, Yanis… Des biches !

Il aperçut une troupe de biches qui se profilaient parmi les arbres. Il devait y en avoir une douzaine. Quelques-unes d'entre elles surveillaient les alentours tandis que les autres paissaient tranquillement. C'étaient de magnifiques créatures entourant deux faons qui paraissaient très doux avec leurs grands yeux sombres.

Ce spectacle donnait de l'espoir à Yanis. Bientôt, il pourrait voir ses bébés, les admirer et les adorer.

— Tu souris, dit Sam.

— J'ai des pensées heureuses, répondit-il en riant.

— Tu peux les partager ?

— Je m'imaginais tenant nos filles dans mes bras. Je les contemplais, je tombais amoureux d'elles. Cela ne t'arrive jamais ?

— Si. Quelquefois, quand je me permets d'espérer que tout va bien se passer.

Tout en parlant, Sam s'étira puis elle se frotta les reins. Les jumelles, qui avaient chacune la taille et le poids d'un bébé unique, affectaient son équilibre. Et le fait de se tenir debout pendant de longues heures au bloc, légèrement penchée sur la table d'opération, ne soulageait certainement pas son dos et ses chevilles.

— Ça va ? demanda Yanis.

— Oui, j'ai juste besoin de m'étirer un peu.

— Tu veux t'asseoir ? J'ai apporté une couverture.

— Avec plaisir, mais il faut choisir le bon endroit.

Ils marchèrent encore environ dix minutes, jouissant du calme, du ciel bleu, des moineaux, des merles et des grives qui pépiaient dans les arbres. Parfois, ils entendaient l'aboiement d'un chien courant derrière un frisbee ou une balle, ou encore le rire d'un enfant. C'était agréable et très différent du bruit des machines et du cliquetis des instruments qui leur étaient si familiers.

Ils trouvèrent finalement le coin idéal, près de la plantation Isabella. Yanis étala la couverture par terre, puis il ouvrit son panier. Des assiettes garnies de minuscules sandwichs, de fraises et de morceaux de melon posées devant eux, ils mangèrent tout en devisant tranquillement.

— Tu as pensé à la coagulation au laser ? demanda Yanis.

Sam soupira avant de mordre dans un sandwich au jambon et au fromage.

— Je ne sais pas trop. Si c'est nécessaire, on le fera, mais… je n'aime pas l'idée d'être une patiente sous anesthésie, de soumettre une nouvelle fois mon corps aux médecins et, surtout, de risquer de perdre mes bébés.

— Je comprends.

— Je me sentirais mieux si tu étais au bloc, en observateur.

— On ne m'y autorisera pas. En l'occurrence, je suis seulement le père.

— C'est le fait de ne plus rien contrôler qui m'effraie le plus, je crois. Enfant, je me sentais impuissante et je m'étais juré de ne plus jamais éprouver ce sentiment.

— Il y a des moments où on ne peut pas l'éviter. Ça m'arrive tout le temps, ces temps-ci.

Sam regarda Yanis avec espoir, comme si ce qu'il venait de dire la rassurait.

— Toi aussi ?

— Bien sûr ! Je ne peux rien faire pour t'aider. Je ne peux pas empêcher que nos jumelles souffrent du syndrome transfuseur-transfusé ou que ton placenta soit bas.

— Merci.

— De quoi ?

— De me faire suffisamment confiance pour me le dire et de t'inquiéter pour moi.

— Nous devons être honnêtes l'un envers l'autre. Tu l'as été en me racontant ton passé. J'espère l'être aussi envers toi.

— Il y a quelque chose dans ton passé que tu voudrais partager avec moi ?

— *Non,* répliqua Yanis sur un ton qu'il espérait convaincant.

Depuis que Sam lui avait parlé de son enfance, Yanis était encore plus présent, et elle se laissait choyer, même si, au début, elle avait eu du mal à croire que quelqu'un puisse se montrer aussi gentil avec elle.

Elle s'efforçait de lui rendre la pareille, par exemple en lui massant les épaules après une longue intervention. Le soir, elle lui préparait souvent à manger, parfois elle lui proposait d'aller voir un film. Lorsqu'il était très occupé et n'avait pas le temps de faire une pause, il lui arrivait aussi de lui apporter une boisson chaude.

Au cours de cette conversation, au parc, elle avait eu l'impression pendant un moment qu'il voulait lui confier quelque chose. Mais il avait finalement détourné la conversation.

Qu'est-ce que cela pouvait bien être ? Elle lui avait dit ce qu'elle n'avait révélé à personne, dans l'espoir qu'ils se rapprochent encore l'un de l'autre. Pourquoi ne pouvait-il en faire autant ? Que lui cachait-il ?

Ce matin-là, la dernière échographie avait montré une différence de taille notable entre le bébé B, le donneur, et le bébé A, le receveur.

Après sa dernière intervention au bloc, Sam avait rendez-vous avec le Dr Meyer pour savoir ce qu'il envisageait. La coagulation au laser était une option, mais si cette solution était efficace dans de nombreux cas, il arrivait que la mère perde l'un des bébés ou même les deux. Il s'agissait d'accidents très minoritaires, mais Sam n'en était pas moins inquiète.

En tout cas, elle en était maintenant à vingt-six semaines, si bien que si elle devait accoucher, les jumelles auraient une chance de survivre. Il fallait cependant prendre en compte les complications éventuelles dues à une naissance prématurée.

Elle se frotta le ventre distraitement, souriant tandis que les bébés donnaient des coups de pied. Elle espérait les garder en elle le plus longtemps possible.

En tant que chirurgienne, elle savait exactement que ce qu'elle faisait pour un patient était bien. En tant que patiente, elle était livrée aux mains d'un autre praticien dont elle espérait qu'il savait ce qu'il faisait.

Bien entendu, elle s'était renseignée sur le Dr Meyer avant de décider qu'il serait son médecin. C'était un excellent obstétricien, spécialisé dans les naissances multiples. Mais peu importait à Sam sa réputation ! Il s'agissait de *son* corps, de *ses* bébés. Enfant, elle avait eu certes très peur, mais, maintenant, elle était véritablement terrorisée.

Sa mère avait-elle eu raison depuis le début ? Peut-être était-elle incapable de porter des enfants sans que quelque chose aille mal. Et, en l'occurrence, elle se trouvait dans cette situation par sa propre faute.

Yanis lui avait conseillé d'arrêter de penser ainsi. Elle devait se convaincre que seule la malchance y était pour quelque chose. Mais s'il se trompait ? La peur la détruisait de l'intérieur, et elle avait besoin de savoir qu'elle pouvait compter sur Yanis. Mais quelque chose qu'elle ne pouvait préciser la tourmentait.

Peut-être Yanis avait-il juste besoin de temps pour se confier à elle ? Elle aurait voulu qu'il lui fasse confiance parce que, de cette façon, quand le pire se produirait – s'il se produisait –, ils pourraient y faire face ensemble.

Le Dr Meyer arborait une mine grave qui ne rassurait pas Yanis, celui-ci devinant que des nouvelles importantes n'allaient pas tarder.

— Votre dernière échographie montre une différence considérable entre la jumelle donatrice et la jumelle receveuse, dit le médecin. Je pense que nous devons procéder sans tarder à une coagulation au laser.

Chaque mot renforçait les craintes de Yanis, qui avait espéré que ce jour ne viendrait jamais. Mais ils étaient là, dans le cabinet du Dr Meyer, en train de s'entendre dire qu'une intervention chirurgicale était nécessaire pour que leurs filles restent un peu plus longtemps dans le ventre de leur mère.

Bien évidemment, personne ne souhaitait une naissance prématurée à vingt-six semaines !

Sachant que la nouvelle la terrifiait, Yanis prit la main de Sam et la serra.

— Qu'est-ce que ça implique, exactement ?

En réalité, il le savait déjà. Tout comme Sam, il s'était renseigné sur l'opération et il connaissait le principe de base. Mais il voulait que le Dr Meyer leur dise exactement ce qu'il en attendait.

— La coagulation au laser est la façon la moins invasive que je puisse envisager pour que vous ayez deux bébés en bonne santé. Nous procédons par endoscopie et nous entrons dans le sac amniotique de la jumelle receveuse. Nous repérons le cordon ombilical et nous suivons les vaisseaux qui le relient à la jumelle donneuse. C'est là que nous coagulons ces vaisseaux au laser pour nous assurer qu'il n'y aura plus de flux sanguin entre les deux bébés. Ensuite, nous retournons dans la poche amniotique de la receveuse, et nous drainons le liquide amniotique en excès. Dans les deux semaines qui suivent, les niveaux sont stabilisés. Madame Gordon, vous devrez vous reposer. Plus d'intervention au bloc qui dure douze heures d'affilée. Je suggère que vous restiez chez vous pendant au moins trois semaines.

Sam hocha la tête, mais elle semblait ailleurs, et Yanis devina qu'elle se préparait à affronter le scalpel une fois de plus, et que, comme autrefois, elle se sentait impuissante.

Lui-même ne pouvait que lui apporter son soutien, se montrer fort pour elle et s'assurer qu'elle suivait les conseils du médecin.

— Quand programmez-vous l'intervention ? demanda-t-il.

— Demain matin. Si vous pouvez être à l'hôpital à 6 heures, nous serons au bloc à 8.

Yanis jeta un coup d'œil à Sam.

— On sera là, dit-il. Tu vas rentrer chez toi et préparer tes affaires pendant que je prends en charge tes patients. Je vais voir si le Dr Gupa est d'accord pour te remplacer au bloc demain.

— Très bien.

Il lui serra la main plus fort avant de se tourner vers le Dr Meyer.

— Quels sont les risques ?

— En tant que praticien, vous savez qu'il n'y a pas d'acte chirurgical sans risque. Vous devez savoir qu'un des bébés peut ne pas survivre, voire les deux. Cependant, les statistiques montrent que les jumeaux traités par coagulation au laser souffrent moins de déficit neurologique que ceux pour qui on a seulement réduit le fluide amniotique. Par ailleurs, ils restent dans l'utérus plus longtemps que les bébés qui n'ont pas subi d'intervention chirurgicale.

— Il est possible que le syndrome se répète ?

— Dans quatorze pour cent des cas, en effet.

— Mais si on n'intervient pas, c'est pire ?

— Malheureusement, oui. Les membranes peuvent aussi se rompre prématurément plusieurs semaines après l'intervention. Parfois, la patiente fait une fausse couche ou une hémorragie.

— Sans compter le risque d'infection, ajouta Yanis.

Le Dr Meyer acquiesça.

— J'ai bien conscience que le choix est très difficile, mais à mon avis, la coagulation au laser est la meilleure solution.

L'avenir semblait très sombre, et ils n'avaient plus qu'à espérer que leurs jumelles s'en sortiraient indemnes. Yanis se tourna vers Sam.

— On va le faire. Après l'intervention, je m'installerai chez toi pour m'assurer que tu te reposes.

Sam ouvrit la bouche pour dire quelque chose, mais il l'arrêta d'un geste.

— En l'occurrence, tu n'as pas le choix. Je vais veiller sur toi, que ça te plaise ou non. D'accord ?

Elle parut réfléchir un instant puis elle sourit et hocha la tête.

— Merci, dit-elle, les larmes aux yeux.

Il était 7 heures du matin. Yanis était assis près de Sam, étendue sur son lit d'hôpital en attendant d'être emmenée au bloc.

La nuit précédente, elle avait demandé à Yanis de dormir chez elle parce qu'elle ne voulait pas rester seule. Elle avait besoin d'avoir quelqu'un qui lui parle et l'empêche de trop réfléchir.

Mais bien qu'ils aient abordé toutes sortes de sujets, il

n'avait cessé de penser à ses deux filles. Au risque qu'elles couraient, tout comme Sam.

Il s'était habitué à la côtoyer chaque jour et à penser qu'ils pourraient fonder une famille… Que ses rêves se réaliseraient. Cet espoir, qui avait grandi en lui, était en train d'agoniser, rongé par le doute.

Il ne pouvait pas les perdre ! Aucune d'entre elles.

Était-ce de l'amour ? Un sentiment à la fois familier et effrayant. Il souhaitait désespérément dire à Sam ce qui lui était arrivé dans le passé, mais ce n'était pas possible pour l'instant.

Si tout se passait bien lors de l'intervention, il se confierait à elle parce que alors le danger serait écarté.

Oui ! Il lui dirait tout lorsqu'elle serait de nouveau forte.

Car Sam était une femme forte. Après tout ce qui lui était arrivé, elle était devenue ce qu'elle était aujourd'hui. Il l'admirait plus qu'elle ne l'imaginait. Bien d'autres auraient été détruites par le stress et la souffrance, mais pas elle.

Tout en souriant à cette femme qui lui était devenue si chère, il souhaita pouvoir la décharger de son fardeau. Il aimait la voir sourire, l'entendre rire, bien qu'elle n'ait pas ri beaucoup ces derniers temps. Elle semblait toujours ailleurs, distante.

— Tout va bien se passer, répéta-t-il en lui prenant la main pour la caresser. Le Dr Meyer est le meilleur et il sait ce qu'il fait.

— Oui, mais il s'agit de *moi*. Les choses ont tendance à tourner mal, pour moi.

Pour moi aussi.

— On doit rester positifs.

— Je le sais, mais ce n'est pas facile.

— On devrait peut-être chercher des prénoms ?

Sam le fixa pendant un bref instant.

— Tu ne crois pas que ce serait tenter le sort ?

— Non. Ça montrerait au contraire que nous n'avons pas peur de regarder l'avenir, de faire des projets et d'espérer une issue favorable. Toi et les filles, vous m'êtes tellement précieuses ! Ce sont déjà des petites personnes, et quoi qu'il arrive, je crois qu'elles devraient avoir des prénoms.

Sam sourit.

— J'en serais incapable sans toi, Yanis.

— Qu'est-ce que tu dirais d'Yvette ?

Sam fit la grimace.

— Comme ta sœur ? Qu'est-ce que tu penses de Darcy ?

— Pourquoi pas ? On devrait faire une liste.

Sortant son téléphone de sa poche, il appuya sur l'onglet « notes » et saisit le prénom.

— Estelle ? suggéra-t-il.

— Oui. Et Addison ?

Yanis se détendit un peu.

— Charlotte ? Isabella ?

Ce moment d'espoir était le bienvenu. Cela montrait à Sam qu'ils allaient surmonter cette épreuve, il suffisait d'y croire.

Une infirmière apparut sur le seuil de la chambre.

— Madame Gordon ? Nous sommes prêts, dit-elle en souriant.

Sam se tourna vers Yanis.

— Si quelque chose arrive…

Il posa le front contre le sien.

— Tout va bien se passer, répéta-t-il.

— Tu me le promets ?

Il savait qu'il ne le pouvait pas, mais le cœur l'emporta sur la raison.

— C'est promis.

Il lui déposa un baiser sur le front puis s'écarta pour laisser l'infirmière pousser le lit à l'extérieur de la pièce.

À cet instant, Yanis eut l'impression que son avenir était emporté loin de lui. Se sentir impuissant était le pire sentiment qui soit.

Sam rêvait qu'elle était à nouveau enfant, gisant sur un lit d'hôpital, sa chemise remontée au-dessus de son ventre et sa mère assise près d'elle en train de dire des choses horribles aux médecins.

Elle ne pouvait pas bouger pendant que les chirurgiens introduisaient en elle des objets de métal…

Elle se mit à hurler et…

Sam se réveilla lentement et se força à ouvrir les yeux pour regarder le plafond blanc et les lampes fluorescentes. Elle entendait le bruit d'un électrocardiographe.

Bon, elle était à l'hôpital. Elle baissa les yeux vers son ventre.

Je suis toujours enceinte.

Au pied du lit, une infirmière prenait des notes.

Sam passa la langue sur ses lèvres. Elle avait la bouche sèche comme si elle n'avait pas bu depuis des heures. Quelle heure était-il ?

— Hé ! dit-elle d'une voix rauque.

— Bonjour, répondit l'infirmière. Votre opération s'est très bien passée.

— C'est vrai ?

Submergée par le soulagement, elle se laissa glisser dans le sommeil, et cette fois, elle ne fit pas de cauchemars.

Beaucoup plus tard, elle se réveilla de nouveau et vit l'infirmière qui lui souriait.

— Parfait, vous voilà de retour parmi nous. On va pouvoir vous ramener dans votre chambre.

— Tout s'est bien passé ?

— Absolument. Vos jumelles se portent comme un charme.

Sam fut rassurée… du moins pour l'instant. Elle allait sans doute rester à l'hôpital pendant un jour ou deux, puis elle pourrait rentrer chez elle et se reposer une vingtaine de jours. Si tout continuait de bien se passer, elle pourrait reprendre le travail avant son accouchement.

Je l'espère.

Quand l'infirmière la ramena en obstétrique, elle vit Yanis se lever d'un bond dans le couloir avant de lui adresser un sourire rayonnant. Le cœur de Sam se gonfla de bonheur.

Un instant plus tard, elle était de nouveau dans sa chambre et Yanis lui tenait la main.

— Sam…

— Ils disent que tout va bien, Yanis. On va bien toutes les trois, précisa-t-elle d'une voix ensommeillée.

Yanis se pencha pour déposer un baiser sur son front.

— C'est ce qu'on m'a dit. Comment te sens-tu ?

— Un peu fatiguée, mais ça va. Combien de temps suis-je partie ?

— Trop longtemps, mais tu es là, maintenant. Tout ce qu'il te faut, désormais, c'est te reposer.

— J'essaierai.

— Tu feras plus qu'essayer et je m'en assurerai. Tu as soif ?

— Oui.

Il lui tendit un gobelet avec une paille et elle but quelques gorgées d'eau qui rafraîchirent sa gorge desséchée.

— Merci, murmura-t-elle. Et toi, tu vas bien ?

— Mieux, maintenant que tu es de retour. Ça a été la plus longue attente de ma vie.

— Tu n'es pas obligé de rester, si tu veux partir. Je vais rester couchée pendant un jour ou deux.

— Je suis très bien où je suis. Je partirai à la fin des visites et je déposerai certaines de mes affaires dans ton appartement de façon à veiller sur toi quand tu sortiras.

— Tu es gentil.

— Gentil ? répéta Yanis en souriant. Tu voulais sûrement dire dévoué, ou courageux, ou encore héroïque ? Héroïque est le mot qu'il faut.

— J'en ai un autre, et c'est « merci ». J'ai de la chance de t'avoir, parce que, si j'avais dû affronter tout ça seule, je ne sais pas si je m'en serais sortie.

Il la regarda dans les yeux.

— Tu as été ébranlée, mais tu n'es plus seule, tu as compris ? Je serai toujours là pour toi. Toujours.

Ce que Yanis lui disait était tellement important pour elle

qu'elle aurait voulu lui rendre la pareille. Mais la phrase « je crois que je t'aime » resta bloquée dans sa gorge.

Il croirait probablement qu'elle était abrutie par l'anesthésie et qu'elle ne se souviendrait plus ensuite d'avoir dit ça. Mais lorsqu'elle ferait pour la première fois une déclaration d'amour à quelqu'un, elle voulait être totalement sûre d'elle.

D'ailleurs, ces mots lui faisaient peur. Jamais elle ne les avait prononcés. Ils étaient si puissants, si intenses, si significatifs… Et si ce qu'elle ressentait n'était pas de l'amour, mais seulement une passade ? Comment le saurait-elle puisqu'elle ne l'avait jamais expérimenté auparavant ? Elle pouvait se tromper.

Et si elle le disait et que Yanis n'éprouvait pas la même chose ? Ce serait extrêmement humiliant, surtout s'il se taisait. Il lui avait dit de très belles choses, mais peut-être ne s'inquiétait-il que pour les jumelles.

De plus, elle avait l'impression qu'il lui cachait quelque chose. Elle ne pouvait pas lui avouer qu'elle l'aimait si elle n'était pas certaine de la réciproque.

Elle ferma les yeux pour s'abandonner à une sorte de léthargie. C'était plus facile ainsi, elle n'avait pas à décrypter ses sentiments, ses doutes, ses peurs.

Se laisser glisser dans le sommeil était délicieux.

Elle n'avait plus rien à affronter.

8.

— Seigneur ! Qu'est-ce que c'est ?

Yanis venait d'entrer dans la chambre de Sam, tenant un plateau sur lequel il avait disposé un petit bouquet de fleurs roses et violettes, des croissants sur une assiette, du beurre, un pot de gelée de fraises, des œufs brouillés au bacon et un bol de fruits frais en morceaux. Il y avait aussi deux verres de jus d'orange et une grosse cafetière.

— Je ne vais pas manger tout ça !

— C'est pour nous deux. J'ai pensé qu'on pourrait faire un pique-nique pour le petit déjeuner.

— Si je comprends bien, tu es un homme à pique-niques. Je pourrais m'y habituer.

Il l'embrassa sur les lèvres avant de poser le plateau sur le lit, puis il s'installa à côté d'elle. Ces derniers quinze jours en compagnie de Yanis avaient été merveilleux. Il incarnait l'« aidant » parfait. Il lui apportait le petit déjeuner tous les matins, une tasse de thé quand elle en avait besoin et même quand elle n'en avait pas besoin, il lui préparait à déjeuner ou sortait pour acheter ce dont elle avait envie. Il cuisinait chaque soir, s'occupait des lessives, des courses… Il avait même assemblé les éléments des lits lorsqu'ils avaient été livrés, et installé la chambre des bébés dans sa pièce libre selon les instructions qu'elle lui avait données.

Il était attentif, délicat et empathique. Jamais elle n'avait rencontré un homme aussi merveilleux et, chaque jour, ses sentiments pour lui étaient de plus en plus forts.

Plus elle passait de temps avec lui, plus ils communiquaient, plus elle souhaitait prononcer la phrase qu'elle retenait depuis quelque temps.

Trois petits mots. Mais des mots d'une telle importance, d'un tel pouvoir ! Une fois qu'il les aurait entendus, plus rien ne serait pareil. Ils modifieraient sa relation avec Yanis, les entraînant sur un territoire où il ne voudrait peut-être pas la suivre.

Sam croyait qu'il partageait ses sentiments, ou du moins elle l'espérait. Sinon, pourquoi aurait-il été là, à veiller si bien sur elle ?

Mais chaque fois qu'elle se posait cette question, elle entendait la voix de sa mère lui murmurer : « Il n'est pas là pour toi, mais pour les bébés. » Et chaque fois, le doute était distillé en elle.

Pourtant Yanis semblait sincère et elle n'avait jamais eu l'impression qu'il ne prenait soin d'elle que parce qu'elle était l'incubateur de ses bébés.

Mais s'ils étaient la seule chose qu'il voulait ?

S'il l'incitait à croire qu'elle était importante pour lui dans le seul but d'avoir ce qu'il souhaitait ?

Ses filles. Et dès qu'elles seraient nées, il reprendrait ses distances avec elle. Sam était habitué à ce qu'on l'utilise. Sa mère l'avait fait, allant jusqu'à la rendre malade pour obtenir ce dont elle avait besoin émotionnellement. Et si sa propre mère pouvait se comporter ainsi…

Sam mordit dans un croissant, ignorant les miettes qui s'éparpillaient sur le lit.

— Le Dr Meyer a dit que tu pouvais te lever, aujourd'hui, et bouger un peu, dit Yanis. On pourrait faire le tour du pâté de maisons, tu prendrais l'air.

— Ce serait génial ! Je trouve très agréable qu'on soit aux petits soins pour moi, mais j'ai quand même l'impression d'être plus ou moins cloîtrée.

— Prends ta douche et habille-toi pendant que je débarrasse.

Depuis la salle de bains, elle entendit Yanis qui s'affairait dans la cuisine.

Un instant plus tard, elle était prête. L'été était arrivé, le soleil brillait et elle se réjouissait de sortir. Lorsqu'elle retrouva Yanis devant la porte, il l'embrassa longuement, lui donnant l'envie de retourner dans la chambre avec lui. Mais il lui prit la main et l'entraîna dehors.

Ils n'allèrent pas bien loin, juste assez pour faire un peu de lèche-vitrines. Sam s'extasia devant des vêtements de bébés, s'imaginant en train d'habiller ses filles avec les jolies petites robes exposées. Ensuite, ils s'attablèrent à une terrasse et commandèrent des cafés au lait.

— C'est vraiment sympa, commenta Sam.

— On devrait amener les filles ici quand elles seront plus grandes, dit Yanis. À l'intérieur, il y a un espace réservé aux enfants avec des jouets et des livres.

— J'aime bien envisager l'avenir ainsi, répliqua Sam avec un sourire.

— Maintenant que l'intervention est passée, il n'y a pas de raisons pour ne pas le faire plus souvent.

— Tu crois qu'on est prêts ?

— Je l'espère.

Hochant la tête, Sam posa sa tasse sur la table.

— Nous n'en avons pas vraiment parlé, jusqu'à maintenant. Comment nous organiserons-nous, quand elles seront là ?

Yanis suivit des yeux une mère poussant un landau.

— On trouvera des solutions…

— On se rapproche de l'accouchement, maintenant. Tu ne crois pas qu'on devrait…

Il lui jeta un coup d'œil de côté.

— On devrait quoi ?

Elle haussa les épaules, gênée.

Emménager ensemble ?

C'était déjà pratiquement le cas et elle adorait cette cohabitation.

— Il faut qu'on pense à la façon dont on va aménager nos horaires de travail, dit-elle.

— Je suis certain qu'Elliot ne fera pas de difficultés.

— C'est quelqu'un de bien. Et toi aussi.

— *Merci.*

— Tu sais que, si tu veux me dire quelque chose, je peux tout entendre ? Sache que je suis là pour toi, tout comme tu l'as été pour moi.

— Je sais.

Yanis parut réfléchir un instant, pourtant il se tut. Sam se demanda ce qui lui passait par la tête, mais elle s'abstint de tout commentaire. Se levant, Yanis lui tendit la main pour l'aider à se mettre debout. Tandis qu'ils poursuivaient leur promenade, Sam se demandait toujours ce qui le tourmentait, parce qu'elle était certaine qu'il lui cachait quelque chose.

Elle était terrifiée à l'idée que ce soit important et qu'elle se soit trompée à son sujet. Elle était en train de tomber amoureuse de lui, et si ce n'était pas réciproque, elle en serait vraiment très blessée.

— Il est temps de regarder la vérité en face, je ne peux pas continuer comme ça.

Le patient de Yanis, Martin Merriweather, était assis en face de lui, tremblant de tous ses membres. Il était clair qu'il avait atteint ses limites et qu'il ne pouvait plus s'asseoir ou tenir sa tasse de thé sans l'aide de quelqu'un.

— Une intervention chirurgicale est une décision importante, Martin. Vous êtes sûr que c'est ce que vous voulez ?

— Mon épouse et moi souhaitons renouveler nos vœux. La date est fixée à l'année prochaine et nous allons organiser une grande cérémonie pour célébrer notre engagement qui date maintenant de quarante ans. Nos enfants seront présents, ainsi que nos petits-enfants. Je voudrais conduire moi-même ma femme à l'autel sans qu'on ait l'impression que je suis électrocuté à chaque pas.

— Je comprends.

— Ces tremblements sont devenus insupportables, docteur. L'opération a toujours été le dernier recours, mais maintenant, je veux essayer la stimulation cérébrale profonde. Pendant les dernières années qu'il me reste à vivre, je voudrais contrôler mon corps. Est-ce trop demander ?

— Bien sûr que non. Mais avant de prendre cette décision, nous devrons vous suivre pendant quelques mois et voir vos réactions sous traitement et hors traitement. On vous fera un scan car c'est la procédure, et si vous êtes un bon candidat, vous serez opéré.

Yanis tapota sur le clavier de son ordinateur, puis il tourna l'écran vers son patient pour qu'il puisse voir un diagramme montrant ce qui se passait pendant l'intervention.

— Très bien. Si vous correspondez aux critères, voici ce que nous allons faire : nous insérerons un boîtier sous votre peau, un peu comme un pacemaker, au niveau de la poitrine. C'est une sorte de générateur électrique relié à de petites électrodes introduites dans votre cerveau. Vous les voyez, ici ?

Martin hocha la tête.

— Ces électrodes stimuleront les zones ciblées de façon à réduire les symptômes de la maladie.

— Ça ressemble aux câbles de démarrage, dans une voiture.

— En quelque sorte. Mais si vous vous engagez dans cette voie, je vous rappelle que cette intervention ne soigne pas la maladie de Parkinson et ne l'empêchera pas de progresser.

— J'en suis conscient.

— En revanche, vous contrôlerez mieux les mouvements de votre corps.

— Très bien. Actuellement, je ne peux même pas signer un document. Vous imaginez ce que je peux ressentir ?

— Absolument, mais toute opération comporte des risques, comme des saignements, des convulsions. Et comme nous vous réveillerons au cours de l'intervention pour évaluer vos mouvements, vous devez vous demander si vous serez capable de le supporter émotionnellement.

— Je serai *éveillé* pendant l'opération ? Avec le crâne ouvert ?

— *Oui.*

— D'accord. Quoi d'autre ?

— Ensuite, vous resterez quelques jours à l'hôpital pour vous remettre, mais aussi pour que nous effectuions des ajustements et modifiions votre traitement.

— D'accord, doc. Alors, qu'est-ce qu'on fait, maintenant ?

— Vous souhaitez vraiment continuer dans cette voie ?

Martin sourit comme s'il se voyait déjà devant l'autel avec sa femme.

— Oui.

— Très bien. Je vais écrire à votre médecin traitant pour lui expliquer comment nous souhaitons procéder à une première évaluation. Actuellement, vous êtes sous traitement, donc je vais vous demander d'avoir une sorte de journal de bord dans lequel vous inscrirez quotidiennement l'intensité de vos tremblements et les difficultés que vous rencontrez, tout comme les choses que vous êtes capable de faire vous-même. Ensuite, nous arrêterons le traitement. À cette étape, c'est votre femme qui tiendra le journal de bord si vous avez du mal à écrire ou à vous servir d'un ordinateur. Ensuite, nous programmerons votre scan et examinerons les résultats. Si vous êtes un candidat possible, on fixera la date de l'intervention.

— Merci, docteur.

Après le départ de son patient, Yanis compara sa situation avec la sienne. Cet homme avait décidé d'affronter la vérité en face et de faire en sorte d'aller mieux.

Il devait en faire autant avec Sam. Il avait gardé son secret pendant trop longtemps, mais maintenant, elle allait bien. Les bébés avaient résisté à la coagulation au laser et Sam envisageait de retourner travailler.

Il était grand temps de lui parler de son passé.

Il tenait énormément à Sam, peut-être même était-il amoureux d'elle. Elle était difficile parfois, irritable à l'occasion, mais il la comprenait, il s'inquiétait pour elle, il appréciait sa compagnie. Le sourire de Sam illuminait sa vie et la voir heureuse le rendait heureux. Quand il n'était pas avec elle, il se surprenait en train de se demander ce qu'elle faisait. Il aimait se réveiller près d'elle, s'endormir près d'elle. Elle portait ses filles, et il entrevoyait un avenir merveilleux pour eux, ensemble.

Mais la condition sine qua non était de dire à Sam tout ce qu'elle devait savoir à son propos.

Sam avait dressé la table pour deux. Dans l'idéal, elle serait sortie pour acheter de quoi la décorer. Elle aurait mis une belle nappe, de grandes bougies et peut-être un petit bouquet de fleurs.

En lieu et place, elle avait réutilisé les fleurs offertes par Yanis le matin même. Et comme elle ne pouvait pas préparer un repas cuisiné, elle avait ouvert deux boîtes de soupe et mis une baguette surgelée dans le four.

Il allait rentrer bientôt et elle espérait pouvoir aborder avec lui la question de l'avenir. Peut-être pourrait-elle dire enfin les mots magiques dont elle rêvait. Elle imaginait son visage quand elle les prononcerait. Ses yeux s'illumineraient, il tendrait la main pour prendre la sienne et lui murmurer qu'il l'aimait, lui aussi.

Du moins, si cela arrivait…

Le cœur de Sam s'emballa lorsqu'elle entendit la clé tourner dans la serrure. Elle ne pouvait pas supporter l'idée qu'il ne lui dirait rien en retour.

Ces deux dernières semaines, il lui avait montré à quel point elle comptait pour lui. Un homme ne se conduisait pas ainsi s'il n'était pas profondément amoureux ! Elle en était certaine. Et maintenant, elle voulait savoir avec certitude où ils en étaient tous les deux.

Après avoir éteint la plaque électrique sous la soupe, elle s'assit à la table, un grand sourire aux lèvres. Yanis entra et posa les deux gros dossiers qu'il avait sous le bras dans l'entrée.

— Quelque chose sent bon… Tu as cuisiné ? Je t'avais dit de ne rien faire, ajouta-t-il, gentiment désapprobateur, en la rejoignant dans la cuisine.

Il s'approcha d'elle et prit son visage entre les mains pour déposer un baiser léger sur sa bouche.

— J'ai juste fait réchauffer de la soupe en boîte, dit-elle. Comment ça s'est passé, avec ton patient ?

— Nous allons voir s'il est un bon candidat pour la stimulation cérébrale profonde.

— Croisons les doigts, alors. Pourquoi ne pas t'asseoir et me permettre de m'occuper de toi, pour changer ?

Yanis secoua la tête.

— Non. Reste assise pendant que je nous sers. Il y a du pain dans le four ?

— Oui. Il devrait être prêt, si tu as faim.

— Je suis affamé. Qu'est-ce que tu veux boire ?

— Un thé, s'il te plaît.

Sam sentit des papillons virevolter dans son estomac. Elle appréciait cette scène domestique qui leur allait si bien à tous les deux.

L'envie de prononcer les mots qu'elle voulait lui dire se fit pressante, mais elle pensa qu'il valait mieux le faire après le dîner.

La soupe de légumes aux oignons, dégustée avec des croûtons de pain, était délicieuse. Malgré sa nervosité, Sam vida son assiette.

Tout en sirotant son thé, elle se décida enfin à aborder le sujet :

— Je vais bientôt reprendre le travail et je suis certaine que tout ira bien. Je me sens en pleine forme et… il me semble que nous devons envisager l'avenir.

— Je suis bien d'accord.

— J'ai été ravie de t'avoir avec moi, Yanis. Je ne m'en serais pas sortie, sans toi.

— Je l'ai fait volontiers et cela nous a été bénéfique à tous les deux.

— C'est vrai.

Était-ce le bon moment ?

Mais Yanis reprit le premier :

— J'ai quelque chose à te dire, en fait.

— Ah bon ?

Peut-être voulait-il lui faire sa déclaration, lui aussi ? Soulagée, elle le fixa, un grand sourire aux lèvres. Elle voulait lui montrer qu'elle était prête à l'écouter, qu'elle l'encourageait à s'exprimer. Ne lui avait-elle pas déjà dit qu'elle pouvait tout entendre ?

— Je voulais le faire depuis un certain temps, mais j'attendais le bon moment.

Puis il émit un petit rire nerveux.

— C'est possible, maintenant que tu vas mieux et que nous sommes si bien ensemble…

Il commençait à lui faire peur.

— De quoi s'agit-il ?

— Voilà… Tu dois savoir que j'ai été marié.

Quoi ? Sam avait entendu les mots, mais ils étaient si inattendus qu'elle ne les comprit pas tout de suite.

— Marié ? répéta-t-elle, choquée.

— *Oui.* Giselle et moi, on se connaissait depuis le lycée. Nous avons d'abord été amis, puis nous sommes tombés amoureux.

Giselle… Ce prénom semblait si beau, si exotique !

— Nous nous sommes mariés très vite. Il nous semblait inutile d'attendre puisque nous étions ensemble depuis longtemps. En outre, nous voulions fonder une famille.

Fonder une famille ?

La peur submergea Sam. Se sentant au bord de la nausée, elle regretta d'avoir mangé.

Yanis a été marié.

— Giselle est tombée enceinte quand j'ai commencé mes études de médecine…

Yanis regardait ailleurs, comme s'il voulait éviter de la fixer dans les yeux.

— Nous étions ravis et nous avons annoncé la nouvelle à tous nos proches. Mais elle a perdu le bébé quinze jours plus tard.

— Je suis navrée, murmura Sam.

C'étaient les seuls mots qu'elle pouvait arracher à sa gorge contractée.

— Nous avons été tous les deux durement affectés par cette perte, mais nous savions que les fausses couches étaient assez fréquentes lors d'une première grossesse. Et au bout d'un certain temps, nous avons décidé de retenter notre chance.

Le cœur de Sam battait très fort et chaque battement provoquait une douleur dans sa poitrine. Elle avait chaud, ses jambes tremblaient et elle n'était pas certaine de vouloir en entendre davantage.

— Elle a été de nouveau enceinte, et cette fois, nous avons été plus prudents, continua Yanis. Nous avons décidé de ne pas en parler jusqu'à l'échographie des trois mois. Tout semblait bien se passer… Jusqu'à ce qu'on nous dise que le cœur du fœtus ne battait plus.

Sam ferma les yeux, imaginant l'horreur de ce drame.

— Les médecins ont procédé à une dilatation-aspiration. Tous les deux, nous étions anéantis.

Sam se frotta le ventre, heureuse de sentir ses bébés bouger.

— Nous avons réagi de façon différente, reprit Yanis. Je travaillais plus dur tandis que Giselle se renfermait sur elle-même. Elle a consulté des médecins qui lui ont dit que ce que nous vivions n'avait rien d'exceptionnel et que nous devions continuer d'essayer.

— Que s'est-il passé ?

Elle n'avait pas envie de le savoir, mais elle en avait besoin.

Maintenant Yanis la fixait intensément, comme pour la supplier de comprendre.

— Je voulais que nous fassions une nouvelle tentative, mais il fallait attendre que Giselle soit prête. Finalement, elle m'a annoncé que nous essayerions une dernière fois, mais que si cela ne marchait pas elle ne savait pas ce que nous ferions. Elle est retombée enceinte.

S'apercevant qu'elle retenait son souffle, Sam se força à respirer.

— Une fois de plus, nous avons été très prudents, et nous n'osions pas être optimistes. Mais la première échographie a montré que tout allait bien, et nous avons fini par y croire.

Nous en avons parlé à nos proches, qui, comme nous, se sont montrés d'un optimisme mesuré.

Le regard de Yanis reflétait une grande souffrance. Sam réalisa à quel point il avait dû avoir peur à l'idée qu'elle perde les jumelles. Le cœur soudain gonflé d'amour et de chagrin, elle aurait voulu le prendre dans ses bras et le serrer très fort contre elle.

— Mais au bout de trente semaines, Giselle n'a plus senti le bébé bouger, continua Yanis. Nous nous sommes précipités à l'hôpital où on nous a appris qu'il était mort.

— Oh ! Yanis…

Ne pouvant résister davantage, elle se leva et contourna la table. Comme il se mettait debout, elle l'attira vers elle, choquée de le sentir trembler.

— Je voulais tellement t'en parler ! dit-il d'une voix brisée. Mais je ne voulais pas te terrifier, alors que tu t'inquiétais tant à propos de ce qui pouvait arriver. J'ai gardé le silence… pour te protéger.

Lui prenant la main, elle l'entraîna jusqu'au canapé.

— Que s'est-il passé ensuite ? demanda-t-elle.

— Giselle a dû accoucher, puis elle a séjourné dans un secteur réservé aux mères des enfants mort-nés. Mais nous pouvions entendre les babillements des bébés en bonne santé venant des autres chambres. Chaque fois qu'un pleur nous parvenait, nous étions désespérés.

— Je ne sais pas quoi te dire…

— C'était un petit garçon, que nous avions appelé Jacques. Nous avons pu le garder un peu, mais il a bien fallu le laisser partir. Ensuite, nous sommes rentrés chez nous et nous nous sommes efforcés de faire notre deuil.

Sam s'essuya les yeux. C'était inimaginable ! Et penser que Yanis avait gardé tout cela pour lui… Il devait avoir eu si peur qu'elle ne s'étonnait pas qu'il ait hésité à parler.

— Perdre Jacques a détruit notre couple, reprit Yanis. J'ai essayé d'être là pour Giselle, mais quoi que je fasse, ce n'était pas suffisant. Chaque fois que je l'approchais, elle se crispait et s'écartait de moi. On aurait dit qu'elle me blâmait.

— Je suis désolée.

— Nous avons fini par nous séparer et j'ai compris que plus jamais je ne voudrais affronter une telle épreuve.

— Jusqu'à ce que je sois enceinte ?

— *Oui.*

Sam compatissait sincèrement, mais en même temps, ces informations lui donnaient le vertige. Donc, ce n'était pas le moment de faire une déclaration d'amour. D'ailleurs, elle ne savait même plus si c'était toujours d'actualité.

Yanis lui avait caché cet énorme secret depuis le début. Lui réservait-il d'autres révélations ? Qu'ignorait-elle encore, à son propos ? Finalement, elle ne le connaissait pas aussi bien qu'elle l'avait cru…

Elle aurait voulu qu'il lui parle plus tôt. Mais elle devait admettre que s'il l'avait fait ses craintes en auraient été renforcées.

— J'ai eu l'impression de ne pas avoir suffisamment soutenu ma femme, de n'avoir pas su la protéger, et d'avoir été incapable de soulager sa peine, poursuivit Yanis. Quand elle est partie, je me le suis reproché.

— Ce n'était pas ta faute. Tu ne pouvais pas savoir ce qui allait arriver.

— Quand on t'a emmenée au bloc, j'étais mort de peur. Ça a été l'attente la plus terrible de toute ma vie.

— Mais on s'en est sorties ! s'exclama Sam en se tournant vers lui, les larmes aux yeux. Tout va bien, maintenant.

Il lui prit une main pour la porter à ses lèvres.

— Je sais. Tu comprends pourquoi je voulais rester ici et veiller sur toi ?

— Bien sûr.

— Si je retournais chez moi, je me sentirais complètement perdu.

— Tu veux que nous vivions ensemble ?

Avant les révélations de Yanis, elle aurait accueilli cette

perspective avec joie. Mais maintenant, elle était plus réservée. Même si elle l'aimait, elle avait besoin de temps pour réfléchir et assimiler tout ce qu'elle venait d'apprendre.

Et si c'était lui qui avait quitté Giselle, contrairement à ce qu'il affirme ? Pour trouver une femme qui lui donnerait la famille dont il rêvait ?

Cette pensée lui fit honte. Elle secoua la tête, comme pour s'en débarrasser.

— Je veux être avec toi, dit Yanis.

Ne sachant que répondre, elle hocha la tête. Elle pouvait difficilement lui demander de partir…

— Réglons les choses au jour le jour, d'accord ?

Yanis sourit et l'embrassa.

— Ça me semble une bonne solution.

En sortant de la voiture, Sam contempla un instant l'hôpital.

— Tu es nerveuse ? demanda Yanis en lui prenant la main.

— Oui. Ça fait drôle de revenir. J'ai envie de travailler, vraiment, mais j'ai peur d'affronter les questions. Je devrais peut-être me cacher en consultation toute la journée.

— Tu pourrais prendre ton congé de maternité, si c'est ce que tu souhaites.

Il le lui avait déjà dit, mais cette façon de la surprotéger agaçait désormais Sam. Elle n'arrivait pas à s'ôter de la tête qu'il n'agissait peut-être que pour les bébés.

— Nous en avons déjà discuté. Si je restais à la maison, ce serait un véritable cauchemar. Et si je ne retourne pas au bloc, je vais devenir folle. Le Dr Meyer est d'accord pour que je recommence à travailler.

— Rappelle-toi que tu dois te ménager. Tu es enceinte de sept mois. Je veux te voir manger, boire, et plus important que tout, t'asseoir chaque fois que tu en as l'occasion.

— Je suis une grande fille, arrête de me surveiller comme si j'avais quatre ans.

Yanis voulait-il seulement fonder une famille ? Remplacer

ce qu'il avait perdu ? Sam détestait ce genre de pensées invasives parce que les faits lui prouvaient largement le contraire.

— Sois indulgente, dit-il en l'embrassant.

De nouveau, elle se laissa aller au plaisir que lui procurait ce baiser, mais elle ne parvint pas à chasser l'idée que Yanis pourrait la quitter une fois que les jumelles seraient nées.

Heureusement, dès qu'elle serait au bloc, ces réflexions négatives s'évaporeraient. Un scalpel à la main, elle oublierait le monde extérieur lorsqu'elle réparerait un cerveau ou une colonne vertébrale.

Elle avait parcouru une longue route, et avait du mal à se rappeler qu'au début de sa grossesse elle avait détesté l'idée de devenir mère. Mais avec Yanis à son côté, elle avait mûri. Il l'avait aidée à comprendre qu'elle pouvait devenir ce qu'elle voulait. Ils avaient traversé tous les deux des moments difficiles, mais un avenir radieux se dessinait pour eux.

Quand les bébés seraient là, elle se sentirait peut-être mieux, ses doutes disparaîtraient et elle verrait de nouveau en Yanis le partenaire parfait.

Parce qu'il l'était ! Il ne lui avait donné aucune raison de croire que ses craintes étaient fondées. Tout cela ne sortait que de son propre cerveau à cause de ce que lui avait fait sa mère. Bientôt, ils atteindraient la ligne d'arrivée… et elle aurait tout ce qu'elle voulait.

Yanis paraissait plus joyeux depuis qu'il s'était déchargé de son fardeau. Il riait davantage, il avait l'air d'apprécier encore plus le temps qu'il passait avec elle, et elle aimait sa compagnie. Mais il y avait toujours quelque chose… Une arête tranchante qui la blessait si elle tentait de s'en approcher. Les bébés n'étaient pas encore hors de danger, n'importe quoi pouvait arriver, comme pour Jacques, le fils de Yanis.

Depuis qu'il s'était confié à elle, elle ne cessait de vérifier que ses bébés bougeaient. Elle comptait les mouvements pour s'assurer qu'il y en avait plus de dix chaque jour. Lorsqu'elle ne sentait les coups de pied que d'un seul côté, elle était prise de panique à l'idée que quelque chose était arrivé à l'une des jumelles.

Se détendrait-elle, après leur naissance ? Peut-être. Elle n'aurait plus qu'à s'inquiéter de la méningite, de la mort subite du nourrisson ou d'autres éventualités tout aussi terribles.

Waouh. Être parent, c'est s'inquiéter toute sa vie.

Elle aperçut son ami Gil qui discutait avec un patient en fauteuil roulant près de l'entrée. Elle lui adressa un signe de la main auquel il répondit tandis qu'elle se dirigeait avec Yanis vers l'ascenseur.

— Tu as une consultation, je crois ? demanda Yanis.

La question l'arracha à ses pensées.

— Oui. Ce sera une journée peu chargée. Sonja, ma secrétaire, a suivi mes instructions de ne pas remplir mon agenda cette semaine, et si aucune urgence ne se présente, j'aurai terminé à midi.

— Et s'il y a un problème, tu m'appelles.

— D'accord, répliqua-t-elle en souriant. Tu vas au bloc ?

— *Oui.* Je retire une tumeur hypophysaire, pour commencer.

Les portes de la cabine s'ouvrirent à l'étage de la neurologie, où ils se séparèrent.

— Sam ? lança Yanis en se retournant.

— Oui ?

— Vas-y doucement.

Il lui envoya un baiser qu'elle saisit machinalement au vol, mais elle se sentit ridicule. Cela dit, qui s'en souciait ? Il n'y avait personne… Elle pressa le baiser contre sa joue et, bien décidée à ce que tout se passe bien, elle se dirigea vers son bureau.

Après avoir retiré la tumeur hypophysaire, Yanis laissa échapper un soupir de soulagement. Avec un peu de chance, son patient souffrirait désormais de quelques maux de tête, mais il retrouverait la vision périphérique qu'il avait perdue.

— On a l’impression que ce n’est pas important, doc, lui avait-il dit. Mais quand c’est parti, on réalise que ça l’était.

Yanis était d’accord, bien sûr. Il lui avait manqué tant de choses quand il s’inquiétait pour Sam sans pouvoir lui révéler son secret ! Perpétuellement sur le qui-vive, il avait eu besoin de savoir si elle ne ressentait aucun symptôme bizarre. Il était tellement focalisé sur elle qu’il ne voyait plus rien d’autre, comme si lui aussi, il n’avait plus de vision périphérique. La seule chose qui comptait, c’était s’assurer que Sam et les bébés allaient bien.

Depuis qu’il lui avait tout révélé, il se sentait un peu plus léger, mais pas totalement, parce que l’attitude de Sam avait changé. C’était à peine perceptible, mais il avait l’impression qu’elle le regardait bizarrement, comme si elle cherchait à se faire une opinion sur quelque chose.

En lui racontant ce qu’il avait vécu avec Giselle, il avait espéré qu’elle ne serait pas furieuse contre lui. Cela n’avait pas été le cas, pourtant il notait dans son attitude un changement qu’il aurait été incapable de nommer. Comme il ne voulait pas l’étouffer sous le poids de ses sentiments pour elle, il s’efforçait de lui laisser de l’espace. Du moins, le temps qu’elle intègre tout ce qu’il lui avait dit, mais c’était très difficile.

Il adorait être avec elle… *Sa* belle, *sa* merveilleuse Sam. Il adorait ses mains délicates, la grâce de ses mouvements malgré la grossesse. Elle était *magnifique* !

Bien sûr, ce n’était pas nouveau, mais il s’était tellement concentré sur la nécessité de la garder en bonne santé, ainsi que les jumelles, qu’il avait cessé de le remarquer.

C’était arrivé aussi avec Giselle… surtout lors de sa dernière grossesse. Bien sûr, elle l’avait repoussé, l’accusant de l’étouffer et de ne pas la laisser tranquille un seul instant. Cette expérience lui ayant servi de leçon, il faisait maintenant son possible pour ne pas importuner la femme qu’il aimait.

Ce n’était pas facile, mais il tenait bon, alors que tout ce qu’il voulait, c’était être auprès d’elle et la protéger.

Un véritable crampon, en fait ! songea-t-il, amusé par cette idée.

Ils y étaient arrivés. Ils étaient plus forts qu'ils ne l'avaient jamais été. Il ne souhaitait pas vraiment que Sam retourne à l'hôpital, mais il avait compris qu'il devait la laisser faire ses propres choix. C'était son corps, sa vie. Et ainsi qu'elle le disait, elle était une grande fille. Elle était intelligente, créative et belle. Il devait lui montrer qu'il lui faisait confiance.

Après tout, si elle avait besoin d'aide, elle était au bon endroit, dans un hôpital. Et il pourrait garder un œil sur elle. Le travail pouvait commencer à n'importe quel moment.

Pendant la nuit, il aurait voulu se coller contre elle, respirer son parfum, enfouir le nez dans sa chair. Il imaginait toutes les vilaines choses délicieuses qu'il avait envie de lui faire, mais le sexe n'était pas d'actualité depuis la coagulation au laser. Il avait paru plus sûr de s'en abstenir et ni l'un ni l'autre ne voulaient prendre ce risque malgré l'envie qu'ils en avaient.

Malgré tout, c'était difficile…

Cette connexion intime manquait à Yanis, mais il savait qu'un jour ils se retrouveraient sur ce plan.

Il suffisait d'attendre, d'être patient.

Et si cette grossesse lui avait appris quelque chose, c'était bien la patience.

9.

La matinée fut tranquille. La plupart du temps, Sam resta assise et se contenta de parler avec ses patients ou de les examiner pour vérifier comment se passait leur convalescence après une opération. C'était le genre de consultations qu'elle appréciait parce qu'elles lui donnaient l'occasion de constater les progrès que ses patients avaient faits, les changements survenus dans leur vie grâce à l'équipe médicale.

Certains d'entre eux avaient encore des difficultés, mais ils s'adaptaient à la situation, et ils inspiraient Sam. Ils lui prouvaient qu'on pouvait franchir des obstacles qu'on avait crus infranchissables.

Sa grossesse l'avait transformée, et Yanis l'avait aidée à mûrir. Désormais, la maternité ne lui faisait plus aussi peur, elle sentait qu'elle avait en elle le pouvoir de la mener à bien et, à deux, ils étaient encore plus forts.

Elle retrouva Yanis à la cafétéria de l'hôpital pour déjeuner avec lui. Elle envisageait de rentrer ensuite chez elle lorsqu'elle reçut un appel des urgences.

— Je m'en occupe, dit Yanis. Va te reposer.

— Je vais bien, je t'assure. Je suis restée assise toute la matinée et ça me fera du bien de me dandiner jusqu'en bas. Mais rejoins-moi dès que tu le pourras, et s'il s'agit d'une intervention chirurgicale, c'est toi qui t'en chargeras.

— D'accord.

Sam se rendit aux urgences où on la conduisit auprès d'Edward Forster, un vieux monsieur. Elle le trouva étendu sur un lit, une dame d'un certain âge auprès de lui.

— Bonjour. Je m'appelle Samantha Gordon. Vous devez être M. Forster ?

L'homme la regarda sans répondre.

— Il ne peut pas parler, expliqua la femme. J'ai l'impression qu'il fait un AVC.

— Vous êtes de sa famille ?

— Non. Je suis Sylvie, et je travaille dans un refuge pour chiens. Edward est un bénévole qui vient les promener.

— Vous pouvez me dire ce qui s'est passé aujourd'hui, Sylvie ?

Elle lui raconta l'événement pendant que Sam examinait son patient.

— Il venait de ramener Duke et il le faisait entrer dans sa cage quand j'ai vu qu'il perdait l'équilibre. Je me suis précipitée, mais il s'est affaissé par terre.

Hochant la tête, Sam observa le visage du vieux monsieur pour voir de quel côté il était tombé. Elle vérifia s'il pouvait lever les deux bras et les maintenir dans cette position, puis elle tenta en vain de le faire parler.

— Quelle heure était-il, exactement ?

— 12 h 30.

Le visage d'Edward était légèrement affaissé du côté gauche, il ne pouvait pas lever le bras gauche et il était aphasique. Elle devait lui faire faire un scan immédiatement pour savoir s'il présentait un accident vasculaire cérébral ischémique causé par une artère obstruée, ou une hémorragie engendrée par la rupture d'un vaisseau sanguin.

— Vous savez s'il a d'autres antécédents médicaux ?

— Non… Désolée.

— On va l'emmener en imagerie médicale. Si c'est possible, il faudrait prévenir sa famille.

— D'accord. Il va aller mieux ?

— Nous ferons notre possible.

Sam ne promettait jamais qu'un patient se remettrait quand elle n'en savait rien. Elle pouvait opérer des centaines de patients et les résultats seraient tous différents. Des succès et des échecs survenaient, et même si les proches suppliaient les médecins de leur donner l'assurance que tout se passerait bien, il était impossible de le certifier.

Une fois qu'Edward eut été emmené en imagerie médicale, elle bipa Yanis pour savoir s'il était disponible au cas où une opération serait nécessaire.

Quand les résultats d'Edward arrivèrent, il s'avéra qu'il souffrait d'une hémorragie cérébrale nécessitant une intervention chirurgicale immédiate. Elle prévint la neurochirurgie qu'il fallait préparer un bloc pour une craniectomie, puis elle appela Yanis.

— Tu es prêt à opérer ?

— Bien sûr. Je serai là dans une minute.

— Je t'attends.

Yanis était sur le seuil de la salle d'opération, vêtu d'une tenue stérile, masqué et ganté.

— Occupe-toi bien de lui, dit Sam. C'est un gentil monsieur qui est bénévole dans un refuge pour chiens. On a besoin de gens comme lui.

— Ne t'inquiète pas. Tu rentres chez toi ?

— Je préfère attendre pour savoir comment ça se passe. Tu pourras venir me voir quand ce sera terminé ?

— *Oui.*

Pendant un instant, Sam le regarda à travers la vitre, souhaitant pouvoir l'assister. Elle avait hâte de reprendre ses fonctions de neurochirurgienne.

Elle se dirigea ensuite vers l'ascenseur tout en se frottant machinalement le ventre. Les jumelles s'agitaient en tous sens comme si elles faisaient une séance d'entraînement sportif. Au moment d'entrer dans la cabine, elle reçut un nouvel appel la demandant aux urgences. Lorsqu'elle arriva, l'équipe médicale s'affairait autour d'une jeune fille, une adolescente de 17 ans qui avait été renversée par une voiture alors qu'elle revenait du lycée à bicyclette. Malheureusement, elle ne portait pas de casque. Projetée par-dessus le capot, elle avait atterri sur la route la tête la première. Elle était inconsciente et présentait de nombreuses blessures qui saignaient.

Sam effectua un examen neurologique. Il fut bientôt clair que la patiente souffrait d'un traumatisme cérébral.

— On l'envoie en imagerie médicale pour un scan tout de suite.

Reculant d'un pas, Sam laissa l'équipe emporter la jeune fille, Jahira Stevens. Il allait falloir l'opérer très vite et chaque seconde comptait, mais elle avait besoin de savoir de quoi il s'agissait exactement.

— Appelez le Dr Baptiste et demandez-lui pour combien de temps il en a encore. Il faudrait qu'il me rejoigne dans le bloc numéro 2.

Quand les clichés arrivèrent, Sam constata que Jahira présentait une hémorragie massive du côté droit de son cerveau et qu'il allait falloir évacuer le sang. Elle n'avait pas prévu d'opérer dans la journée, et elle aurait dû être chez elle à cet instant, en train de se reposer. Mais elle était heureuse d'être encore à l'hôpital car l'avenir de cette adolescente était en jeu. Si on agissait rapidement, elle avait encore des chances de retrouver toutes ses facultés car elle ne souffrait d'aucun traumatisme cervical et donc, tout risque de paraplégie était exclu.

Pendant qu'elle se lavait les mains dans le vestibule du bloc, elle ressentit la poussée d'adrénaline familière. Il lui sembla alors qu'elle était de retour pour de bon, qu'elle redevenait la Samantha Gordon qu'elle savait pouvoir être.

Assurée, l'esprit clair, aux commandes.

Yanis retira sa tenue, sa coiffe et son masque, puis il signa le rapport que lui tendait l'infirmière.

— Faites transférer M. Forster en soins intensifs neurologiques. Je veux qu'on le surveille heure par heure, d'accord ?

— Oui, docteur.

Tandis qu'il se lavait les mains, son biper sonna. Il le sortit de sa poche et fronça les sourcils. Un appel des urgences ?

Saisissant le téléphone le plus proche, il apprit qu'un nouveau cas neurologique était au moment même traité par Sam dans le bloc numéro 2 où on l'attendait incessamment.

Il acheva de se préparer en vitesse. Il aurait souhaité que Sam n'opère pas aujourd'hui, pour son premier jour. Les interventions chirurgicales étaient toujours stressantes et épuisantes, même si, sur le coup, on ressentait un regain d'énergie. Il aurait voulu qu'elle se repose sur son canapé, les pieds surélevés et une tasse de thé à la main.

Mais il aurait dû prévoir qu'elle n'abandonnerait pas un patient en détresse.

Arrivé au bloc 2, il se lava de nouveau les mains, puis il enfila une tenue et mit un masque. Après qu'une infirmière l'eut aidé à se ganter, il entra dans la salle d'opération.

— Qu'est-ce qu'on a ?

— Une cycliste de 17 ans renversée par une voiture, dit Sam. J'ai procédé à une craniectomie et je suis en train d'évacuer le sang.

— Tu veux que je t'assiste ?

Sam le regarda et, à ses yeux plissés, il comprit qu'elle souriait.

— Oui, s'il te plaît.

Il se plaça en face d'elle.

— C'est moche, commenta-t-il. Elle ne portait pas de casque ?

— Non, malheureusement.

— Elle se serait épargné bien des problèmes, si elle l'avait fait.

— Je suis certaine que tout le monde le lui répétera, lorsqu'elle sera dans sa chambre. Mais peut-être en mettait-elle un à chaque fois et qu'aujourd'hui elle a oublié pour une raison quelconque. On ne peut pas juger sans savoir.

— En tout cas, je peux t'assurer que nos filles porteront un casque ! s'exclama Yanis.

— Si je comprends bien, tu vas être un père surprotecteur ? Tu comptes espionner leurs moindres mouvements ?

— Pourquoi pas ? répondit Yanis en souriant. C'est mal ?

— Non. En fait, c'est sécurisant…

— Je sens qu'il y a un « mais ».

— Mais nous ne pourrons pas les protéger de tout. À un moment, nous serons obligés de leur faire confiance.

— Dans plusieurs années, mais pour l'instant, permets-moi d'être un père espion.

Elle se mit à rire.

— D'accord.

Quand le sang fut évacué et l'hémorragie interrompue, Sam laissa échapper un soupir puis elle banda la tête de sa jeune patiente.

— Elle fait un œdème cérébral. On ne peut pas refermer la voûte crânienne tant qu'il n'aura pas dégonflé un peu. Accordons-nous vingt-quatre heures et, ensuite, nous terminerons l'intervention.

— Parfait.

Soudain, Sam se figea.

— Tout va bien ? demanda Yanis.

Sans répondre, elle baissa les yeux vers le sol puis tendit les instruments qu'elle tenait à l'infirmière qui se trouvait près d'elle avant de reculer d'un pas.

Yanis comprit instinctivement que quelque chose n'allait pas.

— Sam ?

— Docteur Gordon ? dit l'infirmière de bloc, derrière elle. Je ne veux pas vous inquiéter, mais vous saignez.

Yanis se rua de l'autre côté de la table. Le pantalon de Sam était maculé d'un sang rouge qui continuait de couler.

— Veuillez emmener Jahira en salle de réveil, s'il vous plaît ! lança-t-il.

Puis il se précipita pour soutenir Sam avant qu'elle tombe.

— Yanis, qu'est-ce qui s'est passé ?

Sam était étendue sur un brancard poussé à toute vitesse le long des couloirs. Son cœur battait si fort et si vite qu'elle craignit de s'évanouir de nouveau. Le visage de Yanis exprimait une panique extrême.

— Les bébés vont bien ?

On devait lui répondre ! Il fallait qu'elle sache ce qui n'allait pas. Était-ce son placenta ? S'était-il arraché de la paroi utérine ? Si c'était le cas, elle risquait de perdre les jumelles.

— Je ne sais pas, répondit Yanis. On va en obstétrique.

— Il faut que le Dr Meyer vienne tout de suite.

— Je l'ai appelé.

— Yanis, on ne peut pas les perdre ! C'est injuste ! J'ai fait la coagulation au laser… J'ai tout fait bien. Ce n'est pas ma faute.

— Ce n'est la faute de personne.

— Tu m'avais dit qu'on pouvait le faire, que tout se passerait bien.

— Et on y arrivera.

Ils franchirent les portes battantes qui menaient à la salle préopératoire où l'anesthésiste s'assurait que l'état des patients était stable avant qu'ils entrent en salle d'opération.

Qu'est-ce qu'ils allaient lui faire ?

Elle avait besoin qu'on lui dise que ses bébés allaient bien !

Elle tenta de s'asseoir, mais Yanis l'en empêcha.

— Qu'est-ce que tu fais ? J'ai besoin de…

— Sam ! Reste tranquille.

Mais elle ne le pouvait pas. Submergée par la panique, elle se rappelait toutes les opérations qu'elle avait subies dans son enfance, quand sa mère l'avait abandonnée, la laissant aux mains des médecins. Terrorisée, elle avait tenté de se redresser, mais des mains l'avaient forcée à s'étendre et on avait posé un masque sur son visage.

Elle pressentait l'horreur de ce qu'on allait lui faire. On allait inciser sa chair, fouiller dans son corps contre son gré. Impuissante et désespérée, elle était incapable d'empêcher ce qui allait arriver.

Une fois de plus, elle tenta de se redresser, mais elle était trop faible pour lutter contre les mains qui la retenaient étendue. Celles de Yanis.

— C'est ta faute ! Je n'arrive pas à croire que tu me fais ça. C'est toi qui es la cause de tout ça.

— Sam…

Elle le repoussa.

— Avoue-le ! Tu n'es resté avec moi que pour les bébés. Ce n'est pas Giselle qui t'a quitté, c'est toi, quand tu as compris qu'elle ne te donnerait pas d'enfant.

Yanis la fixait, visiblement abasourdi.

Sûrement parce qu'elle avait vu juste !

Les portes s'ouvrirent derrière elle et elle entendit la voix familière du Dr Meyer. Il s'approcha et ce fut lui qui poussa le brancard tandis que Yanis s'écartait pour le laisser passer.

Sombrant dans l'inconscience, Sam entendit vaguement qu'il disait quelque chose sur le placenta, sur l'hémorragie, et qu'on risquait de les perdre toutes les trois.

Elle devait lutter, rester éveillée. Elle s'accrocha au peu de conscience qu'il lui restait, mais ses yeux se fermèrent. La douleur, la peur, le sang et la panique s'effacèrent jusqu'à ne plus exister du tout.

Yanis était dans la salle d'attente, la tête entre les mains. Sam disait-elle vrai ? L'avait-il forcée à faire quelque chose qu'elle ne voulait pas ?

Il avait du mal à le croire, mais peut-être l'avait-il fait inconsciemment. Se pouvait-il qu'il ait convaincu Sam de porter ses enfants, mû par son propre désir d'en avoir ? L'avait-il contrainte à faire ce choix, alors qu'elle ne se sentait pas prête ? L'avait-il mise en danger par pur égoïsme ?

Si c'était le cas, il ne se le pardonnerait jamais… Surtout s'il la perdait. Une idée insupportable, inconcevable, qui lui brisait le cœur.

Elle avait dit autre chose à propos de Giselle. Sam avait-elle une aussi mauvaise opinion de lui ? Cela le rendait fou. Il avait fait pour sa femme tout ce qu'il pouvait, du moins tout ce qu'elle lui permettait de faire. Et c'était elle qui lui avait demandé de partir.

Et d'abord, pourquoi ne lui disait-on rien ?

Chaque fois qu'il opérait et qu'il savait que la famille attendait dehors, il envoyait périodiquement une infirmière la tenir au courant. Pourquoi n'en faisait-on pas autant pour lui ? Il espérait que c'était parce que les obstétriciens étaient trop occupés à sauver Sam et les bébés.

Pourvu que ce soit cela !

Il laissa échapper un long soupir. Il avait hâte de savoir que les trois amours de sa vie étaient vivantes et qu'il pourrait dire bientôt à Sam combien elle se trompait.

Après le succès de la coagulation au laser, il s'était vu tenant la main de Sam pendant l'accouchement. Il en avait rêvé, il avait imaginé combien il serait beau d'assister à la naissance de ses filles.

Mais ce bonheur lui était refusé.

Pourquoi Sam le blâmait-elle ?

Parce qu'elle est terrorisée, et les gens terrorisés s'en prennent aux autres.

Allait-elle bien ? Y avait-il quelque chose de fondamentalement cassé en eux pour qu'ils ne puissent pas avoir d'enfants ? Il avait déjà perdu trois bébés, il avait traversé l'enfer, il était resté seul et anéanti. Était-il maudit ? Devrait-il endurer la même souffrance une fois de plus ?

Non. Je dois croire que le Dr Meyer va les sauver.

Il le fallait, mais il ne savait pas comment.

Son biper résonna, et, sortant son téléphone, il forma le numéro qui venait de s'afficher.

Les parents de Jahira attendaient de savoir comment l'opération de leur fille s'était passée puisqu'il n'avait pas eu le temps de parler avec eux.

Il prévint le service qu'il se rendait en neurologie pour les voir. Ils devaient être fous d'inquiétude, et il les avait oubliés parce qu'il avait fait passer ses sentiments personnels en premier.

Il y a pourtant une déontologie ! Je suis le dernier des égoïstes. Sam a peut-être raison sur ce point.

Personne n'aurait pu le détester à cet instant plus qu'il se détestait lui-même.

Les parents de Jahira se levèrent dès qu'il arriva aux soins intensifs de neurologie. Yanis leur serra la main en se présentant.

— Comment va-t-elle ? demanda le père.

— Très bien. L'intervention s'est déroulée comme nous le souhaitions, bien que nous n'ayons pas pu refermer la voûte crânienne en raison d'un œdème qui sera vraisemblablement résorbé d'ici un jour ou deux.

— Qu'est-ce qui se passera, alors ?

— On l'emmènera de nouveau au bloc et on replacera le volet osseux. Pour l'instant, vous pouvez la voir. Sa tête est bandée et le personnel doit prendre beaucoup de précautions avec elle.

— Quand se réveillera-t-elle ?

— Ça peut être à n'importe quel moment. Les patients réagissent de façon très différente, après une craniectomie.

— C'est une jeune fille intelligente et qui met toujours son casque, alors je ne comprends pas pourquoi, aujourd'hui, elle ne l'avait pas.

— Il nous arrive à tous d'avoir un comportement incompréhensible.

— Elle ira bien, à son réveil ?

— Rien n'est sûr, pour l'instant. Le choc sur la tête a été rude et son cerveau a été blessé. Nous avons enlevé le sang et stoppé l'hémorragie, mais on ne connaîtra les suites qu'à son réveil.

— Et s'il y a un problème ?

— Elle devra être rééduquée. Il y a un très bon centre, ici, à l'hôpital.

— Elle a toute la vie devant elle, vous savez…

Yanis hocha la tête. Il le savait. Il éprouvait la même chose à propos de ses bébés. Il en avait perdu trois, dont la vie s'était arrêtée avant même de commencer.

— Jahira était notre bébé miracle, dit la maman. Une totale surprise puisqu'on m'avait dit que je ne pourrais pas avoir d'enfants. Elle est tout, pour nous.

Acquiesçant d'un signe de tête, Yanis se dirigea vers la réception. S'effondrant sur une chaise il se prit la tête entre les mains. Les jumelles étaient ses bébés miracle, une surprise totale, tombée du ciel. Était-il possible qu'il soit parvenu aussi près de la ligne d'arrivée, mais qu'il ne puisse la franchir ? N'avait-il pas suffisamment veillé sur Sam ? Était-ce sa faute ?

À cet instant son biper sonna et son cœur fit un bond dans sa poitrine quand il vit le numéro du bloc qui s'affichait. Il lui fallut quelques secondes pour immobiliser sa main tremblante et inspirer profondément afin de ralentir son rythme cardiaque. Enfin, il prit son téléphone et appela.

— Yanis Baptiste, à l'appareil.

Sam n'avait pas envie de se réveiller de son rêve très agréable. Elle était quelque part au bord d'une rivière, étendue au soleil et la main dans l'eau. C'était relaxant, paisible… Mais à mesure qu'elle reprenait conscience, elle entendit le bruit des moniteurs, sentit l'odeur familière de l'hôpital et se rappela brusquement ce qui s'était passé avant qu'on l'endorme.

Relevant la tête, elle regarda son ventre, et le choc fut brutal. La montagne qu'elle était habituée à voir était partie. Les bébés n'étaient pas dans la pièce car elle ne voyait aucun berceau. Puis elle réalisa que quelqu'un lui tenait la main et elle vit Yanis, le visage marbré par les larmes. Pensant qu'elle avait perdu les jumelles, elle sentit son cœur se briser en mille morceaux.

— Non ! cria-t-elle avant de se mettre à sangloter.

— Sam ! Tout va bien.

— Tout ne va pas bien puisqu'elles sont parties, et c'est ma faute.

— Elles ne sont pas parties, elles sont vivantes et elles sont aux soins intensifs.

Elle cessa de pleurer pour fixer Yanis. Avait-elle bien compris ce qu'il venait de dire ?

— Quoi ?

— Elles sont vivantes, Sam, et elles se portent comme un charme. Nous sommes parents.

— Pour de bon ?

Yanis sortit son téléphone de sa poche, il tapota sur l'écran et des photos apparurent.

— Regarde.

Elle prit le téléphone, remarquant au passage le cathéter sur le dos de sa main gauche, puis elle contempla avec enchantement ses filles couchées dans leurs couveuses respectives.

— Je dors depuis combien de temps ?

— Depuis hier. Après la naissance, les jumelles ont eu des petits problèmes respiratoires, mais le Dr Meyer a dit que c'était seulement dû au choc de cet accouchement brutal. Elles vont bien.

Sam fondit en larmes.

— C'est vrai ? Je veux les voir, dit-elle en tentant de se redresser.

— Tu dois d'abord te reposer. Tu as perdu beaucoup de sang, mais quand la transfusion sera terminée, tu pourras te lever.

— Qu'est-ce qui s'est passé ?

— Le placenta n'a pas tenu.

— Il s'est détaché de la paroi utérine ?

— Oui. J'ai cru que j'allais vous perdre toutes les trois.

— Ça aurait pu arriver, dit Sam en s'essuyant les yeux. Je n'aurais pas dû te faire des reproches. J'avais peur, je croyais que j'allais perdre les bébés et que, si cela arrivait, je te perdrais aussi.

— Tu ne m'aurais jamais perdu, répliqua Yanis avec une telle certitude qu'elle le fixa pendant une minute.

— Non ? Tu as perdu Giselle, alors j'ai cru…

Elle se détourna, honteuse d'avoir eu de telles pensées et de devoir les avouer.

— J'ai pensé que tu m'avais menti en prétendant que Giselle t'avait quitté et qu'en réalité c'était toi qui l'avais fait. Pour trouver quelqu'un qui te donnerait un enfant.

— Tu as pensé ça de moi ? Tu t'es dit que j'étais égoïste à ce point ?

Elle secoua la tête et essuya les larmes qui jaillissaient de nouveau.

— Je n'y croyais pas vraiment, Yanis. Sincèrement ! Mais ça m'a traversé brièvement l'esprit, et je n'en suis pas fière. Ensuite, je n'ai pas pu m'ôter cette idée de la tête. Les gens m'ont toujours utilisée pour obtenir ce qu'ils voulaient. Quand tu m'as raconté ce qui t'était arrivé, j'ai pensé que tu ferais n'importe quoi pour avoir un enfant.

— Donc, tu t'es imaginé que j'avais quitté Giselle ?

— Peut-être… Je ne sais pas. J'avais vraiment peur de rester seule et je me disais que si je m'y préparais ce serait moins pénible. Mais c'était parce que je ne voulais pas te perdre. Je craignais que tu ne sois avec moi qu'à cause des bébés.

— Sam ! Je t'aime. Je t'aime depuis longtemps, dit-il, son regard l'implorant de le croire. Si nous avions perdu nos bébés, je te promets que nous serions restés ensemble.

Sam écarquilla les yeux.

— Tu m'aimes ? répéta-t-elle.

— Oui, et rien au monde ne pourrait changer cela. J'ai eu tellement peur de vous perdre, toutes les trois ! Pas seulement les jumelles. L'idée que tu pourrais mourir… Je n'aurais jamais pu le supporter.

Sam tendit les bras pour prendre le visage de Yanis entre ses mains.

— Est-ce que tu pourras jamais me pardonner de t'avoir aussi mal jugé ?

— Il n'y a rien à pardonner. Tu étais terrorisée, et les gens font et disent des choses bizarres lorsqu'ils ont peur.

Il pensa à Jahira. Cette adolescente qui avait toujours porté son casque, mais avait omis de le faire la veille. Avait-elle été effrayée par quelque chose ? Avait-elle précipité son départ parce qu'elle avait peur ?

— Est-ce que ma dernière patiente, Jahira, va bien ? demanda Sam.

— Elle s'en est sortie. Demain je vais remettre en place le volet osseux car l'œdème s'est résorbé.

— Tant mieux ! Je suis soulagée.

— C'est ce que j'aime chez toi.

— Quoi ?

— La façon dont tu te soucies des autres, même quand tu es toi-même en danger.

— Je ne suis plus en danger.

— Dieu merci !

— Je t'ai, j'ai mes filles. Tout se termine bien.

— Et même mieux que bien. Je dirais parfaitement.

Sam lui prit une main qu'elle serra dans la sienne.

— Tu as été tellement patient, tellement solide ! Tu as été là pour moi malgré mes craintes, tout en portant le fardeau des tiennes. Je t'aime tant, Yanis. *Je t'aime*, Yanis.

Il eut un sourire en coin.

— Tu as appris le français ?

— *Un peu.*

— On va devoir améliorer ton accent, dit-il en riant.

Yanis poussa le fauteuil roulant dans lequel Sam était assise jusqu'aux soins intensifs pédiatriques. À la vue de ses deux filles couchées dans la même couveuse, elle sentit son cœur se gonfler d'amour.

— Au début, elles étaient installées chacune dans une couveuse. Mais quand j'ai constaté qu'elles étaient agitées, je les ai mises ensemble, expliqua une infirmière.

Sam contemplait ses deux filles, qui avaient les mêmes

cheveux noirs, le même nez, la même bouche. Elles étaient belles.

— Vous voulez les prendre dans vos bras ? proposa l'infirmière.

— C'est possible ? demanda Sam.

— Bien sûr.

L'infirmière ouvrit la couveuse pour sortir un des bébés qu'elle glissa à l'intérieur de la chemise entrouverte de Sam de façon que la mère et l'enfant soient peau contre peau.

— Et l'autre pour le papa ?

Acquiesçant, Yanis retira sa cravate puis il déboutonna lui aussi sa chemise pour accueillir sa fille.

— Je vais vous laisser, dit l'infirmière. Si vous avez besoin de moi, je serai au poste central.

— Merci.

Sam et Yanis restèrent assis, leurs bébés contre leurs cœurs.

— Regarde, elles ont toutes les deux un bras sur le ventre et l'autre près de leur visage, dit Sam. Il faut qu'on leur trouve des prénoms.

— Qu'est-ce que tu dirais de Charlotte ? proposa Yanis.

— Ça me plaît bien… Charlotte Emmeline ?

Yanis fixa Sam un instant.

— D'accord.

— Et ce petit bout… Pourquoi pas Aurélie ? Ou Camille ?

— Ou les deux ? Aurélie Camille, c'est beau.

— Charlotte et Aurélie Gordon-Baptiste, dit Sam en riant. Ça en jette !

— Et pourquoi pas Baptiste tout court ?

Sam fronça les sourcils.

— Qu'est-ce que tu veux dire ?

— Tu pourrais m'épouser.

Sam retint son souffle.

Yanis venait-il de la demander en mariage ?

Pouvait-elle s'imaginer mariée avec lui ?

Oui, elle le pouvait ! songea-t-elle en souriant.

— Je pourrais…

— Ça veut dire oui ?

— Absolument. *Oui*.

Yanis se pencha pour l'embrasser doucement, les yeux emplis d'amour.

— Si tu veux, tu peux garder ton nom de famille. Tu n'es pas obligée de prendre le mien.

Elle lui caressa tendrement la joue.

— Tu plaisantes ? Je veux que le monde entier sache que je suis à toi.

Vous avez aimé *Une nuit, des jumeaux* ?
Retrouvez en numérique l'hôpital St Barnabas
dans *La passion en mémoire* d'Annie Claydon.

FIONA McARTHUR

Séduite par Domenico Salvanelli

Traduction française de
CAROLINE JUNG

BLANCHE

HARLEQUIN

Titre original :
TAKING A CHANCE ON THE BEST MAN

© 2021, Fiona McArthur.
© 2022, HarperCollins France pour la traduction française.

1.

Une semaine à peine s'était écoulée depuis qu'Isabel Fetherstone avait croisé le regard de Domenico Salvanelli. Et, contre toute attente, ce jeune homme – de sept ans son cadet – ne semblait pas être indifférent à ses charmes.

Elle se trouvait à présent à la soirée de répétition du mariage de Faith, sa nièce, à Lighthouse Bay et s'efforçait d'ignorer la chaleur que le contact avec le frère jumeau du marié avait générée.

Le beau Domenico avait l'air sombre, ce qui en émouvait plus d'une, mais n'enlevait rien à son élégance. En tant que tante célibataire de la mariée, elle ne s'était jamais permis de l'appeler par le surnom que lui donnait sa famille. Dom. Elle avait la réputation d'être sérieuse et d'avoir la tête sur les épaules mais cette réputation était-elle méritée quand le fait qu'un jeune homme lui effleure le bras lui faisait monter le rouge aux joues ?

Domenico était veuf et en deuil. Mais il y aurait bien un moment où son deuil prendrait fin et où il serait en quête d'un nouvel amour.

Il lui faudrait aussi un héritier. Ce qui éliminait d'office sa candidature au poste de future fiancée.

Un héritier… C'était un terme d'une autre époque – mais qui correspondait néanmoins toujours à la réalité de la vieille aristocratie italienne qui se transmettait ses somptueuses propriétés de génération en génération. Les deux frères Salvanelli possédaient une richesse inestimable qu'ils préféraient sans doute voir rester dans la famille le plus longtemps possible.

Domenico et Isabel étaient les témoins des mariés. Quand ils avancèrent dans l'allée centrale côte à côte, elle s'efforça de ne pas s'enivrer du parfum divin qui émanait de lui et de ne pas jeter des coups d'œil dans sa direction toutes les trente secondes.

En sa présence, elle se sentait espiègle. Elle s'imaginait qu'ils se frôlaient intentionnellement, avec le désir de pénétrer l'espace de l'autre. La concentration qu'elle lisait sur le beau visage de Domenico troublait sa sérénité et lui faisait prendre conscience de leur proximité.

Elle n'avait pas pour habitude de fréquenter des hommes jeunes. Encore que, dans le cas de Dom, la profondeur de son regard exprimait tout sauf la puérilité ou la naïveté. Plutôt le poids de secrets. De valises trop lourdes. De la culpabilité.

Mais il était beau comme un dieu et la faisait rougir rien qu'en la regardant.

En fait, elle aurait préféré ne pas croiser son regard chaque fois qu'elle se tournait vers lui et le surprenait en train de la regarder. Il ne disait rien, ne faisait rien. Il la regardait, c'était tout. Comme s'il essayait de résoudre une énigme.

Comme s'il était attiré par elle.

N'importe quoi ! Il était bien trop jeune.

Elle ne cherchait pas une aventure qui la distraie de ce moment important de sa vie de famille, si toutefois c'était ce qu'il avait en tête. Sa nièce se mariait. Elle méritait le bonheur qu'elle semblait enfin avoir trouvé auprès du frère de cet homme. Elle-même était la tante de la mariée. La tante raisonnable. Toujours raisonnable.

Deux jours plus tard aurait lieu le mariage à Lighthouse Bay. Pour l'heure, ils se déplaçaient dans l'église comme des marionnettes. Elle était un peu tendue, surtout quand le beau Dom se trouvait à ses côtés.

Elle se remémora le dernier mariage auquel elle avait assisté en tant que témoin – celui, désastreux, de sa sœur – et repoussa de son esprit le souvenir de cet homme abandonnant sa femme et sa fille. Puis elle repensa à la désertion de son propre fiancé. Et poussa un profond soupir.

Mieux valait penser que le mariage de Faith connaîtrait une issue différente. Faith et Raimondo étaient très amoureux.

Le futur marié et son frère étaient deux exemples magnifiques de beaux bruns ténébreux. Par contre, il n'émanait de Rai aucun mystère. Plutôt une joie éclatante qui faisait briller ses yeux. Elle lui adressa un sourire chaleureux.

Dom se pencha vers elle, l'enveloppant d'effluves épicés et raffinés.

— Pourquoi…

Mais le prêtre lui coupa la parole.

— Nous reprenons.

Ce dernier, de confession catholique, venait d'une ville voisine pour officier. Il voulait que tout se passe pour le mieux lors de la cérémonie.

Docile, Dom referma sa très jolie bouche et retourna à l'autel où se tenait son frère, pour répéter la scène une énième fois.

Isabel réprima un sourire. Dom était un gentil garçon et un bon catholique. Elle le regarda obtempérer tout en s'efforçant de ne pas reluquer ses fesses musclées sous son pantalon noir.

— Je crois qu'il t'aime bien, dit Faith alors qu'Isabel lui prenait le bras pour remonter l'allée de l'église.

— Qui ? Le père Paul ? rétorqua-t-elle sur un ton faussement sérieux.

Elle était fière du calme et de l'impassibilité dont sa nièce faisait preuve dans cette situation. Un mois était un délai court pour organiser un mariage. À plus forte raison pendant la période précédant Noël.

Pendant la cérémonie, Isabel jouerait le rôle généralement attribué au père de la mariée. Elle ne doutait pas un instant que Faith serait heureuse avec Rai. Ces amoureux malchanceux avaient attendu longtemps avant de se redécouvrir. Cinq ans de malentendus et d'incompréhensions. Ils avaient perdu suffisamment de temps. À présent, l'avenir leur tendait les bras, radieux.

Faith lui jeta un coup d'œil espiègle.

— Non, pas le prêtre ! Dom : je crois qu'il a un faible pour toi.

— Ah, bon ? dit-elle en espérant que son sourire dissimulerait son trouble.

Elle faisait tout pour oublier la seule fois où elle avait vraiment cru au grand amour. Et où l'homme qu'elle aimait avait fui dès qu'il avait appris qu'elle ne pourrait probablement pas avoir d'enfants.

Depuis, elle avait complètement écarté l'amour de son existence. Elle préférait garder le contrôle sur sa vie et disparaître dès qu'un homme se mettait à s'intéresser à elle d'un peu trop près.

Pour l'heure, Faith se mariait. Isabel adorait sa nièce et Chloe, la fille de celle-ci. Elle ne laisserait rien mettre en danger cette belle relation. Surtout pas un coup de cœur pour le frère du marié, si beau soit-il.

— Dom est trop jeune pour moi, dit-elle sur un ton qu'elle espérait posé, alors qu'elles attendaient les instructions du prêtre. Et il a pas mal de problèmes, de toute façon.

— Je ne suis pas sûre que les problèmes te fassent peur, dit Faith. Tu as la tête sur les épaules. Je ne connais personne qui soit plus sensé que toi. Et Dom est beau garçon.

— Tu le trouves beau parce qu'il ressemble à ton homme, dit-elle en sentant la chaleur lui monter aux joues.

— C'est vrai qu'ils se ressemblent. Encore que Rai est plus sexy.

Faith se tourna vers elle en riant. Puis elle scruta son visage.

— C'est la première fois que je te vois rougir, dit-elle d'un air amusé.

Son regard se fit plus sérieux.

— Quand le médecin hyper canon t'a invitée à dîner, la semaine dernière, tu n'as pas cillé, ajouta-t-elle, songeuse.

Le médecin en question, un remplaçant, était de son âge, bel homme, sympathique, intelligent. Bref, il avait tout pour plaire. Mais elle n'avait pas eu envie d'accepter son invitation à dîner. Dirait-elle oui si Dom l'invitait ? Quelle question ridicule !

Par chance, Faith ne posa plus de questions. Mais Isabel dut rapidement reprendre sa place au bras du trop beau et trop jeune Domenico. Ils avancèrent cette fois avec plus d'aisance vers la porte.

La répétition de la cérémonie prit fin. Il ne restait plus qu'à répéter les valses.

— Isabel, dit-il avec un fort accent italien qui prolongeait certaines syllabes. Pourquoi n'es-tu pas mariée ?

Pourquoi les hommes lui posaient-ils cette question ? Comme si une femme ne pouvait pas être heureuse sans homme à ses côtés. Elle pouvait certainement avoir tous les hommes qu'elle voulait à ses pieds. Mais elle n'avait pas confiance. Il n'y avait qu'à voir comment s'était terminé le mariage de sa sœur. Sans parler de ses propres fiançailles, rompues au bout de quelques mois.

— C'est un choix, dit-elle, un peu nerveuse.

Puis elle le regarda d'un air interrogateur.

— Et toi, qui es veuf depuis six ans, pourquoi ne t'es-tu jamais remarié ?

Elle regretta aussitôt ses paroles mais il était trop tard. C'était un signe de plus, s'il en fallait, que cet homme la troublait. Au point qu'elle ne soit plus capable de faire preuve de compassion envers un homme qui avait perdu la femme qu'il aimait.

Elle qui faisait tout pour protéger son cœur, pour être indépendante, se laissait déstabiliser par un homme plus jeune qu'elle face à qui elle n'avait plus du tout la tête sur les épaules.

Dom se rembrunit.

— Je ne pense pas que je me remarierai un jour.

Son regard exprimait la détresse, mais elle eut envie de le secouer. Elle comprenait que perdre sa femme et son enfant dans un accident de voiture était la pire expérience qu'on puisse faire dans une vie. Mais six années s'étaient écoulées depuis. N'avait-il pas eu le temps de faire son deuil, de pleurer, de se sentir coupable et impuissant, puis de panser ses blessures ?

Il pouvait encore avoir des enfants, lui.

— Tu es jeune.

— Je sais. Mais je n'ai pas su protéger ma femme et mon fils. Je n'ai pas envie de tenter de nouveau l'aventure.

Il était pétri de culpabilité. C'était un sentiment qu'elle-même connaissait bien. Faith lui avait raconté qu'il avait perdu sa femme et son fils lors d'un baptême de l'air en ballon. Ce jour-là, il n'était pas avec eux parce qu'il était resté travailler. Il le regrettait encore, manifestement. Et peut-être le regretterait-il toute sa vie. Mais la culpabilité qui le rongeait ne ferait pas revenir sa famille.

Le prêtre était sorti de l'église et avança vers eux, un sourire aux lèvres. Isabel lâcha le bras de Domenico.

— Tu as un héritage à transmettre, dit-elle en regardant le prêtre s'approcher. Mon père, j'ai toujours pensé que nous, simples mortels, ne pouvions pas comprendre le projet de Dieu.

Elle sentit Domenico se crisper.

— C'est vrai, répondit le père Paul, sans se départir de son sourire bienveillant. Le repentir ouvre la porte à la paix et aux nouveaux départs. La culpabilité, la honte et le reproche n'ont pas leur place dans le royaume de Dieu.

Il désigna le royaume en question d'un geste de la main puis rejoignit les futurs mariés un peu plus loin, flottant tel un drôle de nuage blanc.

Dom se redressa de toute sa taille. Son visage arborait une expression dure. Impressionnante. De toute évidence, elle avait abordé un sujet sensible, sur lequel le prêtre avait insisté plus lourdement qu'elle ne l'aurait souhaité.

— J'ai perdu ma femme et mon fils, dit-il en se rapprochant. Tu es célibataire, tu esquives la vie de couple et tu n'as pas d'enfant. Je ne suis pas sûr que tu puisses comprendre.

Les mots de Domenico lui firent l'effet d'un coup de poing dans le ventre. Brutal, à couper le souffle.

Il avait en partie raison : elle ne s'était pas mariée et avait perdu un bébé, pas un enfant.

C'était un secret qu'elle n'avait jamais révélé à quiconque, pas même à ses amis les plus proches. Seule Faith était au courant.

Le bébé était mort-né et on lui avait annoncé que son utérus déformé ne pouvait pas porter d'enfant. La mort dans l'âme, elle avait écarté l'idée de fonder une famille.

Dom l'avait touchée, lui aussi. Ils se retrouvaient là, tous les deux, comme deux animaux blessés. Elle n'aurait jamais dû ouvrir la bouche, ni pour parler de vie de couple avec Dom ni pour philosopher avec le prêtre.

Elle tenta de recouvrer son calme et leva les yeux vers Domenico.

— Toutes mes condoléances, dit-elle en le fixant.

Puis elle tourna les talons et s'éloigna.

Deux jours plus tard, Domenico se tenait droit devant l'autel, scrutant l'allée centrale de l'église. Cette journée s'inscrivait sous le signe de la joie mais il était difficile, en voyant son frère se marier, de ne pas penser à son propre couple et à la façon dont il avait pris fin. Quand il réfléchissait à un nouveau départ, comme Rai le lui suggérait sans arrêt, la culpabilité revenait le ronger comme un prédateur carnivore.

— Dom ?

Il se retourna. Rai le regardait d'un air entendu.

— Aujourd'hui, c'est un jour pour s'amuser et profiter de la vie, on est d'accord ?

— On est d'accord.

Il sentit le stress se dissiper. Son frère jumeau était amoureux. *Innamorato.* Il lui sourit.

— Merci d'être là, Dom.

Il tenait à assister au mariage de son frère. Ce n'avait pas été facile de s'extirper de la montagne de démarches à effectuer après l'incendie de l'entreprise. Il avait souvent été pris d'une léthargie teintée de désespoir qui avait ralenti d'autant le processus. Mais il savait que Rai risquait de se marier en Australie et que, ce jour-là, il serait là.

Il partageait avec son frère, entre autres choses, un attrait certain pour les femmes de la famille Fetherstone. Par malchance, son frère avait remarqué que la tante de Faith, Isabel, lui avait tapé dans l'œil.

Lors de la répétition de la cérémonie, deux jours plus tôt, elle l'avait ignoré comme une femme qu'aurait sollicitée un petit garçon. Cela avait fait sourire Rai. Mais lui avait été sensiblement décontenancé par le rejet d'Isabel, qui, en fin de compte, n'avait que sept ans de plus que lui.

Autant il avait eu du mal à quitter Florence et toutes ses affaires urgentes en cours et il s'était dit qu'il rentrerait dès le lendemain du mariage, autant ces quelques jours en compagnie d'Isabel Fetherstone lui avaient fait dire à Rai qu'il acceptait de rester « peut-être quelques jours de plus ». Son frère n'avait pas caché sa joie.

Après un voyage de noces éclair, Rai et Faith reviendraient vivre à Lighthouse Bay, où l'air de la mer et le bruit des vagues entraient par les fenêtres ouvertes de la maison.

Cette baie était l'un des endroits les plus magiques que Dom ait connus.

Il jeta un coup d'œil par-dessus son épaule. Les amis et collègues de Faith s'étaient déjà liés d'amitié avec Rai. Il savait que Rai reviendrait de temps en temps dans son pays natal mais il doutait qu'il reste loin de l'Australie et de sa nouvelle famille très longtemps.

Le son d'un moteur de voiture leur parvint. Il entendit Rai prendre une profonde inspiration à côté de lui, sans doute impatient de voir Faith. La musique démarra et la porte s'ouvrit, faisant converger tous les regards vers l'entrée de l'église.

Les petites demoiselles d'honneur entrèrent. Parmi elles, Chloe, sa nièce, telle une jonquille, dans sa robe jaune soleil ornée d'une ceinture mauve, les cheveux tressés autour de son adorable visage. Elle avançait en répandant des pétales de roses jaunes sur son passage, sérieuse comme un pape et très concentrée sur sa tâche. Une autre petite fille la suivait, vêtue de la même manière, avec, au bras, son petit panier de pétales. On aurait dit deux petites fées semant l'enchantement parmi les personnes présentes dans l'église.

Isabel fit son entrée, altière mais sereine, les yeux brillants, un sourire sur les lèvres. Dom se redressa. *Sì*, cette femme était magnifique. Sa robe mauve d'une coupe sobre, qu'elle portait avec la même distinction que son frère avait trouvée en Faith, mettait en valeur son teint et ses cheveux châtains.

Elle s'arrêta et se retourna pour voir entrer la mariée. Quand Faith arriva à sa hauteur, elle la prit par le bras, prête à la conduire à l'autel.

Qui était vraiment cette femme ? Il allait bientôt le découvrir.

La réception avait lieu au club de surf. Après la séance de photographie, les jeunes mariés entrèrent dans la salle au son d'une chanson d'amour actuelle, acclamés et applaudis par l'ensemble des convives. Isabel et Dom entrèrent à leur tour avec les enfants. Puis Rai et Faith esquissèrent les premiers pas d'une valse en souriant, les yeux dans les yeux, sous les regards tantôt attendris tantôt excités des personnes présentes.

Le moment était magique.

Dom et elle allaient aussi devoir danser. Ensemble.

Isabel prit une profonde inspiration. Elle devrait pouvoir y arriver.

Dom prit sa main dans la sienne et ils attendirent le début de la deuxième valse, plus lente, et l'invitation de Faith et Rai à les rejoindre.

Dom posa la main dans le creux de son dos – une main ferme et chaude –, juste au-dessus de ses fesses. Des effluves de son parfum lui parvinrent, virils et envoûtants. Maudit Domenico !

Elle avait l'impression d'être minuscule, dans ses bras. Légère et féminine, aussi. C'était idiot, elle le savait, mais elle était là pour profiter de cette journée magnifique. Une journée de célébration, de joie. Elle pouvait se laisser aller un peu, après tout.

Dom menait la danse avec une maîtrise certaine – un mélange

de fermeté et de grâce qu'elle avait toujours cherché chez ses partenaires de danse sans jamais le trouver. Cruel univers !

La soie de sa robe ondulait sur sa peau. Elle sentit sa main se détendre sur l'épaule de Dom, confiante.

Il scruta son visage avec, dans les yeux, une émotion bienveillante, une douceur qu'elle n'avait encore jamais vue chez lui.

— Tu danses bien, dit-il.

À ces mots, elle aurait sans doute perdu un peu de son équilibre si Dom ne l'avait pas soutenue. Il devait sentir la moindre variation de sa posture, de ses pas, et y réagissait avec tact et fermeté.

De son côté, Isabel ressentait la chaleur qui émanait de son corps musclé, l'élan qui l'entraînait à chaque pas. Mais elle ne devait pas se laisser aller jusqu'à se perdre. Même si l'idée avait quelque chose de séduisant.

Une femme sensée n'était pas censée éprouver ce genre de chose. Pourtant, elle ne pouvait pas s'empêcher de relâcher le contrôle qu'elle exerçait sur son propre corps et de s'abandonner un peu dans ces bras sécurisants.

Elle détourna le regard.

— Je te tiens, ne t'inquiète pas, dit-il comme s'il lisait dans ses pensées.

Ce qui l'inquiétait, c'était plutôt sa réaction à elle. Le sentiment qu'il n'en faudrait pas beaucoup plus pour qu'elle tombe amoureuse de cet homme qui réveillait en elle une spontanéité qu'elle avait mise de côté depuis longtemps. Elle en avait la gorge nouée, le cœur serré.

Ce n'est qu'une danse.

Les occasions de s'amuser n'étaient pas si fréquentes. Elle ferait mieux de se détendre et de profiter de ces moments rares dans les bras d'un excellent danseur.

— Est-ce que tu es parfois impulsive, Isabel ?

Non. Si. Vraiment ?

Elle releva le menton.

— Bien sûr !

— Alors allons-y. Lâchons-nous. Profitons de ce moment merveilleux.

Il avait raison, quoi que cela lui coûte de le reconnaître. Elle relâcha donc les tensions présentes dans ses épaules, détendit le bras et décida de se laisser guider sans résistance. De se laisser emporter par le rythme de la musique. Les hommes qui dansaient comme des dieux ne couraient pas les rues. Elle leva la tête et lui sourit. Les occasions de se laisser aller n'étaient pas fréquentes non plus.

D'autres couples les rejoignirent sur la piste de danse. Isabel laissa la musique imprégner chaque cellule de son corps et s'abandonna, prête à partager ces bons moments avec ce jeune homme sérieux et incroyablement séduisant. Son neveu par alliance.

Lorsque le morceau de musique se termina, ils continuèrent à tourner quelques instants puis ralentirent jusqu'à s'arrêter. Dom s'écarta doucement d'elle.

À contrecœur, elle retira la main de son épaule.

— Merci, dit-elle simplement.

— Nous pourrons remettre cela, dit-il.

Ces mots la rendirent nerveuse mais elle prit un air dégagé. Ce n'était qu'une danse. Un bon moment. Rien de profond ni de sérieux. De toute façon, il vivait en Italie.

Elle joignit les mains et regarda autour d'elle. Les gens parlaient ou mangeaient. Ils semblaient heureux.

Elle fronça soudain les sourcils en voyant Mme Cross, une vieille dame d'ordinaire assez bavarde, porter une main tremblante à sa gorge. Son époux, un homme petit et replet, s'agita autour d'elle avant de faire signe à Isabel.

Elle esquiva un danseur et gagna leur table en quelques enjambées.

— Tout va bien ?

— Cynthia ne veut pas gâcher la fête, lui dit M. Cross à l'oreille d'une voix criarde qu'il pensait discrète. Elle ne veut pas que j'en parle.

Sa femme le fit taire d'un geste de la main.

— Que se passe-t-il ? demanda Isabel, désormais convaincue qu'il y avait un problème.

Elle remarqua des rougeurs sur le visage de la vieille dame. Étaient-ce les symptômes d'une allergie ?

— Vous avez mangé quelque chose qui ne vous convient pas ? demanda-t-elle.

L'une de ses amies avait des allergies graves. Isabel en connaissait les symptômes et les dangers.

Mme Cross secoua la tête, les yeux rivés sur son assiette.

— Je crois que c'est le saumon. Normalement, je suis allergique aux crevettes, pas au saumon. J'ai la sensation que ma bouche est insensible.

Elle se mit à tousser.

— Et j'ai du mal à respirer.

— Elle n'a jamais fait une allergie au saumon jusque-là. Elle a une piqûre pour l'allergie aux crevettes, dit son mari en tapotant ses poches.

Il en sortit une petite boîte métallique contenant un EpiPen.

De l'épinéphrine ? Son allergie était grave. Isabel jeta discrètement un coup d'œil autour d'elle pour vérifier que personne ne s'affolait. Tout le monde avait les yeux fixés sur la piste de danse. À l'exception de Dom, qui la regardait.

Elle lui fit un signe de la main et ouvrit le stylo auto-injecteur. Mme Cross toussait, il ne fallait pas que les voies respiratoires se bouchent. Elle appliqua la pointe orange du stylo contre la cuisse de la vieille dame et appuya jusqu'au clic.

Dom la rejoignit et prit le poignet de Mme Cross.

— EpiPen, dit Isabel.

Il hocha la tête d'un air entendu.

— Voilà, dit-elle en retirant l'aiguille. C'est fait, ni vu ni connu. Le Dr Salvanelli et moi allons vous accompagner à l'hôpital. Nous prendrons votre voiture, ce sera plus rapide qu'appeler une ambulance.

La dose d'épinéphrine ferait remonter la pression de Mme Cross et réduirait le gonflement mais mieux valait qu'un médecin l'examine dans de bonnes conditions. Heureusement que son mari avait le traitement sur lui, sans quoi elle aurait probablement fait un choc anaphylactique.

Ce dernier sortit promptement les clés de sa voiture de sa poche. Dom et Isabel encadrèrent la vieille dame et l'accompagnèrent aussi discrètement que possible jusqu'à la voiture.

Une fois Mme Cross admise aux urgences, son mari insista pour les raccompagner à la réception. Ils demeurèrent silencieux pendant pratiquement tout le trajet.

Dom avait été parfait. Quel confort d'avoir une aide efficace et discrète ! Il était resté calme, lui aussi, si bien que ni les mariés ni les convives n'avaient remarqué le malaise de Mme Cross et leur intervention. Isabel sourit.

Ils avaient des choses en commun.

Et des différences.

Et cette attirance, qui paraissait mutuelle.

Lorsqu'ils réapparurent à la soirée, Faith et Rai les rejoignirent, l'air intrigué.

— Qu'est-ce que vous fabriquez ? C'est l'heure des discours, dit Rai, un peu inquiet.

— Je t'expliquerai ça plus tard, dit Dom. Tout va bien, ne t'inquiète pas.

Domenico regarda la voiture disparaître derrière la colline avec, à son bord, les jeunes mariés. Il les vit passer devant un gros Père Noël gonflable curieusement perché sur une planche de surf, puis devant les panneaux indiquant la direction de la plage et du phare.

Neuf jours déjà s'étaient écoulés depuis son arrivée dans cette baie ensoleillée de la côte Est de l'Australie, aux plages de sable blanc et aux habitants curieux mais sympathiques. Et il restait cinq jours avant Noël, le jour qu'il redoutait le plus de l'année. C'est pourquoi il avait décidé de rentrer en Italie le 24, pour échapper à ce qui était le pire souvenir de sa vie.

Cela dit, ce séjour chez son frère lui faisait prendre conscience qu'il fallait que quelque chose change. L'incendie de l'usine avait couronné des années de dépression et de remise en question.

Depuis la mort de Teresa et de Tomas, il avait survécu plus qu'il n'avait vécu. Jusqu'à ce qu'il se retrouve à Lighthouse Bay, dans cet endroit solaire et enchanteur. Et, surtout, qu'il rencontre Isabel, cette femme fantastique qui, en quelques jours, avait changé le regard qu'il portait sur lui-même.

Pourtant, il n'osait aller plus loin. Cette situation, à l'autre bout du monde, loin de sa vie toscane, le bouleversait. À Noël, à Florence, il faisait froid et un vent glacial soufflait sur le grand sapin et la crèche géante ornant la Piazza del Duomo. En Australie, l'air était brûlant et on ne croisait aucun santon nulle part, quoi qu'en dise Chloe, la fille de Faith.

Il tourna la tête vers Isabel. Elle avait toujours l'air calme et posé. Depuis que leurs regards s'étaient croisés pour la première fois, il se sentait à la fois attiré et intrigué par cette femme à la beauté discrète. Elle troublait la surface de son univers figé, comme le vent chaud de la mer faisait voleter les mèches encadrant son visage. Il avait envie de plonger les doigts dans ses cheveux, de voir s'ils étaient aussi doux qu'ils en avaient l'air.

Après des années de chagrin et de deuil, le fait de se sentir soudain attiré par une femme le bouleversait. Isabel occupait à présent la majeure partie de ses pensées. Son frère avait-il raison quand il lui disait que l'Australie serait l'endroit idéal pour repartir de zéro ? Étaient-ce le bon endroit et le bon moment pour une nouvelle rencontre ?

Cette idée l'affolait autant qu'elle l'excitait.

Il fallait aussi savoir ce qu'Isabel pensait de lui.

En tout cas, elle dansait comme un ange. Tout en elle exprimait la bienveillance, ce qui ne l'empêchait pas d'être franche. Elle était intelligente et forte. La muraille impénétrable qu'elle avait érigée entre eux la rendait encore plus désirable. Il n'avait jamais été confronté à de telles barrières, que ce soit avant ou après sa relation avec Teresa.

La première fois qu'il avait vu Isabel, il lui avait semblé

reconnaître en elle une âme sœur. Cela l'avait décontenancé. Elle n'avait jamais paru mal à l'aise avec lui. D'ailleurs, elle semblait rarement l'être. Ce qui le fascinait et l'agaçait à la fois, habitué comme il l'était au caractère flamboyant et versatile des hommes et des femmes de son pays d'origine.

Puis il avait peu à peu remarqué d'autres choses. Sa gentillesse et la compassion dont elle faisait preuve vis-à-vis de sa nièce, Faith, et de la fille de celle-ci, Chloe. Elle semblait se réjouir de la relation entre Faith et Rai. D'ailleurs, Rai lui avait glissé qu'Isabel avait été un ancrage fort et stable pour Faith et Chloe. Cette femme était ouverte, sans préjugés.

Pourtant, il lui semblait que la distance qu'elle mettait entre elle et lui reposait justement sur un préjugé. Cela lui donnait envie de perturber sa sérénité pour se venger du trouble qu'elle avait semé dans sa vie. Depuis le début, il sentait, en dépit des barrières qu'elle maintenait fermement entre elle et lui, qu'une femme passionnée se cachait derrière cette façade. Le moment qu'ils avaient passé ensemble sur la piste de danse l'avait confirmé. Tenir Isabel dans ses bras avait été une révélation. Depuis, il se sentait en manque et il ne comprenait pas pourquoi.

Il avait l'impression qu'une nouvelle page de sa vie venait de s'ouvrir.

Il repensa à la conversation qu'ils avaient eue sur le parvis de l'église, le jour de la répétition de la cérémonie. Apparemment, Isabel l'avait oubliée, mais lui se la repassait en boucle tous les soirs, dans son lit. Et il regrettait amèrement de l'avoir pratiquement traitée de vieille fille incapable de comprendre ce qu'il avait vécu. Depuis, le regard blessé qu'elle lui avait adressé le hantait.

« Toutes mes condoléances », avait-elle répondu sur un ton égal en dépit de la douleur qu'il avait vue traverser son regard.

Il sentait une blessure chez cette femme d'apparence si posée. Il avait besoin d'en savoir plus. Le lendemain, il lui avait présenté ses excuses, qu'elle avait balayées d'un revers de la main, comme si elles n'étaient pas nécessaires. Comme si elles ne changeaient rien pour elle. Ce qui le laissait dubitatif.

De même, quand cette vieille dame avait évité de justesse le choc anaphylactique, Isabel avait pris en main la situation sans en faire grand cas.

Il avait du mal à la cerner, mais il y parviendrait.

Il s'était de nouveau senti attiré et intrigué quand elle avait salué le couple de jeunes mariés en partance pour son voyage de noces. À présent, Chloe, la petite fille de Faith, lui donnait la main. Isabel était un havre de paix dans une mer agitée, alors que lui était pris dans la tempête de ses émotions.

Isabel pencha son corps souple vers Chloe et lui serra doucement la main. Puis elle se redressa et le regarda comme si elle percevait la mélancolie qui l'habitait à ce moment-là. Il plaqua un sourire sur ses lèvres et se pencha à son tour vers la petite fille qui essuya une larme, le menton tremblant, lorsque la voiture de ses parents se trouva hors de vue.

Cet instant raviva en lui le souvenir de l'accident qui avait emporté sa femme et son fils. Six longues années s'étaient écoulées mais il avait l'impression que, plus le temps passait, plus son chagrin était profond. Son frère lui disait souvent que c'était une maladie et qu'il lui fallait un traitement, ou un grand changement dans sa vie.

Il détourna le regard de la petite fille. Il fallait qu'il rentre à Florence. Cet endroit le perturbait.

— Viens, Chloe, on va acheter une pizza pour le dîner, dit Isabel d'une voix calme et douce, alors qu'il s'éloignait.

— Oncle Domenico, tu aimes la pizza ? demanda Chloe d'une petite voix chevrotante qui le prit aux tripes.

Combien de fois s'était-il senti triste, démuni, abandonné, lui aussi ?

Il se retourna et croisa le regard inquiet de sa nièce.

Son fils, Tomas, avait à peine deux ans de plus que cette petite fille quand il était mort. Il adorait la pizza. Mais il n'était plus là pour en manger…

Comment tourner la page ? Son frère l'avait invité à passer

quelques jours en famille en Australie. Il fallait qu'il se ressaisisse, qu'il cesse de penser à la mort et aux ténèbres dans lesquelles l'avaient plongé les drames qui s'étaient succédé dans sa vie.

Il se redressa et plaqua un sourire sur son visage.

— *Sì*, répondit-il. Mais vous avez un four à pizza à la maison. C'est ton papa qui me l'a dit. Nous pourrions faire nous-mêmes les *pizze*, une fois que les ouvriers seront partis. Qu'est-ce que tu en penses ?

Les ouvriers qui travaillaient dans la grande bâtisse que Rai avait achetée, en face de la maison d'Isabel, finissaient leur chantier à 17 heures, pour le reprendre le matin, à 7 heures. Les travaux étaient presque terminés et, quand Rai et Faith rentreraient de leur voyage de noces, ils pourraient emménager. Après quoi, juste avant Noël, Dom repartirait pour l'Italie.

— Moi aussi ? Je pourrai t'aider ? demanda Chloe avec des yeux admiratifs.

Il jeta un coup d'œil à Isabel qui acquiesça d'un signe de tête. Pourtant, il eut du mal à savoir si elle était contente qu'il se joigne à elles pour le dîner. Elle portait, comme souvent, ce masque souriant qu'il aurait tant souhaité retirer et derrière lequel il était sûr qu'elle dissimulait une partie de ce qu'elle ressentait. Elle était tel le phare de la baie : droite, visible, vigilante. Mais fermée à double tour.

— Oui, puisque ta tante est d'accord. D'abord, je dois aller faire quelques courses. Mais je viendrai te chercher pour cuisiner.

Il se félicita d'avoir quelque chose de précis à faire. Cela faisait des années qu'il n'avait pas cuisiné. L'idée le fit sourire, chose qui ne lui était pas arrivée non plus depuis longtemps.

Ce dîner lui permettrait peut-être d'en apprendre davantage sur Isabel. Cette perspective était assez excitante. Il pourrait découvrir d'autres détails que les rares éléments qu'elle consentait à partager avec lui. Ainsi leur relation pourrait-elle s'approfondir et, qui sait, peut-être pourraient-ils devenir amis.

Isabel rentra chez elle en jetant un coup d'œil à Captain House, la grande bâtisse que Rai avait achetée presque sur un coup de tête – ou de cœur – et qui était actuellement en travaux. Plus pour longtemps, cela dit. Faith et Chloe y avaient déjà déménagé leurs effets personnels et, dès que les jeunes mariés rentreraient de leur voyage de noces éclair, ils s'y installeraient définitivement.

Elle était imposante et dominait la petite maison d'Isabel de toute sa hauteur. Mais de chez elle, Isabel avait, elle aussi, vue sur la mer et sur le phare dressé sur la falaise qui donnait son nom à la ville : Lighthouse Bay.

Elle avait du mal à imaginer que le beau Dom soit de la même nature impulsive que son jumeau. Les hommes abîmés par la vie étaient rarement impulsifs, ou alors de la pire manière qui soit.

Rai lui avait parlé de Dom, de son chagrin, de sa culpabilité, de sa douleur. Or, elle avait déjà eu l'occasion d'entrevoir d'autres facettes de sa personnalité : le témoin élégant, immense et très séduisant, l'excellent danseur dans les bras duquel elle s'était abandonnée sur la piste de danse, le médecin efficace, avec lequel elle avait évité que Mme Cross succombe à un choc anaphylactique, quelques heures auparavant.

Elle ne pouvait pas s'empêcher de regretter qu'il n'ait pas quelques années de plus – ou, mieux, qu'il ne soit plus en âge de vouloir des enfants – pour pouvoir se laisser aller à l'attirance contre laquelle, pour l'instant, elle passait son temps à lutter. Et pour lui montrer que la vie méritait d'être vécue. Elle sentit le chaud lui monter aux joues.

Elle secoua la tête. Domenico Salvanelli n'avait pas besoin d'une aventure avec une femme plus âgée que lui. Ce qu'il lui fallait, c'était une femme jeune et fertile qui pourrait lui donner une descendance.

Elle n'avait pas l'habitude de se tourmenter au sujet de ce qui n'était pas à sa portée. Elle n'était pas envieuse non plus des femmes qui y avaient accès. Comme Faith qui, cinq ans plus tôt, enceinte de Rai, avait donné naissance à Chloe, ce trésor qu'elle chérissait plus que tout.

Elle n'avait pas de temps à perdre avec les hommes jeunes qui, de surcroît, avaient besoin d'héritiers à qui transmettre leur empire. De plus, Dom et elle faisaient presque partie de la même famille.

De toute façon, elle était pleinement satisfaite de la vie qu'elle menait.

Elle avait eu beaucoup de chance de s'occuper de Faith, la fille de sa chère sœur aînée, puis de Chloe. Cela l'avait aidée à faire son propre deuil. Elle était ravie d'être la tante préférée.

Elle aimait le travail de réceptionniste qu'elle exerçait depuis qu'elle avait renoncé à sa carrière de sage-femme, suite au diagnostic de son infertilité. Et elle était active dans plusieurs associations de la ville.

Les hommes lui tournaient autour, des jeunes et des moins jeunes, mais ils n'insistaient pas quand elle s'éloignait après le premier rendez-vous. Ainsi, elle n'avait pas besoin d'expliquer quoi que ce soit.

Sa vie était belle. C'était elle qui fixait les règles. Les siennes. Depuis qu'elle avait atteint la quarantaine, elle rencontrait des hommes plus âgés qui ne désiraient pas avoir d'enfants. Mais, de tous ceux qui croisaient son chemin, aucun ne lui plaisait vraiment.

Il lui tardait de recommencer à voyager et à écrire, comme elle le faisait avant la naissance de Chloe. Elle avait hâte de recouvrer cette liberté. Faith était mariée, désormais, et Chloe avait retrouvé son père. Ils sauraient se débrouiller sans elle. Elle allait pouvoir se consacrer à sa grande passion.

Les photographies et les articles qu'elle publiait à l'issue de ses voyages avaient du succès, à l'époque. Il n'y avait aucune raison que cela ne soit pas de nouveau le cas. De nouvelles opportunités allaient se présenter.

Sa vie était belle et elle le serait bientôt davantage.

2.

Dom s'attela à la préparation du dîner. Il n'en revenait pas que le fait de couper des légumes procure autant de plaisir à la fois à la personne qui s'y employait et à celles qui la regardaient faire.

Il avait trouvé un petit hachoir manuel à la supérette du village afin de permettre à Chloe de couper des légumes sans utiliser de couteau. Cette dernière était concentrée sur sa tâche.

Il leva la tête et croisa le regard d'Isabel. Il lui sourit et reçut un sourire en retour. C'était la première fois qu'elle semblait être sur la même longueur d'onde que lui – à part, bien sûr, sur la piste de danse.

Elle détourna le regard. Il fit de même.

D'une main, Chloe tenait fermement le hachoir tandis que l'autre appuyait sur le mécanisme à ressorts censé hacher son contenu. Dom intervint avant que le poivron soit réduit en bouillie.

— Bravo, Chloe ! Tu as très bien haché le poivron.

Elle hocha la tête d'un air satisfait et éclata de rire. Dom se mit à rire à son tour, surpris de s'entendre émettre ce son qu'il n'avait pas entendu depuis longtemps. Isabel le regardait d'un air amusé.

— J'adore l'entendre rire, dit-il en désignant sa nièce d'un signe de tête.

— Moi aussi. C'est contagieux.

Elle arborait un grand sourire qui faisait plisser ses yeux.

Au lieu de découper lui-même le jambon blanc, il en donna un morceau à Chloe, pour le plaisir de la voir manipuler le petit hachoir, concentrée et déterminée.

— Si j'avais su, j'aurais acheté un hachoir comme ça plus tôt, murmura Isabel. Peut-être pour son prochain anniversaire ?

Elle lui adressa un regard complice qui lui mit du baume au cœur. Il avait envie de l'impressionner, de passer du temps avec elle, de mieux la connaître.

Était-elle consciente de l'attirance qui existait entre eux ?

— Qu'est-ce que je peux hacher encore ? demanda Chloe, les yeux brillants de plaisir.

Elle avait les yeux verts de sa mère. Et de sa tante.

Mais pourquoi revenait-il systématiquement à Isabel ?

— Tu aimes les champignons ? demanda-t-il.

Chloe fit une moue de dégoût puis le regarda d'un air raisonnable.

— Mais on pourrait en mettre sur la moitié de la pizza, pour tante Isabel. Et je veux bien les couper.

— Mon fils, Tomas, n'aimait pas les champignons non plus, dit-il soudain, avant de se figer.

Il ne parlait jamais de Tomas. Il n'en revenait pas. Il avait passé des années à enfouir les souvenirs pour éviter de souffrir et là, il parlait de lui à une petite fille de cinq ans, devant cette femme qu'il ne connaissait pas – mais dont il avait d'emblée perçu la bienveillance. Passé l'étonnement, cela lui parut presque naturel. Et il prit conscience que, loin d'accentuer la douleur, évoquer son fils provoquait en lui un relâchement.

Chloe cessa de hacher et le regarda d'un air intrigué, presque trop sage pour une petite fille de son âge.

— Maman m'a dit que Tomas et sa maman étaient morts quand je n'étais pas encore là.

Avant qu'il puisse rétorquer quoi que ce soit, elle poursuivit.

— Ma mamie aussi, elle est morte. Des fois, maman ou tante Isabel disent que je lui ressemble. Et toi, tu ressembles à Tomas ?

Il jeta un coup d'œil à Isabel en s'attendant à la voir intervenir. Mais elle ne dit rien. Elle se contenta de sourire, d'un sourire qui ne lui parut ni attristé ni embarrassé.

Il ferma les yeux quelques instants.

— *Sì*, répondit-il. Tomas me ressemblait. Il ressemblait aussi à son oncle Raimondo.

— Mon papa, précisa Chloe en hochant la tête.

Puis le silence tomba dans la cuisine. Mais il fut de courte durée. Le visage sage de Chloe s'illumina d'un grand sourire.

— Je peux hacher du fromage, maintenant ?

Il n'eut d'autre choix que de revenir au moment présent, dans cette cuisine, avec cette petite fille curieuse et spontanée et cette femme qui l'attirait.

— Je suis désolé, dit-il, le fromage est déjà râpé. Mais il reste encore les tomates à couper. Et le basilic.

Une heure plus tard, Isabel, assise sur la terrasse de Captain House, finissait sa part de pizza couverte de champignons hachés. De son fauteuil, elle voyait sa propre maison, en contrebas, puis la mer qui s'étendait à perte de vue, ainsi que le phare perché sur la falaise. La vue était à couper le souffle. Rai avait acheté un télescope monté sur une structure à roulettes qu'il avait installé dans la petite tour afin que Chloe regarde passer les bateaux en rêvant d'aventures. Faith lui avait dit que Chloe avait déjà fait de la tour son repaire.

Cette soirée avec Dom et Chloe avait été une succession de bonnes surprises. Dom avait montré de nouvelles facettes de sa personnalité, très agréables.

— Il y a de la neige, à Florence, pour Noël ? Comme au pôle Nord ? demanda Chloe, le menton calé dans sa petite main, dévisageant son oncle.

Isabel le regardait, elle aussi, dès qu'elle le pouvait. Ses yeux noirs, ses cheveux bruns, ses lèvres sensuelles. Il but une gorgée de thé. Il semblait apprécier le thé vert au gingembre qu'elle lui servait chaque fois qu'ils étaient ensemble, à en juger par l'air satisfait avec lequel il reposa la tasse sur la table. Elle le voyait plutôt adepte des *espressos* bien forts. Avec lui, elle n'était pas à une surprise près.

L'air de la mer agita une mèche de ses cheveux. Les ombres

de la nuit adoucissaient les lignes et les angles nets de son profil aristocratique. Son expression était moins sévère et moins sombre que d'ordinaire.

— Il ne neige pas souvent à *Firenze*, répondit-il. *Firenze*, cela veut dire Florence en italien.

La petite fille hocha la tête. Elle avait l'habitude que son père lui parle de l'Italie.

— Par contre, plus au nord, comme à Turin, par exemple, les gens vont faire du ski dans la montagne. En décembre, il y a même un festival, qui s'appelle Lumières d'artistes, pendant lequel toute la ville est illuminée et décorée d'œuvres d'art. Ton *papà* pourra peut-être t'y emmener un jour.

— Ce doit être magnifique, dit Isabel, plus intéressée par le festival que Chloe.

Elle était déjà allée à Turin mais il ne lui déplairait pas d'y retourner pour déambuler dans les rues pavées et visiter les villages nichés sur le flanc des collines environnantes.

— Je n'ai jamais vu la neige, dit Chloe, pensive, avant de tourner la tête vers elle, faisant voleter ses boucles brunes. Et toi, tante Isa, tu as déjà vu la neige ?

— Oui, je suis même allée à Turin. C'était en décembre, d'ailleurs. J'ai beaucoup aimé. Je te monterai des photos, si tu veux.

La petite fille opina.

— Tu es déjà allée à Florence ? Là où papa et oncle Dom vivaient ?

Isabel sourit. C'était sans doute la question que voulait lui poser Dom, mais Chloe l'avait devancé. Il se pencha vers elle, manifestement curieux de connaître la réponse.

— Ton oncle Dom y vit toujours, tu sais. Et, oui, je suis aussi allée à Florence. C'est une ville magnifique.

— C'est la plus belle de toutes, précisa Dom avec une pointe d'ironie en la fixant.

Elle sentit une vague de chaleur s'emparer d'elle. Elle n'en revenait pas. Depuis combien de temps un homme ne lui avait-il pas fait de l'effet ? Il était peut-être temps de rentrer, de se mettre à l'abri de ce regard chaud et envoûtant. De revenir en lieu sûr.

Mais, comme si de rien n'était, elle répondit à l'affirmation de Dom.

— J'avoue que Florence a un certain charme, c'est vrai.

— Un certain charme ? s'exclama-t-il d'un air faussement choqué. Florence est la reine des villes italiennes, dont l'héritage culturel et artistique dépasse de loin celui de toutes les autres.

Elle éclata de rire.

— Il faudra que tu viennes. Tu pourras venir quand Rai emmènera Faith.

— Quelle idée ! dit-elle spontanément.

Il haussa les épaules.

— Je garde Chloe parce qu'ils sont partis trois jours en voyage de noces dans le Queensland. Le reste, ils le feront ensemble, en famille.

— Et si nous y allions tous, à leur retour ? Je veux dire, toute la famille : eux, Chloe, toi et moi. Nous pourrions fêter Noël à Florence. Les jeunes mariés pourraient continuer à voyager en tête à tête. À condition que tu aies envie de rester un peu plus longtemps avec Chloe.

Sa voix grave était très persuasive mais elle se voyait mal passer Noël dans l'avion, entre deux continents. Et Chloe en avait peut-être assez de voir ses parents aller s'amuser sans elle.

— Qu'est-ce que je ferai à Florence avec Chloe pendant qu'ils font le tour de l'Italie ? demanda-t-elle, amusée.

— Il y a des tas de choses à faire à Florence, dit-il en la fixant d'un air entendu qui contrastait avec l'expression sérieuse et sombre qu'il avait arborée jusqu'alors avec elle.

Elle s'efforça de remettre de la distance entre elle et lui. Mentalement, du moins. Elle prit sa tasse et but son thé lentement, en reposant la tasse après chaque gorgée, jusqu'à avoir recouvré son calme.

— Je pense que Rai sera aussi content de passer du temps avec sa fille.

— Il est fou d'elle, acquiesça-t-il en jetant un coup d'œil

à Chloe. Qui ne l'est pas ? Moi aussi je la trouve adorable. Je pourrais vous faire visiter la ville, à toutes les deux, si vous voulez. Cela leur laisserait un peu d'intimité, ajouta-t-il d'un air entendu.

Elle rit de nouveau, ravie de ce qu'elle découvrait chez lui.

— Merci pour l'invitation. Mais je pense que c'est à Faith de décider.

— Mais toi ? Quelle décision prendrais-tu ? De quoi as-tu envie, toi ? demanda-t-il en insistant sur le dernier mot.

Elle sourit et regarda la mer.

— Tu sais, en général, je suis mon instinct et je fais ce dont j'ai envie. Je suis déterminée. Mais pour l'instant, c'est l'heure que Chloe aille se coucher.

— Je suis allée à l'hôpital, dit Chloe. Le docteur a dit que je devais me reposer.

Isabel se tourna vers Dom.

— Ton frère a dû te dire qu'elle avait une réponse immunitaire secondaire et une faible numération globulaire. Elle a été très malade. Allez, au lit, Chloe !

Dom se leva en même temps qu'elle.

— Dis bonne nuit à ton oncle, et merci pour la pizza.

— Merci pour la pizza, oncle Domenico, dit Chloe en détachant chaque syllabe de son prénom.

— Tu peux m'appeler oncle Dom, si c'est plus facile.

Elle hocha vivement la tête, manifestement soulagée.

— Oncle Dom, répéta-t-elle avant d'écarter les bras et de se serrer contre lui.

Isabel le vit fermer les yeux un instant puis il referma les bras autour de Chloe.

— Bonne nuit, petite chérie, dit-il avant de la relâcher. Merci à toutes les deux d'être venues, ajouta-t-il en fixant Isabel, cette fois.

— Merci pour ton hospitalité, dit-elle.

Puis elle sourit.

— Il ne faut pas que j'oublie de me procurer un hachoir.

— Non, n'oublie pas, dit-il, l'œil rieur.

Cette soirée semblait lui avoir fait du bien.

— Bonne nuit.

— Bonne nuit, Isabel. Toi aussi tu peux m'appeler Dom.

— D'accord.

— Je vous raccompagne, dit-il en ouvrant la porte.

— Tu peux te contenter de nous regarder traverser la rue d'ici, murmura Isabel.

— Oui, je peux. Mais je tiens à vous raccompagner, déclara-t-il d'une voix ferme avant de refermer la porte derrière lui.

Elle eut envie de lui dire qu'elle avait voyagé seule dans le monde entier et qu'elle était assez grande pour traverser la rue mais elle se retint.

Comme il l'avait promis, il les accompagna jusque devant le portail.

— Bonne nuit, répéta-t-elle, sans pouvoir prononcer son diminutif, qui pourtant tournait et retournait en silence dans son esprit.

Elle aurait pu dire « Bonne nuit, Dom », pensa-t-il, un peu vexé. Ou lui jeter un dernier coup d'œil en fermant la porte.

Au lieu de rentrer, il prit la direction de la plage et marcha d'un pas énergique qui résonna dans la rue déserte. L'air de la mer soulevait ses cheveux et le col de sa chemise, lui donnant un peu de fraîcheur en ces journées de décembre ridiculement chaudes.

Les fêtes de Noël, les mariages, les enfants en bas âge. C'était tout ce qu'il redoutait depuis des années. Pourtant, il éprouvait un sentiment de légèreté, un frisson d'excitation qui transperçait la noirceur de son âme. Il devait simplement ne pas se focaliser sur la nonchalance de la femme qu'il venait de quitter et avec laquelle il avait passé une excellente soirée. Cette femme qui le déstabilisait complètement.

Comme en Europe, la ville était ornée de décorations de Noël. Ce n'était peut-être pas Isabel qui le déstabilisait, mais plutôt cet endroit, si différent du pays dans lequel il vivait.

L'endroit où son frère avait décidé de s'établir était très beau, cela dit. Et il regorgeait de femmes magnifiques. Une, en l'occurrence, qui suffisait pour le rendre intéressant.

Il sourit amèrement. Il aurait dû rentrer à Florence après le mariage. Mais Rai lui avait demandé de rester, ne serait-ce que pour que Faith ait moins de scrupules à laisser sa fille pendant quelques jours.

Chloe avait été malade et il était médecin, même s'il ne pratiquait plus la médecine tous les jours. L'entreprise pharmaceutique qu'il dirigeait lui prenait tout son temps.

Si Rai lui avait demandé de rester, ce n'était pas seulement pour qu'il veille sur Chloe. Il s'inquiétait aussi pour lui, pour sa santé psychologique, pour son avenir.

Il fit quelques pas sur la plage et s'arrêta, fixant la mer agitée. Son frère avait raison. Il fallait qu'il change quelque chose à sa vie. Qu'il recouvre sa joie de vivre, ou du moins les plaisirs simples à côté desquels il passait depuis si longtemps.

L'entreprise pharmaceutique qu'il avait héritée de son grand-père et qui l'avait empêché de sombrer dans les moments les plus difficiles était partie en fumée, ravagée par un incendie. Il ne restait plus d'elle qu'une ruine entourée de ruban de balisage. C'était la raison pour laquelle il ne pouvait pas s'attarder à Lighthouse Bay et devait rentrer sans tarder pour prendre les décisions qui s'imposaient.

Diriger cette entreprise n'avait jamais été son rêve. C'était plutôt une promesse qu'il avait faite à son grand-père sur son lit de mort et qui lui avait donné une direction à suivre après la mort tragique de Teresa et de Tomas.

Désormais, il n'avait plus rien sur quoi se concentrer. Plus d'objectifs à atteindre. Aucun désir de reconstituer cet univers qui ne l'avait jamais passionné. Une montagne de paperasse l'attendait à Florence, dont le permis de reconstruire, qui expirerait à la fin du mois s'il ne faisait pas le nécessaire.

Rai lui avait suggéré de venir s'installer en Australie, dès qu'il aurait réglé ses affaires à Florence, pour ouvrir avec lui un cabinet de médecine générale à Lighthouse Bay. Une année d'essai, pour voir.

Ils en reparleraient à son retour de lune de miel.

L'idée l'avait surpris. Il ne se voyait pas revenir à la médecine, après des années passées à diriger une entreprise pharmaceutique.

Encore que…

Certes, cela exigerait qu'il mette à jour ses connaissances médicales. Pour l'instant, il avait surtout pratiqué la médecine dans les pays en voie de développement, quand son frère avait fait appel à lui.

Il faudrait aussi qu'il fasse les démarches nécessaires s'il quittait l'Italie.

Mais était-il prêt à partir à l'autre bout du monde ? À s'installer dans cette drôle de ville au bord de la mer ? Il faudrait qu'il cherche une maison – il ne pouvait pas vivre éternellement chez son frère.

Il sourit en pensant à la maison voisine. Il doutait qu'Isabel ait envie de l'héberger. Il se surprit à imaginer sa chambre puis secoua la tête. Avait-il perdu la raison ? Avait-il oublié qu'il avait une femme ? Morte depuis six ans ?

Il exhala un profond soupir. Teresa était pleine de vie et d'entrain. Elle n'aurait peut-être pas souhaité qu'il se coupe du monde pendant toutes ces années. Il se demanda soudain pourquoi il s'était enfermé aussi longtemps dans son deuil.

3.

— Tante Isa ! Tante Isa ! Regarde, un arc-en-ciel !

Isabel se réveilla, aveuglée par les rayons de soleil qui perçaient les nuages. Un petit être venait d'atterrir sur son lit. Elle écarta le drap pour accueillir Chloe.

— Un arc-en-ciel ? dit-elle en bâillant. Est-ce qu'il a plu ?

Elle avait dû dormir plus profondément qu'elle ne le pensait, en vérité. Elle avait mis du temps à s'endormir. La faute de cet agaçant voisin italien. Jamais elle n'avait éprouvé autant de frustration sexuelle que la veille, seule dans son lit. Il n'était pourtant pas dans ses habitudes de fantasmer sur le premier venu.

Elle suivit le regard de Chloe et contempla l'arc-en-ciel.

— On peut envoyer une photo à maman ? demanda la petite fille en sautillant sur le lit. Et à papa ?

Isabel sourit. Chloe n'était pas encore habituée à ce que sa famille compte une personne supplémentaire mais elle adorait intégrer son *papà* à la plupart des conversations.

— Bien sûr, dit Isabel en s'asseyant.

Elle écarta les cheveux qui lui barraient le visage. Elle avait appris à Chloe les rudiments de la photographie et du cadrage. Sa nièce était une élève douée et précoce.

— Allez, va vite t'habiller, dit-elle en attrapant distraitement un débardeur et un short. Il faut qu'on se dépêche si on veut que l'arc-en-ciel soit toujours là.

Chloe sauta du lit d'un bond et disparut.

Cinq minutes plus tard, Isabel fermait la porte de la maison quand elle aperçut son séduisant voisin faire de même devant la maison d'en face. Elle soupira, trop consciente de ce qui allait se passer.

— Oncle Dom ! Oncle Dom ! Il y a un arc-en-ciel ! On va prendre une photo pour ma maman et mon papa. Tu veux venir avec nous ?

Et voilà – elle en était sûre ! Elle qui venait d'enfiler à la hâte un minishort de gym et un débardeur minuscule. Jamais elle ne serait sortie dans cet accoutrement si elle avait un tant soit peu réfléchi. Comme si elle ne se doutait pas qu'elle pouvait tomber à n'importe quelle heure du jour et de la nuit sur un voisin au coin de la rue !

Elle n'avait pas assez dormi, voilà tout.

Elle referma le portail et leva la tête, osant affronter le regard qui avait occupé ses pensées une partie de la nuit. Il la regardait comme les hommes italiens, quel que soit leur âge, regardaient les femmes.

— Quel timing ! dit-elle sur un ton un peu sec qu'elle adoucit d'un sourire.

— En effet.

Elle crut voir ses yeux se plisser légèrement.

— J'apprends à l'instant qu'il y a un arc-en-ciel. Puis-je me joindre à vous pour aller l'admirer ?

Elle eut envie de rétorquer qu'il ne lui laissait pas le choix mais s'abstint.

— Bien sûr ! dit-elle, sans cesser de sourire.

Ils suivirent Chloe qui bondissait, sautillait et trottinait devant eux, montèrent sur la colline en longeant les maisons accrochées sur la falaise, et entre lesquelles ils apercevaient la mer.

— Des gens habitent ici ? demanda Dom.

Sa question éveilla une légère inquiétude en elle. Cherchait-il à acheter une maison à Lighthouse Bay, comme son frère ? Elle avait du mal à l'imaginer acquérir une propriété sur un coup de tête.

— Oui, et il se trouve que là, ce sont mes amis Myra et Reg, ensuite, Sam et Ellie, puis Finn et Trina, des amis de

Faith et de Rai. Ils étaient à leur mariage. Elles sont toutes sages-femmes, et leurs maris, tous médecins.

— Ce sont aussi tes amis, non ?

Elle les avait toujours considérés comme les amis de Faith, du fait de leur âge. Comme on considérait les amis d'une sœur ou d'un frère cadet.

— Oui, je m'entends bien avec eux, mais ils sont plus jeunes que moi. En fait, j'ai plus d'affinités avec Myra, qui, elle aussi, a passé l'âge de procréer.

Elle s'interrompit, stupéfaite de ce qu'elle venait de dire. Que lui prenait-il ?

Elle eut envie de tourner les talons et de dévaler la colline. Jamais elle ne parlait de cette manière. Pourquoi était-elle aussi obsédée par son âge quand elle se trouvait avec Dom ? Pourquoi était-elle persuadée que le fait qu'il lui faille un héritier rendait toute autre forme de relation impossible ? Du reste, jamais il ne lui avait parlé de son âge. Cela ne semblait pas être un problème pour lui. Pourquoi revenait-elle toujours à ce détail ? Pourquoi le mettait-elle toujours en travers de son chemin, tel un obstacle ?

Avait-elle peur de perdre sa liberté de célibataire ? Manquait-elle de confiance en elle au point de se demander ce qu'un homme aussi jeune, aussi beau et aussi viril, pouvait bien lui trouver ? Craignait-elle de tomber amoureuse et d'être rejetée, une fois encore ?

Elle ne comprenait pas. Mais la peur était bien là, cela ne faisait aucun doute. Cet homme la déstabilisait. Elle finissait par dire n'importe quoi et par le regretter.

Mais elle ne pouvait pas prendre ses jambes à son cou et laisser Chloe en plan. Elle prit une profonde inspiration et accéléra le pas tout en tournant ostensiblement la tête vers l'arc-en-ciel. Ils passèrent devant la dernière maison, après laquelle le chemin s'élargissait et avait été aménagé pour que les gens s'asseyent face à la mer.

— L'arc-en-ciel est en train de disparaître, Chloe. Je pense que nous devrions nous dépêcher.

Elle sortit son portable de son sac, alluma la fonction appareil photo et le tendit à sa nièce.

— Fais attention à ce que la ligne d'horizon soit bien droite.

Chloe saisit l'appareil avec soin et prit des photographies sous différents angles.

— Elle prend des photos comme une pro, fit remarquer Dom, étonné.

Elle huma les effluves boisés de son eau de toilette et s'imagina qu'il sortait tout droit de sa douche, contrairement à elle qui avait choisi de sortir en enfilant ce qui lui était tombé sous la main au saut du lit. Chloe prenant des photos était une diversion bienvenue.

— Je pense que les enfants peuvent comprendre très tôt les principes de la photographie. Ce serait dommage de ne pas partager mes connaissances avec Chloe. Sans compter que les arcs-en-ciel sont toujours beaux en photo.

Dom s'efforça de ne pas regarder les jambes longues et fuselées qui sortaient de cet incroyable minishort. Isabel avait aussi des bras musclés et fins mis en valeur par son petit débardeur. Comment résister ? C'était pratiquement impossible de détourner les yeux de ce corps magnifique. Jusqu'à présent, elle lui était toujours apparue sobrement vêtue et plutôt pudique.

Manifestement, elle était sortie précipitamment pour que Chloe ait le temps de photographier l'arc-en-ciel avant qu'il disparaisse. Le fait de voir cette femme incroyable en short et débardeur provoqua en lui une montée de désir, pour la première fois depuis des années.

Cela dit, elle ne semblait pas du tout avoir conscience de se présenter si différemment des autres jours. C'était une femme étonnante. Il était surpris de la voir se dévaloriser par rapport à son âge. Il n'avait pas l'impression que l'écart entre les amis de Faith et elle soit si grand.

L'âge était-il la seule raison pour laquelle elle maintenait cette distance entre eux ? Elle considérait peut-être qu'il était plus proche de Faith et, de ce fait, était trop jeune pour elle. Il se sentit humilié à cette pensée. N'avait-elle pas conscience d'être une femme désirable, attirant tous les hommes doués de vision ? Et qu'il était un homme digne d'elle ?

Il regarda Isabel et Chloe scruter et commenter les photographies que la petite avait prises, tête contre tête. Chloe avait grossièrement tiré ses cheveux en une queue-de-cheval. Quelques mèches voletaient autour du visage d'Isabel, dont les traits étaient adoucis par les reflets rosés du ciel.

Il sentait le désir monter en lui, ainsi que l'envie d'ouvrir son cœur fermé depuis trop de temps. Mais, si son attirance physique ne faisait aucun doute, il n'avait aucune certitude, par contre, que cette attirance soit mutuelle. Elle n'avait jamais caché qu'une aventure sans lendemain ne l'intéressait pas. Il s'exposait donc à un éventuel rejet de sa part, et donc, à de la souffrance.

Chloe brandit le portable sous ses yeux pour lui montrer la photo qu'elle avait sélectionnée.

— C'est une très belle photo, dit-il.

— C'est tante Isa qui m'a appris.

De fait, la ligne d'horizon était parfaitement horizontale et la composition n'avait rien d'enfantin.

Il leva la tête vers Isabel.

— Ta tante est une excellente professeure. Et toi, une excellente élève. Ton papa et ta maman vont être contents, dit-il sur un ton qui manquait totalement de naturel et de spontanéité.

Passer du temps avec Chloe lui faisait du bien. Rai serait content de le voir faire des efforts.

Comment était-il possible de perdre sa capacité à parler avec les enfants ? Avec les gens en général ?

— On peut l'envoyer ? demanda Chloe qui, d'un bond, était retournée auprès de sa tante en brandissant le téléphone.

— Je pense que tes parents dorment encore, à cette heure. Nous allons plutôt rentrer, prendre le petit déjeuner et nous habiller correctement. Nous leur enverrons ta photo après le petit déjeuner, quand ils seront réveillés.

— Non, ils ne dorment plus, protesta Chloe en la regardant de travers.

Dom se retint de sourire.

Isabel pencha la tête et répondit calmement, comme elle avait l'habitude de tout faire.

— Il est encore un peu tôt, tu sais. Et ta maman est fatiguée. Ce serait dommage de la réveiller si elle dort encore.

Chloe fronça les sourcils puis son visage s'illumina soudain.

— D'accord, on l'envoie tout à l'heure. Oncle Dom peut venir prendre le petit déjeuner avec nous ?

Il lui sembla voir le visage impassible d'Isabel se contracter imperceptiblement, l'espace d'un instant. Cette fois, il ne put réprimer son envie de rire.

— C'est gentil, Chloe, mais j'ai déjà mangé.

Isabel ne changea pas d'expression mais il eut l'impression que ses épaules se détendaient. Un mouvement infime, visible à condition d'être attentif. De toute évidence, il aimait la regarder attentivement.

Chloe semblait disposée à passer du temps avec lui, ce qui lui mit du baume au cœur. Mais il ne voulait pas s'imposer auprès d'Isabel, qui ne manifestait pas le même enthousiasme spontané que sa nièce.

Pourtant, il ajouta, comme s'il était animé par une force indépendante de sa volonté :

— Mais si vous voulez, nous pourrions nous retrouver plus tard, sur la plage, pour déjeuner à la paillote. Je n'y ai encore jamais mangé.

Chloé bondit de joie.

— Oh oui ! On peut, tante Isa ? On peut aller manger à la paillote avec oncle Dom ?

Isabel tressaillit mais le regarda, un sourire sur les lèvres.

— Cela me paraît être une bonne idée.

Il inclina la tête et sentit une vague de plaisir lui parcourir le corps. Elle ne regretterait pas d'avoir accepté son invitation.

Quelques heures plus tard, assis devant son ordinateur, Dom reçut de sa secrétaire la confirmation de son vol pour Florence, le 24 décembre. Puis il regarda par la fenêtre, attendant fébrilement qu'Isabel et Chloe le rejoignent.

La porte de la maison d'en face s'ouvrit et les deux femmes, l'une adulte, l'autre miniature, longèrent l'allée jusqu'au portail. À aucun moment Isabel ne leva les yeux vers lui, contrairement à sa nièce qui le cherchait du regard, fixant chaque fenêtre l'une après l'autre dans l'espoir de le voir. De toute évidence, elle appréciait sa compagnie.

Il les vit prendre la direction de la plage. Elles avaient un quart d'heure d'avance sur l'heure du rendez-vous, aussi décida-t-il de les laisser marcher sans lui jusqu'à la paillote.

Il ferma l'ordinateur, descendit sans se presser et sortit de la maison. Elles étaient un peu plus loin, Chloe sautillant en tous sens comme à son habitude, Isabel avançant à un rythme plus tranquille.

Ses cheveux châtains, éclaircis par le soleil, étaient attachés sur sa nuque. Elle portait une jupe longue. Sa démarche était souple. Il se remémora les quelques minutes pendant lesquelles il l'avait tenue dans ses bras sur la piste de danse, au mariage.

Et, avant cela, à la répétition de la cérémonie.

Elle s'était laissé guider, son corps souple et tonique réagissant à la fois au rythme de la valse et à ses impulsions à lui. C'est au cours de cette danse que son intérêt croissant pour elle s'était transformé en une attirance aussi forte que surprenante après toutes ces années d'abstinence.

Après la séance photo de Chloe, il était rentré chez Rai et Faith mais, toute la matinée, il n'avait plus pensé qu'à retrouver Isabel pour le déjeuner. Il avait hâte. Il se demandait si cette femme australienne et indépendante accepterait qu'il paie l'addition, ce qui lui paraissait la moindre des choses, d'autant que l'idée venait de lui.

Il éprouvait une sensation de légèreté croissante à mesure que la distance se réduisait entre eux. Il passa devant des maisons colorées qui lui rappelèrent, en version pastel, les façades des Cinque Terre ou de Burano.

Les jardins étaient impeccablement entretenus et richement décorés. Tout le village semblait respirer la sérénité. Même le bruit de la mer, au loin, avait quelque chose d'apaisant.

Quelle joie de marcher dans cette rue tranquille ! À moins que ce soit le spectacle de cette femme et de cette petite fille qui le mette réellement en joie. Ses yeux s'attardèrent sur Isabel et son cœur s'allégea encore plus.

Le vrombissement de motos le sortit de sa contemplation. Cet endroit était trop calme pour des jeunes aimant le bruit et la vitesse. En les entendant se rapprocher, il pria pour que les motards maîtrisent leurs engins dans les ruelles étroites du village.

Il vit Isabel prendre la main de Chloe pour l'attirer vers elle. La première moto freina, ralentit et s'arrêta au croisement. La deuxième arriva trop vite pour faire de même et dérapa, projetant son conducteur sur le bitume. La moto continua sa course sans lui, dans un fracas effrayant, en direction d'Isabel et de Chloe.

Le temps ralentit. Dom sentit sa respiration s'accélérer. Sa bouche était sèche et son cœur battait à se décrocher dans sa poitrine. Il se mit à courir.

Isabel voyait bien que la moto fonçait droit sur elle. Instinctivement, elle projeta sa nièce derrière elle, dans l'herbe où Chloe tomba et roula en gémissant. Isabel sentit l'impact lent et ferme qui la fit décoller du sol et voler, elle aussi, un peu plus loin.

Mais le choc ne provenait pas d'une moto. C'est Dom qui l'avait écartée de la trajectoire de l'engin devenu fou et s'était jeté sur elle, comme pour encaisser le coup à sa place.

Elle sentit son front heurter le sol, suivi par le reste de son corps, tandis que la moto sans conducteur allait s'écraser contre un poteau télégraphique dans un vacarme assourdissant, répandant une pluie d'étincelles et de métal autour d'elle. Puis le vacarme cessa et elle put entendre le bruit des vagues et de son cœur tambourinant contre ses côtes.

La moto s'était pliée contre le poteau, tel un poing fermé. Tout s'était passé si vite !

— Chloe, murmura-t-elle en ordonnant à son corps de bouger.

Elle avait du mal à faire entrer l'air dans ses poumons. Dom était toujours allongé sur elle. Il s'écarta et elle parvint à reprendre son souffle. Il lui tendit la main, qu'elle prit avec reconnaissance, contente de pouvoir se raccrocher à quelque chose de solide alors que tout semblait encore bouger autour d'elle.

Elle prit conscience qu'il lui avait épargné de se retrouver écrasée entre une grosse cylindrée et un poteau télégraphique.

Mais il fallait s'occuper de Chloe.

Sa cheville l'élançait et, quand elle prit appui sur son pied gauche, sa jambe protesta et céda. Elle serait tombée si Dom ne l'avait pas retenue.

— Ça va ? demanda-t-il.

— Je crois que je me suis foulé la cheville. Et j'ai mal à la tête et à l'épaule.

Il passa rapidement en revue toutes les parties de son visage et de son corps.

— Ne bouge pas, je vais chercher Chloe, puis je t'examinerai plus en détail.

Quelques secondes plus tard, il déposait Chloe sur l'herbe, à côté d'elle. Elle passa le bras autour de son petit corps.

— Tu m'as poussée ! dit la fillette sur un ton accusateur, le regard noir.

L'idée que Chloe et elle soient passées si près de la catastrophe tournait en boucle dans son esprit.

— Tu sais, Chloe, j'ai fait exprès de te pousser. Je t'ai

poussée et oncle Dom m'a poussée aussi, pour que la moto ne nous fasse pas de mal, dit-elle en regardant l'engin écrasé contre le poteau.

De l'autre côté de la rue, le policier du quartier tenait à la main le journal qu'il venait d'acheter au kiosque. Il fit de grands gestes en s'avançant dans leur direction. Le motard accidenté et son collègue plus chanceux s'approchèrent aussi.

Dom se dressa entre les hommes et Isabel, et s'adressa au policier d'une voix glaciale.

— Elles sont choquées toutes les deux. Je pense qu'il vaut mieux qu'elles ne parlent pas à ces dangers publics. Tenez, ajouta-t-il en lui tendant une carte de visite, mes avocats se mettront en contact avec eux.

Isabel écarquilla les yeux.

Ses avocats ?

— Mais personne n'a été blessé, dit-elle d'une voix affaiblie.

Dom se retourna vivement.

— Tu es blessée et Chloe l'est peut-être aussi. Et vous avez subi un choc. Ils auraient pu vous tuer.

L'idée que Chloe aurait pu être écrasée la glaça. Elle leva la tête et vit une expression de terreur dans les yeux de Dom. Elle se demanda si cet accident n'avait pas réveillé des souvenirs anciens et atroces. Il devait être aussi choqué qu'elles.

— Ramène-nous à la maison, s'il te plaît.

— Je vous emmène aux urgences. Ensuite, nous verrons.

Il s'approcha du policier et lui dit quelque chose qu'elle n'entendit pas. Les deux motards traversèrent la rue et se dirigèrent vers le poste de police.

4.

Quelques minutes plus tard, un véhicule de police arriva pour les conduire à l'hôpital situé à quelques centaines de mètres.

Dom souleva Isabel et la transporta jusqu'à la voiture comme si elle était une poupée de porcelaine fine plutôt qu'une femme en chair et en os. Si elle n'avait pas eu la tête qui tournait et la cheville qui l'élançait, elle aurait certainement apprécié à sa juste valeur la sensation d'être soulevée de terre dans ces bras forts et musclés.

Elle eut un pincement au cœur en voyant le petit visage inquiet de Chloe et regretta de ne pas être restée déjeuner avec elle à la maison.

Aux urgences, une infirmière les accompagna dans un box. Dom fit tout pour que tout le monde comprenne qu'il était médecin et qu'il fallait qu'Isabel soit minutieusement examinée. Sur un ton péremptoire, il exigea qu'on lui fasse une radio et qu'on appelle le médecin urgentiste.

— Désolée, Rose, dit calmement Isabel avant de se tourner vers Dom. Domenico, laisse-la faire son travail. Roseanne connaît son métier.

— Tu es blessée et j'en suis en partie responsable.

Elle avait beau être un peu gênée vis-à-vis de l'infirmière qu'elle connaissait bien, et dont elle n'avait jamais douté des compétences, elle éprouvait aussi une sensation irrationnelle mais délicieuse à le voir aussi préoccupé par son état de santé.

— Merci, mais je n'ai rien de grave, dit-elle.

Roseanne lui sourit.

— Ne t'inquiète pas, je vois bien qu'il est inquiet, dit-elle en prenant son pouls puis sa tension. Le pouls et la tension son normaux.

Elle scruta ses pupilles.

— Les pupilles sont de taille égales et réagissent vivement à la lumière, dit-elle, sans doute davantage pour rassurer Dom que pour Isabel elle-même. Le Dr Southwell va arriver pour examiner ta tête et ta jambe.

Isabel posa la main sur l'avant-bras de Dom.

— Le Dr Southwell, c'est Reg, le mari de mon amie Myra.

Alors sois gentil avec lui, pensa-t-elle.

À la façon qu'il eut de lever les sourcils et de sourire, elle comprit qu'il avait reçu le message.

Elle ferma les yeux, soudain exténuée.

Lorsque Reg entra dans le box, son visage ridé était calme et bienveillant.

— Isabel, dit-il, comment ça va ?

— Tu connais Domenico Salvanelli, le frère de Rai. Vous vous êtes rencontrés au mariage. Dom, tu te souviens du Dr Reg Southwell ?

Les deux hommes échangèrent un signe de tête.

— Alors, ma chère, que se passe-t-il ? demanda Reg en se tournant vers elle.

Il prit le dossier que lui tendait Roseanne et lut les observations qui y figuraient. Puis il enfila des gants et reprit son pouls.

— Si j'ai bien compris, des motards causent des problèmes…

— Plus pour longtemps, marmonna Dom.

Elle eut l'impression que Reg réprimait un sourire tout en examinant son visage. Il palpa délicatement son arcade sourcilière. Elle eut un mouvement de recul. Dom se rapprocha, inquiet. Elle aurait préféré qu'on le conduise dans la salle d'attente mais doutait qu'il accepte de sortir du box. Ce qui fit monter en elle une autre bouffée de plaisir idiot.

— Elle s'est aussi foulé la cheville, dit-il. J'espère qu'elle n'est pas cassée.

— Nous allons regarder cela, dit patiemment Reg.

Il examina sa jambe et releva la tête.

— Qu'en pensez-vous ? demanda-t-il à Dom.

— Je pense qu'elle a une simple entorse, mais je voudrais voir une radio pour en avoir le cœur net.

— Je suis d'accord avec vous, dit Reg en souriant, avant de s'adresser à Isabel. Tu vas aller faire une radio. L'oncle de Chloe pourrait peut-être rester ici avec elle, pendant ce temps ?

Une fois la radio passée, Reg revint rassurer Isabel et discuta de l'état de sa jambe avec Dom. Puis on l'autorisa à rentrer chez elle avec Chloe.

Dehors, le policier les attendait pour les ramener. Quand il se gara devant la maison, Isabel tenta de descendre de la voiture, en dépit de la douleur et du fait que sa tête tourne toujours.

— Ne pose pas ce pied par terre, dit Dom dans son dos avant de faire le tour de la voiture pour l'aider. Pourquoi t'acharnes-tu à faire n'importe quoi ?

Il la prit dans ses bras et la souleva comme si elle était plus légère que Chloe. Il remercia et salua le policier.

— Viens, Chloe. Veux-tu prendre les clés de la maison dans le sac de ta tante ?

Chloe s'agrippait au sac à main d'Isabel comme à une bouée de sauvetage, un point de repère important au milieu de la tempête de la journée.

— Je suis sa grand-tante, corrigea Isabel.

— Prends les clés dans le sac de ta grand-tante inconsciente, répéta-t-il en la regardant droit dans les yeux.

Il marmonna un commentaire sur le fait que la porte d'entrée n'était pas fermée à clé, qu'elle ignora. Elle préféra porter son attention sur les bras forts, chauds, tendres et protecteurs qui l'enveloppaient.

Elle ne se rappelait plus quand on l'avait prise dans les bras pour la dernière fois. Dans son enfance, peut-être, avant la mort de ses parents ? En tout cas, elle n'avait aucun souvenir d'un torse aussi large, aussi musclé. Sans compter ces effluves de parfum… à se damner.

Il la déposa sur le canapé, en douceur, comme si elle risquait de se rompre.

— Il faut préparer un sac. Chloe et toi allez venir dormir en face, cette nuit.

— Non.

Il revint de sa chambre avec deux oreillers qu'il cala dans son dos. Puis il se posta devant elle, les bras croisés.

— Si.

Elle se demanda si elle avait bien compris. Ou si lui avait bien compris.

— Je ne vais pas dormir chez Rai et Faith ce soir, dit-elle.

Elle avait besoin d'aspirine ou de paracétamol. Ou d'un cognac. Non, pas de cognac, elle devait veiller sur un enfant.

Les images de l'accident lui revinrent. Elle frissonna en repensant à la vitesse avec laquelle tout s'était déroulé. Elle avait poussé Chloe et Dom lui avait sauvé la vie.

Ce n'était pas une raison pour aller s'installer sous le même toit que lui. C'était hors de question.

— Tu ne peux pas marcher. Tu as besoin d'assistance.

— J'en ai bien conscience. Mais ce n'est qu'une entorse.

— Tu sais qu'il vaut mieux ne pas bouger la cheville pendant au moins quarante-huit heures. Sans quoi tu risques de retarder la guérison ou d'aggraver l'entorse. Ce qui te contraindrait à au moins une semaine d'immobilité.

— Oui, je sais.

— Il se peut aussi que tu sois commotionnée. Et il te faudra des poches de glace sur la cheville.

Il la regardait, le visage impassible et dur, comme sculpté dans la roche de la falaise, au bout de la baie. Celle contre laquelle les vagues venaient se jeter sans jamais sembler la creuser. Puis il fit un geste typiquement italien.

— Comptes-tu sur ta petite nièce de cinq ans pour s'occuper de toi ?

Elle se débrouillerait. Elle prendrait son temps. Sans qu'un bel Italien surveille le moindre de ses faits et gestes.

— J'y arriverai, ne t'inquiète pas.

Le regard qu'il lui adressa était pour le moins dubitatif.

Elle ferma les yeux, encore sous le choc de l'accident.

— Il y a une chose que tu pourrais faire et que je ne peux pas demander à Chloe…, dit-elle d'un filet de voix.

Elle rouvrit les yeux et s'assura que Chloe allait bien. De fait, elle jouait tranquillement avec ses poupées en leur parlant de motos et en leur conseillant de faire attention sur la route.

— J'aimerais bien une tasse de thé noir, avec du sucre ou du miel, s'il te plaît.

Dom acquiesça et se dirigea vers la cuisine. Elle referma les yeux et reposa la tête sur l'oreiller qu'il était allé chercher dans sa chambre.

Il avait vu sa chambre. Et son lit. Cette pensée suscita un frisson qu'elle préféra ignorer.

Lorsqu'elle rouvrit les yeux, une tasse de thé fumant, aux effluves de miel, se trouvait sur la table basse. Dom était agenouillé à ses pieds et scrutait sa cheville, sans la toucher.

— Tu t'es endormie, dit-il simplement.

— Ah bon ? Je n'ai pas l'impression.

Mais il ne rétorqua pas. Il lui tendit un verre d'eau et un comprimé de paracétamol qu'elle avala avec une gorgée d'eau.

— Tant que tu as mal à la tête, mieux vaut éviter l'ibuprofène, en cas de commotion cérébrale. Tu pourras en prendre plus tard pour réduire le gonflement de ta cheville. Et, tiens, j'ai de la glace. Mais d'abord, je voudrais voir si les symptômes n'ont pas évolué et s'il s'agit toujours d'une simple entorse.

— Bien sûr, répondit-elle. Et merci pour la glace.

Il fallait qu'elle veille à ses bonnes manières, qu'elle négligeait, curieusement, en présence de cet homme.

— Et pour le thé, et le paracétamol. C'est très aimable.

Voilà, elle reconnaissait la gentille Isabel, calme, polie, la tête sur les épaules.

Il la regarda, lui sourit comme s'il avait entendu ses réflexions.

— C'est très sensible, dit-il en palpant doucement sa cheville.

Elle grimaça mais, en même temps, ressentit de la chaleur. Dans tout le corps. Après l'avoir déposée sur le canapé, il lui avait retiré ses chaussures, et ses orteils aux ongles rouges semblaient lui faire de l'œil chaque fois qu'elle les bougeait. Pour une raison qui lui échappait, elle trouva cela un peu gênant.

L'état de sa cheville s'améliorerait vite. Elle était enflée et rouge mais pas déformée.

— Les tendons des chevilles sont forts mais le fait de les étirer brusquement peut les abîmer. Au cas où, par exemple, un homme d'une certaine stature se jette sur toi et te plaque au sol.

Il pencha la tête d'une façon qui la fit craquer.

— Je suis vraiment désolé.

Elle se sentit rougir. L'homme en question était un peu trop près.

— Je te pardonne de m'avoir sauvé la vie, dit-elle sur un ton dégagé.

Il avait retiré les mains de sa cheville mais elle en ressentait encore la chaleur. Il lui sourit, trop beau et trop attentionné pour un homme qu'elle connaissait à peine et à qui elle s'empêchait de donner de faux espoirs.

Il prit le torchon qu'il avait enroulé autour d'un sac de glaçons et le posa délicatement sur sa cheville enflée. Il se cala dans son fauteuil et lui tendit la tasse de thé, puis il rapprocha la table basse du canapé pour qu'elle puisse la reposer sans efforts.

— Je pense vraiment que tu devrais venir dormir à Captain House, au moins cette nuit.

— Non, répéta-t-elle.

Il soupira et jeta un coup d'œil dans la pièce. Ses yeux se posèrent sur un luxueux fauteuil relax en cuir blanc qu'elle s'était offert et dans lequel elle s'imaginait passer des heures à lire, maintenant que Faith et Chloe avaient déménagé et qu'elle serait la seule occupante de la maison. Le fauteuil était tourné vers la fenêtre donnant sur la terrasse, face à la mer.

— Dans ce cas, je reste ici, dit-il.

— Comment ça, ici ?

Elle avait transformé la chambre de Faith en bureau. Il n'y avait pas d'autre lit que celui de Chloe et le sien.

— Jusqu'à ce soir, je ferai des allers-retours entre chez

Rai et ici, pour m'assurer que tout va bien et, cette nuit, je dormirai dans ce fauteuil.

— Non, ce n'est pas possible.

Il se tut, ce qui ne signifiait pas qu'il était d'accord et qu'il dormirait gentiment dans son lit, chez son frère. Le pire était qu'il avait raison : elle pouvait difficilement se débrouiller seule. Mais elle n'avait pas envie de dépendre de qui que ce soit, depuis qu'elle avait fait confiance à un homme qui l'avait lâchement abandonnée.

Elle sentait le sang battre dans ses tempes et dans sa cheville. Elle n'avait pas le courage de lui tenir tête.

— Il faut que tu te reposes, dit-il. Et que tu évites d'accentuer la blessure en marchant, par exemple. Je viendrai te refaire des poches de glace toutes les deux ou trois heures, tant que tu es réveillée. Mais je viendrai de toute façon prendre de tes nouvelles toutes les heures.

Tout cela était sensé. Elle ne protesta pas.

— Je vais mettre une alarme sur mon portable. Mais d'abord, je vais resserrer le bandage qu'ils t'ont fait.

Une alarme ? Une visite toutes les heures ? Il était un peu pointilleux sur les bords. Et d'ailleurs, où avait-il trouvé ces bandes ?

Chloe intervint, comme si elle lisait dans ses pensées.

— J'ai montré la trousse à pharmacie à oncle Dom.

— Tu as bien fait, Chloe, merci.

Son petit visage inquiet se détendit. Pauvre petit chou, confronté à de tels événements précisément au moment où sa mère s'était absentée.

— Tiens, tante Isa, tu es toute sale, dit-elle en lui tendant un paquet de lingettes.

— Quelle bonne idée !

Elle prit une lingette et se frotta le visage et les mains.

— C'est mieux ?

Chloe hocha vigoureusement la tête et sourit.

— Et, avec mes poupées, on a montré à oncle Dom où

étaient les sacs pour mettre des glaçons dedans, et aussi les torchons, dit-elle d'un air à présent tout à fait satisfait.

— Je suis contente que vous soyez là pour m'aider, tes poupées et toi. Et vous avez l'air de bien vous amuser.

Il serait certainement préférable pour Chloe qu'elles restent seules, toutes les deux. Chloe était une petite fille indépendante, d'une nature solaire et facile à vivre. Ce qui, aux yeux d'Isabel, provenait de la certitude profonde que tout le monde l'aimait et qu'elle avait une place importante entre sa mère et sa tante. Ensemble, elles avaient toujours fait preuve d'une discipline bienveillante et douce, dont les fruits se trouvaient juste devant elle.

— Sais-tu te servir du téléphone de ta tante, Chloe ?

Isabel sursauta au son grave de la voix de Dom. Son téléphone venait d'apparaître sur la table basse, comme par enchantement.

— Oui, répondit Chloe, les yeux soudains brillants.

Dom prit le téléphone, l'ouvrit, manifestement satisfait de pouvoir le faire sans code, et appuya sur des touches. Sans lui demander quelque permission ni accord que ce soit.

— Heureusement que je n'ai pas mis une photo de moi en maillot de bain comme fond d'écran !

— Heureusement pour qui ? dit Dom.

Elle réprima un sourire.

— Regarde, Chloe, tu peux appuyer là pour m'appeler, si vous avez besoin de moi.

Entre deux visites prévues toutes les heures ?

Elle sentit ses joues rougir. Était-il persuadé qu'elle ne pouvait pas survivre sans lui ?

— Ce ne sera pas nécessaire, dit Isabel.

— On ne sait jamais. Tu préférerais qu'elle traverse la rue toute seule pour venir me chercher ? demanda-t-il en penchant la tête comme s'il s'adressait à une personne ayant perdu la raison.

Elle sentit ses mains se crisper sur ses genoux. Le pire était qu'il avait raison. La preuve : elle s'était endormie sans s'en rendre compte, quelques minutes auparavant.

Elle poussa un soupir discret pour chasser la tension accumulée en elle.

— Non, bien sûr. Tu as raison. Merci, répondit-elle d'une voix trop docile.

Son bon sens et son désir d'indépendance partaient en lambeaux dès que cet homme se trouvait dans les parages. Elle avait toujours mal à la tête. Et besoin d'aller aux toilettes. Elle essaierait de s'y rendre dès qu'il aurait quitté les lieux.

— Repose-toi, *cara*, je reviens bientôt.

5.

Dom s'arrêta net, sous le choc de ce qu'il venait de dire.

Cara ? C'était Teresa qu'il appelait *cara*, pas une femme rencontrée quelques jours auparavant.

Il reposa le téléphone d'Isabel et se dirigea vers la porte d'entrée.

— Je repasse dans un quart d'heure, pour retirer la glace.

Isabel rétorqua que Chloe pouvait s'en charger mais il l'ignora et sortit.

Son esprit tourbillonnait, son cœur battait à tout rompre. Un signe d'affection déplacé. Et inconscient. Sa langue avait fourché devant cette femme vulnérable qui l'intriguait et l'attirait à la fois.

Cela ne signifiait rien.

À moins que ce soit le signe que quelque chose était en train de changer en lui. Ou les séquelles du choc des événements de la matinée, qui l'avaient ébranlé.

Cara Isabel ? La demoiselle en détresse qu'il avait blessée en voulant la sauver. Le point d'ancrage de Faith, quand Rai l'avait laissée tomber.

La présence d'Isabel l'avait bousculé, le premier jour, jusqu'à ce qu'il la voie vraiment. Qu'il perçoive son calme, son empathie et sa capacité à gérer l'imprévu. Son humour discret mais toujours présent sous la surface, dans ses yeux.

Cette femme avait tout pour rendre un homme heureux. Sa façon d'être avec Chloe – avec tout le monde, à vrai dire – était rassurante.

Son cœur se serra à l'idée qu'elle soit avec un autre homme. Pouvait-il être l'heureux élu ?

Quelle idée ! Il n'aimait pas Isabel comme il avait aimé Teresa mais… Pour la première fois depuis longtemps, l'idée d'avoir quelqu'un dans sa vie lui parut séduisante. Une femme auprès de laquelle il se coucherait tous les soirs et se réveillerait le matin. Avec laquelle il partagerait ses joies et ses peines. Quand il pensait à Isabel, il sentait que quelque chose de beau pouvait naître et grandir entre eux, à condition qu'elle ait, elle aussi, envie de le nourrir.

Son attirance pour elle lui faisait un peu perdre la tête.

Certes, elle avait une entorse. Mais pouvait-il vraiment la considérer comme une demoiselle en détresse alors qu'elle était si forte, si stable, la tête sur les épaules ? Elle était vulnérable parce qu'elle dépendait soudain de lui, pas parce qu'elle s'était foulé la cheville et cogné la tête.

Elle avait sauvé la vie de sa nièce, en un éclair, sans penser à elle. Elle-même aurait pu se faire écraser entre la moto et le poteau, s'il n'était pas intervenu. Il lui avait sauvé la vie.

À cette pensée, son esprit s'éclaircit et la tension présente dans ses épaules se relâcha. Il fallait qu'il prévienne son frère de ce qui s'était passé mais il préférait le faire en présence d'Isabel. L'heure du déjeuner était passée depuis longtemps. Chloe devait avoir faim. Peut-être la paillote où il avait prévu de les inviter proposait-elle de la vente à emporter. Il traversa la rue et sortit son téléphone pour s'en assurer.

Quinze minutes après son départ, Dom sonna et entra chez Isabel avec, à la main, un sac contenant quelques effets personnels, son ordinateur et ses chargeurs. Il avait passé commande à la paillote, qui leur livrerait bientôt de quoi déjeuner enfin.

— Tu es là, dit Isabel sur un ton plus posé qu'auparavant.

Elle avait bu son thé et son verre d'eau et ses joues avaient repris un peu de couleurs. Elle semblait reposée, sereine, elle était magnifique.

Il s'éclaircit la gorge et entra dans le salon, impatient de se rasseoir près d'elle.

— J'ai commandé à manger.

Elle sourit, le visage exprimant à la fois l'espièglerie, la gratitude envers lui et la cordialité qui grandissait entre eux. Cela lui réchauffa le cœur. Un tel sourire valait bien plus qu'un déjeuner.

— Chloe joue dans sa chambre, avec ses poupées.

Il se réjouit que Chloe joue et puisse rester seule dans une pièce après ce qui s'était passé. C'était bon signe. Le choc de l'accident s'estompait peu à peu. Et cela lui donnait une occasion d'être seul avec Isabel.

Il posa son sac près du fauteuil.

— Je vais retirer cette poche de glace.

Il alla jeter les glaçons à moitié fondus dans l'évier puis revient s'accroupir auprès d'elle.

— Fais voir, dit-il.

Autour du bandage, la peau était froide et pâle mais la cheville avait dégonflé. Il vérifia la tension du bandage.

— C'est bien, il est serré mais pas trop.

— Tout va bien. Tu t'occupes bien de tes patients.

Se moquait-elle de lui ? Probablement pas, elle paraissait sereine et sincère.

— Je n'ai pas eu de patients depuis longtemps.

— Mais tu es médecin, non ?

Il n'était pas médecin. Plus, du moins. Même s'il s'était surpris à penser à son vrai métier plus souvent, ces derniers temps.

— J'ai fait quelques missions avec mon frère dans les pays en voie de développement, ou avec un ami dans des villages très pauvres, mais je me suis surtout occupé de pharmacie, dernièrement.

L'un des frères Salvanelli avait dû promettre à son grand-père qu'il reprendrait l'activité à sa mort. Quand Dom avait perdu sa femme et son fils, tout lui était devenu égal. Il aurait pu faire n'importe quoi. En conséquence, cela faisait des années qu'il ne pratiquait la médecine que de manière épisodique.

— Mais tu soignes les gens. Regarde ma cheville, elle va déjà mieux.

Elle lui jeta un coup d'œil empli d'espoir.

— D'ailleurs, je me sens vraiment mieux. Ce n'est pas la peine que tu restes ce soir.

Il la voyait venir.

— Je pense qu'il vaut mieux que je reste. Au moins pour cette nuit. Demain, nous en reparlerons, en fonction du degré d'indépendance que tu auras acquis.

Elle pinça légèrement les lèvres et il eut envie de rire. Mais elle évita de croiser son regard et il ne sut dire si elle cherchait à cacher son dépit. L'un et l'autre regardaient sa jambe et sa cheville bandée. Une très jolie jambe, au demeurant.

— Comment va ta tête ?

Elle posa spontanément la main sur son front où une petite bosse était apparue sous l'éraflure située au-dessus de son sourcil.

— Mieux, répondit-elle.

Il n'avait pas les moyens de vérifier. Il la sentit légèrement sur la défensive.

— Je peux examiner tes pupilles, pour voir comment elles réagissent ?

— Bien sûr.

Elle leva la tête. Ses épaules étaient tendues. Était-ce parce qu'il se rapprochait d'elle ?

Il allait pouvoir humer son parfum floral et admirer l'éclat de sa peau. Et il aimait voir ses joues rosir.

Il prit son menton entre le pouce et l'index et alluma sa petite lampe. Par chance, les deux pupilles réagissaient de la même manière. Il hocha la tête, satisfait, et éteignit la lampe. Un étrange silence tomba dans la pièce, heureusement interrompu par des coups sur la porte. Il alla ouvrir au livreur, aussitôt rejoint par Chloe, curieuse et probablement affamée.

Il avait commandé des aliments faciles à manger pour tout le monde : petites galettes au poulet, pizza margherita, merlan pané et frites. Puis des petits pots de glace et de fruits des bois. Un *cappuccino* pour Isabel, un soda pour lui et un milk-shake pour Chloe.

Tout ce qu'ils ne mangeraient pas pouvait se conserver au réfrigérateur et être consommé plus tard.

Isabel le regarda entrer dans le salon avec les sacs.

— Je t'attendais pour appeler Faith et Rai, dit-elle.

— J'ai eu la même idée, dit-il en disposant le contenu des sacs sur la table. Je voulais que nous nous mettions d'accord sur ce que nous allions leur dire.

Isabel hocha la tête.

— Je me suis dit qu'on pouvait laisser Chloe les appeler. Faith sera rassurée d'emblée sur son état. Ensuite, nous leur expliquerons les détails.

Chloe fit un rapport étonnant à ses parents.

— Maman ? C'est moi. Je te téléphone avec le portable de tante Isa et une moto s'est écrasée contre un poteau. Tante Isa m'a poussée dans l'herbe, alors je n'ai pas été écrasée. Oncle Dom a aussi poussé tante Isa et elle a mal à la tête et à la cheville.

Dom se figea avant de se mordre la lèvre pour ne pas rire. Isabel le regardait, la main plaquée sur la bouche. Il était ravi de pouvoir partager ce moment de joie avec elle. Il avait oublié le regard que les enfants portaient sur les choses. De toute évidence, il avait également oublié la puissance d'un simple regard quand il provenait d'une personne qu'on désirait.

À l'autre bout de la ligne, Faith accueillit les nouvelles avec effroi et proposa d'emblée de revenir à Lighthouse Bay.

— Passe-la-moi, dit Isabel. Je vais lui parler.

Elle prit le téléphone que lui tendait Chloe.

— Faith ? Ne reviens pas exprès pour ça. Tout le monde va bien. J'ai simplement une entorse.

Dom les écouta patiemment parler pendant un long moment – une négociation qui semblait ne plus en finir – puis il leva la main.

— J'aimerais parler à Raimondo, si possible.

— Domenico veut parler à Rai, dit-elle. Ne t'inquiète pas

pour nous. Nous voulions juste vous prévenir mais tout va bien, maintenant.

Il aurait dû appeler directement son frère. Isabel et Faith ne semblaient pas prêtes à terminer la conversation. Il attira de nouveau l'attention d'Isabel.

— Je vais l'appeler de mon portable. Continuez, dit-il en mimant ses paroles avec les mains.

— En fait, Dom va l'appeler directement de son portable, dit-elle à Faith.

L'entendre l'appeler par son diminutif l'emplit d'aise. C'était comme si l'une des nombreuses barrières qu'elle avait érigées entre eux était abattue. Un début qui pouvait être prometteur, en dépit de tout ce qui venait de se passer.

Il ouvrit la porte donnant sur la terrasse et appela son frère.

Isabel regarda Dom sortir sur la terrasse, son téléphone à la main. Elle se réjouit qu'il n'appelle pas son frère de la même pièce qu'elle, tout en regrettant de ne pas pouvoir entendre ce qu'il allait lui dire.

Faith lui posa d'autres questions sur l'accident puis demanda à parler de nouveau avec Chloe. Lorsqu'elle parut tout à fait rassurée, elles raccrochèrent. Isabel avait minimisé la gravité de son entorse mais, même si la glace avait fait son effet, elle n'était pas vraiment libre de ses mouvements.

Chloe approcha de la table et contempla les différents plats que Dom avait disposés.

— On peut manger ? dit-elle. J'ai faim !

— On attend Dom. Il est au téléphone avec ton papa.

— J'ai trop faim ! répéta Chloe.

Elle n'avait que cinq ans. Après les événements de la matinée, elle avait besoin de se restaurer et de se reposer. D'autant qu'elle était encore en convalescence.

— Je lui envoie un message, dit Isabel.

Chloe meurt de faim. On peut commencer sans toi ?

Dom ne répondit pas mais réapparut vingt secondes plus tard. Il souriait, ce qui lui donnait dix ans de moins et le rendait encore plus beau qu'il ne l'était quand il avait l'air grave et tourmenté. Elle se sentit soudain vieille.

— Merci de m'avoir rappelé que c'était l'heure de déjeuner. Je vais servir avant que tout cela refroidisse. Chloe, tu dois être affamée.

Il avança jusqu'à la table mais Chloe l'arrêta.

— Oncle Dom, tu dois te laver les mains avant de toucher la nourriture, dit-elle d'une voix assurée.

Isabel grimaça. Il fallait qu'elle lui apprenne à ne pas faire la leçon aux adultes. Même si, dans le fond, elle avait raison.

Dom leva la tête vers elle. À son grand soulagement, il s'efforçait de ne pas rire.

— Tu as raison, merci, Chloe. Heureusement que tu es là, sans quoi j'aurais oublié.

Elle hocha la tête et le précéda jusqu'à l'évier.

— Tante Isa dit qu'il faut toujours y penser.

Ils se lavèrent les mains ensemble, après quoi Chloe lui tendit une petite serviette.

— C'est *ma* serviette. C'est tante Isa qui a brodé un phare dessus. Tu peux la prendre.

— Merci, Chloe, dit-il en séchant ses mains presque trop grandes pour le petit rectangle en tissu.

Ils s'attablèrent. Isabel se nettoya les mains avec une lingette et réprima de nouveau un sourire en entendant Chloe expliquer à Dom ce qu'elle avait envie de manger.

Ils déjeunèrent dans des assiettes en plastique, à côté d'Isabel. Le *cappuccino* qu'il lui avait réservé était encore chaud. Elle le but lentement, savourant chaque gorgée. La caféine soulagerait peut-être son mal de tête.

Elle encouragea Chloe à finir son assiette avant d'aller faire la sieste. La petite fille était épuisée. Isabel écarta le plaid pour se lever.

— Ne bouge pas, dit Dom, la main sur son bras. Je m'en occupe.

Sa façon de la protéger l'agaçait autant qu'elle la réconfortait. Elle n'avait pas l'habitude qu'on lui dise ce qu'elle avait à faire. Mais elle n'avait pas les moyens de rétorquer.

— Ta tante ne doit pas se lever, dit-il. Si tu veux, je viens te border.

Il revint quelques minutes plus tard, souriant, comme chaque fois qu'il passait du temps avec Chloe. Cela lui faisait manifestement du bien.

— C'est une drôle de petite fille, dit-il. Avec un cœur gros comme ça.

Elle se réjouit qu'il ait détecté ces qualités chez sa petite-nièce.

— Elle t'aime beaucoup, dit-elle.

Il leva les yeux au ciel, comme si elle racontait n'importe quoi.

— C'est parce que je ressemble à son père, c'est tout, dit-il avec un haussement d'épaules.

Elle ne put s'empêcher de regarder son pull se tendre sur son torse. Musclé mais pas massif. Elle s'imagina y poser la tête.

Elle trouva drôle d'être aussi obsédée par sa carrure. Elle n'était pas spécialement attirée par les hommes baraqués et avait encore moins envie de se blottir contre eux. Domenico Salvanelli était une exception. Tout en lui était séduisant.

— Vous vous ressemblez, mais vous êtes différents, murmura-t-elle.

Il haussa de nouveau les épaules.

— Je suis plus beau, bien sûr.

Elle le dévisagea sans savoir s'il parlait sérieusement. Puis un grand éclat de rire fit disparaître son expression pleine d'assurance.

Elle se détendit et s'efforça de ralentir le tourbillon d'émotions qui perturbaient son habituelle quiétude et brouillaient son esprit.

— Je suis rassurée de voir que tu plaisantais, Domenico.

— Tu m'as appelé Dom, tout à l'heure. Tu peux continuer.

— D'accord, Dom, dit-elle d'une voix un peu forcée en sentant ses joues s'empourprer.

Il sourit, comme cela lui arrivait de plus en plus fréquemment, alors que les circonstances n'étaient pas plus joyeuses.

— Tu as encore mal à la tête ? demanda-t-il, redevenu sérieux.

— Presque plus. Je pense que le café m'a fait du bien. Merci pour ce délicieux *cappuccino.*

— Avec plaisir.

Le silence retomba dans la pièce. Un silence vibrant de tension et d'attraction, cette fois. Leurs regards se croisèrent. Elle sentit les battements de son cœur accélérer. Elle avait besoin d'air. Il fallait qu'elle trouve un moyen de le faire partir, afin de se recentrer, de reprendre ses esprits dispersés par l'accident et par la proximité de cet homme adorable et tentant.

— Vraiment, il n'est pas nécessaire que tu t'occupes de nous alors que tu as des tas de choses à faire. Sans compter que tu n'as pas vraiment vu la mer, alors que tu vas partir dans quelques jours. Nous avons ton numéro, nous t'appellerons si nous avons besoin de toi.

— J'entends bien mais je vais rester quand même, dit-il le plus sérieusement du monde. Est-ce que tu veux aller t'allonger dans ta chambre pendant que Chloe fait la sieste ? Je resterai ici, dans le salon, au cas où elle se réveille. Dormir te ferait du bien.

C'était une bonne idée. Mais la perspective qu'il la porte jusque dans sa chambre provoqua en elle une grande agitation intérieure.

Elle se remémora la dernière fois qu'il l'avait portée. La chaleur de son corps, la force de ses bras, le parfum qui émanait de lui…

— Tu penses trop, dit-il soudain. Alors que tu sais comme moi que c'est une bonne idée.

Il se tenait devant elle, droit, stable et calme comme un homme prêt à prendre les commandes.

— Mais tu me parais être un peu têtue.

Elle soupira.

— Je veux bien que tu me donnes le bras pour m'accompagner à la salle de bains.

— Je peux même te donner les deux bras, dit-il en se penchant pour la soulever avec une facilité déconcertante.

Il l'emmena jusque dans la salle de bains et la déposa près du lavabo, sur une jambe.

— Tu es sûre que tu es stable ?

— Oui, merci.

Elle fut soulagée de le voir fermer la porte derrière lui. C'était la première fois qu'un homme l'accompagnait aux toilettes. Elle scruta son reflet dans le miroir. Sa joue droite était égratignée mais même l'autre était rouge. Comment pouvait-on encore rougir à son âge ? La bosse qui s'était formée sur son front était en train de virer au mauve. Elle grimaça.

Elle n'avait qu'à penser à lui comme à un infirmier…

Elle se rappela soudain pourquoi elle se trouvait à cet endroit de la maison.

Isabel alla aux toilettes, se lava les mains et les dents, et sentit qu'elle n'avait plus la force de faire quoi que ce soit d'autre. Sa cheville l'élançait et, plus elle restait debout, plus la douleur était vive. Elle sautilla jusqu'à la porte, l'ouvrit et chercha son infirmier du regard.

Dom se leva du fauteuil blanc et vint à sa rencontre. Il scruta son visage, qu'elle avait trouvé pâle dans le miroir, et se pencha vers elle.

— Je t'emmène, dit-il en la soulevant de nouveau.

Il lui fit penser à une boisson liquoreuse, à la fois douce et enivrante, qui réchauffait la gorge.

Il s'arrêta devant la porte de sa chambre, sans montrer le moindre signe de fatigue, et la regarda dans les yeux.

— Quoi ? dit-elle, soudain nerveuse.

— Est-ce que tu attends que je t'embrasse ?

Elle sentit son cœur s'affoler dans sa poitrine. Avait-il lu dans ses pensées ? Elle espérait bien que non. Elle ouvrit la bouche mais aucun son n'en sortit.

— À moins que ce soit moi qui meure d'envie que tu m'embrasses, dit-il, l'air provocant.

— Je ne suis pas folle à ce point, marmonna-t-elle tout en sentant son corps fondre dans ses bras.

— Tu as peur ?

— Non, je n'ai pas peur.

Son souffle chaud se rapprochait d'elle. Elle posa le regard sur ses lèvres pleines, sexy, attirantes. Elle eut envie d'être impulsive et spontanée, de lever la tête et de l'embrasser passionnément.

— Prouve-le, dit-il.

C'était un défi que l'ancienne Isabel aurait volontiers relevé. Mais la nouvelle Isabel ?

Elle leva la tête, il baissa légèrement la sienne. Leurs bouches s'effleurèrent et un désir fort et impérieux monta en elle. Du bout des doigts, elle caressa les mèches soyeuses et brunes qui lui encadraient le visage. Elle entrouvrit les lèvres et l'attira contre elle.

Un baiser torride. Et terrifiant.

Elle se figea.

— Ne t'arrête pas, dit-il dans un murmure.

— Je préfère, répondit-elle tandis que ses pensées se livraient bataille dans son esprit. Pose-moi, Dom.

Elle avait eu l'intention de parler calmement mais les mots jaillirent de sa bouche. Il fallait qu'elle s'extraie de cette situation avant qu'elle dégénère.

— Je te remercie pour l'aide que tu nous apportes. Et merci aussi de m'avoir sauvé la vie, Domenico.

— Dom. Grâce à moi, tu as une entorse et une grosse bosse, dit-il sur un ton ironique, comme s'il voulait faire oublier le baiser.

— Grâce à toi, j'ai surtout évité le pire.

Elle avait eu de la chance. Elle avait de la chance.

— Je préfère ne pas y penser, dit-il en plantant son regard dans le sien. Je ne supporte pas l'idée qu'il t'arrive quoi que ce soit.

Elle sentit qu'il resserrait légèrement son étreinte.

— Merci, dit-elle simplement.

Elle s'efforça de sourire pour détendre l'atmosphère, mais elle ne parvint qu'à afficher un rictus figé.

Ne cherche plus à m'embrasser. Elle dissimula ses pensées derrière l'écran de ses cils.

Il relâcha son étreinte, comme s'il venait de prendre conscience qu'il la serrait trop fort.

— Je t'en prie. Mais qu'est-ce qui t'arrive ? Tu es nerveuse. C'est parce que nous nous sommes embrassés ?

Il sourit. Sa bouche était encore trop près de la sienne.

— Ne t'inquiète pas. Nous nous lancerons des défis un autre jour.

Un autre jour ? Elle tenta d'apaiser les différentes réactions de son corps, en vain. La chaleur dans son ventre, les frissons sur sa peau. Après ce baiser, tout son être réagissait d'une manière qu'elle ne pouvait nier.

— Je ne suis pas nerveuse, affirma-t-elle en détournant le regard, alors que la chaleur lui montait de nouveau aux joues.

— Permets-moi d'en douter, dit-il en souriant. Isabel, tu ne sais pas mentir.

Elle se sentit rougir jusqu'aux oreilles.

— Tu sais, reprit-il, je ne regrette rien de ce qui vient de se passer, au contraire. J'aimerais prolonger ce moment, mais il faut que tu te reposes.

Qu'est ce qu'il racontait ? Avait-il l'intention de remettre ce petit jeu à plus tard ? De la transporter dans ses bras et de jouer à action ou vérité avec elle ? Les Italiens connaissaient-ils ce jeu ?

Il la déposa sur le sol et ouvrit la porte. Il avait rapporté les oreillers du salon, pendant son séjour dans la salle de bains. Il en avait placé un au milieu du lit, pour qu'elle puisse y surélever la jambe.

Son cœur se serra. D'habitude, c'était elle qui s'occupait des autres. Elle était toujours là, présente et fiable pendant les tempêtes, à veiller en arrière-plan. À toujours faire passer les besoins des autres avant les siens. Et, dans ses histoires précédentes, aucun homme n'avait pris soin d'elle comme Dom le faisait.

Il avait même trouvé le plaid tout doux dont elle se couvrait quand il faisait froid, le soir. Il la déposa au milieu du lit, telle une fleur fragile. Puis, d'un geste sûr, il étendit le plaid sur elle. Comme sur un enfant. Ou une chose précieuse.

— Merci, dit-elle, avec l'impression d'être toute petite, au milieu du lit.

— Repose-toi, dit-il avant de sortir de la chambre.

Elle scruta le plafond, bien trop agitée pour dormir.

Domenico n'était pas un homme pour elle. Il lui fallait un héritier. Mais, pour le moment, elle était au centre de toutes ses attentions et elle appréciait cela. Et, en dépit des pensées qui se bousculaient dans son esprit et des sensations qui vibraient dans sa poitrine, elle parvint finalement à fermer les yeux, réconfortée par la pensée que Dom pourrait s'occuper de Chloe au cas où elle s'endormirait.

Trois heures plus tard, Dom vint réveiller Isabel. C'était l'heure d'appliquer la poche de glace sur sa cheville. Il avait fait du thé et posé une tasse sur le rebord de la fenêtre. Puis il était allé en chercher une autre pour elle, espérant que ses allées et venues la réveilleraient – mais elle n'avait pas bougé d'un millimètre.

Il s'était demandé s'il était normal de dormir aussi profondément après un choc à la tête. Et un baiser qui les avait bouleversés tous les deux. Alors, pendant son sommeil, il était venu lui prendre le pouls à deux reprises. Il était stable et lent. Elle avait simplement murmuré quelques mots inintelligibles, en tournant la tête vers lui, un sourire sur les lèvres. Mais elle ne s'était pas réveillée – elle ne le regardait pas avec une telle douceur quand elle était consciente.

Il se rappela le goût de sa bouche et eut aussitôt envie de l'embrasser. Comment faire pour qu'elle le voie comme un homme éprouvant du désir pour elle ? Pas comme un nouveau membre de sa famille par alliance, dont elle était temporairement dépendante.

Elle avait l'air si paisible ! Il résista à la tentation de lui caresser la joue. Il déposa la tasse sur la table de chevet. Le bruit la fit enfin bouger. Elle ouvrit les yeux.

— *Buona sera*, Isabel.

— J'ai dormi…

— Oui, il est 17 heures. J'ai préféré te réveiller, j'avais peur que tu ne puisses plus dormir cette nuit.

— 17 heures ! s'exclama-t-elle. J'ai dormi tout ce temps !

Il sourit.

— Chloe aussi a dormi. Elle fait des coloriages. Où en est ton mal de tête ?

Elle referma les yeux quelques instants.

— J'ai l'impression qu'il s'estompe.

La marque sur son front, par contre, était toujours là, d'un violet plus foncé qu'auparavant.

Il alla s'asseoir dans le fauteuil près du lit.

— J'espère que cela ne te dérange pas que j'aie apporté mon thé pour le boire avec toi.

— Pas du tout, répondit-elle en jetant un coup d'œil vers la porte, comme si elle s'attendait à voir surgir Chloe. Je vais prendre de mauvaises habitudes, si tu continues à m'apporter mon thé au lit. D'ailleurs, sache que, le matin, je bois du café.

Elle éclata de rire.

— Je plaisante, dit-elle.

Il adorait la voir rire. Il pensa qu'il aimerait bien pouvoir être là, dans sa chambre, le matin, au réveil. Plaisanter avec elle. Voir ses joues rosir.

— J'espère que Chloe ne t'a pas trop dérangé. Elle a souvent très envie de parler, après la sieste.

— Le sommeil est un bon médicament, dit-il.

Puis il se frappa le front.

— J'ai oublié la glace. Je te laisse boire ton thé tranquillement et je vais la chercher.

La fin de la journée fut à l'avenant. Chloe était incroyablement enthousiaste à l'idée d'être au centre de leur attention. Lui anticipait les besoins d'Isabel autant que possible et surveillait de près son état. Elle avait encore besoin de repos. Elle ne semblait plus être si préoccupée par son indépendance. Il était sous le charme de cette femme incroyable qui ressemblait aux princesses des contes de fées auxquels il n'avait jamais cru. Et auxquels il n'était toujours pas sûr de croire.

6.

Le lendemain matin, c'est la sonnerie du téléphone qui réveilla Isabel. Faith lui annonça qu'ils rentreraient avec un jour d'avance.

— Je suis déçue, dit Isabel en raccrochant.

Dom se tenait dans l'entrebâillement de la porte, une tasse à la main. Il ressemblait à un personnage de la Renaissance. Elle l'imagina, l'emmenant sur son destrier, une main tenant les rênes, l'autre sur sa taille.

L'arôme du café parvint à ses narines et la tira de sa rêverie.

Elle avait envie de café. Et de lui.

— C'est mon *caffè* qui te déçoit ?

Elle prit conscience qu'elle avait pensé à haute voix. Elle se mit à rire.

— Non, ton café sent divinement bon. Je suis déçue que Faith et Rai reviennent plus tôt.

Il déposa la tasse sur la table de chevet, l'aida à se redresser et à se caler contre l'oreiller.

— Ils arrivent tout à l'heure. Ils sont déjà en route.

Elle soupira.

— Comme si leur lune de miel n'était déjà pas suffisamment courte !

— Qu'est-ce que tu aurais fait, à la place de Faith ? Tu serais restée jusqu'à la fin du séjour, comme prévu ?

Certainement pas. Elle serait sûrement rentrée la veille. Ce constat l'agaça. Elle n'était pas du genre à être agacée. Du moins pas avant que Dom déboule sans prévenir dans sa vie.

Elle leva la tête vers lui. Il la regardait d'un air amusé qui lui allait bien. Elle chassa ses pensées négatives. Dom lui avait apporté le café au lit. Il avait passé la nuit dans un fauteuil et il était aux petits soins pour elle. Elle pouvait lui être reconnaissante. Sans lui, ces dernières heures auraient été plus difficiles.

Son arrivée dans sa vie l'avait quelque peu bouleversée et elle ne savait que faire de ce torrent d'émotions nouvelles. D'ailleurs, devait-elle en faire quelque chose ?

Peut-être bâtir un barrage. Pour pouvoir se remettre à penser normalement.

Elle dégusta son café, bien meilleur que le sien, alors qu'elle utilisait cette même machine depuis des années. Dom buvait le sien, assis près de la fenêtre. Il s'était approprié ce fauteuil, qui aurait l'air bien vide, quand il n'y serait pas assis.

Elle reposa la tasse sur la table de chevet et écarta le drap d'un grand geste. Puis elle tenta de s'asseoir au bord du lit en pestant contre la douleur qui s'était atténuée, certes, mais n'avait pas disparu.

— Tu veux aller aux toilettes ?

— Non, je veux mon indépendance, gémit-elle.

Il haussa les épaules et refusa de réagir à sa mauvaise humeur.

— Ce sera difficile, tant que ta cheville ne sera pas en meilleur état, dit-il calmement, avant de pencher la tête. Je n'imaginais pas que tu serais une patiente impatiente, Isabel. De toute évidence, je me trompais.

Elle rit de nouveau.

— Je fais mon possible mais, tu as raison, je n'y parviens pas toujours. Je voudrais bien te voir à ma place.

Il rit à son tour.

— Je compatis de tout cœur. Je vais chercher Chloe, qui sera ravie de te trouver des vêtements. Puis je t'accompagnerai à la salle de bains.

Ce qui signifiait : *je te porterai jusqu'à la salle de bains.*

Elle aurait pu protester, insister pour se débrouiller seule, mais d'ici quelques jours, Dom ne serait plus là. Pourquoi renoncer au plaisir de se faire chouchouter par cet homme adorable et beau comme un dieu ?

Parce que c'était comme manger une boîte de chocolats d'un seul coup. Mauvais pour la santé mais tellement bon pour le moral !

— Il faut remettre de la glace sur ta cheville, dit-il en consultant sa montre.

Des compresses de glace toutes les trois heures, pendant vingt minutes, des bras musclés, des épaules carrées et un torse contre lequel elle se blottissait chaque fois qu'il l'emmenait aux toilettes. Tout cela la plongeait dans un état d'agitation qui aurait dû troubler son sommeil. Or, chaque fois qu'il la bordait, elle soupirait de plaisir avant de sombrer dans un sommeil paisible et réparateur.

Elle avait presque honte de la prévenance dont il faisait preuve – il lui avait même trouvé des béquilles –, et de la facilité avec laquelle elle le laissait faire. Loin de tout ce qu'elle aurait pu imaginer.

Quelques heures plus tard, les jeunes mariés appelèrent pour annoncer qu'ils n'étaient plus qu'à quelques kilomètres de Lighthouse Bay. Isabel espérait pouvoir les accueillir debout. Elle posa la jambe par terre, se leva et boitilla jusqu'à l'évier pour remplir son verre d'eau. Ensuite, elle se demanda comment elle allait pouvoir retourner sur le canapé.

Dom referma son ordinateur et se leva.

— J'aurais pu aller te chercher à boire, dit-il. Tu n'avais qu'à demander. À moi ou à Chloe.

Il s'approcha d'elle et, dans un geste qui ne semblait lui demander aucun effort, et auquel elle commençait à s'habituer, la souleva de terre pour la poser, quelques instants plus tard, sur le canapé.

Elle allongea la jambe sur les coussins en espérant que la douleur s'atténuerait. Dom remit la poche de glace sur sa cheville.

— Laisse-la encore cinq minutes, suggéra-t-il.

À son grand soulagement, le froid eut un effet presque

immédiat. Elle savait bien qu'elle aurait mieux fait de ne pas poser le pied par terre…

Dom regarda la femme têtue qu'il venait de déposer sur le canapé.

— Je vais les attendre dehors, avec Chloe. Elle ne tient pas en place. Tu veux bien ne pas bouger jusqu'à ce que je revienne ?

Isabel ne répondit pas. Il eut envie de rire. Elle s'était de nouveau drapée dans son voile d'apparente sérénité, comme pour lui montrer que rien ne la perturbait, ni le contact physique quand il la portait ni sa dépendance de lui, encore totale. Mais il n'était pas dupe.

C'était un piège dans lequel il était facile de tomber. Cette femme était tout sauf tranquille.

Dom vit la Lexus approcher. Chloe, qu'il tenait fermement par la main, se mit à sautiller d'excitation, les yeux brillants, jusqu'à ce que la voiture se gare. Lorsqu'il la lâcha, elle sauta au cou de sa mère qui la serra contre elle comme si elle rentrait d'un tour du monde de plusieurs mois, pas d'une lune de miel de deux jours.

Des images de Teresa et de Tomas lui revinrent à l'esprit. Le souvenir était douloureux mais avait aussi quelque chose de précieux.

Il était en train de changer.

— Oncle Dom a porté tante Isa et il l'a mise dans la voiture des policiers, dit Chloe d'une seule traite, comme si c'était l'information majeure de ces derniers jours.

Rai se tourna vers son frère, le regard interrogateur, un sourire naissant sur les lèvres. Dom acquiesça d'un geste de la tête.

— Ah bon ? dit Faith. Mais c'est fâcheux que tante Isabel ait été blessée. Comment va-t-elle ?

— Beaucoup mieux, ce matin, répondit Dom.

— Oncle Dom s’est bien occupé de nous. Je lui ai montré les affaires dans la maison.

— Tu as bien fait, dit Faith en la serrant de nouveau contre elle, avant de s’adresser à Dom. Tu t’en es sorti ? Est-ce qu’elle a été aussi excitée pendant les deux jours ?

— Chloe est un ange. Elle a été adorable et elle m’a beaucoup aidé.

— Et Isabel ? demanda Rai.

— Isabel n’aime pas être handicapée, mais avec de la glace et un bon bandage, l’état de sa cheville devrait s’améliorer rapidement. À condition qu’elle ne force pas. Et, ce matin, elle m’a dit qu’elle n’avait plus mal à la tête.

Il sentit une présence derrière lui. Il se retourna et la vit, appuyée sur les béquilles.

— Tu ne pouvais pas attendre que Faith vienne te voir ?

— Merci pour la suggestion, Dom, mais je vais beaucoup mieux. Bonjour, Faith ! dit-elle en décochant à sa nièce un sourire qu’il aurait aimé recevoir. Tu as l’air en forme.

— J’espère bien ! s’exclama Rai. Elle s’est fait gâter et bichonner par son mari.

— Quelle chance ! dit Isabel avant de grimacer. Cela dit, nous aussi, avec Chloe, nous nous sommes fait chouchouter.

— Tu as mal ? demanda Dom.

— Un peu, mais j’avais envie d’être là, avec vous, pour accueillir Rai et Faith.

— Nous aurions pu sortir une chaise.

— C’est adorable, dit-elle sur un ton égal, mais ce n’est pas nécessaire. Maintenant que tout le monde est bien arrivé, je vais rentrer. Vous viendrez me voir quand vous serez installés. Chloe a préparé son sac. Passez le prendre quand vous voulez.

— Je vais t’aider, proposa Dom en lui offrant son bras.

Il sentit le poids qu’elle essayait de ne pas faire porter sur sa cheville. Elle boitait sérieusement. Il lui prit les béquilles des mains, les donna à son frère et la souleva dans ses bras. Ce serait plus simple et plus rapide.

— Repose-moi, dit Isabel.

— Quelle idée !

Il traversa la rue et entendit son frère rire tandis que Faith essayait de le faire taire. Dom se réjouit qu'ils ne le suivent pas avec les béquilles.

Il déposa Isabel sur le canapé, prêt à l'entendre lui répéter qu'elle n'avait pas besoin de lui et qu'elle pouvait très bien se débrouiller seule. Mais son visage n'arborait aucune expression de frustration.

— Tu avais raison, dit-elle au contraire, ce n'est pas bon pour moi de marcher, pour le moment. Je n'aurais pas dû.

Elle avait l'air de s'en vouloir plus qu'à lui. Tout l'agacement que son entêtement avait suscité en lui s'estompa. Il poussa un profond soupir.

— Tu sais que tu peux te rétablir rapidement si tu fais ce qu'il faut. Veux-tu aller t'allonger sur ton lit ? Je t'apporte de la glace ?

— Merci, dit-elle simplement.

Il s'étonna qu'elle acquiesce sans résister.

— Tu veux un antalgique ?

Elle se tourna vers lui et sourit.

— Je ne suis pas sûre de mériter de prendre un antalgique après la bêtise que je viens de faire.

Il se pencha et glissa les bras sous le corps qu'il venait juste de déposer sur le canapé. Il aimait la porter, sentir sa chaleur contre lui. C'était une sensation merveilleuse. La tension se relâcha dans sa poitrine à l'idée qu'ils aient réussi à établir un lien de confiance entre eux.

— À ta place, j'aurais peut-être fait la même chose, dit-il.

Elle leva les yeux au ciel.

— Ça, j'en doute.

Allongée sur le lit sur lequel Dom l'avait installée, Isabel réfléchissait, pendant que l'antalgique se diffusait peu à peu dans son corps. Dom s'affairait dans la cuisine – il devait être en train de faire du thé au gingembre, pour ce qu'elle pouvait en déduire des bruits qui lui parvenaient.

Il devrait retourner à la médecine. Il était tellement présent, tellement attentionné !

Il était aussi charmant. Mais mieux valait ne pas tomber sous le charme. Ce serait plus facile quand il ne serait plus là. De toute façon, cet homme était trop jeune, et déjà trop marqué par la vie. Une relation avec lui la mettrait en danger. Mais comment résister à un homme aussi prévenant qui veillait sur elle jour et nuit ?

Elle avait été un peu gênée quand il l'avait soulevée de terre devant Faith et Rai. Elle s'attendait à ce que Faith ait envie d'en savoir plus et débarque rapidement. Elle esquissa un sourire.

Les années pendant lesquelles elle avait vécu avec sa nièce et sa petite-nièce les avaient rapprochées. Faith était un peu la fille qu'elle n'avait jamais eue.

Dom réapparut avec deux tasses de thé fumant.

— Merci, dit-elle en humant les effluves de gingembre. C'est exactement ce dont j'avais envie.

— Tant mieux. Est-ce que je peux m'asseoir ?

— Bien sûr !

Il passait tellement de temps dans sa chambre qu'elle se demanda pourquoi il lui posait la question. Peut-être parce que Chloe n'était plus là, entre eux, pour faire diversion ?

Dom était un amour mais elle ne risquait pas de lui sauter dessus. Ni de le laisser l'approcher de trop près. Elle s'efforça de ne pas se laisser envahir par la mélancolie que cette pensée suscitait.

Il lui tendit la tasse qu'elle avait achetée sur la Côte d'Azur, parsemée de petites fleurs violettes – sa tasse préférée –, et s'assit dans le fauteuil, devant la fenêtre, avec la sienne. Elle déployait des efforts démesurés pour ne pas le dévisager tout le temps. Et n'y parvenait que rarement.

— Chloe était contente de retrouver sa maman.

Elle hocha la tête.

— Oui, elles ont un lien très fort. Et cette petite fille est adorable.

— Comme sa tante.

— Je suis sa grand-tante, dit-elle aussitôt, esquivant au lieu de répondre à ce qu'il venait de dire.

Mais mieux valait mettre l'accent sur leur différence d'âge afin d'éviter de faire des bêtises.

— Rai m'a dit que tu avais d'abord vécu avec la mère de Faith, puis avec Faith, à la naissance de Chloe ?

— Oui. Elles avaient besoin d'aide et j'étais là. Les femmes de cette famille n'ont jamais eu beaucoup de chance avec les hommes.

Il la regarda d'un air interrogateur.

— Mais la roue tourne. J'ai l'impression que Rai va changer la donne.

— J'en suis certain. Mon frère est très heureux avec Faith.

Son regard se fit plus perçant.

— Est-ce que tu t'inclus dans les femmes malheureuses en amour de cette famille ?

Pourquoi avait-elle abordé le sujet ? Comment allait-elle sortir de ce champ de mines ?

Elle porta la tasse à ses lèvres pour gagner du temps. Il fallait tout de même qu'elle réponde quelque chose. Mais elle n'était pas obligée d'entrer dans les détails.

— La seule fois où j'ai vraiment aimé un homme, c'était il y a plus de quinze ans – tu imagines. Il m'a quittée au moment où j'avais le plus besoin de lui. Je ne suis pas prête à revivre cela. Depuis, je suis célibataire et heureuse de l'être. J'ai pas mal voyagé, j'ai gagné ma vie en faisant des choses que j'aime – écrire et prendre des photos – et j'ai été disponible pour ma famille quand elle a eu besoin de moi. Et j'ai des amis. Je suis bien entourée.

Elle n'évoqua pas sa carrière de sage-femme, abandonnée quand elle avait perdu le bébé. C'était le seul regret qu'elle avait. Car elle adorait ce métier et le miracle qui se produisait chaque fois qu'une femme mettait un enfant au monde.

Elle en avait voulu à cet homme de l'avoir laissée tomber quand il avait appris qu'elle ne pourrait plus avoir d'enfants. Cela lui avait fait perdre confiance en la gent masculine.

Il était temps de changer de sujet.

— Faith m'a dit que Rai et toi aviez été élevés par vos grands-parents ?

— *Sì*, dit-il dans un soupir. Nos parents sont morts quand nous étions petits.

— Cela fait un point commun entre Rai et Faith, tous les deux ont été élevés par d'autres personnes que leurs parents.

Il grimaça.

— Faith, elle, a eu de la chance de vivre avec toi. Notre grand-père était un homme aigri. Il dirigeait l'entreprise pharmaceutique que j'ai reprise à sa mort. Raimondo a eu la bonne idée de ne pas arrêter la médecine.

— Cela te manque ?

— Disons que je n'aurais jamais choisi la pharmacie si mon grand-père ne me l'avait pas demandé.

Cela ne répondait pas à la question.

— Je suis persuadée que tu es un excellent médecin. Je suis une patiente comblée, en tout cas.

Il sourit.

— Je suis content de te l'entendre dire. Mais j'ai arrêté trop longtemps. Je ne suis pas sûr que je serais aussi compétent que si je n'avais jamais cessé d'exercer.

L'humilité était une qualité, à condition qu'elle ne lui fasse pas gaspiller ses talents.

— Tu peux toujours réactualiser tes compétences. Et tu as travaillé comme médecin avec ton frère dans les pays en voie de développement.

— Mais je n'ai plus exercé à Florence peu après mon mariage.

Elle se demanda s'il était opportun de parler de sa femme. Elle n'aimait pas remuer le couteau dans la plaie. Mais elle n'était pas non plus du genre à esquiver les sujets délicats – tant qu'ils ne la concernaient pas de trop près.

— Combien de temps avez-vous été mariés ?

Il ne répondit pas d'emblée. Elle patienta, espérant qu'il le ferait tout de même.

— Huit ans, dit-il.

— Tu t'es marié jeune ! Vous vous étiez connus à l'école ?

— C'était plutôt un mariage arrangé. Teresa était la fille d'un associé de mon grand-père. Mais nous nous connaissions depuis longtemps. J'étais médecin, au début de notre relation. Mais quand mon grand-père est tombé malade, il m'a demandé de le seconder dans l'entreprise. J'ai fini par travailler davantage avec lui que comme médecin. Quand Teresa a appris qu'elle était enceinte, elle a préféré que je fasse des horaires plus réguliers, que je sois plus présent. Et quand mon grand-père est mort, je me suis retrouvé chef d'entreprise à plein temps.

Il se massa la nuque, comme pour dénouer les tensions que cette discussion avait engendrées.

Elle sentit son cœur se serrer et regretta de ne rien avoir à dire d'autre que des platitudes. Comment pouvait-elle le réconforter maintenant qu'elle avait fait remonter tous ces souvenirs douloureux ?

— Je suis désolée, nous pouvons changer de sujet, si tu veux.

Il soupira et regarda dans le vague.

— Ça fait six ans qu'ils sont morts. Et là, il y a eu cet incendie, qui a ravagé l'usine.

— Rai nous l'a dit. Je suis vraiment désolée.

— En fait, je me demande si ce n'est pas un mal pour un bien, même si, pour l'instant, je n'ai aucune visibilité pour l'avenir et je me sens complètement déséquilibré.

Il soupira de nouveau.

— Le mariage de Rai a été une bonne occasion de prendre du recul et de me changer les idées. L'ambiance était lugubre, à Florence, ces dernières semaines.

— Tu as bien fait de venir. Je suis contente d'avoir rencontré le frère dont Rai nous parlait si souvent. Quand est-ce que tu repars ?

— Le 24.

Elle se figea et posa la main sur la poitrine. Pourquoi s'était-elle imaginé qu'il resterait encore une semaine ?

— Tu ne peux pas rester quelques jours de plus ? Passer Noël avec nous ? Chloe va être triste si tu pars.

Il était plus facile de parler de Chloe que de ses propres émotions.

Il la regarda d'un air étonné.

— Je ne peux pas. J'ai des tas de rendez-vous déjà fixés. En fait, je voulais partir juste après le mariage, mais Rai a insisté pour que je reste au moins jusqu'à ce que lui et Faith reviennent de leur lune de miel.

— Tu écoutes toujours ce que dit ton frère ? dit-elle pour détendre un peu l'atmosphère. Je croyais que tu étais l'aîné.

— C'est vrai, je suis né dix minutes avant lui, dit-il avec un sourire en coin. Il me doit respect et obéissance.

Elle exhala un soupir discret à l'idée qu'ils reviennent à des choses plus gaies.

On frappa à la porte.

— Ce doit être Faith, dit-elle, persuadée que sa nièce voudrait tout savoir de ce qui s'était passé en son absence entre Dom et elle.

Dom se leva et rapporta les tasses vides à la cuisine. Puis il alla ouvrir la porte d'entrée. Elle l'entendit échanger quelques mots à mi-voix avec Faith puis éclater de rire, avant de fermer la porte derrière lui.

Faith apparut dans l'embrasure de la porte.

— Je n'en reviens pas de voir Dom rire. Que s'est-il passé ? Qu'est-ce que tu lui as fait ?

— Je crois que Chloe lui a fait beaucoup de bien. Elle s'est jetée à son cou dès le premier soir. Il a été un peu décontenancé, au départ, mais il s'est vite laissé toucher par sa joie et sa spontanéité.

— Chloe ? Vraiment ? dit Faith d'une voix incrédule. Et toi ? Tu ne t'es pas jetée à son cou ?

— Très drôle ! Je viens de boire le thé, mais tu peux t'en faire un, si tu veux, avant de me raconter comment s'est passée votre lune de miel.

Faith revint deux minutes plus tard, une tasse à la main, et prit la place qu'occupait Dom, près de la fenêtre.

— Alors, il t'a promenée partout, dans ses bras ?

— En fait, j'ai des béquilles mais ma cheville me lance quand je pose le pied par terre. Et, hier, j'étais encore un peu vaseuse. Il me tarde de pouvoir marcher normalement.

— J'imagine. Mais tu as eu un bon garde-malade.

— C'est vrai, acquiesça-t-elle d'une voix qu'elle espérait détachée. Heureusement que tout cela est arrivé après le mariage, et pas pendant !

— Tu as raison, dit Faith. Le mariage s'est bien passé. Je suis tellement heureuse !

Elle sourit, rêveuse, et se cala dans le fauteuil.

— Tu mérites de l'être. Chloe aussi. Rai aussi.

— Toi aussi, Isabel, tu mérites d'être heureuse.

— Je le suis, répondit-elle, navrée que la diversion n'ait fonctionné qu'un temps. Dès que l'entorse sera résorbée, je recommencerai à voyager. J'ai hâte.

— Dom va rentrer en Italie requinqué après son séjour ici.

— Sans doute. Il lui reste à peine deux jours. Il va revenir s'installer chez vous ce soir.

Faith secoua la tête.

— Non, il a réservé une chambre à l'auberge de Rose. Il a dit qu'il ne voulait pas déranger les jeunes mariés.

— C'est idiot ! Il ne lui reste plus beaucoup de temps ici. Autant qu'il le passe en famille !

— C'est exactement ce que je lui ai dit, déclara Faith.

Puis elle la regarda d'un drôle d'air.

— Tu ne veux pas le convaincre de rester ici ? Il pourrait s'installer dans la chambre de Chloe, maintenant qu'elle est rentrée à la maison. Tu n'as qu'à lui dire que tu as encore besoin de lui.

Isabel s'imaginait mal lui dire qu'elle avait besoin de lui. Elle se sentit rougir.

— Je ne vais pas raconter des mensonges pour te faire plaisir, dit-elle.

Mais une autre voix lui susurrait que c'était plus simple qu'il reste puisque ses affaires étaient déjà là et qu'il ne devait pas passer ses derniers jours en Australie loin de son frère et de sa famille.

— À moins que cela te gêne que Chloe ne soit plus là pour vous surveiller, insista Faith d'un air entendu.

— N'importe quoi !

Elle n'avait pas besoin d'un chaperon de cinq ans.

— Je disais ça comme ça, dit Faith en toute innocence, avant de boire une gorgée de thé.

— Tu transportes la belle Isabel partout ? dit Rai d'un air entendu quand son frère entra dans la maison.

Celui-ci leva les yeux au ciel.

— Je transporte Isabel pour ne pas qu'elle aggrave son cas.

— Chloe nous a raconté que la moto était passée tout près.

Dom sentit son estomac se contracter.

— *Sì*, trop près.

— Heureusement que tu étais là, Dom, dit Rai en lui posant la main sur l'épaule. Merci d'avoir sauvé la vie d'Isabel et de Chloe.

Dom hocha la tête, impatient de parler d'autre chose que de l'accident.

— Comment s'est passée votre lune de miel ?

— C'était parfait. Nous avons de la chance d'être aussi heureux.

Rai lui tapota l'épaule.

— J'espère que tu le seras aussi bientôt.

Que répondre à cela ? Dom haussa les épaules.

— Je vais faire mon sac. J'apprécie beaucoup votre accueil mais je vais tout de même aller dormir à l'auberge.

— C'est ridicule. Ta place est ici. À moins que tu préfères aller dormir en face, pour t'occuper d'Isabel ?

— Nous avons déjà eu cette discussion. Je crois qu'Isabel sera contente de recouvrer son indépendance. Et si elle a besoin de moi, elle a mon numéro.

Il jeta un coup d'œil autour de lui.

— Où est Chloe ? Vous l'avez déjà perdue ?

— Dans la tourelle. Il y a trois paquebots à l'horizon. Elle les regarde au télescope.

— Je vais passer la voir en montant faire mes bagages.

— Alors tu t'en vas vraiment, Dom ?

La voix de Rai le suivit dans l'escalier.

— *Sì.*

Lorsque Faith s'en alla de chez elle, Isabel s'étira. Elle en avait assez d'être allongée sur son lit, la jambe sur un coussin. Et, après tout le thé qu'elle avait bu, il fallait qu'elle aille aux toilettes.

On frappa à la porte. Elle reconnut le geste ferme et rapide de Dom et le pria d'entrer tout en s'extirpant de son lit.

— Tu allais te promener ? demanda-t-il, un sourire sur les lèvres.

— Je vais aux toilettes. Et, non merci, je n'ai pas besoin d'aide.

— Je suis venu chercher mon ordinateur. Je peux faire quelque chose pour toi avant de partir ?

— Non, et je suis énervée, alors tu ferais mieux de déguerpir.

Il s'adossa contre le chambranle de la porte.

— Énervée ? Toi ? Comment est-ce possible ?

Elle éclata de rire et se redressa.

— Je viens de prendre conscience que j'allais être coincée ici pendant des jours avec ma fichue cheville. Et je n'en reviens pas que tu ailles dormir ailleurs, et pas chez ton frère, pour le temps qu'il te reste à passer ici.

— Je veux laisser leur intimité aux jeunes mariés.

Elle regarda cet homme jeune et magnifique posté sur le seuil de sa chambre. Elle était contente qu'il soit là.

Elle prit les béquilles. Il s'approcha d'elle mais ne la toucha pas. Juste au cas où elle ait besoin d'aide.

— Mon cerveau n'a pas encore intégré comment on se servait de béquilles. J'ai toujours du mal à garder mon équilibre, dit-elle en avançant malgré tout. Mais je vais m'y habituer.

Elle fit une pause.

— Quant à l'intimité des jeunes mariés, je te rappelle qu'ils vivent avec une petite fille de cinq ans. Je ne suis pas sûre que tu les gênerais beaucoup.

Sans la quitter des yeux, il l'escorta jusqu'à la salle de bains. Elle leva la tête vers lui.

— Tu peux rester ici, si tu veux.

Les mots étaient sortis trop vite de sa bouche et se mirent à flotter entre eux comme des nuages menaçant d'éclater en orage. Qu'allait-il s'imaginer, maintenant ? Qu'elle souhaitait voir leur relation passer à l'étape suivante ?

— La chambre de Chloe est libre, ajouta-t-elle très vite.

— Merci pour l'invitation.

— Oui, mais… C'est un petit lit.

— Je sais. Mais c'est gentil de me le proposer. Cela dit, je ne suis pas sûr que tu aies vraiment envie d'avoir un invité.

Elle redoutait surtout de passer encore deux jours et deux nuits seule avec lui, un invité si attentionné et beau comme un dieu.

Elle vacilla sur ses jambes.

— Attention, dit-il en tendant la main vers elle.

Il ne manquerait plus qu'elle tombe à ses pieds.

— J'ai réservé une chambre à l'auberge.

Elle leva les yeux vers lui.

— Tu peux rester autant que tu veux. À condition que tu

ne viennes pas me faire un sermon quand tu me verras claudiquer dans la maison.

Elle lui ferma la porte au nez.

Quand elle sortit de la salle de bains, son lit était fait et son nouveau pensionnaire l'attendait devant la porte de la chambre de Chloe. Contre toute attente, sa présence l'apaisa.

— Faith a mis des draps propres dans le lit de Chloe. Je me demande si elle n'envisageait pas que tu dormes ici.

— Je peux travailler, en échange de la pension. Je peux t'apporter du thé quand tu veux, tapoter tes oreillers.

— Tu le fais déjà. Mais je préfère que tu passes du temps avec ton frère. Va prendre les repas avec eux. Faith m'a dit qu'elle me préparerait de quoi dîner et me l'apporterait.

— Tu vas rester ici toute seule ?

— Je suis bien toute seule. Et c'est plus pratique pour toi de loger ici.

— Je ne reste pas ici pour des raisons pratiques, Isabel.

Dans ce cas, pourquoi es-tu là ?

Elle se garda bien de lui poser la question mais sentit la chaleur lui monter aux joues. Elle prit ses béquilles et alla s'installer sur le canapé, la jambe surélevée, se réjouissant que sa cheville lui fasse de moins en moins mal quand elle se levait.

Bientôt, tout rentrerait dans l'ordre. Elle pourrait poser le pied par terre, Dom repartirait en Italie, la vie reprendrait son cours.

Il prit place dans le gros fauteuil blanc.

— Sache que je serai là, s'il t'arrivait quoi que ce soit au milieu de la nuit.

En fait, il avait pitié d'elle. Elle avait pensé qu'il avait envie de passer du temps avec elle. Pourquoi perdait-elle son énergie à s'imaginer n'importe quoi ?

— Je ne sais pas comment tu fais pour supporter une personne grincheuse comme moi.

Il éclata de rire.

— Grincheuse, toi ?

Elle ne put s'empêcher de sourire.

— J'ai l'impression que l'immobilité me tape sur les nerfs. Je ne me rendais pas compte à quel point aller marcher tous les jours était vital. Cela dit, j'apprécie ta compagnie.

— J'en suis heureux. Si ça va mieux demain, veux-tu que je t'emmène faire un tour ? Je peux emprunter la voiture de Rai. Cela te ferait du bien. Tu serais moins grincheuse.

Elle se mit à rire.

— C'est une bonne idée. Je suis sûre que cela me fera du bien. Merci.

— Bon, je vais annuler ma réservation à l'auberge et dire à Rai et Faith que je reste là. Merci, Isabel, ajouta-t-il avec, sur les lèvres, un sourire qui la fit chavirer.

7.

Sans le bavardage et les déplacements de Chloe dans la maison, la compagnie de Dom prit un autre tour. Tout semblait vibrer. L'air. La mer, au loin. Sa peau.

Maintenant que le choc de l'accident était passé et que sa cheville commençait à aller mieux, Isabel s'attardait un peu dans le salon, ce soir, pour bavarder avec lui. Il y avait une certaine tension dans l'air mais rien qui la mette mal à l'aise.

Ils avaient décidé de regarder un film, que Dom mit sur pause, au milieu, pour aller préparer une infusion.

— Je suis étonnée que la vie soit aussi facile avec toi, Dom, dit-elle soudain.

Il eut l'air aussi surpris qu'elle par cette déclaration puis se mit à sourire.

— Tu sais, ajouta-t-elle avant de glousser comme une collégienne, j'avais peur que nous ayons besoin de regarder un film pour trouver des sujets de conversation.

Elle était bien avec lui. À ses côtés, même le silence, qui survenait par moments, était naturel. Parfois, leurs regards se croisaient et il lui semblait qu'ils prenaient autant de plaisir l'un que l'autre à se regarder, comme ça, au détour d'un dialogue ou d'une scène du film.

La pause tisane fut bienvenue.

— Qu'est-ce que tu vas faire, une fois rentré à Florence ? demanda-t-elle, contente de ramener la conversation à un sujet concret.

— Je dois choisir entre la pharmacie et la médecine.

— Ce doit être difficile de se trouver à la tête d'une entreprise pharmaceutique sans usine.

Il hocha lentement la tête.

— Il va falloir que je prenne des décisions rapides si je ne veux pas perdre tout ce que nous possédons. Mais mes priorités ont changé. En fait, je ne suis plus le même homme qu'à mon départ de Florence. Dire que je n'avais pas envie de venir au mariage de Rai ! Maintenant, j'ai envie de faire ce qui me plaît et non pas seulement survivre en essayant d'oublier les drames de ma vie.

— La médecine ?

— Certainement. Mais j'ai du pain sur la planche.

Ce fut son tour de hocher la tête.

— Et toi, Isabel, qu'est-ce qui t'intéresse ? Rai m'a dit que tu travaillais à l'hôpital.

En fait, j'étais sage-femme. Mais un jour, il ne m'a plus été possible de voir les autres femmes mettre au monde des bébés que je n'aurais jamais. Ces femmes méritaient davantage que ce que j'étais en mesure de leur donner à ce moment-là.

Mais elle ne dit rien de tout cela.

— Je prends des photos et j'écris des histoires au sujet de mes voyages. Je vais bientôt pouvoir recommencer à voyager. Et, quand je ne voyage pas, mon travail de réceptionniste me donne l'argent et le temps dont j'ai besoin. J'aime bien les gens avec qui je travaille.

Elle s'arrêta, préférant mentir par omission.

— Tu as dû être dépaysé à Lighthouse Bay, en venant de Florence, reprit-elle.

— Oui, cet endroit est très différent. Et très beau, aussi. Venir ici m'a permis d'envisager une autre vie. Une vie que je pensais avoir perdue à jamais.

Il regarda l'écran silencieux de la télévision et elle se demanda s'il allait remettre le film sur lecture, ne serait-ce que pour mettre un terme à la conversation. Contre toute attente, il poursuivit.

— Depuis la mort de Teresa, la culpabilité me ronge. Le jour de l'accident, nous nous sommes disputés à propos de mon travail. Elle me reprochait d'y passer trop de temps.

Une dispute classique, rien qui mette en péril notre relation, si ce n'est que, au lieu de partir avec eux comme prévu, je suis resté travailler.

Il marqua une pause avec, dans le regard, une émotion qu'elle ne sut déchiffrer.

— C'est la dernière fois que nous nous sommes parlé. Je revois Tomas qui nous regardait comme n'importe quel enfant regarde ses parents se disputer, avec inquiétude. J'ai eu beaucoup de mal à accepter leur mort, sachant que la dernière fois que je les ai vus ils étaient en colère contre moi. *À cause* de moi.

— Je suis désolée, dit-elle simplement, en tendant la main vers le fauteuil blanc.

Elle aurait aimé pouvoir le soulager de la douleur qu'il éprouvait. Mais c'était un travail que lui seul pouvait faire, jusqu'à être capable de se pardonner.

— Penses-tu que Teresa aurait voulu te voir souffrir aussi longtemps ? dit-elle en se calant contre les coussins du canapé.

Il hocha la tête.

— Comment le savoir ?

— Tu as raison. C'est pour cela que tu t'es plongé dans le travail.

— Mon grand-père a été très choqué par la mort de Tomas. Il pensait déjà qu'il reprendrait la tête de l'entreprise après moi. Il est mort peu de temps après et je me suis jeté à corps perdu dans cet univers, comme il en avait toujours rêvé. Je dormais là-bas presque toutes les nuits. Curieusement, je n'ai pas beaucoup de souvenirs de cette période.

Il haussa les épaules.

— L'entreprise est restée florissante, donc je n'ai pas dû faire trop de bêtises.

— Je comprends pourquoi Rai s'inquiétait pour toi.

— Rai s'est réfugié dans son travail associatif. Lui aussi vivait un chagrin d'amour. Mais il ne m'a jamais parlé de son histoire avec Faith. Maintenant, je comprends. Je devais être hermétique aux histoires et aux chagrins d'amour des autres.

Le silence retomba dans la pièce quelques instants.

— Et maintenant, ils sont mariés et ils sont une famille, dit-elle doucement. Famille dont tu fais partie.

— Toi aussi, tu en fais partie. Je suis content d'avoir enfin rencontré la tante de Chloe.

— La grand-tante, répéta-t-elle comme si elle brandissait un bouclier. Une grand-tante trop vieille pour toi. Tu es encore jeune. Je suis sûre que tu vas trouver ton bonheur quand tu rentreras à Florence.

— Tu es vraiment obsédée par notre âge. Et qui te dit que je ne pourrais pas être heureux ici ?

— Je dis simplement que tu as besoin d'une femme jeune, qui te donnera de beaux enfants, pas d'une vieille fille quadragénaire.

Il ne sut que répondre.

— Je ne sais pas comment nous en sommes arrivés à parler de choses si sérieuses, reprit-elle. Viens, on regarde la fin du film et on va se coucher.

Dom avait toute la vie devant lui. Et elle n'était pas la femme dont il avait besoin. Elle n'était pas prête à se lancer dans une histoire dont le dénouement, s'il était malheureux, risquait, en outre, d'affecter Rai et Faith.

Il posa sur elle un regard pensif.

— Demain matin, je t'apporte le café au lit, et je t'emmène ensuite faire une balade au soleil.

8.

Le soleil était au rendez-vous, un temps parfait pour une balade, même en voiture. Faith, Rai et Chloe étaient allés faire les dernières emplettes de Noël. Ils ne manqueraient pas l'étape de la photo du Père Noël, à laquelle Rai assisterait pour la première fois depuis la naissance de Chloe.

Isabel se demanda si c'était une bonne idée de se retrouver avec Dom dans l'espace encore plus réduit d'un habitacle de voiture, mais elle eut du mal à trouver une excuse pour se désister. D'autant qu'il avait suggéré cette sortie précisément parce qu'elle râlait d'être confinée entre quatre murs.

Elle se rappela que demain il serait dans l'avion. Autant savourer sa présence.

Il proposa qu'ils commencent par aller au phare, qu'il n'avait encore jamais vu de près. Ils passèrent devant une rangée de bancs qui faisaient face à la mer et elle reconnut une amie de Faith, curieusement penchée, sur l'un d'entre eux. Il y avait quelque chose de bizarre dans sa posture.

Qu'est-ce que Trina faisait là-bas toute seule ?

— Tu peux t'arrêter un moment ? C'est Trina, une amie de Faith. Je vais aller la voir. Elle est enceinte et doit accoucher d'un jour à l'autre.

— Bien sûr, dit-il avant de se garer sur le bas-côté et de venir lui ouvrir la portière.

— Trina ? Ça va ?

La jeune femme leva la tête. Elle avait les traits tirés et les joues baignées de larmes.

— Je suis sortie marcher un peu mais j'ai perdu les eaux, dit-elle, son portable à la main. J'ai appelé Finn, il arrive.

Mais, ajouta-t-elle avec un regard horrifié, j'ai l'impression que le cordon est sorti.

Isabel sentit son cœur se serrer et expliqua à Dom que Catrina était sage-femme.

— Nous allons te conduire à l'hôpital, dit-elle.

— Je ne peux pas bouger, dit Trina. Je sens que le bébé arrive. Il faut que je pousse.

— Tu ne peux pas attendre un peu ? demanda Isabel.

— Non, répondit Trina avec une agressivité inhabituelle, autre signe que le travail avait commencé, indépendamment de sa volonté. Il arrive. J'essaie de ne pas pousser.

— On va vous porter, dit Dom d'une voix calme. Vous ne pouvez pas rester ici.

Trina poussa plusieurs soupirs saccadés avant d'opiner.

— Je vais ouvrir la portière, dit Isabel tandis que Dom soulevait Trina.

Elle prit la couverture de pique-nique dans le coffre et l'étala sur la banquette arrière, autant pour le confort de Trina que pour protéger les sièges en cuir crème de la voiture de Rai. Quand Dom déposa Trina, elle tremblait. Le bébé était sur le point de naître.

— Il est là, annonça Trina d'une voix redevenue étonnamment calme.

Isabel se félicita que le cordon sorte en premier, dans ces circonstances. Prenant appui sur sa jambe valide, elle aida Trina à se mettre dans une position plus confortable.

— Tu as raison, Trina, il est là, dit-elle en apercevant la tête du bébé. Continue à pousser.

Les mots de son ancienne vie revenaient. Une vie qu'elle avait essayé d'oublier mais dont elle se rendait compte, à présent, qu'elle lui avait terriblement manqué.

Elle jeta un coup d'œil à Dom, qui les regardait, le front plissé.

— Tu es sage-femme, ou médecin ? demanda-t-il doucement.

— Sage-femme.

Il hocha la tête, comme si elle ne faisait que confirmer ce qu'il pensait déjà.

— Veux-tu mon assistance ?

— Il faudra peut-être que tu prennes le bébé, une fois qu'il sera sorti, au cas où…

Elle ne précisa pas « au cas où il ne respirerait pas » mais tous trois comprirent de quoi elle parlait.

Elle se sentait calme et confiante. Elle n'avait rien oublié des gestes, en dépit des années. Elle était à sa place. Elle savait quoi faire. Chaque seconde comptait, quand le cordon était écrasé. Il fallait que le bébé naisse le plus vite possible, à présent.

— Pousse, Trina, n'attends pas les contractions. Il est pratiquement sorti.

Dom lui tendit l'une des serviettes de plage qu'il avait trouvées dans le coffre. Trina continua à pousser de toutes ses forces, à plusieurs reprises, jusqu'à ce que la tête du bébé soit tout à fait sortie.

— Bravo, dit Isabel à la jeune mère haletante. Tu t'en sors comme une reine.

— Ce n'est pas vraiment comme ça que j'avais imaginé mon accouchement, marmonna Trina en reprenant son souffle.

— Justement. Tu es incroyable ! Allez, tu y es presque, dit Isabel d'une voix toujours rassurante, alors que tout en elle hurlait : « Vite, vite, vite ! »

Trina se remit à pousser.

— C'est un garçon ! s'exclama Isabel en l'attrapant quand il fut expulsé.

Elle examina l'état du cordon et frotta le bébé dans la serviette.

— Il est un peu sous le choc mais il est tonique.

Les yeux du bébé étaient grands ouverts et vides. Elle se retrouva brutalement projetée dans le passé, avec un autre bébé, plus petit, plus pâle, qui n'avait jamais respiré.

Encore un élément de sa vie dont elle aurait dû parler à Dom. Elle frotta plus énergiquement encore.

— Allez, bébé.

Les yeux du bébé se mirent à cligner lentement et son torse se souleva sous ses mains, tandis qu'un petit miaulement s'échappait de ses lèvres bleuies. Catrina retint son souffle. Il fallut attendre encore quelques longues secondes pour que le bébé se mette à tousser et prenne enfin sa respiration.

— Il respire. Tout va bien, dit Isabel à haute voix, autant pour elle-même que pour Trina.

Elle eut besoin d'entendre ces mots, de les intégrer pleinement avant de pouvoir s'abandonner à la joie et au soulagement. Le bébé était né, il allait bien.

Elle regarda Dom, dont le regard empli d'émotion passait du bébé à elle, et d'elle au bébé.

Elle fit un signe de tête puis essuya le petit corps qui reprenait des couleurs. Elle eut une dernière pensée pour son propre accouchement puis referma la parenthèse sur cet événement tragique mais révolu. Aujourd'hui, la vie avait pris le dessus.

— Nous n'avons rien pour couper le cordon, dit-elle en enveloppant le nouveau-né dans la serviette, alors il faut qu'il reste contre toi. Mais tu peux bouger, Trina, le cordon est long.

Dom lui tendit une deuxième serviette propre sur laquelle elle aida Catrina à s'asseoir, son bébé dans les bras, toujours relié à elle par le cordon. Catrina avait l'air épuisée mais heureuse, ses yeux brillaient de joie et de soulagement.

Isabel croisa de nouveau le regard de Dom et sourit, reconnaissante d'avoir pu vivre ce miracle avec lui.

Une voiture vint se garer derrière eux. Finn, le mari de Trina, ouvrit la portière et bondit.

— Trina !

9.

Lorsqu'ils rentrèrent chez Isabel, Dom n'en revenait toujours pas de ce qui venait de se passer et encore moins du calme avec lequel Isabel avait géré la situation. Quand elle frottait le bébé en attendant qu'il respire, il lui avait semblé percevoir dans ses yeux une vive émotion. Il faudrait qu'il lui en parle pour savoir ce qui s'était passé.

Jamais elle ne lui avait dit qu'elle était sage-femme, capable de faire naître un bébé dans des circonstances aussi particulières. Cela lui donnait envie de reprendre le fil de leur conversation, pour découvrir de nouvelles facettes de sa personnalité riche et intrigante.

Bien sûr, dans l'urgence de la situation, elle avait oublié son entorse, qui s'était remise à l'élancer. Aussi avaient-ils décidé de rentrer, plutôt que d'aller se promener comme ils l'avaient prévu avant de tomber sur Trina en plein travail.

« Je crois que nous avons eu assez de sensations fortes pour aujourd'hui », avait-il dit avant de la déposer chez elle pour qu'elle se change.

De son côté, il voulait remettre la voiture de Rai en état avant de la lui rendre. Il reviendrait bavarder avec elle plus tard. Elle aurait certainement envie de boire une bonne tasse de thé pour se remettre de ses émotions.

Lorsqu'il revint chez Isabel, il la trouva allongée sur le canapé. Son visage était de nouveau détendu et souriant.

— La matinée a été intense pour ta cheville aussi.

Deux tasses de thé fumaient sur la table basse. L'image l'emplit d'une joie qui le déstabilisa.

— Je crois qu'elle l'a été pour tout le monde, répondit-elle. Tu as réussi à remettre la voiture en état ?

— Oui, nous n'avions fait aucun dégât. Ça aussi, c'est un miracle ! Mais tu m'avais caché que tu étais sage-femme !

Sa spontanéité lui fit froncer légèrement les sourcils. Elle but une gorgée de thé.

— Je l'ai été, en effet, dit-elle en reposant la tasse. Il y a quinze ans. Puis un jour, mon fiancé m'a quittée quand j'ai perdu mon bébé, à vingt-quatre semaines. Mort-né. Je ne suis jamais retournée en salle d'accouchement.

Ce résumé le glaça.

— Je suis désolé.

— C'est du passé. Je suis une autre Isabel, à présent. J'ai laissé cette période de ma vie derrière moi.

— Tu n'as plus de relation avec cet homme ?

— Non.

Elle émit un petit rire.

— Ni avec lui ni avec aucun autre. Je me contente d'histoires sans lendemain, c'est moins douloureux. Pas besoin de raconter, de donner d'explications.

— Tu sais, Isabel, depuis que je te connais, j'ai l'impression d'avoir rencontré mon âme sœur. J'ai envie de te connaître mieux, de passer du temps avec toi. Je comprends maintenant, pourquoi tu parles tout le temps de notre différence d'âge et du fait que je veux forcément avoir des enfants. C'est à cause de cette histoire dramatique ?

Elle le dévisagea.

— Ce n'est pas qu'une question d'âge. Quand j'ai perdu le bébé, j'ai aussi appris que j'avais un utérus bicorne, et que j'étais incapable de mener une grossesse à terme.

La tristesse qu'il perçut dans sa voix l'anéantit. Elle ne l'avait pas habitué à la voir souffrir.

— Je ne suis pas la bonne personne pour tout homme en âge d'avoir des enfants.

Ces paroles le choquèrent encore plus que tout ce qu'elle venait de lui confier.

— Isabel, tu es parfaite telle que tu es, pour n'importe quel homme.

Elle poussa un profond soupir qui lui brisa le cœur.

— Je vais aller m'allonger, Dom. Va faire quelque chose d'intéressant. Profite de ta dernière journée à Lighthouse Bay et de ta famille.

Il n'avait pas l'habitude qu'on le congédie de cette manière.

— Isabel ?

Mais elle ne se retourna pas.

C'était la première fois qu'elle lui laissait entrevoir qui elle était vraiment dans le fond. La femme qu'il avait devant lui n'était plus ce roc stable et solide auprès de qui tout le monde venait trouver ancrage et réconfort. Isabel avait terriblement souffert mais elle gardait cette souffrance en elle. Comme lui-même l'avait fait pendant des années.

Il la regarda s'éloigner en boitant. L'accouchement à risque de Catrina avait dû l'épuiser, physiquement et nerveusement. Il eut envie de la rattraper, de la serrer dans ses bras, mais il doutait qu'elle accepterait le réconfort qu'il souhaitait lui donner.

Il quittait l'Australie le lendemain. Il eut soudain la sensation amère de ne pas avoir réussi à nouer une relation plus authentique et plus profonde avec elle.

Isabel ferma la porte de sa chambre et s'y adossa. Encore une journée qu'elle avait l'impression de passer sur des montagnes russes, oscillant de l'espoir au désespoir en une fraction de seconde.

Le matin même, après l'excitation à l'idée d'aller se promener en voiture, elle était passée par toute une gamme d'émotions en aidant Trina à mettre son petit garçon au monde.

En rentrant, elle se réjouissait de l'intimité que Dom et elle partageaient dans les petites choses simples de la vie, en bavardant autour d'une tasse de thé, par exemple. Mais, encore une fois, tout avait volé en éclats.

Dom était une personne merveilleuse, certes, mais il avait trente-quatre ans.

Elle eut envie de se cacher sous les couvertures pour pleurer. Mais il y avait bien longtemps que ses larmes s'étaient taries.

À son réveil, Isabel constata qu'elle avait recouvré son bon sens. Demain, Dom rentrerait en Italie et elle reprendrait le cours normal de sa vie.

Elle tendit l'oreille. La maison semblait déserte. Tant mieux. Elle allait pouvoir se remettre à vivre normalement dès à présent. Pour commencer, elle allait appeler Faith pour lui suggérer de garder Dom à dîner chez eux, pour son dernier soir à Lighthouse Bay.

Elle aurait sa soirée pour elle toute seule.

Tranquille.

Oui, c'était la meilleure chose à faire.

Dix minutes plus tard, Isabel raccrocha le téléphone, contrariée. Faith les invitait tous les deux, Isabel devait être là, elle aurait bien d'autres soirées tranquilles à passer toute seule chez elle.

Faith avait même insisté pour que Dom passe Noël avec eux, mais il était resté inflexible.

Elle-même aurait dû lui demander de rester. Elle aurait peut-être pu le convaincre. Il lui avait dit qu'il avait envie de passer du temps avec elle. Qu'il la considérait comme son âme sœur.

Et elle se surprenait de plus en plus souvent à s'imaginer dans ses bras, blottie contre son torse, soutenue, protégée comme elle ne l'avait jamais été. Pouvait-elle le croire, quand il lui disait qu'elle était parfaite telle qu'elle était, pour n'importe quel homme ? En dépit de son incapacité à avoir des enfants ? La trouvait-il parfaite pour *lui* ?

L'idée d'une relation avec lui était tentante mais risquée.

Il était jeune, il regretterait certainement un jour qu'elle ne puisse pas lui donner les enfants qu'il méritait. Et toute crise entre eux aurait un impact sur leurs relations avec Rai et Faith.

Mieux valait faire preuve de bon sens. Pour commencer, elle allait préparer quelque chose pour le dîner chez Faith.

Elle marcha jusqu'à la cuisine, se félicitant de ne presque plus boiter, et ouvrit le réfrigérateur. Il était plein. Dom avait fait les courses pour plusieurs jours. Parce qu'il partait et ne serait plus là pour les faire. Pour l'aider, comme il le faisait depuis l'accident.

Du lait, du pain, de la viande, des légumes, du vin, du fromage. Des fruits de toutes les couleurs. Mais aussi des olives, anchois, artichauts, poivrons et tomates séchées à l'huile d'olive.

Elle pourrait apporter un plateau d'*antipasti* chez Faith et Rai. Elle envoya un texto à Faith puis s'attela à la tâche.

Quand Dom sonna, une heure plus tard, elle était en train de se demander comment elle allait pouvoir faire entrer le plateau dans le réfrigérateur en attendant l'heure du dîner.

— Bon timing, monsieur Salvanelli ! s'exclama-t-elle en essayant de ne pas s'attarder sur ses cheveux bruns légèrement décoiffés par l'air de la mer, les muscles de son torse sous sa chemise mouillée et l'odeur des embruns qui l'enveloppait.

Tel Poséidon tout droit sorti de ses rêves, il revenait de la plage.

— Tu as l'air reposée, dit-il d'un air satisfait.

— Merci pour toutes les courses que tu as faites. Et désolée pour la scène de ce matin.

— Ne sois pas désolée. Mais j'aimerais poursuivre cette conversation.

Elle secoua la tête.

— Et moi, j'aimerais avoir une conversation drôle et légère avec mon hôte. On parlera de choses sérieuses un autre jour.

Elle était consciente qu'ils n'auraient pas d'autre jour pour parler de sujets graves. Ce qui était une bonne chose.

— D'accord pour un peu de légèreté, dit-il en penchant la tête, une lueur malicieuse dans le regard.

Elle baissa les yeux sur le plateau en luttant contre la chaleur qui lui montait aux joues.

— Tu veux bien aller mettre ça dans le frigo de Faith, s'il te plaît ?

Il posa son drap de bain sur une chaise et lui prit le plateau des mains. Elle sentit la chaleur qui émanait de son corps et eut envie de passer la main sur les petits grains de sable collés dans ses cheveux.

Oh ! Dom. Tu es tellement beau, tu vas tellement me manquer !

— Ensuite, comme c'est ton dernier soir, je propose que nous buvions un verre sur la terrasse, à notre amitié.

— J'ai justement acheté un *prosecco* dans la petite épicerie. Mais, si cela ne te dérange pas, j'aimerais prendre une douche avant de trinquer. L'eau était un régal mais j'ai du sable partout.

Elle s'efforça de ne pas imaginer tous les endroits où il pouvait avoir du sable et lui ouvrit la porte en souriant.

— J'ai tout mon temps.

Dom remplit le verre d'Isabel, dont les yeux pétillaient autant que le vin. Encore un souvenir qu'il garderait précieusement des moments qu'ils avaient passés ensemble.

Il la regarda boire une gorgée, tandis que le vent faisait voleter ses cheveux autour de son visage, et se demanda comment il allait faire pour se passer de cette femme quand il serait retourné en Europe.

— Viens avec moi. En Italie.

Ce n'était pas la première fois que cette idée lui traversait l'esprit mais s'entendre l'émettre à haute voix le surprit.

Elle se mit à rire et le regarda en haussant les sourcils.

— Comme ça ? Tu veux que je te suive à l'autre bout du monde ?

Elle pensait qu'il plaisantait. C'était toujours mieux qu'un refus catégorique, cela dit.

— Pourquoi pas ?

— Je ne sais pas, dit-elle en faisant des gestes de la main. Peut-être parce que mon travail, ma famille, mes amis et mon indépendance sont ici. Et que j'ai le projet de retourner au photojournalisme.

— Mais rien de tout cela ne te tiendra compagnie la nuit.

Elle manqua s'étrangler.

— Pourquoi ? Tu comptes me tenir compagnie la nuit si je te suis en Italie ?

— Cela m'a traversé l'esprit, dit-il – sur un ton léger, puisque c'était ce qu'elle voulait. Plus d'une fois, je dois dire. J'ai espéré, j'ai prié.

— Et moi qui te considérais comme un jeune homme sérieux.

— Je suis sérieux. Est-ce que j'ai une tête à plaisanter ?

Le sourire d'Isabel disparut brusquement.

— Dans ce cas, non, je ne te suivrai pas en Italie.

Elle détourna les yeux, regarda la mer un moment, comme si elle allait y trouver des réponses à ses questions. Puis elle reprit la parole.

— Je t'aime beaucoup, Dom. Mais ma réponse est non. Finis ton verre, nous sommes attendus chez ton frère.

— Bien, répondit-il sur le même ton. Comme tu voudras.

Il lui restait moins de vingt-quatre heures pour la faire changer d'avis.

10.

— Qu'est-ce que tu as fait aujourd'hui, oncle Dom ?

Dom n'était plus du tout distant vis-à-vis de Chloe – laquelle ne lui laissait pas grand choix, puisqu'elle fonçait vers lui dès qu'elle le voyait et ne le lâchait plus d'une semelle.

Sans attendre sa réponse, elle enchaîna.

— Nous, on a fait une photo avec le Père Noël. Et avec mon papa. Tu veux la voir ?

— Bien sûr !

Il avait l'air sincèrement intéressé, pour un homme qui, selon son frère, évitait les enfants et les réunions de famille depuis l'accident qui avait emporté sa femme et son fils.

Isabel regarda avec lui la photographie, où Rai, Faith et Chloe rayonnaient de bonheur.

— Cette photo est magnifique ! Même le Père Noël est beau, dit Isabel en riant. Qu'est-ce que tu en dis, Dom ? C'est une belle photo, non ?

— Très belle, répondit Dom, avant que Chloe lui explique la séance photo par le menu.

Ce n'était plus l'homme brisé et crispé qu'il était à son arrivée. Il avait fait un pas de géant dans sa guérison. C'était un indice supplémentaire confirmant que Dom était fait pour avoir des enfants.

— Regarde, tante Isa ! Tu as vu le Père Noël ? Il a un costume rouge et une barbe blanche. Et ça, c'est papa. Il est à côté de maman.

— Vous êtes tous très beaux, dit Isabel avant de croiser le regard amusé et attendri de Faith.

Elle se demanda si le verre de *prosecco* qu'ils avaient

bu avant de venir était pour quelque chose dans l'ambiance détendue et joyeuse de la soirée. Dom avait l'air heureux et elle avait du mal à comprendre comment il avait pu changer aussi rapidement d'état d'esprit. Comme s'il avait pris une décision.

Ils avaient passé de bons moments tous ensemble, au cours de la semaine, et il allait certainement leur manquer. En particulier à Chloe, avec qui il avait tissé des liens forts. Et à elle, qui ressentait déjà un vide à l'idée que, vingt-quatre heures plus tard, il ne serait plus là.

— Nous allons commencer par tes magnifiques *antipasti*, Isabel, dit gentiment Rai.

— En fait, c'est Dom qui a fait les courses. Je n'ai eu qu'à disposer toutes ces bonnes choses sur un plat pour que nous les partagions ce soir.

— Merci à tous les deux, alors. J'ai choisi des vins qui devraient s'accorder à merveille avec elles.

Elle comprit pourquoi autant de verres étaient disposés devant chaque assiette.

— Tu vas nous faire faire une dégustation ?

— J'ai pensé à un *lambrusco* avec la *caprese*, un chardonnay avec les poivrons, un pinot *grigio* avec les artichauts et un *chianti* pour le fromage.

— J'ai l'impression d'être déjà ivre, rien que d'y penser.

Dom posa sur elle un regard plein de promesses. Il souriait, détendu, Chloe sur les genoux. Comme un tonton gâteau.

Le vide qu'elle sentait dans son ventre s'estompait dès qu'il la regardait de cette manière.

— Tu veux bien m'aider à la cuisine, Isabel ? demanda Faith.

Elle hocha la tête et se leva. Se séparer, ne serait-ce que quelques minutes, de son charmant hôte ne nuirait pas à son équilibre. Chloe les suivit.

— Tu as l'air en forme, dit Rai quand il se retrouva seul avec Dom. Heureux, même. Cet endroit est magique. Il transforme les gens.

— C'est vrai, cet endroit est magique.

— Comment t'es-tu senti après l'accouchement en catastrophe de Trina ? Cela t'a donné envie de revenir à la médecine ? Ou de t'en éloigner davantage ?

Dom sourit.

— Tu es toujours aussi rapide dans tes raisonnements. J'avais oublié le choc que peut être un accouchement. Et, tu as raison, cela m'a fait réfléchir à mon rapport à la médecine. Ton idée de monter un cabinet médical à Lighthouse Bay m'a presque paru envisageable.

— C'est à toi de voir, dit Rai.

Dom but une gorgée d'eau.

— Ce matin, le bébé aurait pu mourir mais il a décidé de vivre. Isabel a été incroyable. Et elle savait que j'étais là, au cas où il y ait un problème. J'ai repensé à tout ce que j'avais oublié. À mon amour pour la médecine, à la force de la vie et de la mort.

— Et avec Isabel ?

Il poussa un long soupir.

— Elle lutte de toutes ses forces pour ne pas reconnaître qu'il y a quelque chose entre nous.

Rai hocha lentement la tête.

— Les femmes Fetherstone sont des femmes indépendantes, fortes et solides. Cela vaut la peine de se battre pour elles. Mais, si je puis me permettre un conseil, ne la brusque pas.

Rai n'aurait pu lui donner de conseil plus difficile à suivre. Il y avait en lui un sentiment d'urgence qui se mêlait à la conscience qu'Isabel avait du mal à abattre le mur qu'elle avait dressé entre elle et lui, persuadée qu'elle n'était pas la femme qu'il lui fallait.

Il se retint d'expliquer cela à Rai, de peur qu'il lui donne d'autres conseils qu'il n'avait pas envie d'entendre.

— Tu pourrais revenir, une fois que tu auras réglé tes affaires à Florence.

— C'est ce que je compte faire.

Il voulait aussi qu'Isabel soit partie intégrante de ses projets.

— J'ai l'impression d'avoir avancé. D'être enfin capable de tourner la page.

— Je suis très heureux pour toi, dit Rai. J'étais inquiet. Nous l'étions tous. Je me réjouis de te voir, d'ici quelques semaines ou quelques mois ?

— J'aimerais bien revenir en février, si je peux.

Isabel apportait le grand plat d'*antipasti*. Elle entendit les mots de Dom, juste avant d'entrer dans la pièce. Dom voulait revenir en février. Elle eut envie de chanter et de danser. L'effet du vin, sans doute.

Puis elle se calma. Le fait qu'il revienne à Lighthouse Bay ne changeait rien. Dom restait un homme trop jeune pour elle et qui voudrait fonder une famille qu'elle ne pourrait jamais lui donner.

Peut-être pourrait-elle partir en voyage, en février. Pour reprendre la photographie et l'écriture. Mais surtout pour protéger son cœur.

Mais ils n'en étaient pas encore là. Pour l'instant, elle passait une bonne soirée. Il y avait de quoi se réjouir, entre le retour des jeunes mariés, le bon moral de Dom et la joie de Chloe à l'approche de Noël.

Rai et Faith avaient préparé des lasagnes selon la recette qui se transmettait de génération en génération dans la famille Salvanelli. Une fois le dîner terminé, Isabel eut envie d'aller marcher un peu pour digérer, et même de danser, ne serait-ce que pour voir si l'état de sa cheville s'était vraiment amélioré.

Mais sa proposition ne souleva pas l'enthousiasme de ses hôtes, fatigués par le voyage et heureux de se retrouver à la maison. Après les salutations, Dom et elle retraversèrent la rue. Elle posa la main sur la poignée du portail. La présence de Dom la rendait plus sensible à tout, à la brise iodée qui caressait son visage, au bruit des vagues, au pied des falaises… Demain, il ne serait plus là.

Elle jeta un coup d'œil vers le phare.

— Viens, je vais te montrer la vue du phare, la nuit. Il faut que tu voies cela avant de partir.

Il s'arrêta et suivit son regard.

— Je ne suis pas sûr que ce soit une bonne idée pour ta cheville. La montée est raide. Mais on peut prendre la voiture. Je n'ai pas bu, ce soir.

— D'accord, je pourrai au moins marcher du parking au phare. Je suis presque rétablie et ma cheville est bandée.

— À condition que tu me laisses t'aider. Je vais chercher les clés.

Isabel entra chez elle pour prendre un foulard et changer de chaussures. Elle sourit en se demandant de quelle manière il comptait l'aider à marcher. En la tenant par le bras ? Par la main ? Par la taille ?

Elle vit les phares de la voiture par la fenêtre et sortit, le cœur battant. C'était libérateur de faire quelque chose de plaisant avec Dom. Une promenade au clair de lune était une suggestion dangereuse mais excitante.

Il se gara et vint ouvrir la portière, comme il le faisait toujours. Elle n'avait pas l'habitude de se faire dorloter et ignorait, jusque-là, qu'elle aimait cela. Elle se souviendrait longtemps de la galanterie un peu désuète de cet homme adorable.

Il conduisit en silence et alla se garer sur le parking, juste après l'endroit où ils avaient aperçu Catrina, le matin même. Ils échangèrent un regard complice en passant devant le banc. Le chemin menant jusqu'au phare était faiblement éclairé par un lampadaire situé à chaque extrémité.

— Il n'y a pas grand monde, dit Dom en scrutant les alentours.

— Non. Mais le jour de l'an, les gens se rassemblent ici pour voir le premier lever de soleil de l'année.

— J'aimerais bien venir ici un 1er janvier, dit-il. Pour voir le soleil se lever avec toi.

Elle se sentit rougir et se félicita qu'il fasse nuit.

Il l'aida à descendre de la voiture.

— Ce ne sera pas très pratique, si tu vis en Italie, dit-elle.

Pour toute réponse, il la prit par le bras et la tint serrée contre lui. Elle ne risquait pas de faire un pas de travers, même si elle sentait que ses genoux n'étaient pas très fermes. La cuisse de Dom était chaude contre la sienne.

Plus le temps passait, plus elle se sentait attachée à lui.

Ils passèrent devant les maisons autrefois occupées par le gardien et ses employés, où le chemin était le plus escarpé. Elle ralentit le pas.

— Tu veux que je te porte ?

— Ça monte ! Il faudra que je te réanime, à l'arrivée.

— Sans doute, dit-il avant d'éclater de rire, chose qui lui arrivait de plus en plus souvent.

Cet homme merveilleux méritait d'être heureux et de rire. Elle parvint au pied du phare sans souffrir, en s'appuyant sur son avant-bras. Puis elle alla s'accouder sur le petit mur, à gauche du phare, pour contempler la mer et, accessoirement, reprendre son souffle.

Ils demeurèrent un moment silencieux, scrutant l'immensité régulièrement balayée par le faisceau lumineux, écoutant les vagues se brisant contre les rochers, au pied de la falaise.

Elle avait envie de lui. Mais ce n'était pas un homme pour elle. Pourtant…

Elle soupira discrètement puis se concentra sur ce qu'elle allait dire.

— Le phare est une tour octogonale, car c'était une forme plus facile à construire. Plus facile qu'une tour ronde, je veux dire. C'est l'un des derniers à avoir été bâti de cette manière dans la Nouvelle-Galles du Sud.

Dom leva la tête et posa la main sur la pierre blanche du phare. Des images de ses mains sur son corps s'imposèrent à elle.

— Il est beau, dit-il.

Ses mots eurent une étrange résonance dans son esprit.

Oui, le phare était beau, en effet, mais pas autant que lui. Elle essaya de rester concentrée.

— À l'intérieur, il y a un escalier en colimaçon magnifique, reprit-elle. Et, au sommet, la rambarde est en fer forgé. La vue de là-haut est à couper le souffle.

— La vue d'ici l'est aussi, dit-il.

Le paysage était plongé dans l'obscurité la plupart du temps. Elle se détacha du mur et sentit qu'il resserrait son étreinte. Elle se demanda si c'était pour l'empêcher de trébucher ou pour maintenir le contact avec elle.

En tout cas, elle se réjouit qu'il ne voie pas son visage, très chaud et probablement très rouge.

— Il y a un banc, de l'autre côté du phare, dit-elle.

Ils longèrent la façade de l'édifice et descendirent une marche qui donnait sur une plate-forme. Ils atteignirent le banc et s'assirent. Dom lâcha enfin son bras. Mais, avant qu'elle ait le temps de se dire que le contact lui manquait, il prit promptement sa main dans la sienne et la serra doucement.

— C'est beau, dit-il.

— Le faisceau de lumière donne un aspect irréel au paysage, je trouve. Chaque phare a une séquence différente, qu'on mesure en secondes.

Tais-toi, Isabel, s'intima-t-elle.

— Et c'est irréel d'être ici, avec toi, main dans la main.

— Tu peux me lâcher, maintenant, si tu veux. Je ne risque pas de tomber.

— Dommage.

Elle fronça les sourcils, sans comprendre.

— J'aimerais bien que tu tombes amoureuse de moi, précisa-t-il.

— N'insiste pas, Dom. Je suis trop vieille pour toi. Il te faut une femme plus jeune.

— C'est une excuse que tu continues à répéter mais qui n'a aucun sens. Moi seul sais ce dont j'ai besoin. Tu me vois vraiment comme un gamin immature et irrationnel, incapable de prendre des décisions sensées ?

— Non, bien sûr que non. Excuse-moi, je ne voulais pas te vexer.

Elle baissa la tête, ne sachant plus que dire. Le phare était un sujet plus consensuel.

— Dans la journée, le blanc de la pierre se détache sur le bleu du ciel. C'est très beau mais je crois que c'est la nuit que je préfère ce paysage, sous la lumière du phare.

Il tourna la tête vers elle et la fixa.

— Moi, ce que j'aime, c'est la courbe de ta bouche et la franchise de ton regard. Ainsi que tes cheveux, dit-il en y glissant les doigts. Mais je n'aime pas tes excuses.

Elle sentit les battements de son cœur accélérer de façon anarchique à mesure que le visage de Dom se rapprochait du sien, lentement mais inexorablement. Leurs lèvres s'effleurèrent. Elle ouvrit la bouche pour protester mais il ne lui en laissa pas le temps et l'embrassa.

Soudain, elle ne songea plus à protester, à argumenter, à avoir raison, et s'abandonna au plus sensuel des baisers qu'elle ait jamais reçus.

Il se détacha d'elle et prit son visage entre les mains.

— Tu es tellement têtue et tellement désirable…

Il approfondit son baiser. Elle était perdue.

Ils s'embrassèrent comme des adolescents, et elle eut l'impression que le temps s'arrêtait.

— Viens en Italie, lui redit-il, une fois qu'ils eurent recouvré leurs esprits.

— Non, dit-elle, le cœur brisé.

— Je veux que tu viennes.

Il la dévisageait d'un regard ardent, empli de promesses.

— On n'obtient pas toujours ce qu'on veut, dit-elle d'une voix un peu trop sentencieuse.

— Avant l'accident de Teresa, j'obtenais tout ce que je voulais.

Que répondre à cela ? Teresa ne lui reviendrait jamais, pas plus que son fils. Pourtant, il ne désirait rien plus que de les voir ressusciter. Elle le comprenait et éprouvait la plus grande compassion pour lui.

— Je suis désolée, dit-elle.

— Je crois plutôt que tu préférerais que ma femme soit encore là parce que tu es tentée et que tu as peur de céder à la tentation.

Il lâcha sa main et s'écarta légèrement d'elle pour regarder la mer.

— Tu as peut-être raison, en fin de compte. Je ne suis pas l'homme qu'il te faut. Tu mérites certainement mieux.

C'était loin de la vérité. De la sienne, en tout cas.

— Tu as tout pour plaire, Dom. C'est plutôt moi qui ai un problème, et il est insoluble. Toi, tu as la vie devant toi. Tu vas rencontrer quelqu'un, fonder une famille. C'est une chose que je ne peux pas te donner.

Il tourna brusquement la tête.

— Ce n'est pas à toi de décider ce que je vais faire de ma vie. J'ai déjà eu un fils. Et si je préférais ne pas avoir d'autres enfants, est-ce que ce serait un problème pour toi ?

Elle ouvrit la bouche mais aucun son n'en sortit. Alors elle se leva. Elle avait besoin de réfléchir. Seule. Elle se tourna vers lui.

— J'ai envie de rentrer. Mais je suis contente que nous soyons venus ici. C'est mon endroit préféré au monde.

Il se leva à son tour et lui fit face.

— Quand je serai en Italie, Isabel, je me souviendrai de chaque instant passé avec toi. Réfléchis à ce que je viens de dire.

Il la prit par le bras et ils empruntèrent le chemin en sens inverse.

Pourquoi avait-il tout gâché ? Il avait été trop insistant. L'avait embrassée trop fort. Ou pas assez. Il l'avait vexée en la remettant à sa place.

Mais il partait le lendemain. Il n'avait pas de temps à perdre.

Il lui semblait, en dépit de tous les arguments qu'elle avançait, qu'elle éprouvait la même attirance pour lui que lui pour elle. Le baiser qu'ils avaient échangé était plein d'un désir mutuel – il n'avait pas rêvé.

Comment se faisait-il qu'il éprouve des sentiments aussi profonds pour cette femme qu'il connaissait à peine ? Certes, ils avaient passé beaucoup de temps ensemble, ces derniers jours. Il l'avait même regardée dormir. Il l'avait vue se jeter sur Chloe pour la protéger, au prix d'une entorse et de maux de tête qui l'avaient clouée au lit.

En fait, il se rendait compte à présent qu'il était tombé amoureux d'elle dès le premier jour. C'était dans la maison de son frère. Il venait de débarquer en Australie et elle n'avait pas voulu le laisser seul avec sa détresse et sa solitude.

Elle cachait certains aspects de son histoire sous des vêtements sobres et un calme inébranlable. Elle l'avait tiré d'un long cauchemar, avec sa bienveillance et sa force solaire, telle une héroïne des temps modernes. Et lui, telle une version masculine de la Belle au bois dormant, s'était réveillé et était tombé sous le charme.

Mais la princesse aussi avait ses démons, comme lui, et il faudrait qu'il se batte pour obtenir ses faveurs.

— Si tu ne viens pas en Italie, peux-tu au moins m'accompagner à l'aéroport ? demanda-t-il quand ils arrivèrent au bout du chemin.

Il scruta son visage, y vit l'espoir puis la tristesse, alors qu'elle s'efforçait de rester impassible. Elle n'était pas consciente qu'il pouvait lire ses expressions comme on lisait un livre ouvert.

Redoutait-elle que les adieux soient trop douloureux ?

— Je ne sais pas, Rai voudra sûrement venir, dit-elle enfin.

— Mais moi, je veux que tu viennes. À condition que tu puisses conduire au retour sans te faire mal à la cheville. Je veux passer le plus de temps possible avec toi, jusqu'à la dernière minute.

— Dans ce cas, je viendrai.

Dom ne parvint pas à trouver le sommeil. Son corps brûlait de désir pour Isabel qui dormait à quelques mètres de lui. Il se félicitait qu'au moins elle l'accompagne à l'aéroport, tout en se demandant ce qu'il avait vraiment à l'esprit. Espérait-il encore pouvoir la convaincre de le suivre jusqu'en Italie ? Ou voulait-il seulement rester avec elle jusqu'à la dernière minute ?

Même Rai lui avait conseillé de ne pas précipiter les choses, de ne pas la brusquer. Mais il pouvait se produire n'importe quoi, n'importe quand, il était bien placé pour le savoir. Et s'il arrivait quelque chose à Isabel alors qu'il se trouvait à plus de seize mille kilomètres d'elle ?

Il avait envie de la prendre dans ses bras et de partir avec elle. N'importe où. Il l'entendait déjà lui demander de la reposer par terre. Il sourit, reconnaissant d'avoir pu s'occuper d'elle pendant sa convalescence et des bons moments qu'ils avaient passés ensemble.

Il se redressa dans son lit et regarda par la fenêtre. Le ciel était noir, traversé par la lumière du phare balayant la baie à intervalles réguliers. Comme une invitation à suivre la bonne voie. Une voie qui, l'espérait-il, le conduirait jusqu'au cœur d'Isabel.

11.

Isabel scruta le plafond de sa chambre, rosi par le soleil levant.

Elle avait laissé les volets ouverts pour être réveillée tôt. Dom partait. Et il lui avait fait clairement comprendre que ses arguments étaient de mauvaises excuses qu'elle se donnait pour se protéger. Cela l'avait forcée à se remettre en question, à réfléchir aux raisons pour lesquelles elle ne s'autorisait pas à suivre son désir.

D'ici deux heures, ils se rendraient à l'aéroport et se feraient leurs adieux. Elle frissonna. Pourquoi avait-elle accepté ? Parce qu'il avait insisté ? Parce qu'elle voulait être avec lui jusqu'à la dernière minute ?

Toute la nuit, elle s'était demandé de quoi elle avait peur. Et si elle serait aussi circonspecte si elle avait cinquante ou soixante ans. Combien de jeunes, beaux et virils Italiens lui demanderaient encore de s'enfuir avec eux ?

N'était-elle pas assez audacieuse pour accepter une telle proposition, profiter du moment présent et assumer les conséquences d'un coup de folie probablement inoubliable ? Et si c'était beau au point de changer sa vie ? Dans ce cas, pourrait-elle rester auprès d'un homme qu'elle connaissait à peine, dans une ville inconnue à l'autre bout du monde ?

Qu'avait-elle à perdre ? Et qu'est-ce que les autres avaient à perdre ? Que se passerait-il si Dom ne remettait jamais les pieds à Lighthouse Bay à cause d'elle ?

Elle ne pouvait pas faire ça à Rai et à Faith.

Encore que… Ce serait le choix de Dom, pas le sien. Et, si vraiment les choses tournaient mal et qu'il ne voulait plus la voir, elle pourrait toujours s'absenter quand il viendrait leur rendre visite, pour simplifier les choses.

Quand il frappa à la porte, comme il le faisait chaque matin depuis trois jours, elle s'assit et tira le drap, et le plaqua contre elle comme un bouclier symbolique. Symbolique car, dans le fond, elle ne craignait rien de la part de Dom. Elle avait confiance en lui.

— Entre, dit-elle.

Depuis trois jours, Dom lui apportait son café au lit et le posait sur la table de chevet. Puis il s'asseyait à côté d'elle, le temps qu'elle le boive. Quelle meilleure façon y avait-il de commencer la journée ?

Cette journée était la dernière. Et c'était la dernière fois qu'il lui apporterait le café au lit car, même s'il revenait, il logerait alors chez son frère.

À moins qu'elle se casse une jambe…

Elle sourit à cette pensée idiote. Et posa la main sur le bois du lit, par superstition.

Elle le regarda entrer avec délectation. Il portait un short et un polo, prêt pour son jogging du matin sur la plage. Il était beau comme un dieu. Grand, sexy, un sourire à tomber, des yeux noirs qui la faisaient frissonner dès qu'il les posait sur elle.

Il sourit mais elle décela une pointe d'amertume dans son sourire. Il posa la tasse sur la table de chevet et tourna la tête, lui faisant face.

— Bonjour, Isabel, dit-il avant de déposer un baiser sur sa joue.

Puis sur sa bouche. Un baiser ferme qui la surprit tellement qu'elle ne pensa même pas à protester. Il se redressa.

— J'avais besoin de ça. Je suis triste, ce matin.

Sa déclaration la surprit. Elle dit la première chose qui lui passa par la tête pour atténuer la tension irrépressible qui grandissait entre eux.

— Moi aussi, je suis triste. C'est la dernière fois que je vais boire mon café au lit.

Il se passa la main dans les cheveux et s'assit dans le fauteuil, divinement sexy malgré son humeur sombre.

— C'est la dernière matinée de notre drôle d'histoire. En fait, quelque chose me dit que je devrais être dans ce lit, avec toi, que j'aurais dû l'être toutes les nuits, et faire tout ce que je rêve de faire avec toi, au lieu d'entrer dans ta chambre le matin, une tasse à la main.

Elle reposa sa tasse sur la table de chevet. Elle ne regarderait plus jamais son café du matin de la même manière.

Elle se ressaisit. Il fallait qu'au moins l'un d'entre eux soit raisonnable.

— Notre histoire n'en est pas vraiment une, Dom. Et je pense que nous avons bien fait de ne pas céder à la tentation. Ç'aurait été une bêtise que nous aurions sans doute regrettée.

Elle exhala un soupir.

— Nous nous sommes mutuellement rendu service au moment où nous en avions besoin tous les deux, voilà tout.

Il posa sur elle des yeux furieux.

— Tu te trompes, Isabel, et tu le sais. Il existe entre nous une attirance folle. Dès que tu entres dans mon champ de vision, l'air se met à vibrer. De loin, je perçois ton humeur, tes émotions. Il ne s'agit pas seulement de services rendus, mais d'une alchimie que tu nies. Mais tu as érigé des murs autour de toi, pour te protéger. Tu as besoin de temps pour réfléchir. Tout est allé très vite et je t'en ai beaucoup demandé. Il est peut-être déraisonnable de ma part d'attendre que tu me suives jusqu'en Europe.

— Peut-être déraisonnable ? répéta-t-elle, médusée par sa belle arrogance.

Il balaya sa réaction d'un geste de la main très italien.

— J'espère que tu comprendras, lorsque je reviendrai à Lighthouse Bay.

Son cœur fit un bond à cette idée.

— Tu vas revenir ? Quand ?

— J'ai des affaires à régler en Italie, avant de reprendre

ma carrière de médecin et de séduire une femme têtue dans un pays lointain.

Il avait prévu de revenir en Australie pour travailler. Et pour la séduire ?

Il soutint son regard puis se leva d'un bond.

— Je vais aller courir pour évacuer le besoin de sauter dans ton lit et de te montrer ce que je ressens pour toi. Nous partirons à l'aéroport quand je reviendrai.

Elle entendit la porte d'entrée claquer. Il y avait donc des limites à la patience de Dom et, de toute évidence, elle les avait franchies.

Elle but une gorgée de café, prise dans un tourbillon de mélancolie et de frustration. Ils avaient bien fait de ne pas coucher ensemble. Dom avait raison, l'attirance entre eux était forte…

Sa cheville était tout à fait guérie, elle pourrait donc conduire, au retour de l'aéroport. Dom y était pour beaucoup. Sans ses soins attentifs, elle boiterait sans doute encore. Dom avait été son infirmier, son médecin, son colocataire, son ami et presque son amoureux.

Mais il ne servait à rien de s'apitoyer sur son sort. Dom partait et elle allait pouvoir commencer un nouveau chapitre de sa vie. Un nouveau départ. Elle ouvrit son armoire, et son regard se posa sur son passeport, éclairé par un rayon de soleil. Étincelant de promesses.

Pour une raison qui lui échappait, elle glissa le passeport dans son sac à main.

Elle avait compris des choses sur elle. Elle attendait davantage de la vie, désormais. Elle ne savait pas encore quoi mais elle trouverait.

Quand Dom reviendrait à Lighthouse Bay – si toutefois il revenait – sa passion pour une femme plus âgée et stérile serait oubliée.

Elle se réjouit de pouvoir prendre le volant, c'était un pas de plus vers la liberté et l'indépendance recouvrées. Et, à son retour de l'aéroport, elle reprendrait le cours de sa vie là où elle l'avait laissé avec l'arrivée de cet homme magnifique qui y avait semé le chaos.

Dom jeta un coup d'œil à Isabel, assise sur le siège du passager. Il avait proposé de prendre le volant pour aller à l'aéroport afin d'éviter qu'elle sollicite trop sa cheville. Et, bien sûr, parce qu'il aimait avoir le contrôle de la situation.

Elle avait accepté calmement, comme tout ce qu'elle faisait.

Lui était tout sauf calme. Ils roulaient depuis près d'une heure et chaque kilomètre passé lui rappelait l'imminence de son départ.

Il ne voulait pas se séparer d'elle. Il n'avait pas envie de rentrer en Italie avec cette impression de gâchis ou d'inachevé. Mais il devait avoir foi en l'avenir. La situation s'arrangerait sans doute. Une fois qu'il aurait mis de l'ordre dans ses affaires à Florence, il reviendrait vers elle. Il prendrait le temps qu'il faudrait, jusqu'à ce qu'elle comprenne sa vision de l'avenir. Un avenir commun, qu'il n'aurait jamais pu envisager deux semaines auparavant mais dont l'urgence, à présent, le déroutait totalement.

12.

Selon les instructions d'Isabel, Dom tourna à droite à un rond-point. Ils n'étaient plus très loin de l'aéroport. Mais, dès qu'il eut passé le tournant, il dut piler pour ne pas rentrer dans la voiture qui le précédait, déjà encastrée dans le véhicule devant elle.

Il parvint à arrêter sa voiture à vingt centimètres du pare-chocs, tout en tendant instinctivement un bras protecteur vers Isabel. Puis il la déplaça promptement pour éviter que le véhicule suivant l'emboutisse. Et mit les warnings.

— Ça va ? lui demanda-t-il, inquiet.

— Oui, grâce à tes bons réflexes, tout va bien.

Elle posa une main reconnaissante sur son avant-bras puis sortit son téléphone.

— Ça a l'air grave, dit-elle. J'ai l'impression que l'accident vient juste d'avoir lieu. J'appelle les secours.

Bien entendu, elle était calme et efficace.

— Je vais voir ce que je peux faire en attendant qu'ils arrivent.

Il sortit et courut jusqu'à la première voiture. Un nuage de fumée s'élevait au-dessus des véhicules, ce qui signifiait que l'accident était récent. Au moins quatre voitures étaient impliquées. Il frémit à l'idée qu'à quelques secondes près ils auraient pu se retrouver pris, eux aussi, dans cet amas de tôle froissée et fumante. Il serait sans doute devenu fou s'il était arrivé quelque chose à Isabel.

Il revint vers elle.

— Ne bouge pas d'ici, lui ordonna-t-il avant de claquer la portière et de repartir en courant.

Isabel le regarda s'éloigner, ébahie.

Bien sûr ! se dit-elle, sans avoir le moins du monde l'intention d'obtempérer. Comment pouvait-il s'imaginer qu'elle allait rester tranquillement assise alors qu'on avait évidemment besoin d'aide ?

Elle sortit de la voiture avec, à la main, la trousse d'urgence. Un long cri déchirant parvint de l'endroit vers lequel Dom se trouvait. Plus loin, quelqu'un se mit à jurer nerveusement. Sur la gauche, une petite voix étouffée appelait au secours.

Elle prit cette direction et enjamba un tas de métal tordu et de verre brisé. Elle eut un flash de la moto défoncée contre le poteau télégraphique et frémit. Une forte odeur d'essence la frappa. À la moindre étincelle, cet amoncellement de véhicules se transformerait en brasier.

Elle s'approcha d'une petite berline bleue écrasée contre un eucalyptus. Le conducteur, s'il était toujours là, était en danger de mort. La voiture semblait avoir été heurtée de plusieurs côtés. Elle discerna, derrière la vitre teintée, une tête appuyée contre l'arrière du siège. Immobile. Elle se déplaça pour mieux voir mais le pare-brise était réduit à une mosaïque opaque qui rendait la vision impossible.

Elle entendit un gémissement. Elle contourna la voiture. Il y avait un trou béant dans la vitre arrière, un peu en hauteur. En l'état actuel des choses, c'était le seul moyen de voir l'intérieur de l'habitacle.

— Aidez-moi, dit une petite voix – celle d'un enfant.

Elle s'approcha.

— Je suis là, dit-elle sur un ton aussi rassurant que possible. L'ambulance va arriver. En attendant, ne bouge pas, pour ne pas te faire mal.

— Maman… Elle saigne. Et mon papa… Il ne répond pas.

Son cœur se serra.

— Je suis là, répéta-t-elle. Et les secours vont venir.

D'ici dix ou quinze minutes, sans doute, ce qui était suffisant pour qu'un corps blessé se vide de son sang.

Elle ne pouvait pas ouvrir la portière. Elle jeta un coup d'œil autour d'elle. Dom avait disparu dans ce paysage de terreur et de désolation.

— Ne bouge surtout pas. Je reviens tout de suite.

— Non ! Ne pars pas ! s'exclama-t-il d'une voix déchirante.

— Je vais juste chercher quelque chose et je reviens.

Elle fonça jusqu'à sa voiture et prit son sac de plage dans le coffre.

— Je suis là, dit-elle en revenant. Je vais essayer de te voir par la vitre arrière.

Elle aurait préféré être en jean mais elle se félicita d'avoir mis un pantalon et un T-shirt un peu couvrant plutôt qu'une robe légère. Elle utilisa la serviette de plage pour se protéger et se hissa, un pied sur le pare-chocs, un genou sur le coffre, afin de regarder par le trou de la vitre arrière.

À l'intérieur, les sièges étaient couverts de sang qui continuait à goutter en formant des cercles sombres. Elle jeta un coup d'œil à l'avant et la vision d'horreur lui donna un haut-le-cœur. Elle tourna la tête.

À sa droite, sur le siège arrière, un petit garçon de sept ou huit ans la regardait avec des yeux mouillés de larmes, coincé par le rehausseur et la ceinture de sécurité. Elle pensa bêtement au fils de Dom. Et à la manière dont les événements tragiques se répétaient dans une vie.

Elle prit une profonde inspiration.

— Je m'appelle Isabel. Et toi ?

— Lucas.

— Tu es blessé ? Tu as mal quelque part ?

Il secoua la tête et se tortilla. Il semblait pouvoir bouger. Il la regardait, effaré.

— Tu vas me faire sortir ? dit-il, le menton tremblotant.

— Je ne peux pas te sortir de là toute seule. Mais les pompiers vont arriver. En attendant, je reste ici, avec toi.

Elle sentit quelque chose de pointu s'enfoncer dans son épaule, ainsi que dans sa jambe, où un éclat de verre avait traversé à la fois la serviette et la toile fine de son pantalon.

— Tu peux aider maman ? dit le petit garçon. Ou mon papa ? Viens dans la voiture ! la supplia-t-il.

Elle jeta un regard sur le siège passager où se trouvait le corps inerte d'un homme. Du sang continuait à goutter de la tête de la mère sur l'arrière du siège. L'enfant devait être terrorisé. Que faire ? Elle se sentit impuissante. Elle avait besoin d'aide. De Dom. Il était médecin, quoi qu'il en dise.

— Je vais chercher quelqu'un pour m'aider.

— Non ! Ne pars pas ! dit le petit garçon. J'ai peur…

— Je sais, Lucas. Tu es un garçon très courageux, dit-elle.

Elle décida d'entrer dans la voiture. Il y avait un peu de place, à côté de lui, sur la banquette arrière. Cela créerait-il des problèmes pour les secours qu'elle se faufile par le trou de la vitre arrière ? Elle pourrait ressortir de la même façon quand ils arriveraient. À condition qu'elle n'aggrave pas la situation, ni pour le petit garçon ni pour quiconque.

Cela poserait certainement des problèmes à Dom. Il serait sans doute fou furieux quand il la verrait là. Mais peu importait. Pour l'instant, Lucas avait besoin d'aide. Et, de l'intérieur, elle verrait de quelle partie de la tête cette femme saignait. Elle pourrait peut-être stopper l'hémorragie, en attendant. Et examiner l'enfant. Il était pâle comme un linge.

Elle se força à regarder à l'avant. Elle doutait que l'homme survive. En observant la mère de Lucas, il lui sembla déceler un léger mouvement des épaules. Elle respirait.

Elle posa la trousse de secours sur le siège arrière. Puis elle vérifia d'un coup d'œil comment elle allait atterrir et pouvoir se retourner. Elle se hissa et se tortilla pour passer par l'ouverture, leva les jambes dont le poids la fit basculer et tomber la tête la première sur le siège arrière. Elle remua, patiemment pour ne pas se faire mal, jusqu'à se retrouver en position assise à côté de Lucas. C'est alors qu'elle entendit Dom, qui l'appelait.

Avec ordre et méthode, Dom avait fait tout ce qui était en son pouvoir pour les occupants de chaque voiture. Il avait posé des compresses improvisées sur les plaies, s'était assuré que les voies respiratoires étaient dégagées et que les personnes conscientes ne bougent pas avant d'avoir été examinées par les secouristes.

Des témoins de l'accident s'étaient manifestés. Dom avait posté une personne vaillante devant chaque véhicule, pendant qu'il évaluait les dégâts. Il lui restait une voiture à voir. Elle était écrasée contre un arbre, et il s'en dégageait une forte odeur d'essence. C'était sans doute par elle qu'il aurait dû commencer, mais elle était cachée derrière l'immense eucalyptus.

Il fut soulagé de constater que quelqu'un bougeait. Il s'apprêta à l'appeler, s'approcha et se figea en reconnaissant Isabel plongeant la tête la première dans l'habitacle, avant de disparaître de sa vue.

Madre di Dio !

L'odeur d'essence était puissante, presque irrespirable. Elle provenait de sous la voiture. C'était de pire en pire. Il fallait la faire sortir de là.

Qu'avait-elle dans la tête ? *Stupida !*

La colère s'empara de lui. Pourquoi prenait-elle de tels risques ?

Il s'efforça de se calmer.

Isabel devait avoir une bonne raison. Elle était sage-femme autrefois. Elle aussi sauvait des vies. Ce n'était pas le moment de lui faire la leçon, de toute manière.

— Isabel, dit-il en s'approchant. Que se passe-t-il ?

Elle leva la tête, surprise mais manifestement soulagée de le voir.

— Tu as besoin de quelque chose ? demanda-t-il.

— Oui, pour arrêter une hémorragie, répondit-elle d'une voix posée en dépit des circonstances. Une lacération sur le cou, qui saigne abondamment. J'ai déjà utilisé toutes mes gazes et mes bandages. J'ai des tampons, dans mon sac à main. Une petite trousse rouge. Veux-tu les apporter ?

Il hocha la tête et courut vers la voiture. Il fouilla dans le sac d'Isabel et trouva la petite pochette.

— Tiens, dit-il avant de se hisser et de lui tendre un tampon par la vitre brisée.

Elle souleva les cheveux ensanglantés de la femme et enfonça le tampon dans la plaie béante. Il avait déjà vu quelqu'un faire la même chose sur une blessure par balle.

Il entendit les sirènes des pompiers et des ambulances approcher.

— Dis-leur de venir ici le plus vite possible. Elle est dans un état critique, dit Isabel.

— D'accord, répondit-il, avant de découvrir le petit garçon assis derrière elle.

Le souffle coupé, il observa l'enfant, copie presque conforme de son fils, Tomas. Même âge, mêmes cheveux bruns, mêmes yeux noirs. Alors il comprit pourquoi Isabel avait pris tous ces risques. C'était pour ce petit garçon.

— Comment tu t'appelles ?

— Lucas.

— Bonjour, Lucas, je suis Dom. Je suis docteur. Tu entends les sirènes ?

Le petit garçon hocha la tête.

— Ce sont les pompiers et les ambulanciers. Ils vont venir te sortir de là.

— Et ma maman et mon papa aussi.

— Oui, bien sûr. Il faut qu'Isabel leur laisse la place. Ils vont peut-être devoir couper la voiture pour l'ouvrir, avec une grosse scie. Ça va faire du bruit mais vous pourrez sortir et aller à l'hôpital, où on va s'occuper de vous. D'accord ?

— Oui, dit l'enfant dans un filet de voix.

Dom regarda Isabel et s'efforça de dissimuler son angoisse et son impatience. Il fallait qu'elle sorte de cette voiture et le plus vite serait le mieux. Les secouristes prendraient le relais.

— Viens, je vais t'aider, lui dit-il.

Les sirènes s'arrêtèrent. Il entendit les véhicules se garer, des voix donner des ordres.

Isabel se tourna vers Lucas.

— Je vais sortir, maintenant. Les pompiers vont venir s'occuper de toi.

Il hocha la tête, les joues baignées de larmes. Elle posa la main sur son bras, pour le réconforter, et lui caressa la joue.

— Je vais t'attendre là, à côté de la voiture, pendant qu'ils te font sortir.

Dom tendit la main à Isabel tandis qu'elle se redressait avec précaution sur le siège. Il sentit le contact de sa main glacée sur la sienne, agrippa un poignet, puis l'autre. Elle parvint à sortir le haut du corps par la vitre cassée et, quand elle se retrouva à moitié dehors, à l'arrière de la voiture, il la prit dans ses bras, et la serra contre lui.

— Tu es sauve ! murmura-t-il. *Dio mio !* Qu'est-ce qui t'a pris ?

Elle lui décocha un regard noir.

— Je n'en reviens pas que tu m'aies demandé de rester dans la voiture, dit-elle d'une voix chevrotante mais déterminée.

Mais elle le serra contre elle et l'embrassa sur la joue.

— Tu peux me poser, maintenant.

Il s'exécuta à contrecœur. Des hommes et des femmes en tenue de secouriste arrivaient en courant.

— Il faut leur expliquer le peu que nous savons.

— Parle-leur, toi. Je vais rester ici. Je veux être là quand Lucas va sortir.

Il hocha la tête.

— En attendant qu'ils commencent, va te laver les mains et boire de l'eau.

Il fallut une heure aux pompiers pour extirper la mère de Lucas de la voiture. On lui fit une transfusion pour remplacer tout le sang qu'elle avait perdu et, par miracle, elle reprit connaissance. La grand-mère de Lucas était venue chercher l'enfant. On lui avait promis qu'il irait voir ses parents à l'hôpital. Son père était miraculeusement vivant, lui aussi, mais la gravité et le nombre de ses lésions avaient généré une discussion sur le meilleur moyen de le sortir de là. Dom et Isabel étaient partis en même temps que Lucas.

Il ne restait plus beaucoup de temps avant le départ de son avion mais ils pouvaient y arriver. À condition de ne pas traîner.

13.

Dans la voiture, ils souhaitaient tous les deux penser à autre chose qu'à des accidents et à leurs victimes.

En arrivant à l'aéroport de Coffs Harbour, Dom se gara, se félicitant de trouver aussi facilement une place. Le parking était loin d'être bondé.

— L'Australie me donne l'effet d'être sous-peuplée, dit-il.

— Moi, je trouve qu'il y a du monde. Mais c'est vrai que la densité de population est moins élevée qu'en Italie.

— Ici, il n'y a que vingt-cinq millions d'habitants. L'Italie en compte soixante.

Même si l'Australie était sous-peuplée, cela ne l'avait pas empêché d'y rencontrer une femme merveilleuse.

— Ce n'est pas la seule différence entre nos deux pays.

Isabel se mit à rire, d'un rire encore un peu tremblant après ce qu'ils venaient de vivre. Il aurait voulu qu'elle soit détendue avant son départ. Qu'ils se quittent sur une note positive. Alors il lui sourit à son tour, mettant dans son sourire tout le plaisir qu'il avait à être avec elle, tous les sentiments qu'il éprouvait pour elle, tout le bonheur qu'elle lui avait déjà apporté.

Elle pencha la tête, tel un moineau, et le fixa.

— Qui es-tu ? Où est passé l'homme qui est arrivé il y a deux semaines ? J'ai du mal à te reconnaître. Tu es tellement plus joyeux.

Le compliment lui alla droit au cœur. Il avait envie que sa vie soit emplie de joie et qu'Isabel en fasse partie.

Elle ouvrit la portière, sans attendre, évidemment, qu'il le fasse pour elle. Il arriva tout de même assez rapidement pour lui tendre la main, comme il avait pris l'habitude de le faire avec elle. Il fallait aller vite, c'était un défi qui avait fini par devenir pour lui un jeu qu'il adorait.

— Cet homme a été touché par un ange, dit-il, la main sur le cœur.

— J'en suis ravie.

Elle ouvrit son sac à main.

— J'ai besoin du ticket du parking, dit-elle. Pour pouvoir en sortir.

— Ton esprit pratique me tue. Alors que nous allons peut-être être séparés pendant des mois ! Et que je vais déprimer dès la première seconde.

Sa franchise le surprit lui-même. L'imminence du départ – mais peut-être aussi le danger et l'angoisse auxquels ils venaient de se confronter – lui donnait envie de se libérer de tout ce qui l'avait entravé pendant des années. Il avait envie de rire, de croquer la vie à pleines dents. Et d'entendre le rire d'Isabel. De la voir sourire, pour emporter avec lui le souvenir de son visage heureux. Tel un remède à la mélancolie.

Isabel était encore sous le choc de l'accident et n'était pas tout à fait présente. Elle qui craignait que leurs adieux soient déchirants, elle fut surprise de la légèreté et de la tranquillité qui émanaient de Dom, quoi qu'il en dise.

Il ouvrit le coffre et sortit sa petite valise cabine, essentiellement occupée par son ordinateur. Elle se demanda comment il avait vécu deux semaines avec aussi peu d'affaires avant de se rappeler que Rai et lui étaient jumeaux et faisaient à peu près la même taille.

Le terminal des départs et celui des arrivées étaient situés dans le même bâtiment et n'étaient séparés que par une vitre. C'était un aéroport local d'où partaient et où arrivaient des vols régionaux.

Dom ferait une escale de quelques heures à Sydney, avant de s'envoler pour l'Europe.

Elle le regarda tandis qu'il se dirigeait vers le guichet

d'enregistrement et remarqua les regards que posaient sur lui les femmes dans le terminal ainsi que l'employée de la compagnie aérienne. Curieusement, elle éprouva une petite pointe de jalousie, ce qui la surprit. D'une part, ce n'était pas son genre d'être possessive. D'autre part : de quel droit l'était-elle vis-à-vis de cet homme qu'elle ne connaissait pas deux semaines plus tôt ?

Dom revint vers elle, sa carte d'embarquement à la main. Le temps de se dire au revoir était arrivé.

Il ne faut pas que je pleure. Il ne faut pas que je pleure...

Dom se posta devant elle, posa ses grandes mains chaudes sur ses épaules et l'attira contre lui. Elle glissa les siennes sur son torse. Il était chaud, lui aussi. Et ferme.

D'un doigt, il souleva son menton pour pouvoir voir son visage.

— Viens avec moi. Il y a un siège libre juste à côté de moi.

Si seulement elle pouvait !

— Je n'ai pas mon passeport, dit-elle avant de détourner le regard.

— Tu rougis. Tu ne sais pas mentir, dit-il en riant.

Puis il redevint sérieux.

— Tu as pris ton passeport ? L'idée de prendre l'avion t'a traversé l'esprit ?

Impossible de nier.

— Je ne sais pas pourquoi j'ai pris mon passeport. Je ne viendrai pas, Dom. Je ne peux pas.

Le front de Dom se plissa, son sourire s'évanouit. Elle craignit d'avoir fait naître en lui de faux espoirs et regretta de ne pas être capable de dissimuler la vérité quand c'était nécessaire.

— Si tu ne comptais pas venir, pourquoi as-tu pris ton passeport ? Pourquoi as-tu mis toutes les chances de ton côté pour, ensuite, te désister ?

Elle sentit sa gorge se serrer. Les larmes n'étaient pas loin. Elle était incapable de lui donner une explication, pour la bonne raison qu'elle n'en avait pas.

Elle avait vu son passeport dans l'armoire de sa chambre et

elle l'avait jeté dans son sac, comme ça, sans vraiment réfléchir à ce qu'elle faisait. Ou sans *vouloir* y réfléchir.

Elle jeta un coup d'œil autour d'elle, cherchant désespérément un moyen de se sortir de cette situation qui lui échappait de plus en plus.

Il prit son visage entre les mains et plongea son regard dans le sien.

— Ne gâchons pas le temps que nous pourrions passer ensemble.

Elle recula.

— Ne sois pas si théâtral, Dom.

— Tu es si calme, si posée, si sensée, mon amour.

Elle secoua la tête.

— Je ne vois pas ce qu'il y a de mal à être calme. Et je ne suis pas ton amour.

— J'ai bien peur que si. Nous serions ensemble, si seulement tu voulais de moi. Tu as bien quelque affection pour moi, Isabel ?

— Non, rétorqua-t-elle sans y croire elle-même.

Il se remit à rire.

— Encore un mensonge.

— Arrête, Dom. Je t'en prie, dit-elle en retenant les larmes qui menaçaient de jaillir.

Elle ne pleurerait pas. Elle indiqua d'un geste de la main les portiques et les agents de la sécurité.

— Tu devrais te dépêcher si tu ne veux pas manquer ton vol. De toute façon, je m'en vais.

Il la rattrapa et la serra dans ses bras. Puis il prit de nouveau son visage entre les mains et l'embrassa avec une tendresse qui lui brisa le cœur. Lorsque leur baiser se fit plus passionné, elle sentit en lui le même désespoir violent que celui qu'elle éprouvait, le même désir qui embrasait leurs cœurs et leurs corps.

Puis il se détacha d'elle, créant un vide qui les bouleversa tous les deux.

— Au revoir, Isabel. Nous nous retrouverons un jour, si Dieu le veut.

Il tourna les talons et avança vers les portiques de la sécurité d'un pas silencieux sur le sol poli de l'aéroport.

Si Dieu le veut…

Les lèvres d'Isabel se mirent à trembler. Les événements tragiques de la matinée refirent surface. La vie ne tenait qu'à un fil. Et s'il arrivait quelque chose à Domenico ? N'était-elle pas en train de passer à côté d'une occasion d'être heureuse, ne serait-ce que pour un court moment ? Tout cela parce qu'elle était trop lâche pour bousculer sa petite vie confortable. Trop peureuse pour prendre le risque d'être quittée un jour. Trop angoissée pour faire confiance à quelqu'un.

Elle se sentit soudain glacée.

Il n'y avait rien de mal à avoir la tête sur les épaules. Cela évitait de souffrir quand on était rejeté.

Pourtant, il existait une souffrance plus grande que celle d'être quittée. Et qu'elle éprouverait si elle écartait la seule opportunité qu'elle avait de rester avec Dom. Elle n'avait réfléchi qu'à leur différence d'âge et à son infertilité. En réalité, ce qui l'empêchait de le suivre, c'était la peur de faire un saut dans l'inconnu et d'accorder sa confiance à un homme.

Elle se complaisait trop, dans son indépendance, pour faire quoi que ce soit qui menace la paix de son esprit. Elle passait son temps à prouver qu'elle était heureuse et épanouie. Tante Isa, sur qui tout le monde pouvait compter.

Elle vit Dom disparaître derrière les portiques et ouvrit la bouche.

— Oh ! Dom, prends soin de toi. Sois heureux, murmura-t-elle.

Elle marqua une pause, les larmes perlant sous ses paupières.

— Dom, je t'aime.

C'était bien le moment de s'en apercevoir ! Quelle idiote !

De toute façon, Dom ne la connaissait pas. Il connaissait d'elle l'image qu'elle donnait à voir. Il ne cessait de faire remarquer à quel point elle était calme et posée alors que, la plupart du temps, elle était loin de l'être.

À une époque, elle s'était laissée aller à l'impulsivité, mais elle avait vite appris à dompter ses élans. Jusqu'à sa rencontre avec Dom. Depuis qu'elle le connaissait, elle oscillait entre la tentation et la peur, entre l'envie que rien ne change et le désir de recouvrer sa spontanéité.

Il lui avait fallu des années pour trouver la femme qu'elle pensait être mais, en deux petites semaines, Domenico Salvanelli avait mis sa vie sens dessus dessous. Si elle sortait avec lui, elle ne se reconnaîtrait pas. Ce qui la rendait nerveuse. Mais vivante ?

Si Dieu le veut.

La peur l'étreignit.

Dom allait bien, il ne lui arriverait rien.

Elle se dirigea vers la sortie. Un avion prêt à atterrir vrombit au-dessus d'elle. Les yeux emplis de larmes, elle marcha jusqu'à sa voiture et s'installa au volant, dévastée par une sensation de vide qu'elle n'avait pas anticipée.

L'avion toucha le sol et freina. Bientôt, il redécollerait, emportant le beau Dom.

Elle démarra et chercha la sortie du regard. Puis elle souffla, coupa le contact. Elle n'avait pas payé son stationnement. L'ancienne Isabel n'aurait jamais oublié de payer avant de sortir du terminal. Elle allait devoir y retourner et trouver les caisses automatiques. Pourquoi ne pouvait-on pas payer depuis sa voiture ?

Le cœur gros, elle sortit du véhicule et reprit le chemin du terminal. Là, elle ne put s'empêcher de scruter, à travers la vitre, les gens attendant que leur avion soit accessible. Beaucoup d'entre eux étaient debout, près de la porte d'embarquement, et regardaient le tarmac, comme si cela allait les faire embarquer plus rapidement.

Elle ne vit pas Dom, ce qui, d'une certaine manière, la soulagea.

Il fallait juste qu'elle paie son stationnement et qu'elle sorte de là. Mais ses pas semblaient ne pas vouloir la mener aux caisses automatiques. Elle avança jusqu'à la vitre et continua à chercher Dom des yeux, comme si sa vie en dépendait. Enfin elle reconnut son dos, ses épaules carrées et son port de tête.

Il était l'un des rares à ne pas regarder l'avion sur le tarmac. Il était tourné vers les portiques de la sécurité et les guichets d'enregistrement. Comme s'il attendait quelqu'un. L'attendait-il ? Une petite voix intérieure lui suggéra d'aller vérifier par elle-même. De prendre le risque.

Et, soudain, tout lui parut clair.

Elle aimait Dom. Pourquoi n'acceptait-elle pas qu'il l'aime en retour ?

En fin de compte, la seule chose qui soit vraiment effrayante était l'idée de ne plus jamais revoir Domenico Salvanelli.

Les premiers passagers de l'avion qui venait d'atterrir commencèrent à affluer dans le hall des arrivées. Les enfants couraient, les gens s'embrassaient, le volume augmenta soudain, comme si quelqu'un avait tourné un bouton.

Le tapis roulant des bagages s'ébranla.

Isabel avait encore besoin de temps pour prendre sa décision.

Elle pourrait prendre l'avion pour Sydney et lui parler. Et, si elle décidait de partir avec lui pour l'Italie, elle pourrait toujours s'acheter des vêtements de rechange à l'aéroport, et même une valise s'il le fallait.

Il faudrait qu'elle demande à Rai et Faith de venir chercher sa voiture, elle leur rembourserait le prix du stationnement. Faith avait aussi un double des clés de chez elle, elle viderait le frigo, fermerait la porte et garderait la maison jusqu'à son retour.

Elle n'avait aucune raison valable de ne pas partir.

Elle éclata de rire. Elle s'apprêtait à faire la chose la plus folle de sa vie. Suivre un homme de sept ans de moins qu'elle, partir à l'aventure avec lui.

Elle se détourna et marcha d'un pas vif jusqu'au hall des départs, qui était à présent presque désert. Les haut-parleurs annoncèrent que l'embarquement des passagers du vol à destination de Sydney allait commencer. Par la vitre, elle vit les passagers se masser devant la porte en brandissant leur carte d'embarquement. Elle perdit Dom de vue.

L'hôtesse du guichet d'enregistrement la regarda d'un air de dire qu'elle était soit très en retard, soit très en avance.

— Est-il encore possible d'acheter un billet pour Sydney, s'il vous plaît ? Non, plutôt pour Rome, en fait. Je viens de me décider. Et je n'ai pas de bagages.

Elle sourit et sentit son cœur sur le point d'exploser de joie.

— C'est une bonne décision, dit l'hôtesse en souriant avant de consulter sa montre. On devrait pouvoir y arriver, à condition de ne pas traîner.

Isabel avait déjà sorti son permis de conduire et sa carte de crédit.

Mais elle vit les épaules de l'hôtesse s'affaisser.

— Oh ! non ! Je suis désolée. Je savais que c'était juste mais... L'enregistrement vient de fermer.

14.

Elle ne viendrait plus. Il s'était fourvoyé en s'imaginant qu'Isabel prendrait ce risque. C'était une femme courageuse, il en avait eu des preuves durant tout son séjour à Lighthouse Bay. Mais c'était peut-être trop lui demander de sauter dans le premier avion pour un pays qu'elle connaissait à peine avec un homme qu'elle ne connaissait pas beaucoup plus.

Il avait gardé espoir jusqu'à ce que les derniers passagers entrent dans la salle d'embarquement. Mais, en marchant sur le tarmac pour gagner l'escalier situé à l'avant de l'appareil, il se dit qu'il avait agi comme un idiot. Une fois dans l'avion, il rangea sa valise au-dessus de son siège et s'installa près du hublot.

L'avion était à moitié vide. Seuls les idiots solitaires et les familles prenaient l'avion le jour du réveillon. Il avait un billet en classe affaires, ce qui lui assurait de n'avoir pas de voisin immédiat sur les trois vols qu'il prendrait jusqu'à Florence. Et de pouvoir étendre les jambes devant lui.

Il prit son téléphone et envoya un message à son frère pour l'informer qu'il était à bord.

Avec Isabel ?

Rai avait-il deviné ce qu'il avait en tête ? Isabel en avait peut-être parlé avec Faith. L'idée qu'Isabel puisse encore venir fit battre son cœur plus fort. Mais l'hôtesse donna les instructions de sécurité et il dut éteindre son portable.

Elle le regarda, sa fiche d'instructions à la main, et lui sourit.

— Nous attendons un dernier passager avant de fermer la porte, dit-elle d'une voix douce.

Isabel sentit qu'elle se vidait soudain de son énergie. Il était trop tard. Elle avait tout gâché avec son indécision, son incapacité à voir ce qui était clair comme de l'eau de roche.

— Vous ne pouvez vraiment rien faire ?

L'hôtesse lui adressa un regard sincèrement désolé.

— Non, il est trop tard pour ce vol. Mais il y a un vol pour Sydney qui part de Port Macquarie dans deux heures. Il vous restera deux heures pour prendre le vol pour Rome. Et Port Macquarie est à peu près à une heure et demie d'ici, en voiture. C'est juste mais, comme vous n'avez pas de bagage, ce n'est pas impossible. Je peux vous enregistrer d'ici maintenant, si vous voulez.

— D'accord. Je veux un billet pour Florence, en passant par Sydney et Rome. Tenez, ma carte de crédit.

Elle était folle. Complètement folle. Folle amoureuse, à n'en pas douter. Le temps était compté mais elle ne pourrait pas appuyer trop fort sur l'accélérateur, à cause de sa cheville. Au moins ne prendrait-elle pas de risques inutiles au volant.

Elle ne resta pas pour voir décoller l'avion de Dom. Elle retourna au hall des arrivées et courut jusqu'au guichet automatique du parking, qu'elle remercia de lui avoir permis de changer d'avis. Par chance, elle avait fait le plein d'essence quelques jours avant son entorse.

Sur la bretelle menant à l'autoroute, elle vit que la circulation était limitée à une voie. Elle se rappela l'accident, à l'aller. Elle regarda l'heure. Elle avait une heure vingt pour arriver à Port Macquarie. Elle mit son clignotant et fit demi-tour. Elle prendrait l'autoroute plus loin. C'était plus long mais la circulation serait moins dense. Le sang se mit à battre à ses tempes. Elle prit sa bouteille d'eau et la vida presque. Elle devait être déshydratée en plus de subir le contrecoup des événements de la matinée. Elle garda un peu d'eau, au cas où. Si elle devait courir, elle serait contente de pouvoir se désaltérer à un moment ou à un autre.

Elle regarda l'heure et secoua la tête.

Qu'était-elle en train de faire ?

Une folie, sans doute.

Mais il était trop tard pour y penser.

Pour l'heure, elle devait se concentrer sur la route et arriver à temps à bon port.

Isabel arriva à l'aéroport de Port Macquarie exactement une heure vingt après être sortie du parking de celui de Coffs Harbour. Elle poussa un soupir de soulagement. Elle prit le ticket de stationnement. Elle le laisserait à Faith dans la voiture.

Elle traversa le parking en direction du terminal. Son avion était là et les passagers avaient commencé à embarquer. Mais elle avait déjà sa carte d'embarquement. Elle était dans les temps.

Elle entra dans le hall et marcha jusqu'aux contrôles de sécurité. Elle n'en revenait pas d'y être arrivée.

Elle déposa son sac sur le tapis roulant et imagina la tête de Dom quand il la verrait à Sydney. Elle sourit, le cœur battant d'excitation et d'impatience.

Une sonnerie retentit. Une lumière s'alluma.

Quoi encore ?

Elle vit son sac ressortir du tunnel.

— Vous avez des ciseaux, dit l'agent sur un ton blasé.

Elle résista à la tentation de vider le contenu de son sac sur le tapis roulant et se força à sourire tandis que l'agent le déposait sur une table, à part. Il enfila des gants, avec une lenteur pénible. Elle jeta un coup d'œil par la vitre. Les derniers passagers embarquaient.

Une vague de découragement l'envahit à l'idée qu'elle ait fait tout cela pour rien. L'univers était peut-être en train de lui envoyer un message – par le biais d'une fichue paire de ciseaux !

— Vous devez vous en séparer, dit l'agent.

— Quoi ? dit-elle en sursautant.

— Les ciseaux. Si vous voulez monter dans cet avion, il faut les laisser.

Une fois à Sydney, Dom reconnut qu'il avait perdu. Isabel n'avait pas pris l'avion à Coffs Harbour. Il était persuadé que le passager retardataire, ce serait elle. Il s'attendait à la voir apparaître au bout de l'allée. Mais un jeune homme était monté à bord, un sac à dos sur l'épaule, et les hôtesses avaient fermé les portes.

Il se passa la main dans les cheveux, jura en silence en regardant sa montre. Il avait deux heures devant lui pour décider s'il était prêt à renoncer à des problèmes de paperasse et à une petite fortune pour retourner à Lighthouse Bay et aller chercher Isabel. Ou s'il valait mieux prendre le vol pour l'Italie et revenir en Australie plus tard.

Il massa doucement l'arête de son nez. Son téléphone sonna dans sa poche. Il sursauta et s'en saisit, espérant que ce soit elle qui l'appelle.

— Rai ? Oui. À Sydney. Merci. Et Isabel, elle est bien rentrée ?

Il fronça les sourcils en entendant son frère lui dire non.

— Elle n'a pas appelé Faith ?

— Elle s'est peut-être arrêtée faire des courses. Il y a de beaux magasins à Coffs Harbour, dit Rai.

Dom doutait qu'elle aurait envie de faire des emplettes après ce qui s'était passé pendant cette matinée intense.

— Je me demande si je ne vais pas revenir à Lighthouse Bay, dit-il. Je crois que je vais annuler mon vol pour Rome.

— Quoi ? s'écria Rai, manifestement surpris. Dom, ne prends pas de décision à la hâte.

— Je suis capable de décider tout seul, rétorqua Dom, agacé qu'on lui dicte ce qu'il devait penser et faire.

— Je sais, mais il faudra bien que tu retournes à Florence à un moment ou à un autre, de toute façon. Je suis content que tu sois venu à mon mariage, mais nous savons l'un comme l'autre que tu risques de perdre beaucoup d'argent si tu ne rentres pas rapidement en Italie.

Il réfléchit. Son frère, qui avait trouvé son bonheur, ne voulait-il pas qu'il fasse de même ?

— Je sais, mais j'ai envie de retourner à Lighthouse Bay.

Rai ne fit aucun commentaire, mais Dom savait qu'il n'en pensait pas moins.

— Tu pourras revenir à Lighthouse Bay quand tu auras réglé tes affaires. Si Isabel est la femme de ta vie, elle t'attendra. Laisse-lui du temps, laisse-la réfléchir. C'est une femme indépendante et avisée. Elle a besoin de prendre ses propres décisions.

Mais Isabel n'était pas qu'avisée, il le savait. En elle bouillait le désir d'être un peu plus spontanée. D'être heureuse, libre de mener la vie dont elle avait envie et qu'elle méritait. Qui pouvait savoir ce dont cette femme fantastique était capable ? Elle prévoyait peut-être de partir faire le tour du monde. Ce serait à lui de l'attendre. Pendant combien de temps ?

À l'atterrissage à Sydney, Isabel fut l'une des premières levées lorsque les passagers furent autorisés à défaire leur ceinture de sécurité. Mais elle était au fond de l'avion et dut attendre, bouillant d'impatience, que les autres passagers sortent avant elle.

Sur le tarmac, un bus les attendait. Le terminal était trop loin pour qu'elle s'y rende à pied. Le bus, déjà plein, ne tarda pas à démarrer. Elle s'accrocha à une sangle, l'estomac retourné par les ballottements et le fait qu'elle n'ait rien mangé depuis le petit déjeuner.

Le bus s'arrêta pour laisser passer un avion. Elle regarda sa montre, désespérée. Puis il reprit sa course au ralenti en direction du terminal.

Cinq minutes plus tard, il s'arrêta pour de bon. Elle se fraya un passage parmi les passagers, dont certains protestèrent. Puis elle fonça, priant pour ne pas rencontrer d'obstacles dans les escalators et autres tapis roulants menant aux halls des départs. Par chance, elle connaissait l'aéroport. Elle était souvent passée par Sydney lors de ses voyages précédents. Il lui restait une heure dix pour qu'un autre bus l'emmène au terminal des vols internationaux, où l'attendait l'avion.

L'avion qu'elle prendrait avec Dom.

Lorsqu'elle arriva au guichet, l'hôtesse la regarda avec inquiétude.

— Il faut vous dépêcher, si vous ne voulez pas le manquer.

Isabel sentit les larmes lui monter aux yeux et les ravala.

— Je sais, répondit-elle en récupérant la carte d'embarquement.

Puis elle regarda l'hôtesse droit dans les yeux.

— L'homme que j'aime se trouve dans cet avion et il ne sait pas que je suis là. Il faut que j'aie ce vol.

L'hôtesse lui adressa un drôle de regard et leva la main pour la faire patienter. Puis elle lui tendit un pass tout en saisissant le téléphone.

— Je vais leur dire que vous arrivez mais je ne vous promets rien. Dépêchez-vous !

— Merci ! dit-elle par-dessus son épaule.

Elle dévala l'escalator et courut jusque sur le tarmac. Une fois encore, elle s'accrocha à une sangle, debout dans le bus qui tanguait. Si elle avait su, en se réveillant, le matin même, qu'elle se retrouverait à l'aéroport de Sydney !

Elle repensa au café que Dom lui avait apporté au lit avant d'aller courir sur la plage. Elle n'en revenait pas de tout ce qui s'était passé depuis.

Elle n'aurait pas le temps de se refaire une garde-robe ni même de grignoter quelque chose à l'aéroport. Elle aurait un repas dans l'avion.

Incapable de se laisser porter par l'escalator, elle gravit les marches en courant et arriva enfin dans le hall des départs internationaux. La queue aux contrôles de l'immigration et de la douane était impressionnante.

Elle faillit éclater en sanglots, avant de se souvenir du pass que lui avait donné l'hôtesse. Elle le montra à l'agent d'une main tremblante. Il la laissa passer. Mais plusieurs dizaines de personnes attendaient encore devant elle en brandissant leur passeport et il lui restait une dizaine de minutes avant la fin de l'embarquement.

Au moins s'était-elle débarrassée des ciseaux, ce qui lui ferait gagner du temps.

Elle éclata d'un rire nerveux quand on la désigna pour un contrôle aléatoire anti-explosifs. L'officier la dévisagea avec circonspection.

— L'embarquement a commencé pour mon vol, dit-elle en se ressaisissant.

Totalement impassible, il lui servit une réponse qu'il répétait probablement toute la journée.

— Ce ne sera pas long.

Elle se retint de dire tout ce qui lui passa par la tête, consciente qu'il faisait son travail et obéissait lui-même à des ordres. Elle leva les bras et le laissa passer le détecteur sur son corps et dans son sac.

— Vous savez où se trouve la porte 61 ? demanda-t-elle en attendant le verdict.

— C'est par là, répondit-il en penchant la tête vers la droite. C'est bon, vous pouvez y aller.

Elle se remit à courir dans la direction qu'il lui avait indiquée. Ses poumons commençaient à brûler mais elle ne ralentit pas. Jamais elle n'aurait imaginé pouvoir faire preuve d'autant de persévérance.

Enfin, elle arriva à la porte 61 et ralentit. L'endroit était désert, à part un homme de ménage qui vidait une poubelle. Aucun passager, ni hôtesse ni steward. La porte était fermée et un panneau lumineux indiquait *Embarquement terminé*.

Elle s'effondra sur un siège en tentant de reprendre son souffle. Elle était persuadée qu'elle arriverait à temps. Elle était persuadée que sa place était dans cet avion, avec Dom.

Elle se sentit soudain honteuse d'avoir déployé autant d'énergie pour rien.

Elle prit une profonde inspiration et sortit sa bouteille vide qu'elle alla remplir à une fontaine à eau. Elle sentit les tensions accumulées au cours de ces dernières heures se relâcher.

Au moins avait-elle tenté.

Il ne lui restait plus qu'à rentrer à Lighthouse Bay. Elle pourrait peut-être passer la nuit à Coffs Harbour. Mais sa voiture était garée à Port Macquarie et elle ne connaissait pas la ville. Elle n'avait pas envie de se retrouver dans un hôtel miteux. Autant rouler trois heures et dormir dans son lit.

Le cœur gros, elle retraversa le terminal mais d'un pas lourd, cette fois.

C'était la première fois qu'elle ratait un avion.

La première fois, aussi, qu'elle courait après un homme.

Il fallait qu'elle appelle Faith.

Elle sortit son portable.

— Faith ?

— Isabel ! Où es-tu ? Ça va ?

Mais Faith ne lui laissa pas le temps de répondre.

— Tu as l'air bizarre. Domenico a dit à Rai que tu aurais dû être arrivée depuis longtemps.

— C'est une longue histoire. Je suis à l'aéroport de Sydney.

— Sydney ?

Faith se tut.

Mais le silence fut de courte durée.

— Oh ! je vois, dit-elle doucement, sur un ton incrédule. Tu es partie avec lui ! Tu pars en Italie ?

Isabel soupira, un peu honteuse.

— C'est ce que je voulais faire, oui. Mais tout a capoté. J'ai raté l'avion pour Rome. Je suis là, à Sydney, à me demander ce que je dois faire.

— Oh ! Isabel…

Faith avait tout à coup une drôle de voix.

— Quoi ?

— En fait, Dom n'a pas pris l'avion non plus, dit-elle d'une traite. Il est toujours à Sydney. Il revient à Lighthouse Bay.

Isabel regarda l'écran de son téléphone puis le recolla à son oreille.

— Tu sais quel vol il prend ?

— Le vol de 15 h 40. Numéro… QF 2164.

Elle se leva, le cœur empli d'une excitation croissante.

— Faith, je te rappelle !

Dom regarda par le hublot et se figea en voyant la femme qui marchait sur le tarmac d'un pas décidé, les cheveux au vent, la tête levée vers l'avion.

— Isabel…

Son cœur fit un bond dans sa poitrine. Il tendit le cou et la vit monter à bord et saluer les hôtesses. Puis elle remonta lentement l'allée en dévisageant les passagers.

Enfin leurs regards se croisèrent. Il n'en croyait pas ses yeux. Isabel était là, dans l'avion, avec lui.

Il détacha sa ceinture de sécurité et se leva en se cognant la tête contre le coffre à bagages.

— Isabel…, répéta-t-il d'une voix rendue rauque par l'émotion. Tu es là…

Il avança dans l'allée et, une fois devant elle, lui prit la main et regarda ses doigts se refermer sur la sienne. De son autre bras, il la prit par la taille et la serra contre lui, l'espace d'un instant.

— Rentrons à la maison, dit-il.

Épilogue

Un an plus tard

Isabel avait l'impression d'avoir attendu ce moment toute sa vie : Noël à Lighthouse Bay, avec l'homme qui était devenu son mari. Ils fêteraient leur premier anniversaire de mariage deux mois plus tard. Elle n'en revenait pas. Il s'était passé tellement de choses en un an !

Ils étaient de plus en plus amoureux et la joie imprégnait chaque moment passé ensemble.

Ils étaient partis pour l'Italie. Dom avait réglé ses affaires florentines en quelques semaines. Ils avaient ensuite fait le tour du pays, pendant un mois, avant de revenir à Lighthouse Bay où Rai et Faith avaient organisé leur mariage en leur absence.

Le voyage de noces avait eu lieu avant le mariage, en quelque sorte.

À Florence, Dom avait vendu l'usine et les nouveaux bâtiments de l'entreprise familiale. Quant à la villa Salvanelli, il l'avait laissée aux bons soins de quelques employés fidèles, avant d'envoyer ses effets personnels en Australie.

Ils s'étaient installés ensemble dans la petite maison d'Isabel et Dom avait commencé à travailler avec son frère dans leur nouveau centre médical. Les habitants de Lighthouse Bay étaient ravis de voir s'installer deux nouveaux médecins.

Le Dr Reg avait pris sa retraite, heureux que la relève soit assurée.

Quant à Isabel, après avoir suivi une remise à niveau en

soins infirmiers et obstétriques qui l'avait passionnée, elle avait souvent travaillé au petit hôpital de la ville.

Puis tout avait changé.

Tout avait changé le jour où ils avaient reçu une lettre inattendue de la part du prêtre de la famille Salvanelli, à Florence, et s'étaient lancés dans des démarches ardues au bout desquelles Dom était arrivé avec brio, compte tenu de la lourdeur des procédures juridiques dans les deux pays.

Deux enfants de deux ans. Des jumeaux. Un garçon et une fille, qui vivaient avec eux, à Lighthouse Bay, depuis un mois. Matteo et Bianca, issus d'une famille que connaissaient les Salvanelli, étaient brusquement devenus orphelins. N'ayant pas de famille proche susceptible de s'occuper d'eux, ils étaient venus vivre en Australie avec Dom et elle, devenus famille d'accueil en attendant que la procédure d'adoption soit achevée.

Isabel posa la petite hotte de Père Noël au pied du lit de Bianca qui dormait profondément. Elle était née une demi-heure avant son frère, sur lequel elle semblait veiller comme une grande sœur, bien qu'elle n'ait que deux ans. Elle accourait dès qu'elle l'entendait pleurer. Elle observait son nouvel environnement avec attention et répétait volontiers les mots qu'Isabel lui disait, dans cette drôle de langue qu'elle ne connaissait pas encore.

Elle déposa la seconde hotte au pied du lit de Matteo qui remua comme s'il était sur le point de se réveiller. Il était plus réservé que sa sœur, avec laquelle il était prêt à tout partager, de ses biscuits à ses jouets, et qu'il regardait avec admiration. Il suivait également des yeux les allées et venues de Dom qui avait plus de chance qu'elle, pour l'instant, quand il s'agissait de le faire sourire.

Mais ils n'en étaient qu'à leurs débuts. Elle se remémora le jour où elle avait dit à Dom que les mortels ne pouvaient pas comprendre les projets de Dieu. À présent, elle éprouvait une reconnaissance infinie pour ce grand projet.

Ils avaient installé les deux petits lits dans l'ancienne chambre de Chloe. Ces deux petits êtres, qui venaient de débarquer dans leur vie, leur avaient déjà donné beaucoup d'amour et de joie.

Il était prévu qu'ils agrandissent la maison en y joignant la maison mitoyenne. Ils venaient de déposer les plans à la mairie.

Elle entendit Dom entrer dans la chambre, où l'aube naissante rosissait les murs. Il posa les mains sur ses épaules et l'embrassa dans le cou.

— Joyeux Noël, mon amour.

Elle se retourna et se blottit dans ses bras.

— Joyeux Noël, Dom. C'est notre premier Noël avec Bianca et Matteo.

— Nous avons de la chance. Mais viens te recoucher avant qu'ils se réveillent. J'ai un cadeau pour toi, que je veux t'offrir en toute intimité, murmura-t-il.

Elle glissa la main dans la sienne en souriant, et le suivit jusqu'à leur chambre sur la pointe des pieds.

ANNE FRASER

Une offre si troublante

Traduction française de
CAROLINE JUNG

BLANCHE

HARLEQUIN

Titre original :
THE FIREBRAND WHO UNLOCKED HIS HEART

Ce roman a déjà été publié en 2017.

© 2012, Anne Fraser.
© 2017, 2022, HarperCollins France pour la traduction française.

1.

— Il y a un type canon qui demande à te voir, annonça Lillian, la réceptionniste, en passant la tête par la porte de la salle du personnel.

Colleen McCulloch, qui s'apprêtait à commencer la réunion de transmission avec le personnel de jour et avait hâte de quitter l'hôpital après sa nuit de travail, secoua la tête.

— Désolée, je ne suis pas disponible, dit-elle distraitement.

— Je lui ai dit que tu étais occupée, rétorqua Lillian, mais il a insisté. Il dit qu'il doit absolument te parler. Maintenant.

Elle la regarda en roulant les yeux.

— Tu nous caches des choses, vilaine ! Cela dit, je te comprends. Si je pouvais tromper mon petit copain avec un type pareil, je crois que je le ferais sans rien dire à personne.

— Je ne trompe pas Ciaran avec qui que ce soit, s'insurgea Colleen. Comment peux-tu même imaginer que ce soit possible ? En tout cas, dis à cette personne de patienter ou de revenir lundi.

— Ma chérie, quoi que tu fabriques avec cet homme, je crois bien qu'il ne décollera pas d'ici tant qu'il ne t'aura pas parlé.

Intriguée, elle jeta un coup d'œil dans le hall.

Lillian avait raison. Il fallait reconnaître que l'homme qui faisait les cent pas en vérifiant nerveusement sa montre toutes les trente secondes était exceptionnellement beau.

Il devait avoir à peine plus de trente-cinq ans, de courts cheveux châtain clair, des yeux verts, un nez droit, des lèvres pleines, et des pommettes que bon nombre de mannequins auraient rêvé de posséder. Le genre d'homme que l'on passerait des heures à admirer. Ce n'était pas parce qu'elle venait de se fiancer avec Ciaran qu'elle ne pouvait pas apprécier la beauté chez les hommes qui en étaient pourvus !

En tout cas, elle était certaine de ne l'avoir jamais vu. Elle s'en serait souvenue.

— C'est la première fois de ma vie que je vois ce type. A-t-il donné son nom ? murmura-t-elle à l'oreille de Lillian.

— Daniel Frobisher, si j'ai bien compris.

Ainsi, l'homme trop occupé pour se déplacer avait daigné venir jusqu'à elle !

Quelques jours plus tôt, elle avait déjà fait savoir au téléphone à l'assistant de Daniel Frobisher — comment s'appelait-il, déjà ? John Haversham — qu'elle n'était pas intéressée par son offre.

— Si M. Frobisher ne peut pas trouver le temps de me téléphoner lui-même, avait-elle dit à M. Haversham, c'est à mes yeux le signe qu'il n'est pas prêt à s'engager dans la guérison de son fils. Pour que son état ait une chance de s'améliorer, son fils va avoir besoin d'un traitement intensif vingt-quatre heures sur vingt-quatre. Ce qui implique obligatoirement la participation de son père. Une participation importante. Or, ce monsieur ne trouve déjà pas le temps de me parler. Ce n'est donc même pas la peine de continuer cet entretien.

— M. Frobisher est un homme extrêmement occupé, avait répliqué son interlocuteur. Il l'aurait fait en personne s'il l'avait pu. Il m'a demandé de le représenter dans cette affaire.

Cette affaire ? Était-ce bien du *fils* de M. Frobisher qu'il était question ?

— Écoutez, dites à M. Frobisher que je suis navrée pour son fils. Mais s'il est aussi fortuné que vous le dites, il trouvera d'autres solutions.

Elle avait poliment salué l'homme et vite oublié cette discussion, jusqu'à ce que, ce matin même, Daniel Frobisher en personne fasse irruption à l'hôpital.

Elle lui répéterait exactement ce qu'elle avait déjà dit à John Haversham. Mais, quoi qu'il en soit, il devrait attendre qu'elle en ait terminé avec la relève des équipes de jour et qu'elle soit passée au vestiaire pour se changer.

Après avoir pris congé de l'équipe de jour, Colleen alla saluer ses patients, dont la plupart étaient déjà en train de se préparer pour la journée, soit seuls s'ils le pouvaient, soit avec l'assistance des aides-soignants.

Elle évita de peu de se faire renverser par Jake à bord de sa chaise roulante motorisée.

— Jake, vous n'êtes pas au grand prix de Silverstone ! le réprimanda-t-elle.

Jake était l'un des plus vieux résidents du service de rééducation. Lorsqu'il était arrivé, il nourrissait une colère terrible après avoir subi un accident de moto qui l'avait définitivement privé de l'usage de ses jambes. Mais depuis qu'on lui avait attribué ce fauteuil roulant motorisé, il s'était mis en tête de recouvrer le plus complètement possible son indépendance. Il était prévu qu'il rentre chez lui d'ici à deux ou trois semaines. Son sens de l'humour allait lui manquer.

Elle finit sa tournée par la chambre située juste en face du bureau des infirmières.

Kiera Flannigan venait d'avoir dix-huit ans. Six mois auparavant, elle s'était retrouvée paralysée à la suite d'un accident de la route. Comme Jake, elle avait d'abord refusé le programme de rééducation qui lui avait été prescrit. Colleen avait passé des heures à son chevet à lui parler, à la câliner, refusant de la laisser abandonner le combat contre elle-même. Ses efforts avaient payé. Kiera était toujours paralysée, sans espoir d'amélioration de son état physique, mais elle pouvait désormais utiliser un ordinateur lui permettant, grâce à son haleine, de taper des lettres sur un écran, ainsi que guider son fauteuil roulant pour circuler dans le service. Elle était arrivée dans le service quatre mois plus tôt et, comme Jake, allait bientôt rentrer chez elle. Le personnel de l'unité était parvenu à obtenir suffisamment de fonds pour qu'elle puisse emporter l'ordinateur chez elle.

Leur unité de rééducation — la seule de ce genre dans tout le sud de l'Irlande — était entièrement financée par des œuvres caritatives et, en dépit de la générosité des donateurs, l'argent faisait souvent défaut pour acheter les équipements spécialisés tels que le fauteuil roulant électrique de Jake ou l'ordinateur de Kiera.

— *Bonjour, Col*, tapa Kiera. *On va danser ce soir ?*

— Trop fatiguée, Kiera. J'ai besoin de sommeil, répondit Colleen en souriant. Qu'as-tu prévu, aujourd'hui ?

— *Etudier. Bientôt les examens. Préférerais aller danser.*

Quelle tristesse de voir cette magnifique jeune fille si lourdement handicapée !

— Et ton blog ?

— *Plus de cent visites aujourd'hui*, tapa Kiera.

Lorsqu'elle avait reçu l'ordinateur, elle s'était plainte au début de ne pas savoir quoi faire avec et de s'ennuyer. Ses possibilités d'utilisation de l'appareil étaient limitées. C'est alors que Colleen lui avait suggéré de créer un blog s'adressant à tous les patients souffrant de lésions traumatiques du rachis. Kiera s'était aussitôt emparée de l'idée, et le blog avait connu un succès immédiat.

Vingt minutes plus tard, après s'être changée, Colleen était enfin prête à quitter l'hôpital.

À la réception, elle aperçut M. Frobisher, qui continuait de faire les cent pas avec une impatience mal dissimulée, les yeux rivés sur sa montre.

Elle avait oublié qu'il l'attendait !

— Bonjour, je suis Colleen McCulloch, se présenta-t-elle en enfilant sa veste. Je suis désolée de vous avoir fait attendre. Vous souhaitiez me parler ?

L'homme s'arrêta, lui tendit la main et la serra d'une poigne ferme.

— Daniel Frobisher. Y a-t-il un endroit où nous pourrions parler tranquillement ?

Il était immense, elle dut lever la tête pour le regarder dans les yeux.

— Je crains que vous vous soyez déplacé pour rien,

monsieur. Ma réponse est formelle : c'est non. J'ai déjà informé M. Haversham que je n'étais pas en mesure de m'occuper de votre fils. Je suis désolée, mais, comme vous pouvez le constater, j'ai déjà un emploi. J'ai donné à M. Haversham le nom de quelques confrères.

— J'ai pris de mon temps pour venir jusqu'ici, aussi souhaiterais-je que vous m'écoutiez, dit-il d'un ton sec qui l'agaça. Asseyons-nous quelque part une minute, si vous le voulez bien.

Résignée, elle lui désigna la salle d'attente.

Daniel Frobisher se cala sur sa chaise, chassa un grain de poussière imaginaire sur le revers de sa veste de costume gris anthracite et l'enveloppa de son regard intense, comme un tigre scrutant sa proie juste avant l'attaque.

— Vous serez bien rémunérée, très bien rémunérée..., dit-il dans un anglais à l'accent d'Oxbridge.

Il était presque trop beau, cela en avait quelque chose d'irréel, pensa-t-elle furtivement en attendant la suite.

Puis il avança un salaire qui lui fit tourner la tête.

La somme hebdomadaire qu'il lui proposait était supérieure à son salaire mensuel actuel. Et même, à bien y réfléchir, supérieure à ce qu'elle gagnait en deux mois !

Mais le fond du problème ne résidait pas dans l'argent.

— Je suis désolée, mais la réponse est toujours non, rétorqua-t-elle d'un ton ferme. Je n'ai pas besoin de tout cet argent. De plus, ma vie me rend parfaitement heureuse telle qu'elle est.

La deuxième moitié de sa phrase ne transcrivait que très approximativement la réalité, mais l'homme qui se tenait présentement face à elle n'avait pas besoin de le savoir.

Daniel Frobisher plissa les yeux, comme s'il lui était impossible de croire à ce qu'il entendait. Sans lui laisser le temps de comprendre ce qui lui arrivait, il l'attrapa par le coude et l'attira vers la sortie.

— Je ne peux pas rester ici, dit-il laconiquement. J'ai déjà passé suffisamment de temps à l'hôpital. Ne pourrions-nous pas aller parler ailleurs ?

— Je vous répète que je n'ai rien de plus à vous dire, répliqua-t-elle en tentant de dégager son bras.

Mais l'étreinte de M. Frobisher était trop forte. Avait-il l'intention de la kidnapper ?

À en juger par l'expression sombre de son visage, cela ne l'aurait pas étonnée outre mesure.

C'était ridicule. Il ne se risquerait pas à la pousser à l'intérieur d'une voiture sous les yeux de tout Dublin !

Ce fut pourtant ce qu'il fit.

Une voiture cossue, noir et chrome avec des vitres teintées, attendait devant l'entrée de l'hôpital à un endroit où personne, absolument personne, pas même M. Sylvester, le chef de service, n'était autorisé à se garer. En un tournemain, elle se retrouva à l'intérieur sans avoir eu le temps d'appeler à l'aide. Elle posa sa main sur la poignée de la portière pour sortir de la voiture, mais le chauffeur démarra à ce moment-là.

Cet homme commençait vraiment à la contrarier, et le fait que son fils soit malade n'y changeait rien !

— Voulez-vous vous arrêter et me laisser descendre. Immédiatement ! dit-elle d'une voix qu'elle souhaitait ferme. Chauffeur, arrêtez cette voiture tout de suite !

Loin d'obtempérer, Daniel Frobisher pressa un bouton, et un écran de verre se matérialisa entre le chauffeur et eux.

Elle fouilla dans son sac en quête d'une arme, mais elle ne trouva rien d'autre, au milieu des mouchoirs en papier usagés et des pièces de monnaie traînant dans le fond, qu'un carnet, un stylo, son portefeuille et un flacon de parfum.

Elle saisit le flacon et le brandit au visage de son voisin.

— Si vous ne me laissez pas sortir, je vous asperge !

L'amusement plissa ses yeux verts et adoucit la sévérité de son visage.

— Vous allez m'attaquer avec du parfum ? Et puis ? Vous attaquerez ensuite mon chauffeur ? Je ne vous demande que trente minutes de votre temps. Je vous promets que je vous ramènerai dès que nous aurons parlé. Tout ce que je désire, c'est que vous écoutiez ce que j'ai à vous dire avant de prendre une décision.

Son regard était redevenu solennel. Quelque chose dans sa façon de s'exprimer, la tristesse dans son timbre incita Colleen à se calmer. Elle l'observa plus attentivement.

Son allure était extrêmement élégante, mais ses yeux étaient entourés de petites rides, et sa bouche était crispée comme si elle avait perdu l'habitude de sourire.

D'instinct, elle comprit que cet homme vivait dans une grande souffrance. Cela n'excusait en rien son attitude autoritaire, mais cela suffisait pour qu'elle lui accorde quelques minutes de son temps.

— Bon, finit-elle par dire à contrecœur. J'écouterai ce que vous avez à me dire, bien que je ne pense pas que cela change quoi que ce soit à ma décision. Mais pas dans cette voiture. Je meurs de faim, je n'ai pas fait de pause, et si je ne mange pas quelque chose d'ici peu, je risque de m'évanouir. Il y a un café là-bas dans lequel je vais régulièrement. Demandez à votre chauffeur de s'y arrêter.

— Me promettez-vous de ne pas vous enfuir ?

Elle sourit en s'imaginant courant dans les rues de Dublin avec cet homme splendide à ses trousses.

Existait-il scénario plus improbable ?

— Je vous le promets. Je vous accorde le temps qu'il me faudra pour prendre mon petit déjeuner, pas plus. Nous sommes d'accord ? demanda-t-elle en tendant la main.

Il lui serra la main de ses immenses doigts.

Elle retira promptement sa main, avec l'impression de recevoir une décharge électrique.

Daniel Frobisher eut l'air surpris en découvrant le café dans lequel elle l'emmenait.

— Etes-vous sûre de vouloir prendre votre petit déjeuner dans cet endroit ? dit-il incrédule. Je peux vous inviter ailleurs, si vous voulez.

Certes, cela ne payait pas de mine de l'extérieur, mais c'était un endroit chaleureux et sympathique, qui servait en outre les meilleurs petits déjeuners irlandais de tout Dublin. Elle s'y arrêtait souvent avant de rentrer chez elle ou d'aller à l'hôpital. Le fait que Trish, sa meilleure amie, en soit la propriétaire, y était aussi pour beaucoup. Et de toute façon, il était hors de question qu'elle fasse un kilomètre de plus dans la voiture de cet homme.

— C'est ça ou rien, dit-elle d'un ton ferme. Ce café n'est qu'à cinq minutes à pied de chez moi, et j'ai vraiment besoin d'aller me coucher bientôt.

Elle regretta ces mots dès qu'elle les eut prononcés.

Elle n'avait aucune envie que cet homme sache où elle habitait. Elle avait le pressentiment désagréable qu'il n'aurait pas de scrupule à la poursuivre jusque chez elle lorsqu'elle lui aurait fait part de son refus définitif de travailler pour lui.

— Très bien, c'est vous qui décidez.

Il lui adressa un sourire très bref qui s'évanouit presque aussitôt mais qui le métamorphosa l'espace d'un instant, lui donnant l'air plus jeune et encore plus beau.

Les fenêtres du café étaient embuées. Les clients venaient en nombre avant de se rendre au bureau ou à l'université pour les désormais célèbres petits déjeuners de Trish.

Son amie se précipita à leur rencontre dès qu'elle les aperçut et les installa près de la fenêtre à la place que Colleen préférait. Dans le dos de Daniel Frobisher, elle lui adressa des signes d'admiration, pouce levé et clin d'œil appuyé.

— Je prendrai comme d'habitude, Trish, dit Colleen en faisant mine de ne pas avoir remarqué son manège.

— Et vous, monsieur ? demanda Trish, la bouche en cœur.

— Café noir. Sans sucre.

Trish s'éloigna après avoir adressé un autre clin d'œil à Colleen.

Trish était une rousse magnifique, dont la plupart des hommes tombaient amoureux au premier coup d'œil et qui repoussait constamment des soupirants transis, mais Daniel Frobisher ne lui avait même pas accordé un regard. Il devait être vraiment très préoccupé par la situation de son fils.

— Bien. Vous m'avez demandé de vous écouter : je suis tout ouïe, dit-elle.

Elle leva les yeux vers lui et adoucit le ton de sa voix.

— Cela dit, je ne vois pas ce que vous pourriez ajouter qui me ferait changer d'avis. Comme je vous l'ai déjà signalé, j'ai déjà un emploi ici. Un emploi que j'adore et que je n'ai aucune intention de quitter. De plus, M. Haversham m'a dit que vous vivez à Londres. C'est en soi un élément rédhibitoire. Même si je ne travaillais pas, je ne peux pas quitter l'Irlande. Je pense que ce déplacement était inutile, monsieur Frobisher.

— Vous pouvez m'appeler Daniel.

Elle ne releva pas.

— D'après ce que votre assistant m'a expliqué, votre fils a besoin de soins vingt-quatre heures sur vingt-quatre. Il existe à Londres une ou deux unités excellentes pour ce genre de soins. Je peux vous en donner les coordonnées…

Trish revint avec deux cafés, des œufs pochés sauce bénédictine, des saucisses, des haricots, du bacon et des toasts.

Le visage de Daniel Frobisher revêtit une expression incrédule.

N'avait-il jamais vu un petit déjeuner irlandais ?

Tandis qu'elle recouvrait abondamment ses saucisses de ketchup et en piquait une bouchée, il sortit une photographie de sa poche et la lui tendit.

Elle posa ses couverts et scruta l'image.

Une femme blonde, très belle, tenait contre elle un petit garçon aux yeux brillants qui regardait l'objectif avec concentration. La scène était prise sur la plage, au soleil couchant. À en juger par la forme et la couleur des yeux de l'enfant, il ne faisait aucun doute qu'il était le fils de cet homme.

— Cette photo a été prise il y a deux ans, dit-il doucement. Mon fils Harry avait dix ans, à l'époque.

Elle hocha la tête.

En effet, John Haversham lui avait dit qu'Harry Frobisher était âgé de douze ans. Son père n'avait-il pas de photo plus récente à lui montrer ? Peut-être celle-ci était-elle sa préférée…

— C'est votre femme ?

— Mon ex-femme. Nous étions déjà divorcés quand elle a eu cet accident avec Harry. Elle a été tuée sur le coup.

L'expression de Daniel Frobisher était indéchiffrable.

— Je suis désolée, dit-elle en se retenant de poser une main réconfortante sur la sienne, pressentant que le geste ne serait pas bien accepté.

— Elle venait juste d'aller chercher Harry au pensionnat. Ils étaient en route pour l'aéroport…

Il hésita, comme s'il revivait en pensée l'horreur passée.

— Votre fils a donc été gravement blessé ? s'empressa-t-elle de demander, pour le ramener au présent.

— Oui. Il est resté dans le coma pendant près d'une semaine. J'ai bien cru qu'il n'en sortirait jamais, dit Daniel d'une voix saccadée et distante. Il est sorti du coma il y a un mois. Mais il ne peut plus ni bouger ni parler.

Un éclair de douleur traversa son regard.

— Il est prisonnier de son propre corps.

— L'accident est tout récent, dit-elle doucement. Il peut faire des progrès considérables en six mois, avec une bonne rééducation.

Daniel lui reprit la photographie des mains et la glissa dans sa poche.

— C'est ce qu'on m'a dit. Mais je me demande s'il ne s'en sortirait pas mieux à la maison, avec une prise en charge individuelle et des soins dispensés par une personne de votre réputation. Je ne veux pas d'une « bonne rééducation » pour mon fils. Je veux ce qu'il y a de mieux. D'après ce que je sais de vous, je pense que vous êtes la personne qu'il lui faut. Je crois savoir que vous avez été kinésithérapeute avant de devenir infirmière. J'ai également appris que vous êtes spécialisée dans le soin des enfants et que vous avez vous-même vécu de près une expérience similaire.

Elle sursauta, et son toast dégoulinant de jaune d'œuf s'immobilisa en l'air, quelque part entre son assiette et sa bouche.

— Qui vous a raconté cela ?

— Disons que je me suis renseigné, dit-il en la fixant. Je ne propose jamais un travail à quelqu'un sans avoir au préalable vérifié quelques données. Vous avez été formée au Guy's Hospital, où j'ai demandé son avis au professeur Ludwig, qui vous a vivement recommandée. S'il existe au monde une personne capable de réparer mon fils, c'est vous. Et je suis prêt à tout faire pour cela, quel qu'en soit le prix.

Réparer son fils ? On aurait dit qu'il parlait d'un objet !

Elle lui répondit néanmoins aussi patiemment que possible, consciente que les parents d'un enfant accidenté ont souvent du mal à accepter ce à quoi il est confronté.

— Les choses ne sont pas aussi simples que cela, reprit-elle gentiment. Même s'il reçoit des soins intensifs et une rééducation adéquate pendant six mois, il n'est pas dit qu'il recouvrera toutes ses capacités. Votre fils ne redeviendra probablement pas la personne qu'il était avant son accident. En fait — et il faut d'ores et déjà vous préparer à cela —, votre fils ne sera plus jamais l'enfant qu'il a été.

Daniel Frobisher se pencha au-dessus de la table et lui planta dans les yeux son regard troublant.

— Essayez au moins d'y réfléchir.

Elle détestait être mise sous pression de la sorte. La façon dont cet homme s'était mis en quête d'un thérapeute pour son fils la mettait mal à l'aise, même si elle éprouvait de la compassion pour lui. Car aucun parent ne devrait être confronté au cauchemar que vivait M. Frobisher en ce moment. Elle était bien placée pour le savoir. Dix ans auparavant, son plus jeune frère, Cahil, s'était retrouvé dans la même situation qu'Harry. Ce drame avait compté pour beaucoup dans le choix de sa carrière. Mais ce que lui demandait aujourd'hui cet homme était ni plus ni moins impossible à accepter.

Elle piqua un dernier morceau de saucisse et le trempa dans la sauce.

— Je suis désolée, mais ma réponse est toujours non. Je suis vraiment désolée pour ce qui est arrivé à votre fils, mais j'ai déjà mon travail, que je ne peux pas quitter sur un coup de tête. Et puis, j'ai ma vie à Dublin : ma famille, mon fiancé…

— Et vos trois frères, dont le cadet, Cahil, a été victime d'un traumatisme crânien il y a dix ans. Si mes informations sont exactes, il est actuellement attaquant dans l'équipe de football de son école ?

Ces révélations la laissèrent sans voix.

— Vous êtes fiancée à votre amour d'enfance, Ciaran, poursuivit Daniel Frobisher, mais vous ne vivez pas ensemble. Vous avez commencé à construire votre maison, et vous marierez dès que vous aurez pu terminer les travaux.

Elle sentit la colère lui contracter l'estomac.

S'informer sur ses capacités de thérapeute était une chose, mais fouiller dans sa vie privée en était une autre. Dire qu'elle avait éprouvé de la compassion pour cet homme !

— Comment avez-vous osé fouiner…

— Je préfère appeler cela « m'informer », et pour répondre à votre question, j'ai osé parce que je veux ce qu'il y a de mieux pour mon fils.

— Je n'ai aucun doute là-dessus, mais cela ne vous autorise pas à…

— Vous pourriez prendre un congé sabbatique de six mois, la coupa-t-il. Ce que j'ai l'intention de vous donner sera largement suffisant pour vous permettre de terminer les travaux de votre maison et même d'organiser le mariage de vos rêves. De plus, je suis sur le point de faire un don substantiel à votre service de rééducation, ce qui permettra d'investir dans des équipements dont vous avez grandement besoin. J'ai déjà parlé avec votre chef de service, il a accepté de se passer de vous pendant six mois. D'ailleurs, il n'a pas tari d'éloges sur vous. Quant à la séparation d'avec votre fiancé et votre famille, vous aurez autant de congés que vous le désirerez dès que l'état d'Harry commencera à s'améliorer, et je mettrai un avion privé à votre disposition afin que vous puissiez retourner à Dublin aussi souvent que vous le voudrez.

Sidérée, elle s'appuya au dossier de sa chaise.

— Vous avez pensé à tout…

— Il le fallait. Je ferai n'importe quoi pour qu'Harry guérisse.

L'espace d'un instant, le masque tomba, et elle perçut dans le regard de son interlocuteur toute la souffrance que cette situation provoquait en lui.

Il déglutit avec effort.

— Mon fils a besoin de moi, reprit-il. Et moi, j'ai besoin de vous. Aidez-moi à retrouver mon fils. Faites-le pour lui, si vous ne voulez pas le faire pour moi. Je vous en prie.

Le silence retomba pendant qu'elle scrutait son visage.

Elle avait le sentiment que cet homme n'avait pas l'habitude de supplier les gens. L'insistance de son regard et sa douleur évidente lui donnaient envie de l'aider. Mais elle hésitait.

— Je ne connais pas suffisamment le cas pour être certaine d'être la bonne personne pour Harry, murmura-t-elle.

Daniel Frobisher sortit une autre photographie de sa poche et la lui tendit.

— Celle-ci a été prise il y a trois semaines.

Harry était couché dans un lit d'hôpital. En dépit du tube qui lui sortait d'une narine, il était très beau, avec ses cheveux dorés et sa peau très pâle.

Elle sentit son estomac se contracter en observant son regard absent et se remémora les journées qui avaient suivi l'accident de Cahil.

Elle revoyait son petit frère couché sur son lit d'hôpital avec le même vide au fond des yeux. Les médecins ne nourrissaient guère d'espoir quant à son état. Mais sa mère avait refusé de baisser les bras et avait insisté pour que Cahil revienne à la maison. Il avait fallu patienter des mois avant qu'il puisse recommencer à se nourrir seul, puis d'autres longs mois encore avant qu'il se remette à marcher et à parler. Mais leurs efforts n'avaient pas été vains : il était à présent rétabli, au point de pouvoir faire partie de l'équipe de football de son école.

Daniel Frobisher dut percevoir son hésitation.

— Acceptez au moins de venir le voir une fois, s'empressa-t-il de suggérer. Venez à Londres avec moi. Si, après l'avoir rencontré, vous n'avez toujours pas envie d'accepter mon offre, je vous promets de ne pas vous en vouloir. Votre décision n'affectera en rien ma décision de faire un don à votre service.

Elle n'eut pas le temps de répondre, car le téléphone de son interlocuteur se mit à sonner.

Celui-ci le sortit de sa poche et le regarda en fronçant les sourcils.

— Je suis désolé, il faut que je prenne cet appel, dit-il en se levant. Je n'en ai pas pour longtemps.

Dès qu'il fut sorti du café, Trish se précipita vers leur table et s'assit en face d'elle.

— Qui est cet apollon, Colleen ? Comment se fait-il que tu ne m'aies jamais parlé de lui ? Si j'avais imaginé ça…

Les pensées de Colleen étaient encore pleines des images d'Harry et de Cahil. Elle regarda par la fenêtre Daniel qui parlait au téléphone.

— Comment ? Ah, lui ? C'est Daniel Frobisher. Il veut que je le suive à Londres pour soigner son fils.

Trish eut l'air déçue.

— Je croyais que c'était ton nouvel amant.

Colleen regarda son amie avec indulgence.

Elle savait que celle-ci avait l'habitude de dire tout ce qui lui traversait l'esprit. Il n'y avait pas lieu de s'en offusquer.

— As-tu oublié que j'ai déjà un fiancé ? demanda-t-elle simplement.

Trish souffla ostensiblement.

— Et toi, as-tu oublié que tu te poses des questions sur votre relation en ce moment ? Aller à Londres te donnerait une excellente occasion de prendre un peu de recul vis-à-vis de Ciaran.

Trish avait peut-être raison. Depuis ses fiançailles avec Ciaran, Colleen s'était mise à douter de ses sentiments. Au lieu de se sentir transportée de joie, elle avait l'impression de se précipiter dans un abîme sans fond.

— C'est juste le trac qui précède le mariage, dit-elle sur un ton plus enthousiaste qu'elle ne l'était réellement. J'aime Ciaran, c'est évident. Je suis à l'aise avec lui, n'est-ce pas l'essentiel dans un couple ? Un respect mutuel, des goûts communs…

Elle jeta un coup d'œil à l'extérieur en direction de Daniel Frobisher, toujours pendu à son téléphone.

Elle ne parvenait pas à s'imaginer à l'aise aux côtés d'un tel homme. Il était trop sérieux, trop agité, trop… tout !

— Mais enfin, Colleen, être à l'aise avec quelqu'un, cela n'a jamais constitué la base d'un mariage ! Si tu veux être à l'aise, achète-toi des pantoufles. Où est la passion dans tout cela ? la séduction ? la folie ? Que sont devenus les moments où les corps sont irrémédiablement attirés l'un vers l'autre ? Où l'on déjeune au champagne ?

— Je n'aime pas le champagne, fit-elle observer à son amie en jetant craintivement un autre coup d'œil par la fenêtre. Je préfère le thé, comme tu le sais.

Si Daniel rentrait, il allait entendre les bêtises que disait Trish. Quand celle-ci était lancée, rien ne l'arrêtait tant qu'elle n'avait pas dit le fond de sa pensée.

— Tu vois ? C'est exactement ce que je veux dire. Tu n'as pas besoin d'aimer le champagne pour en boire. La plupart des gens en boivent parce qu'ils aiment les bulles et que cela leur fait faire des choses insensées.

— Je n'aime pas faire des choses insensées.

Le visage de Trish revêtit une expression grave.

— Tu n'aimes plus cela, certes, mais je te rappelle que cela t'arrivait, dans une autre vie. Regarde-toi, avec ta tresse bien serrée ! Il y a pourtant eu une époque où tu portais les cheveux détachés. Je ne dis pas que Ciaran n'est pas un type sympa, mais il l'est d'une manière fonctionnelle. Tu as besoin de quelqu'un qui te sorte de tes ornières, de la vie étriquée que tu mènes. Tu as vingt-six ans, Colleen ! As-tu voyagé, fait l'amour sur une plage, acheté des chaussures à un prix exorbitant juste pour avoir l'impression de valoir un million de dollars ? Non. Tu portes des pantoufles en forme de lapin, tu t'habilles comme une fille de fermier, et tu passes tes soirées à jouer au billard avec ton fiancé et tes frères au pub du coin. On a déjà vu plus romantique, non ?

Colleen se trémoussa sur sa chaise.

À entendre Trish, sa vie avec Ciaran était d'un ennui mortel !

— Trish, je *suis* une fille de fermier. Et, de toute façon, Ciaran m'aime comme je suis.

— Tu es une femme magnifique, Colleen. Mais quand un homme t'a-t-il regardée pour la dernière fois ? Je veux dire, *vraiment* regardée ?

À l'image de Ciaran vint aussitôt se substituer un visage anguleux aux yeux verts.

Daniel allait bientôt rentrer, il fallait faire taire Trish.

Elle secoua la tête, les yeux au ciel.

— Je n'ai pas envie de faire l'amour sur la plage, dit-elle. Il y a trop de sable, et des gens peuvent vous voir. Mais si j'en avais envie, c'est évident que je pourrais le faire avec Ciaran. Évident.

La porte s'ouvrit en grand, et Daniel revint vers la table.

Trish se leva et se pencha vers elle.

— La question, c'est de savoir si c'est avec Ciaran que tu aurais envie de le faire, murmura-t-elle.

Daniel se rassit sur la chaise que Trish venait de quitter.

Trish était franche, et ses paroles n'étaient pas agréables à entendre, mais elles exprimaient assez fidèlement les sentiments qu'éprouvait Colleen depuis quelques mois. Son amie avait peut-être raison, Daniel Frobisher lui offrait ce dont elle avait besoin en ce moment : du temps pour faire le point, loin de son train-train quotidien.

— Je suis désolé, dit Daniel. Je ne pensais pas que cet appel durerait aussi longtemps.

Il lui adressa un sourire qui, contre toute attente, fit bondir son cœur dans sa poitrine.

C'était incroyable ! Pourquoi, lorsqu'il la regardait de cette façon, avait-elle tout à coup l'impression qu'ils étaient seuls dans la pièce ?

— Avez-vous eu le temps de réfléchir ?

Les yeux verts de Daniel lui firent penser à Harry dans son lit d'hôpital.

Il était désormais évident pour elle qu'elle ne déclinerait pas sa proposition sans avoir rencontré le petit garçon.

— Je veux bien venir voir Harry, finit-elle par dire. Je vous donnerai une réponse définitive ensuite. Il est possible qu'il ne réagisse pas bien à ma présence ou que j'estime qu'il serait mieux dans une unité de rééducation plutôt qu'à la maison. Et si pour une raison ou pour une autre je considère que je ne suis pas la personne la mieux placée pour m'occuper de lui, je déclinerai votre offre. D'accord ?

Le soulagement de Daniel fut évident.

— Dans ce cas, répondit-il en demandant l'addition d'un geste, on y va ?

2.

— Où cela ? À Londres ? Maintenant ?

— Cela ne sert à rien de traîner. J'ai besoin de savoir si oui ou non vous acceptez de vous occuper de lui. Vous n'êtes pas de garde ce week-end, n'est-ce pas ?

Colleen faillit s'étrangler.

Y avait-il un élément de sa vie privée dont Daniel Frobisher n'était pas déjà au courant ?

— Je ne peux pas partir maintenant.

— Pourquoi pas ?

— Parce qu'il faut que je prépare mon sac, que je passe quelques coups de téléphone et que je dorme. De toute façon, il faut le temps de réserver les places dans l'avion.

Daniel posa un billet de vingt livres sur la table et, sans attendre la monnaie, la prit par le bras et la poussa vers la sortie.

Cette habitude commençait à devenir pesante !

Elle se retourna et adressa un regard désespéré à Trish, qui ricana en levant les pouces.

D'accord, il ne fallait pas compter sur elle pour la tirer de là.

— Mon jet nous attend à l'aéroport, déclarait Daniel. Nous allons passer chez vous pour que vous puissiez prendre quelques affaires. Vous dormirez dans l'avion.

— Mais je…

Sa voix faiblit au point de devenir inaudible.

Daniel lui tint la porte, sortit puis s'arrêta et planta ses yeux verts hypnotiques dans les siens.

— Écoutez, vous avez accepté de rencontrer Harry. Il doit sortir de l'hôpital lundi ou mardi dernier délai. Si je ne le ramène pas à la maison, ils ont l'intention de le transférer dans l'unité de rééducation la plus proche. Je vous promets que vous serez de retour chez vous demain au plus tard.

Quelles raisons avait-elle, outre celles que Daniel venait de balayer en un instant, de ne pas le suivre jusqu'à Londres ?

Ce week-end, Ciaran avait prévu de se rendre avec ses frères au pays de Galles pour assister à un match de rugby. Il ne lui était même pas venu à l'esprit de lui demander si elle avait envie de les accompagner ou non. Non qu'elle en ait envie, mais il aurait au moins pu lui demander son avis. D'ailleurs, à bien y réfléchir, à quand remontait la dernière fois qu'ils avaient fait quelque chose ensemble ? Quelque chose de spontané, de romantique ?

Elle éprouva une fois encore une sensation de vide.

— D'accord, passons chez moi.

Cette fois, Trish ne pourrait pas l'accuser de manquer de spontanéité ! Elle devait reconnaître que la situation était agréable. Excitante, même. Elle enverrait un texto à Ciaran pour l'informer de son départ pour Londres. Avec un peu de chance, cela le bousculerait peut-être un peu, lui aussi.

— Parfait, répondit Daniel, visiblement satisfait. Où allons-nous ?

Elle lui donna son adresse, et tandis que la voiture redémarrait, elle envoya un bref texto à Ciaran et à ses parents, chez qui elle avait compté passer le week-end, bien que sa mère lui ait suggéré de rester à Dublin pour sortir et profiter de ses amis.

Pourquoi diable tout le monde avait-il à ce point envie de la voir s'amuser ?

Lorsque la limousine la déposa chez elle, le parfum capiteux de l'after-shave de Daniel vint lui chatouiller les narines alors qu'elle s'apprêtait à introduire la clé dans la serrure, et elle constata avec dépit qu'il l'avait suivie jusque devant la porte de l'immeuble.

Pour une raison qui lui échappait, sa main trembla.

— Laissez-moi faire, dit Daniel en tendant le bras par-dessus son épaule.

Au contact de sa main, elle sentit une secousse électrique

lui parcourir le bras. Il lui prit la clé des mains, et elle se retrouva prise au piège entre ses bras.

Elle se concentra pour conserver son calme.

On aurait dit que c'était la première fois de sa vie qu'un homme l'approchait d'aussi près !

— Je pensais que vous resteriez dans la voiture, bredouilla-t-elle malgré ses efforts pour avoir l'air posé.

Mais il la suivit dans l'escalier et jusque devant la porte de son appartement, qu'elle parvint heureusement à ouvrir sans son aide.

— Merci, je vais me débrouiller, maintenant, insista-t-elle.

Elle avait besoin de se retrouver seule, de se recentrer.

Mais il entra derrière elle.

Craignant de paraître grossière, elle se tut.

Jetant un coup d'œil circulaire dans la pièce, elle se précipita pour ramasser les collants qui pendouillaient sur le dossier d'une chaise, ainsi que le drap de bain et la culotte qui traînaient par terre, et elle fourra le tout dans le lave-linge.

— C'est sympa, chez vous, dit Daniel en ramassant l'un des magazines qui jonchaient le sol. *Mariée*. Jolie robe, commenta-t-il ensuite en regardant la couverture.

Elle lui prit le magazine des mains et le replaça sur la pile, les joues brûlantes.

Elle était d'habitude d'un naturel calme, pourquoi était-elle soudain aussi agitée ?

— Je reviens, dit-elle en se réfugiant dans sa chambre.

Elle referma la porte derrière elle et s'y adossa en soufflant.

« Ce n'est qu'un bel homme dans un beau costume, même s'il a un sourire à se damner… »

Mais d'où sortait cette dernière pensée ?

Elle prit son sac de voyage et réfléchit à ce qu'elle devait emmener. Ses pantoufles, quelques vêtements, des sous-vêtements, sa trousse de toilette. Elle passerait dans la salle de bains avant de partir.

Avait-on besoin d'un passeport pour voyager sur un avion privé ?

Elle passa la tête par la porte du salon.

Daniel s'était installé sur le canapé et feuilletait le magazine *Mariée*, l'air incrédule.

— Dois-je prendre mon passeport ? demanda-t-elle.

— Dublin fait partie de l'Union européenne, comme vous le savez…

Elle referma brusquement la porte.

Seigneur, il allait maintenant penser qu'elle était idiote et décider d'embaucher quelqu'un d'autre !

Elle s'arrêta devant le miroir et scruta son reflet.

Son teint était pâle, ses yeux cernés. Il fallait absolument qu'elle dorme. Dans sa précipitation, sa natte s'était défaite, et quelques mèches s'en étaient échappées. Elle attrapa sa brosse à cheveux et la refit. Puis elle se mit un peu de brillant sur les lèvres. Pour une fois, elle regrettait de ne pas avoir suivi les conseils de Trish et de ne pas avoir acheté une robe mettable, dans laquelle elle se serait sentie à l'aise et confiante.

Elle prit ses affaires de toilette et revint dans le salon.

— Je suis prête.

Daniel se leva avec l'indolence d'un lion qui se réveille.

— Parfait, alors allons-y, dit-il en lui prenant son sac des mains.

Sur le chemin de l'aéroport, Daniel jeta un coup d'œil à la jeune femme assise à ses côtés.

Elle était à des années-lumière de ce qu'il avait imaginé.

« C'est une vraie tigresse, avait dit d'elle son ancien chef de service au Guy's Hospital. Elle ne lâche jamais. Lorsqu'un de ses patients est en jeu, rien ni personne ne peut s'opposer à sa volonté. Elle n'agit pas toujours de manière conventionnelle, mais finalement elle a toujours raison. C'est ce qui fait toute sa valeur. »

Il s'était donc imaginé la redoutable Colleen McCulloch comme une infirmière âgée à l'air sévère.

En fait, elle avait une allure d'adolescente avec la mèche

qui lui retombait constamment devant les yeux, en dépit de ses efforts tout aussi constants pour la coincer derrière l'oreille. Il aimait bien la façon dont ses lèvres se relevaient, comme si elle souriait en permanence, et l'éclat particulier de ses yeux quand quelque chose la contrariait. Son appartement aussi avait un certain charme, même si le désordre qui y régnait donnait l'impression que son occupante s'y était battue avec une horde d'animaux sauvages. Il s'en dégageait quelque chose de positif et de joyeux, à l'image des petits bouquets de fleurs disséminés dans des pots à confiture dans tout l'appartement. Cela lui rappelait l'atmosphère de la maison de vacances de sa mère dans le Dorset.

Le souvenir lui contracta l'estomac.

C'était là qu'Eleanor et Harry vivaient avant l'accident. Maintenant, son fils gisait dans un lit d'hôpital sans se douter que sa mère était décédée et que tout ce qu'il lui restait dans la vie était son père, qu'il connaissait à peine.

Il jeta un autre coup d'œil en direction de Colleen.

Il était plus déterminé que jamais à ce qu'elle devienne la thérapeute d'Harry. Et il espérait qu'elle serait à la hauteur de sa réputation.

3.

Était-ce donc ainsi que vivaient les gens très fortunés ? se demanda Colleen en montant à bord du petit mais très luxueux bimoteur de Daniel.

Pour être tout à fait honnête, une part d'elle était impressionnée.

Une toute petite part, cela dit. L'autre se sentait ridicule d'être l'objet des attentions de l'hôtesse de bord. Et terriblement mal accoutrée avec son jean, son T-shirt et son sac imitation haute couture sur l'épaule.

L'avion n'avait pas encore décollé que Daniel sortit son ordinateur portable. Quant à elle, une fois l'excitation retombée, elle s'endormit sans tarder.

En rouvrant les yeux, elle aperçut Daniel penché au-dessus d'elle, qui lui demandait à voix basse d'attacher sa ceinture de sécurité en prévision de l'atterrissage.

Elle mit quelques instants à se souvenir de l'endroit dans lequel elle se trouvait.

Elle avait fait un rêve très agréable, dans lequel elle chevauchait un cheval au galop, dont les rênes étaient tenues par un homme. En scrutant le visage penché au-dessus d'elle, elle prit conscience avec une pointe de culpabilité que l'homme en question n'était pas Ciaran. C'était l'homme aux yeux verts qui venait de la réveiller.

Comme ils traversaient l'aéroport d'Heathrow, elle remarqua que les gens se retournaient sur leur passage.

Daniel, avec son élégance et son assurance affichée, avait effectivement l'air d'une personne célèbre. Mais la star du show-business qui l'accompagnait s'était en l'occurrence habillée en fille de fermier pour tromper les paparazzis…

Cette pensée la fit sourire.

Autant qu'elle profite de ce petit moment sous les projecteurs, ce serait vraisemblablement le seul qu'elle connaîtrait jusqu'à son mariage !

Ils montèrent à bord d'une immense limousine noire, qui prit la direction de l'hôpital tandis que Daniel rouvrait son ordinateur portable et se replongeait dans une lecture apparemment très prenante.

Elle se mit à penser à Harry et se demanda dans quel état de santé il se trouvait. Son cerveau était-il gravement atteint ? Quel pronostic les médecins avaient-ils avancé ?

Une chose était sûre, en tout cas : elle ne s'occuperait de lui que si elle était certaine de pouvoir vraiment l'aider.

La limousine filait sur l'autoroute, Londres se rapprochait à vive allure, et elle constata qu'elle éprouvait une certaine excitation à l'idée de revenir dans la capitale anglaise.

Tant de temps s'était écoulé depuis qu'elle en était partie, après ses études ! Elle s'était promis d'y revenir, mais Ciaran n'aimait pas les voyages. Il disait qu'il ne voyait pas l'intérêt de se déplacer quand on avait déjà tout ce qu'il fallait chez soi.

Elle n'avait pas envie de l'admettre devant Trish, mais de fait, elle-même rêvait d'une vie un peu plus aventureuse. N'était-il pas normal de désirer secrètement que son fiancé l'emmène passer un week-end romantique à Paris ? Certes, il avait raison en affirmant qu'il ne fallait pas jeter l'argent par les fenêtres alors qu'ils avaient besoin de chaque penny pour finir leur maison. Mais il n'était pas interdit de rêver, non ?

La voiture tourna à droite, et elle reconnut les bâtiments du Guy's Hospital où elle avait effectué son stage de fin d'études.

C'était là qu'avait été admis Harry, lui expliqua Daniel. D'abord aux urgences, puis dans le service de réanimation, et enfin dans le service de soins pédiatriques, dans lequel il se trouvait encore à l'heure actuelle.

Les murs du service de pédiatrie étaient couverts de posters censés rendre l'endroit plus gai. Le service disposait de chambres individuelles et d'une grande salle de jeux, lumineuse et emplie de jouets et de jeux variés.

Daniel ralentit le pas devant la porte de la dernière chambre et posa son index sur sa bouche.

— Il faut entrer en silence. Le moindre bruit fait sursauter Harry et le perturbe.

— Entrez d'abord, suggéra-t-elle. Je vais parler aux infirmières. Je vous rejoindrai ensuite.

Une fois au bureau des infirmières, on lui suggéra de s'adresser à Mme Lipton. Elle frappa et entra.

Une femme aux courts cheveux bruns leva les yeux de son écran et lui tendit la main.

— Bonjour, vous êtes la personne qui va s'occuper d'Harry ? vérifia-t-elle avant de lui faire signe de s'asseoir. M. Frobisher nous a parlé de son projet. Mais je dois vous dire d'emblée que ramener Harry chez lui dans son état est à mon avis une erreur.

— Puis-je vous demander pourquoi ?

L'infirmière fronça les sourcils.

— Outre le fait qu'il existe à Londres d'excellentes unités de rééducation, ce qui me gêne le plus est que M. Frobisher n'a pas l'air de savoir entrer en communication avec son fils.

— Ah ? se contenta de répondre Colleen, un peu surprise.

— Harry est resté en soins intensifs pendant une semaine, à 3 sur l'échelle de Glasgow. Pendant toute cette période, M. Frobisher est resté à son chevet. Mais au lieu de lui parler comme nous le lui suggérions, il a passé tout son temps sur son ordinateur portable. De plus, M. Frobisher a toutes sortes d'exigences qui ont posé problème au personnel soignant. Certaines raisonnables, d'autres moins. Par exemple, il a insisté pour faire examiner son fils par des spécialistes d'autres établissements de soins qu'il connaissait.

Elle réprima un sourire.

Elle se doutait que Daniel Frobisher n'était pas le parent le plus facile à gérer du service. Mais cette prétendue incapacité à entrer en communication avec Harry l'inquiétait.

Le personnel soignant faisait de son mieux, mais le rôle des proches demeurait primordial et irremplaçable.

— Lorsque l'état d'Harry s'est stabilisé et qu'on l'a transféré ici, l'attitude de M. Frobisher est restée la même, au point que nous avons eu quelques mots, lui et moi. Pour être honnête, je ne serai pas mécontente de le voir partir.

— Mais ne pensez-vous pas qu'il serait bénéfique qu'Harry rentre à la maison avec lui ? Je crois que M. Frobisher est prêt à tout faire pour que son fils reçoive des soins aussi appropriés que ceux qu'il reçoit ici.

— Je n'en doute pas. Ce qui m'inquiète, c'est l'attitude d'Harry à l'égard de son père. Lorsqu'il est sorti du coma, il était très agité. C'est courant, mais nous n'avons pas tardé à nous apercevoir que c'était la présence même de son père qui le plongeait dans cet état de nervosité. Aussi avons-nous demandé à M. Frobisher de passer moins de temps dans le service. Il n'était pas ravi, comme vous vous en doutez, mais nous avons aussitôt noté qu'Harry se portait mieux lorsque son père n'était pas là.

Colleen emmagasina l'information mais décida de ne pas relever.

Elle se ferait sa propre idée en temps utile. Daniel étant la seule famille d'Harry, il ne lui semblait pas opportun de les séparer. De plus, elle n'appréciait pas l'attitude de l'infirmière qui semblait prendre pour acquis que les choses ne changeraient pas. Cela lui rappelait la situation de Cahil, à l'hôpital. Personne ne tenait à ce qu'il rentre dans sa famille. Or, sa mère avait décidé de le ramener coûte que coûte, ce qui, des mois plus tard, s'était révélé être une excellente décision.

— Quel traitement Harry a-t-il reçu jusqu'à présent ? demanda-t-elle.

L'infirmière lui fit un rapport détaillé de la situation.

— Pour ce que nous pouvons en juger, il n'y a aucune raison qu'Harry ne se rétablisse pas. Le cerveau n'a pas subi de lésion irréversible. D'ailleurs, nous sommes même surpris qu'il ne progresse pas plus rapidement. Il semble comprendre des instructions simples, mais on pourrait attendre de lui qu'il émette davantage que deux ou trois sons. Il se remet peu à peu à bouger, mais bien moins que l'on serait en mesure de l'espérer à ce stade.

— Le rythme des progrès est différent d'un patient à l'autre, fit observer Colleen. Chaque traumatisme crânien est unique. Dans de nombreux cas, la guérison est soudaine et spectaculaire. Peut-être que ce sera le cas d'Harry ?

Elle n'avait aucun doute sur les qualités professionnelles de son interlocutrice, mais sa vision des choses la faisait bouillir intérieurement. Face à la souffrance et à la maladie de leurs enfants, les parents avaient différentes réactions et différentes approches. Ce qui comptait, après tout, c'était que les gens s'impliquent dans la guérison de leur enfant, chacun à sa façon. Et, en dépit de l'attitude despotique qu'avait souvent Daniel Frobisher, elle ne doutait pas un instant qu'il ait les meilleures intentions vis-à-vis de son fils.

Elle prit congé et rejoignit Daniel dans la chambre d'Harry.

Les stores étaient tirés. Daniel regardait par la fenêtre. Elle eut de la peine à distinguer la petite silhouette couchée dans un enchevêtrement de draps.

Veillant à ne pas faire de bruit, elle s'approcha du lit, et son cœur se serra à la vue du jeune garçon allongé.

Il dormait, pourtant son front était froncé et ses bras et jambes sursautaient comme s'il rêvait qu'il était poursuivi par une meute de bêtes sauvages.

Pauvre enfant, pensa-t-elle en lui prenant la main.

Comme s'il avait perçu sa présence, il entrouvrit les paupières et la fixa.

Ses yeux étaient du même vert saisissant que ceux de son père, mais un voile de confusion en ternissait l'éclat.

— Bonjour, Harry, dit-elle doucement. Je m'appelle Colleen. Je suis infirmière et je m'occupe des gens qui ont reçu un choc à la tête, comme toi.

Le regard d'Harry passa de Colleen à Daniel puis revint se poser sur elle.

— Est-ce que je peux m'asseoir sur ton lit ? poursuivit-elle. Merci. Tu n'as pas à t'inquiéter, je suis ici parce que ton papa m'a demandé de venir faire ta connaissance. Est-ce que je peux garder ta main dans la mienne ?

Il opina légèrement, et elle serra doucement ses doigts inertes. Elle garda la petite main dans la sienne jusqu'à ce qu'Harry se détende et que la peur nichée au fond de ses yeux se dissipe.

— Très bien, Harry. Maintenant, serre aussi fort que tu peux. Serre-moi comme si je venais de te voler ton MP3 avec tous tes morceaux préférés !

Harry ne détachait pas ses yeux des siens.

Quelques minutes s'écoulèrent, où elle pria pour que le jeune garçon réagisse d'une manière ou d'une autre. Lorsqu'elle sentit ses doigts remuer à peine dans sa main, elle prit conscience qu'elle avait retenu son souffle jusque-là.

Elle sut alors que quelque chose la liait désormais à cet enfant et qu'il lui était impossible de l'abandonner à son sort.

— Parfait, Harry. Je sens que nous allons bien nous entendre. Dans quelques jours, tu pourras rentrer chez toi avec ton père et moi.

Le regard d'Harry glissa par-dessus son épaule, et elle comprit que Daniel s'était approché du lit.

Harry cligna alors deux fois, de façon parfaitement perceptible.

— Comment ? Tu veux que je m'en aille, Harry ? demanda-t-elle.

Dans un effort surhumain, Harry fit un geste de dénégation avec sa tête.

De toute évidence, c'est son père qu'il aurait voulu voir quitter la pièce.

Elle se retourna vers Daniel, qui avait l'air choqué.

— Voudriez-vous nous attendre dehors, s'il vous plaît ? demanda-t-elle.

Daniel parut hésiter.

— Allez, juste un petit moment, insista-t-elle.

Daniel sortit de la chambre, et elle se retourna vers le garçon.

— Harry, tu ne veux pas rentrer à la maison avec ton père ? Je vais venir avec vous, moi aussi.

Harry la regarda. Une larme se forma au coin de ses yeux et roula sur sa joue.

— Mm, souffla-t-il.

— Oh ! Harry ! Je suis désolée, mais ta maman n'est pas là, murmura-t-elle, la gorge serrée, en lui essuyant délicatement la joue. Mais tu seras avec ton papa, et nous allons tout faire pour que tu guérisses. Tu parles déjà un peu, je suis sûre que tu vas faire des progrès ! Tu arrives à bouger ton bras, le reste de ton corps va suivre, j'en suis certaine. Il faudra faire des exercices, beaucoup d'exercices, mais nous serons à tes côtés pour t'aider. Alors, qu'en penses-tu ? On y va ?

Les yeux verts la scrutèrent un moment, puis Harry cilla une fois avant de refermer les yeux.

Dans le couloir, Daniel faisait les cent pas, le regard baissé, comme s'il cherchait un objet dans lequel il pourrait donner des coups de pied.

— Il vaut peut-être mieux qu'il reste ici, dit-il. Il est évident qu'il n'a pas envie d'être avec moi.

C'était la première fois qu'elle voyait cet homme dépourvu de son assurance habituelle, et son cœur se serra.

— Les traumatismes crâniens sont souvent source de confusion. Il se peut qu'il ne vous reconnaisse pas, tout simplement. Les pertes de mémoire ponctuelles ne sont pas rares, dans ces cas-là. Lorsque nous le ramènerons chez lui, au milieu de ses affaires, je suis sûre qu'il retrouvera ses repères et qu'il se rétablira.

Daniel tourna la tête vers elle.

— Vous avez dit « nous » ? fit-il remarquer avec un regard soudain plein d'espoir. Cela signifie-t-il que vous acceptez le poste ?

— Oui. Je pense que cela peut fonctionner.

Daniel se passa la main dans les cheveux et la dévisagea pendant quelques minutes.

— Il y a au moins une chose que j'ai réussie, c'est de vous

avoir trouvée ! Merci d'accepter de rester, Colleen. Harry a besoin de vous.

Quelque chose lui disait que lui aussi avait besoin d'elle.

— Très bien, dit-elle. Alors organisons-nous pour ramener Harry.

4.

Colleen revint à Dublin le soir même.

Si elle devait aller vivre à Londres pendant quelques mois, il lui fallait davantage de vêtements que ceux qu'elle avait fourrés dans son sac de voyage pour vingt-quatre heures. Et si Harry sortait de l'hôpital mardi, elle devrait être de retour à Londres le lundi soir au plus tard. Daniel avait proposé d'envoyer quelqu'un chercher ses affaires à sa place, mais elle avait refusé. Personne, à part elle, n'était autorisé à fouiller dans ses placards !

Aussi prépara-t-elle seule ses bagages le lendemain, avant de faire le ménage et le rangement de l'appartement, de vider et de nettoyer son réfrigérateur et d'appeler Ciaran pour l'informer des nouveaux développements de la situation.

Ciaran n'eut pas l'air particulièrement alarmé par le fait de ne pas la voir pendant des semaines.

Peut-être se faisait-elle des idées. Il l'aimait, c'était évident. Et ce n'était pas parce qu'il ne faisait pas de scène à l'idée de la voir moins pendant quelque temps qu'il fallait qu'elle se sente…

Déçue ? Dépitée ? Dévalorisée ? Soulagée ?

En tout cas, se dit-elle ce soir-là avant de s'endormir, les vingt-quatre heures qui venaient de s'écouler n'allégeaient pas le sentiment de malaise qu'elle éprouvait à la pensée de son mariage imminent.

Elle retourna à Londres à bord du jet de Daniel, comme l'avant-veille.

C'était son troisième vol en moins de quarante-huit heures. Elle pourrait bien prendre goût à ce luxe-là ! Pas de queue à faire pour récupérer ses bagages, ni pour passer les contrôles de sécurité ou d'identité…

Comme par magie, dès son arrivée, le chauffeur de Daniel l'attendait dans le hall, et elle n'eut que quelques pas à faire jusqu'à la luxueuse voiture.

Elle se précipita pour ouvrir la portière avant le chauffeur.

— Je vais perdre l'usage de mes bras, si je ne m'en sers plus, lui dit-elle avec un large sourire.

— Très bien, madame.

— Oh non ! Ne m'appelez pas madame. Mon nom est Colleen.

— Bien, mad…

Avec une seconde de retard, le chauffeur lui rendit son sourire et tendit la main.

— Mike.

Elle serra la main tendue, soulagée que ces simagrées prennent fin.

La voiture roula un moment dans Londres avant de s'arrêter devant un immense portail en fer forgé, qui s'effaça devant eux comme par enchantement.

Elle ouvrit la portière sans attendre que Mike le fasse pour elle et se posta devant le coffre de la voiture.

— Je suppose que je n'ai pas le droit de porter moi-même mes bagages ?

— Ce n'est pas la peine, en effet. On va les apporter dans votre chambre et les défaire, répondit le chauffeur en saisissant ses sacs un peu piteux.

Elle leva les yeux sur la plus impressionnante maison qu'elle ait jamais vue.

On aurait dit l'un des châteaux de l'émission *Country House Rescue*, à la différence près que cette somptueuse demeure ne semblait pas avoir besoin de travaux de restauration.

Elle accrocha son sac à main sur son épaule et gravit les marches du perron.

Sans qu'elle n'ait rien fait pour cela, la grosse porte d'entrée s'ouvrit devant elle, laissant apparaître un homme d'une petite cinquantaine d'années portant le même uniforme — costume noir, chemise blanche et cravate — que le chauffeur.

— Bienvenue à Carrington Hall, mademoiselle McCulloch.

— Monsieur Haversham, je présume ? dit-elle en tendant la main.

L'homme n'aurait pas eu l'air plus choqué si elle avait dégainé une arme.

Elle laissa retomber son bras.

— M. Haversham est l'assistant personnel de M. Frobisher. Je suis Burton, le majordome de M. Frobisher.

Qui avait encore un majordome de nos jours ?

Plus le temps passait, plus elle avait l'impression d'être sur le plateau de tournage d'un film en costumes d'époque.

— Appelez-moi Colleen, je vous en prie. Et vous, monsieur Burton, n'avez-vous pas un prénom ?

— Burton, mademoiselle. Si vous voulez bien me suivre, dit-il en prenant les sacs des mains de Mike. M. Frobisher vous adresse ses excuses, il n'est pas en mesure de vous accueillir personnellement. Il doit s'occuper d'une affaire urgente. Il a dit qu'il vous retrouverait pour le dîner.

Elle dissimula un léger dépit.

Daniel Frobisher avait soulevé des montagnes pour la persuader de venir travailler chez lui, et maintenant qu'elle était là, il ne disposait pas de cinq minutes pour l'accueillir ! Son fils n'était-il pas sa priorité ? S'il comptait sur sa présence pour pouvoir se décharger de ses responsabilités parentales sur elle, il se fourrait le doigt dans l'œil ! Elle était dans cette maison pour l'aider à s'occuper de son fils, et son implication dans la rééducation d'Harry était primordiale. Il allait falloir qu'il le comprenne le plus rapidement possible.

La compassion qu'elle éprouvait jusque-là à l'égard de cet homme s'évanouit.

— Une affaire urgente ? Dans ce cas, j'aimerais avoir M. Frobisher au téléphone afin de l'informer que sa présence est indispensable ici.

Burton leva un sourcil.

— Je crains que ce ne soit impossible. M. Frobisher ne doit pas être dérangé lorsqu'il travaille, répondit le majordome, avec l'air de quelqu'un qui avait déjà tenté une fois de déranger Daniel pendant son travail et qui l'avait regretté.

Mais elle n'avait pas l'intention de se laisser intimider.

— Dans ce cas, donnez-moi son numéro de téléphone, je vais l'appeler moi-même, dit-elle en fouillant dans son sac à la recherche de son téléphone portable. Alors ? ajouta-t-elle en brandissant l'objet sous le nez de Burton.

Mais l'homme déguisé en pingouin croisa les bras et la regarda avec une résolution inébranlable.

— Comme je vous l'ai dit, M. Frobisher vous retrouvera pour le dîner. En attendant, je peux vous montrer votre chambre, où vous pourrez vous rafraîchir et vous changer.

Quel culot ! Quel était le problème ? Son jean et son T-shirt étaient propres, et après tout elle était ici pour travailler, pas pour défiler. Elle était là depuis à peine dix minutes, et elle se demandait déjà dans quoi elle s'était embarquée !

— Je préférerais aller voir la chambre d'Harry et m'assurer que tout est en ordre pour son arrivée, dit-elle sur un ton sec. Il sort de l'hôpital après-demain. Je pense qu'il y a des choses à préparer d'ici là.

Burton, médusé, fit un écart pour la laisser passer.

Le hall, avec ses immenses plafonds voûtés et son sol en marbre, était vertigineux. Il ressemblait davantage au hall d'entrée d'un grand hôtel que d'une maison. Mais, en dépit de sa magnificence, l'endroit n'était pas très accueillant. Ses murs lambrissés et le papier peint vert foncé manquaient de lumière et de chaleur.

— Mademoiselle, M. Frobisher a été formel…

— Écoutez-moi, Burton, rétorqua-t-elle en se retournant, le doigt levé, je suis ici pour Harry. Personne — je dis bien personne — ne passe avant la guérison de cet enfant. Alors, maintenant, veuillez m'indiquer sa chambre.

— Si vous voulez bien attendre ici, mademoiselle, je vais chercher M. Frobisher.

Elle n'en crut pas ses oreilles.

Daniel se trouvait donc dans la maison ?

Rien de tout ce qu'elle venait de découvrir ne cadrait avec l'image qu'elle s'était faite de lui. En effet, les rares fois où elle avait eu l'occasion de l'observer, à Dublin ou à l'hôpital de Londres, elle n'avait pas douté un instant que Daniel Frobisher ait envie de s'occuper de son fils.

Elle entendit des pas sur le marbre avant de découvrir une personne à laquelle elle ne s'attendait pas.

Daniel avait troqué son costume-cravate contre un jean délavé et une chemise gris perle légèrement déboutonnée. Ses cheveux châtains étaient plutôt en désordre, comme s'il venait de les ébouriffer, et la repousse de sa barbe commençait à lui ombrer les joues. Cette allure le rendait plus abordable et donnait à son côté British guindé une touche dangereusement sexy.

— Bonjour, Colleen, avez-vous fait bon voyage ? demanda-t-il en esquissant un très bref sourire.

— Excellent, merci.

— J'ai cru comprendre que vous vouliez me parler. Qu'avez-vous de si urgent à me dire ?

— Je souhaite voir la chambre d'Harry, mais M. Burton n'a pas l'air de vouloir me la faire visiter. Il tient absolument à ce que j'aille défaire mes bagages et à ce que je me change. Mais je ne suis absolument pas fatiguée, j'ai pris une douche ce matin, et je souhaite voir la chambre d'Harry. Cela pose-t-il un problème ?

Daniel arbora un sourire plus franc que le précédent.

— Bien sûr que non. Burton ne fait que suivre mes instructions. En général, les invités aiment passer un peu de temps dans leur chambre lorsqu'ils arrivent.

— Je *ne suis pas* une invitée.

Une lueur traversa le regard de Daniel — s'il s'était agi de quelqu'un d'autre, elle aurait juré que ses yeux riaient — qui la dévisagea en silence.

Elle savait qu'il n'était pas un moulin à paroles, mais s'il espérait la faire céder par son mutisme, il n'était pas au bout de ses peines. Elle avait créé un lien avec Harry, mais il fallait également qu'elle soit libre de faire ce qu'elle pensait être le mieux. Il fallait que ce soit clair dès le début.

— Écoutez, reprit-elle sur un ton déterminé, je suis ici pour aider Harry, et je ferai de mon mieux pour qu'il se rétablisse. Mais cela ne pourra se faire que si vous coopérez.

Elle retint son souffle un instant en attendant la réponse.

Daniel plissa légèrement les yeux.

— D'accord, répondit-il. Mais je vais moi aussi être clair avec vous : si, à quelque moment que ce soit, je considère que vous n'êtes pas à la hauteur de ce travail, je trouverai quelqu'un d'autre.

Elle se sentit épinglée sous son incroyable regard, et son cœur se mit à galoper.

La vie dans cette maison ne s'annonçait pas simple !

— Auriez-vous oublié que c'est vous qui êtes venu me chercher, et non pas moi qui vous ai supplié de m'embaucher ? Quoi qu'il en soit, je suis d'accord, tant que vous ne revenez pas sur votre décision de faire un don à l'hôpital.

— Je n'ai qu'une parole, Colleen, dit-il d'une voix implacable. Et quelque chose me dit que c'est votre cas, à vous aussi.

Elle avait du mal à cerner cet homme, et ç'aurait sûrement été beaucoup plus simple de tourner les talons, mais il avait raison sur un point : elle ne revenait jamais sur ses promesses. Elle avait dit à Harry qu'elle serait là quand il sortirait de l'hôpital, et elle tiendrait parole.

— En dépit de la manière dont vous avez procédé pour que je vienne travailler ici, j'ai accepté de m'occuper de votre fils, et je ne laisse jamais mes relations avec un parent affecter ma façon de travailler.

Cela dit, jamais auparavant elle n'avait eu à ce point envie de botter les fesses du père d'un de ses petits patients.

— Nous nous sommes donc compris, déclara Daniel avec un sourire de félin.

Elle souffla lentement, espérant recouvrer au plus vite une respiration normale.

— Parfait, dit-elle. Maintenant, j'aimerais voir la chambre d'Harry.

Daniel consulta sa montre.

— Je m'en occupe, Burton.

Puis, posant ses yeux verts sur elle :

— J'ai dix minutes. Suivez-moi, la chambre d'Harry est au deuxième étage.

Elle demeura silencieuse en gravissant les marches aux côtés de Daniel.

Le bruit de leurs pas était absorbé par l'épaisse moquette d'un couloir interminable, dont les murs étaient couverts de portraits d'hommes en uniforme à l'air compassé et de femmes en robe du soir.

Daniel s'arrêta devant la dernière porte, tout au bout du couloir.

— Voici la chambre d'Harry, dit-il par-dessus son épaule. J'y ai fait installer un lit d'hôpital.

Elle jeta un coup d'œil circulaire dans la pièce.

Les murs de la chambre étaient nus, les étagères presque vides. Un fauteuil roulant électrique se trouvait face à une cheminée sans feu.

Elle avança jusqu'à la bibliothèque pour lire les titres des volumes qui y étaient alignés : *Les Grandes Espérances*, *Le déclin et la chute de l'Empire romain*, ainsi que d'autres titres qu'elle ne connaissait pas.

Soit Harry avait des goûts singuliers pour son âge en matière de lecture, soit ces livres ne lui appartenaient pas.

En dépit de son impatience palpable, Daniel la laissa faire le tour de la chambre à son rythme.

Elle écarta les lourds rideaux de la fenêtre.

Difficile de croire qu'on se trouvait dans le centre de Londres, avec tant de vert sous les yeux !

— Souhaitez-vous voir votre chambre, à présent ?

— J'ai tout le temps, répliqua-t-elle.

Daniel haussa les épaules.

— Comme vous voudrez. Vous y trouverez des uniformes.

Je pense qu'ils devraient vous aller, dit-il en la jaugeant d'un coup d'œil.

— Je n'en doute pas, mais je ne porterai pas d'uniforme. Il est important qu'Harry se sente chez lui. Il vient de passer près de deux mois dans une chambre d'hôpital, et je pense qu'il a besoin de voir autre chose que des blouses blanches.

— Vous avez raison, je n'y avais pas pensé, dit Daniel.

Il passa sa main dans les cheveux — elle savait maintenant pourquoi ils étaient en bataille !

— C'est normal, dit-elle doucement, c'est la première fois que vous êtes confronté à une telle situation.

Elle jeta un dernier coup d'œil à la chambre.

— Bien, dit-elle. Pourrais-je jeter un coup d'œil au reste de la maison, s'il vous plaît ?

Ils refirent le chemin inverse.

Une fois dans le vaste hall d'entrée, Daniel ouvrit la première porte à droite et la fit entrer dans un grand salon.

Des guéridons de bois de rose cirés et des canapés en cuir brun étaient disposés autour d'un immense tapis oriental élimé par endroits, face à une cheminée monumentale en marbre.

Avec les moyens dont Daniel Frobisher semblait disposer, pourquoi ne s'offrait-il pas un tapis neuf et des meubles contemporains ?

— Le Père Noël n'a pas de mal à descendre dans votre cheminée, plaisanta-t-elle.

Daniel ne répondit pas, mais il lui sembla percevoir de nouveau cette lueur amusée dans son regard.

De grandes baies vitrées donnaient sur le jardin luxuriant et fleuri qu'elle avait aperçu du deuxième étage.

— Comme je l'ai signalé dans le contrat que je vous ai faxé, vous pourrez utiliser à votre guise la piscine chauffée et la salle de sport qui se trouvent au sous-sol. Vous pourrez prendre vos repas dans votre chambre, dans celle d'Harry ou dans la salle à manger, à votre convenance. J'ai embauché des infirmières de nuit pour veiller sur Harry de 8 heures du soir à 8 heures du matin, ce qui vous laisse libre de faire ce que vous voulez pendant ce temps. Vous disposerez d'un week-end sur deux. Mon avion sera à votre disposition si vous souhaitez rentrer à Dublin. De même qu'une voiture…

— Je sais lire, Daniel, le coupa-t-elle avec un sourire. Tout est écrit dans le contrat.

Elle marqua une pause.

— La piscine est-elle facile d'accès ?

— Elle se trouve au sous-sol, au bout du couloir.

— Est-il envisageable d'installer un ascenseur ? Harry pourrait ainsi faire de la rééducation dans l'eau.

— Je vais demander à Haversham qu'il s'en occupe. Autre chose ?

— Qu'y a-t-il derrière cette double porte ?

— C'est la salle à manger. Mais je vais demander à Burton qu'il vous fasse faire le tour de la maison. Il faut que je retourne travailler. J'ai une conférence téléphonique dans… Dans cinq minutes. Nous pourrons parler plus longuement ce soir, si vous voulez vous joindre à moi pour le dîner.

— Puis-je voir la salle à manger ?

— Je vous en prie, dit Daniel en s'inclinant, avec un agacement à peine dissimulé.

Elle ouvrit la porte et sourit.

Cette pièce était parfaite !

— Daniel, pouvez-vous venir un instant, s'il vous plaît ?

— Oui ? dit-il en la rejoignant.

— Je pense que cette pièce devrait être la chambre d'Harry.

— Mais il a déjà sa chambre…

Elle secoua la tête.

— Elle est trop éloignée du reste de la maison. Et les escaliers vont poser problème.

Elle ouvrit une porte-fenêtre donnant sur une terrasse.

— Pensez-vous pouvoir enlever rapidement les meubles, afin que nous installions Harry ici ? demanda-t-elle.

— Non.

— Comment, non ?

— Harry est sensible au bruit. Ici, il ne serait pas au calme.

De toute évidence, elle était libre de faire ce qu'elle jugeait être le mieux pour Harry, mais dans le cadre que lui seul définissait.

Il était temps de changer de tactique.

— Serait-il possible d'avoir une tasse de thé ? demanda-t-elle.

— Bien sûr, je vais demander à Burton de vous apporter un plateau dans votre chambre.

— Je préférerais que nous le buvions ici. Nous avons encore une foule de détails à régler au sujet d'Harry.

Daniel fronça les sourcils et consulta sa montre une fois encore.

— Il faut absolument que j'assiste à cette conférence téléphonique. Je vous propose d'en parler ce soir…

— Je suis désolée, mais ce n'est pas possible. Harry rentre après-demain, et il faut que tout soit prêt, rétorqua-t-elle en s'efforçant de conserver un ton égal malgré la frustration et l'agacement qui commençaient à la faire bouillir intérieurement.

Les traits de Daniel se durcirent.

— Tout est *déjà* prêt pour mon fils. Tout ce que vous avez à faire, c'est de vous occuper de lui. Je ne vous paie pas pour réaménager la maison.

— Daniel, il faut que vous me fassiez confiance. Je ne suggérerais pas de tels changements si je n'étais pas persuadée de leur importance.

— Pardonnez-moi, dit-il avec un sourire désarmant. Je n'ai pas l'habitude de céder le contrôle des opérations à quelqu'un d'autre. Et, pour être honnête, l'arrivée d'Harry dans cette maison me rend très nerveux.

Elle hocha la tête, radoucie.

Qui ne serait pas nerveux dans une telle situation ?

Elle tira l'une des grandes chaises disposées autour de la table en acajou, s'assit et sortit un carnet de son sac.

— Lui avez-vous expliqué ce qu'il va se passer mardi ?

— Oui, répondit Daniel en s'appuyant sur le dossier d'une chaise. Je ne sais pas ce qu'il a retenu. Comme il ne peut toujours pas parler, nous avons mis au point un système : il cligne une fois pour dire oui, deux pour dire non. Quand je lui ai expliqué qu'il allait sortir de l'hôpital et que c'est vous qui vous occuperiez de lui à la maison, il a cligné deux fois.

Il fourra de nouveau sa main dans ses cheveux.

— J'ignore si cela signifie qu'il n'a pas compris ou qu'il n'a pas envie de revenir à la maison.

— Il ne faut pas le brusquer. Cela dit, je pense que s'il n'avait pas envie de rentrer, il l'exprimerait clairement.

Un éclair de douleur traversa le regard de Daniel.

Elle savait qu'il repensait à l'avant-veille à l'hôpital, lorsque Harry avait voulu qu'il quitte sa chambre.

— En ce qui concerne sa chambre, vous devriez m'écouter. Je sais qu'il a peur du bruit, mais il est important qu'il ne se sente pas à l'écart de la vie de la maison. Si nous transférons sa chambre dans la salle à manger, je pense qu'il s'habituera vite aux bruits de fond et qu'il finira même par les trouver rassurants. Si le temps le permet, nous pourrons ouvrir les portes-fenêtres ou l'amener dans le jardin. Ce ne sera pas plus compliqué que d'installer un ascenseur du rez-de-chaussée au sous-sol.

À sa grande surprise, Daniel acquiesça sans la contredire.

— D'accord, cela vaut la peine d'essayer. Et si le bruit le dérange, alors nous le transférerons de nouveau dans sa chambre.

Cette capitulation inattendue la soulagea. Elle n'avait pas envie de lutter pour chaque détail de la vie d'Harry.

— Deuxième point, dit-elle en comptant sur ses doigts, je pense qu'il vaut mieux qu'il dorme dans un lit normal plutôt que dans un lit d'hôpital. Troisième point : où sont ses affaires ? Je veux parler de son ordinateur, son MP3 et toutes les choses que possède un enfant de son âge. Je n'ai rien vu de tel à l'étage.

Daniel secoua la tête.

— À part son iPod, que j'ai dans mon bureau, ses affaires se trouvent dans la maison dans laquelle il vivait avec sa mère, dans le Dorset. De toute façon, Harry ne peut pas bouger, encore moins se servir d'un ordinateur.

— Pas pour le moment, mais c'est bien qu'il vive entouré de ses affaires, d'objets qui lui sont familiers.

— D'accord, je m'en occupe. Je dois vraiment retourner travailler.

— N'y comptez pas ! Vous feriez mieux d'oublier votre travail pour aujourd'hui.

Elle tapota son calepin du bout de son stylo.

— Quel sport Harry aime-t-il ?

— Bon sang ! s'écria Daniel. Qu'est-ce que c'est que cette question ? Mon fils…

Sa voix se fêla, et il se passa la main dans les cheveux en détournant le regard.

— On ne sait même pas s'il remarchera un jour !

— Justement, on ne sait pas ce dont Harry est capable, répondit-elle doucement. Vous devez garder de l'espoir et lui en donner. Il faut lui donner des objectifs auxquels il puisse s'accrocher.

Daniel fourra ses mains au fond des poches de son jean et fit quelques pas en direction de la porte-fenêtre.

Elle attendit patiemment sa réponse.

— Du cricket. Cricket et rugby, finit-il par répondre après s'être éclairci la gorge.

— Est-il supporter d'une équipe en particulier ? Y a-t-il des héros qu'il admire ?

Sans se retourner, Daniel secoua la tête.

— Je l'ignore. Mon ex-femme pourrait le dire — aurait pu le dire. J'ai emmené Harry voir un match de cricket au Lord's, un jour, mais… Disons que cela n'a pas été un succès.

Elle n'en revenait pas. Daniel parlait comme s'il ne connaissait pas son fils !

— Harry est-il au courant du décès de sa mère ? demanda-t-elle sur un ton calme.

Daniel se retourna, mais son visage incroyablement beau était sans expression.

— Il n'a pas demandé où elle était. Je ne sais même pas s'il a conscience de qui il est lui-même ou de ce qu'il lui est arrivé. J'en ai parlé au personnel de l'hôpital, et j'ai pris la décision de ne pas le lui dire pour le moment. J'attends qu'il soit plus fort.

— Oui. Cela dit, vous devez vous attendre à ce qu'il pose la question à n'importe quel moment. Sa mémoire peut rester défaillante pendant encore des semaines ou des mois, tout comme elle peut revenir d'un seul coup. Pour commencer, il faudrait faire venir ses effets personnels. Vous m'avez dit qu'il était en pension, vous pourriez peut-être proposer à ses camarades de venir lui rendre visite ?

Daniel hocha la tête, manifestement soulagé d'avoir à gérer des détails pratiques.

Elle était persuadée qu'il collaborerait pour tout ce qu'elle lui avait suggéré jusqu'à présent. La suite s'avérerait sans doute plus délicate à négocier.

Elle demeura assise, signifiant par là que l'entretien n'était pas terminé. Elle leva le menton et s'efforça de le regarder dans les yeux sans ciller.

— Vous avez embauché une orthophoniste, comme je vous l'avais demandé.

— Oui, vous n'avez qu'un mot à dire pour qu'elle arrive.

— Ainsi qu'une infirmière de nuit. Mais sachez que cela ne me dérange pas qu'Harry me réveille s'il a besoin de moi.

Daniel opina.

— Des infirmières du service dans lequel se trouve Harry ont accepté de se relayer les nuits de semaine et les week-ends où vous retournerez à Dublin.

— Parfait. Moins il verra de nouvelles têtes, mieux ce sera.

Elle se redressa sur sa chaise.

— Il y a un membre de l'équipe que nous n'avons pas encore évoqué et qui pourtant joue le rôle le plus important.

Daniel fronça les sourcils.

— Je n'ai embauché personne d'autre, mais si vous jugez utile qu'un autre thérapeute se joigne à vous pour le bien d'Harry, je n'y vois aucun inconvénient.

— Je voulais parler de vous.

— Moi ? s'exclama-t-il d'un air médusé. Je suis incapable de m'occuper d'un enfant qui a subi un traumatisme crânien, c'est d'ailleurs pour cela que je vous ai sollicitée. De plus, mon travail est très prenant. Je ne pourrai pas…

Il s'arrêta net et la regarda droit dans les yeux.

— Que voulez-vous que je fasse ?

Elle soupira, se demandant avec une pointe d'inquiétude s'il avait pris la mesure de ce qui l'attendait.

— Daniel, Harry a un long chemin à parcourir, et il va avoir besoin de vous à chacun de ses pas. Peu m'importe que votre travail soit prenant, c'est votre problème. Tout ce que je peux vous dire, c'est que tant que vous ne passerez pas du temps avec lui, à lui lire des livres, à lui passer ses musiques préférées, à lui parler des bons moments que vous avez partagés avec lui, nous n'avancerons pas.

Elle marqua une pause, puis reprit sans cesser de soutenir son regard.

— Harry a besoin que quelqu'un se batte pour lui. Montrez-lui qu'il est au centre de votre univers, qu'il compte plus que tout pour vous. Vous m'avez demandé de sauver votre enfant, et je ferai tout ce qui est en mon pouvoir pour l'aider. Mais ne vous méprenez pas, c'est de vous qu'il a le plus besoin.

Daniel repartit vers la fenêtre et demeura là, les yeux rivés sur le jardin, tandis que le silence retombait dans la pièce.

— Il a besoin de moi ? finit-il par dire d'une voix grave. Ce ne sera pas si simple.

— Vous l'aimez, dit-elle d'une voix douce. Il faut simplement le lui montrer. Faites-moi confiance, tout le reste découlera de cela.

Il se retourna. Comme il était à contre-jour, elle ne put pas déchiffrer l'expression de son visage.

— Vous faire confiance ? répéta-t-il en pouffant de rire. De toute façon, Colleen McCulloch, ai-je le choix ?

Avant qu'elle puisse répondre quoi que ce soit, il était sorti de la salle à manger.

5.

Colleen eut le souffle coupé en franchissant le seuil de la chambre qu'on lui avait attribuée.

La pièce faisait quatre fois la surface de sa chambre de Dublin et disposait d'un lit à baldaquin au centre, d'un canapé et de deux fauteuils. Bien que le mois de juillet soit largement entamé, quelqu'un avait allumé un feu dans la cheminée pour réchauffer les murs.

Par une porte entrouverte, elle aperçut la salle de bains attenante, dans laquelle trônait une baignoire à pattes de lion suffisamment grande pour deux personnes et qui devait dater des années 1920.

Elle avança jusqu'à la grande fenêtre à guillotine et posa les yeux sur le vert du jardin.

Une statue antique de jeune garçon tenant un objet à la main posait au centre de la pelouse. Cupidon ?

La pensée la fit sourire. Une statue évoquant une telle fantaisie pouvait-elle avoir élu domicile dans une telle propriété ?

— Soyez la bienvenue, mademoiselle, dit Burton derrière elle. Il y a une sonnette près du lit si vous avez besoin de quoi que ce soit. Avez-vous une préférence pour le dîner ?

— Non, je ne suis pas difficile.

— Parfait, mademoiselle. Le thé est servi à 16 heures, le dîner à 19 heures.

— Merci, monsieur… heu… Burton. Je ne prendrai pas de thé aujourd'hui. Demain, peut-être.

La porte se referma derrière Burton, lui donnant l'impression d'avoir parlé aux murs.

Elle laissa ses sacs sur le sol, retourna dans le hall désert et partit à la recherche de Burton, ouvrant, porte après porte, des pièces toutes aussi somptueuses les unes que les autres mais totalement dépourvues d'âme.

Cette maison était gigantesque, mais elle manquait de vie, comme si personne ne l'habitait vraiment. Ses habitants ne l'aimaient pas, toute majestueuse qu'elle était. C'était un mausolée, pas une maison. Il lui faudrait effectuer pas mal de modifications afin de la rendre accueillante pour Harry.

Colleen cambra son dos et s'étira.

Les dernières heures avaient été bien remplies !

Burton avait affirmé qu'il pouvait se charger avec l'aide de Mike de l'agencement de la nouvelle chambre d'Harry, mais elle avait tenu à être là pour vérifier que ses instructions seraient suivies à la lettre.

L'ancien lit d'Harry avait été placé au centre, face à la terrasse. Les lourdes tentures de brocart de la pièce avaient été remplacées par des rideaux plus légers et plus neutres, qui laissaient passer la lumière et rendaient l'atmosphère moins oppressante. Elle avait laissé les livres dans l'ancienne chambre et était allée cueillir quelques bouquets de roses. Il ne manquait plus que les effets personnels d'Harry — ses lectures, ses jeux, ses disques, ses posters —, qu'elle demanderait à Daniel d'aller chercher dans la maison du Dorset. Ils en reparleraient pendant le dîner.

Mike lui avait appris que Daniel s'était rendu à l'hôpital pour voir Harry. Elle aurait pu l'accompagner, s'il le lui avait proposé. Mais il ne l'en avait même pas informée.

Après avoir remercié Mike et Burton pour leur aide précieuse, elle regagna sa chambre.

Quelqu'un, probablement Burton, avait trouvé le temps de défaire ses bagages, et ses maigres possessions étaient à présent accrochées dans la penderie, un peu perdues et esseulées.

L'image du redoutable et austère Burton rangeant sa lingerie la fit rougir. Elle alla frotter ses mains au-dessus du feu et posa les yeux sur sa bague de fiançailles, dont le diamant scintillait à la lueur des flammes.

Elle pensa appeler Ciaran puis se souvint qu'elle le dérangerait au beau milieu du match.

De toute façon, elle n'éprouvait pas une envie pressante de lui parler.

L'idée la fit frissonner.

Autrefois, elle se serait ruée sur son téléphone pour l'appeler, et ils auraient ri ensemble de l'air guindé de Burton et de tous les petits détails de son séjour incroyable à Carrington Hall. Mais il fallait bien reconnaître qu'elle pensait peu à Ciaran depuis son arrivée. Était-ce à cause de tous les événements survenus au cours des derniers jours et de sa préoccupation concernant la situation d'Harry ?

Probablement pas, car la situation s'améliorait sans que se dissipe pour autant l'embarras qu'elle éprouvait vis-à-vis de son fiancé.

Trish avait peut-être raison quand elle disait qu'en épousant Ciaran, elle s'apprêtait à commettre la plus grosse bêtise de sa vie ?

Non. Elle aimait Ciaran, cela ne faisait aucun doute. C'était juste le trac qui précédait le mariage, rien de plus.

Lorsque 7 heures sonnèrent, elle descendit dans le hall, où Burton l'accueillit.

— Bonsoir, mademoiselle. Comme la salle à manger n'est plus disponible, le dîner sera servi dans la bibliothèque, où M. Frobisher vous attend. Si vous voulez bien me suivre.

Comme si elle ne pouvait pas y aller toute seule !

Cela dit, après avoir gravi une volée de marches, descendu une autre, traversé plusieurs pièces avant d'arriver à la bibliothèque, elle dut admettre qu'elle n'aurait pas pu trouver son chemin dans ce labyrinthe.

La pièce, simplement meublée de quelques fauteuils en cuir, d'un bureau et de rayonnages combles de livres recouvrant les murs du sol au plafond, était glaciale. Daniel était assis dans un fauteuil face au jardin. De toute évidence, il n'avait pas conscience du froid qui y régnait.

Burton annonça la présence de Colleen comme si elle était une invitée lors d'un mariage distingué, et Daniel se leva d'un bond.

— Bonsoir, Colleen. Etes-vous correctement installée ? N'hésitez pas à me dire si je puis faire quoi que ce soit pour rendre votre séjour plus confortable.

Même lui, il parlait à présent comme Burton.

— J'ai dormi dans des chambres d'hôtel nettement moins confortables, dit-elle avec un sourire.

Puis elle décida d'aller droit au but.

— Pour quelle raison ne m'avez-vous pas informée de votre visite à Harry à l'hôpital, cet après-midi ? Ne vous a-t-il pas traversé l'esprit qu'il serait intéressant que je vous y accompagne ?

— Je ne vous en ai pas informée parce que je voulais le prévenir de votre arrivée, au cas où il l'aurait oubliée.

— Je pense qu'il aurait été positif que je le voie une fois encore. Plus vite mon visage lui sera familier, mieux ce sera.

— Je pense pour ma part que vous devriez me laisser décider de ce qui est bon pour mon fils.

— Même si vous m'avez embauchée en tant qu'experte ? rétorqua-t-elle d'une voix exprimant malgré elle toute son exaspération. Il me semble que nous étions tombés d'accord, ce matin…

Puis elle se mordit la lèvre.

Il ne fallait pas oublier que sous ses airs froids et son immense fortune se cachait un homme qui faisait tout ce qu'il pouvait pour son fils et mourait de peur de commettre un impair. Si elle voulait avoir un espoir de réaliser du bon travail, elle devait se comporter avec la même gentillesse à l'égard du père qu'à l'égard du fils.

— Nous avons déménagé la chambre d'Harry dans la salle à manger, comme prévu, reprit-elle sur un ton adouci.

— C'est ce que Burton m'a dit, en effet.

— Mais la chambre est nue. Serait-il possible d'aller chez sa mère chercher quelques affaires, afin de recréer un environnement familier ? À quoi ressemble sa chambre, dans le Dorset ?

— Je suis désolé, mais je n'en ai pas la moindre idée. Je n'y suis allé qu'une fois ces dernières années. Cela dit, je peux envoyer Mike chercher ses affaires dès demain.

— J'aimerais y aller moi-même. J'ai besoin de savoir quel garçon était Harry avant son accident. Je pense même que nous devrions y aller ensemble.

— C'est impossible. J'ai plusieurs réunions demain.

Elle s'efforça de dissimuler son étonnement.

Non seulement Daniel n'avait pas l'air de bien connaître son fils, mais, quoi qu'il en dise, il ne semblait guère impatient de le connaître davantage !

— Je pense tout de même que nous devrions y aller tous les deux, insista-t-elle.

Il se leva et fit quelques pas dans sa direction.

— C'est incroyable, Colleen ! Avez vous l'intention de me défier sur chaque aspect de ma relation avec mon fils ? Je suis le père d'Harry. Je suis désormais la seule personne qui reste pour veiller sur lui.

Elle se leva à son tour mais regretta aussitôt son geste lorsqu'il fit un autre pas dans sa direction. Elle avait oublié à quel point il était grand et à quel point son regard était troublant.

Ignorant son instinct qui lui conseillait de se rasseoir, elle persévéra.

— Et moi, je pensais vous avoir fait comprendre que, tant que je serais sa thérapeute personnelle, je devrais décider de tout ce qui est en rapport avec le bon déroulement de sa rééducation.

L'air se fit lourd d'électricité, puis tout à coup Daniel pouffa de rire, et elle sentit son cœur s'emballer face à cet homme décidément magnifique.

— Je suis désolé, je me suis montré grossier. Vous avez raison, je vous ai embauchée parce que vous savez parfaitement ce que vous faites. Je ne suis pas très doué pour déléguer, il faut me laisser un peu de temps.

Une fois encore, il avait l'air tout à fait différent de la personne qui la toisait d'un regard noir quelques instants auparavant.

Elle avait toujours l'impression de faire un faux pas, face à lui. Un instant elle était sur le point de le haïr, l'instant d'après elle devenait sentimentale et avait de la peine pour lui.

Enfin, Daniel Frobisher n'était pas le genre de personne qui suscitait de la peine ! De l'empathie non plus… De la compassion, plutôt.

Elle soupira, comme si le fait de mettre un mot sur ce qu'elle éprouvait la soulageait.

À ce moment, Daniel s'approcha d'elle, et avant qu'elle ait le temps de réagir, il glissa sa main derrière sa tête. Elle sentit un tiraillement, puis ses cheveux retombèrent sur ses épaules, libérés de leur élastique.

— C'est mieux, dit-il avec satisfaction. Vous avez l'air moins féroce.

Il se moquait d'elle !

Elle sentit ses joues s'empourprer, sans savoir si c'était de colère ou d'autre chose. Tout ce qu'elle comprenait, c'était que cet homme lui faisait perdre contenance, et elle n'en avait pas l'habitude.

Elle tendit la main, récupéra son élastique, refit sa queue-de-cheval et le regarda droit dans les yeux.

— Si vous n'y voyez pas d'inconvénient, je crois que je dînerai dans ma chambre ce soir. Je suis fatiguée, et la journée de demain risque d'être éprouvante. Je me tiendrai prête à partir pour le Dorset à 8 heures. Nous retrouverons-nous dans le hall ?

Il ne cessait de sourire, d'un sourire très déconcertant, et elle sentit un frisson lui remonter le long de la colonne vertébrale.

Que lui arrivait-il ? Ce n'était pas ce qu'une femme fiancée était censée ressentir. La fatigue devait la rendre émotive.

— Demain matin, 8 heures, confirma-t-il en allant lui ouvrir la porte.

Il se pencha vers elle au moment où elle passait.

— Etes-vous sûre de ne pas vouloir dîner avec moi ?

Elle sentit son souffle chaud sur sa nuque et en éprouva des petits frissons sur tout le corps.

— Non, merci, répondit-elle.

Et, résistant à la tentation de partir en courant, elle lui souhaita bonne nuit avant de s'éloigner.

6.

Daniel allait-il tenir parole ? se demandait Colleen en descendant l'escalier.

Elle s'attendait à voir Burton surgir pour lui annoncer que M. Frobisher avait été appelé à un travail urgent, mais non.

Daniel, jean et chemise à manches courtes, était au rendez-vous. Il conversait avec le contremaître de l'équipe de techniciens qui s'activait dans le hall.

Il n'avait pas perdu de temps pour lancer la construction de l'ascenseur reliant le rez-de-chaussée et le sous-sol !

Elle bâilla discrètement derrière sa main en attendant qu'il ait fini.

Elle n'avait pas bien dormi, se demandant dans quelle aventure étrange elle s'était engagée et se repassant en boucle l'épisode où il lui avait détaché les cheveux.

Lorsqu'il l'aperçut, il avança dans sa direction.

Lui aussi avait les yeux cernés. Peut-être n'avait-il pas passé une très bonne nuit non plus ?

— Comme je ne serai pas joignable de la journée, j'ai passé une bonne partie de la nuit en conférences téléphoniques avec les USA, dit-il comme s'il avait lu dans ses pensées.

— Je ne voudrais pas vous empêcher de faire des affaires…, murmura-t-elle.

Mais Daniel s'était déjà détourné pour donner un chapelet d'instructions à Burton qui se tenait patiemment devant la porte, leurs manteaux sur le bras.

— Dois-je vous attendre pour le dîner, monsieur ? demanda ce dernier de sa voix morose.

Comme elle aimerait le voir sourire un jour ! Il était étonnant de constater à quel point les gens qui vivaient dans cette maison ne semblaient pas heureux.

Elle eut soudain honte de sa pensée.

Comment pouvait-on être heureux quand un enfant avait été très gravement blessé dans un accident qui avait aussi tué sa mère ?

— Le trajet dure quatre heures aller-retour. J'espère être revenu pour me rendre à l'hôpital ce soir. Dites à Mike d'avancer la Bentley, nous aurons besoin d'une voiture spacieuse.

Daniel possédait aussi une Bentley ? Elle l'aurait plutôt imaginé au volant d'une Porsche…

Et sur quels critères ? Elle le connaissait à peine.

Elle lui demanda combien de voitures il possédait.

— Aucune idée, répondit Daniel en démarrant. Sept, huit… Je l'ignore, et à vrai dire je m'en fiche. Je les ai héritées de mon père qui était un grand collectionneur. La plupart sont entreposées dans le garage de notre maison dans le Cambridgeshire.

— Comment est-il possible d'ignorer combien de voitures on possède ? s'étonna-t-elle. Mike m'a dit que vous possédiez aussi quatre maisons ? Je pensais que deux au maximum suffisaient à la plupart des gens.

— Vous semblez avoir un avis sur beaucoup de choses, dit Daniel, l'air amusé.

— Mes frères disent toujours que je devrais laisser parler les autres avant de me précipiter pour donner mon avis, avoua-t-elle en souriant.

Daniel sourit en retour, et la tension se dissipa tandis que la Bentley se faufilait dans le trafic londonien et que Daniel lui indiquait les quartiers et les monuments dignes d'intérêt se trouvant sur leur route.

— Vous allez donc vous marier, dit-il après une plage de silence. La date est-elle déjà fixée ?

— Non, pas encore. J'aimerais bien un mariage d'automne.

— Cela n'a pas l'air de vous enchanter.

— Si, au contraire, je suis ravie ! protesta-t-elle sur un ton qui manquait de conviction, même à ses propres oreilles. Cela fait longtemps que nous attendons ce moment. Nous avons même commencé à construire notre maison.

— Que fait votre fiancé ?

— Je croyais que vous saviez déjà tout de moi, répliqua-t-elle en lui coulant un regard en coin.

Les yeux verts étincelèrent, et elle ressentit de nouveau cette sensation étrange dans le ventre.

— Mes recherches n'ont pas inclus votre fiancé.

— Ciaran travaille dans la ferme de ma famille avec mes frères.

Mais elle n'était pas là pour parler d'elle, elle était là pour apprendre à connaître Harry.

— Harry était en pension avant l'accident, n'est-ce pas ? La vie en pension lui plaisait-elle ?

Daniel eut l'air ahuri.

— La question ne se posait pas. Je voulais qu'il reçoive la meilleure éducation. C'est le pensionnat dans lequel mon père et moi-même sommes allés avant lui. Cela ne m'a pas fait de mal. Au contraire, cela m'a endurci, rendu autonome et confiant.

Elle réfléchit à ce qu'il venait d'affirmer.

En fait, la pension pouvait expliquer beaucoup de choses.

— Et qu'en pensait Eleanor ?

— C'était son idée aussi. Elle-même a été pensionnaire. Nous avons jugé tous les deux que c'était le mieux.

Le mieux pour qui ? se demanda-t-elle.

— Eleanor pensait qu'il serait moins seul là-bas. Il était très timide, c'est du moins ce qu'elle disait.

Quelle idée d'envoyer un enfant, timide de surcroît, dans un endroit loin de chez lui et peuplé d'inconnus ! D'autant qu'Harry était fils unique, sans frère ni sœur pour l'aider à surmonter la nostalgie qu'il devait inévitablement ressentir.

Mais elle se retint d'exposer son avis, car Daniel souffrait déjà suffisamment de la situation.

— Il rentrait tous les week-ends, la plupart du temps chez sa mère et parfois dans la maison dans le Devon. Il est rarement venu à Carrington Hall, expliqua ce dernier en se passant une fois de plus la main dans les cheveux. Au bout de deux fois, il n'a plus voulu venir chez moi. Probablement parce qu'il n'y avait personne de son âge.

Elle imagina le petit garçon déambulant dans l'énorme maison, en quête de compagnie.

Rien d'étonnant à ce qu'il n'ait pas envie d'y revenir !

— En fait, poursuivit Daniel, il n'est allé en pension que les deux dernières années. Auparavant, il fréquentait une école classique, avant de revenir s'installer en Angleterre.

Elle tourna la tête et lui adressa un regard interrogateur.

Les doigts de Daniel se resserrèrent autour du volant.

— Harry est né à Buenos Aires, où il a vécu dix ans avec sa mère et son beau-père.

Il marqua une longue pause.

— Nous avons divorcé avant sa naissance. Puis Eleanor s'est remariée et est allée vivre à Buenos Aires avec son mari et Harry. Mais ils ont divorcé à leur tour, quand Harry avait neuf ans. C'est à ce moment-là qu'elle a décidé de revenir en Angleterre avec lui.

Cela compliquait une situation qui était déjà délicate. Non seulement Harry s'était retrouvé dans un endroit inconnu, mais il avait été séparé de l'homme qui l'avait élevé. Cela expliquait également pourquoi Daniel connaissait aussi mal son fils.

— Lui avez-vous rendu visite à Buenos Aires ?

— Non, répondit Daniel, la mâchoire serrée.

— Pourquoi ?

Daniel souffla.

— Eleanor et moi nous étions mariés jeunes — trop jeunes. Elle avait dix-huit ans, moi, dix-neuf. Nos parents avaient essayé de nous arrêter, mais nous étions amoureux alors. Nous avions un appartement à Londres et allions passer les week-ends dans la maison du Dorset que vous verrez tout à l'heure. J'étais ambitieux et travaillais tout le temps : tard le soir, pendant les week-ends. Eleanor s'est mise à passer de plus en plus de temps dans le Dorset. Elle y a rencontré quelqu'un et a fini par demander le divorce. Elle m'a dit qu'elle était enceinte de lui, alors je ne me suis pas mis en travers de son chemin.

— Mais, Harry vous ressemble tellement.

Une ombre traversa le visage de Daniel.

— Je n'ai pas su qu'il était mon fils jusqu'à ce qu'Eleanor rompe avec David. Mais lorsqu'elle m'a ensuite montré une photo d'Harry, je n'ai eu aucun doute sur ma paternité.

— Oh…

Cela expliquait également beaucoup de choses concernant ses relations avec son fils.

— Pourquoi ne m'en avez-vous pas parlé avant ?

— Je n'aime pas parler de ma vie privée.

— Mais c'est important. J'ai besoin de comprendre la dynamique familiale des enfants que je soigne. Cela peut changer beaucoup de choses dans leur guérison. Pour quelle raison Eleanor vous a-t-elle caché aussi longtemps que vous étiez le père d'Harry ?

— Elle savait que je me serais battu bec et ongles pour l'empêcher de quitter le pays, enceinte de mon enfant. Je pense qu'elle a fini par me le dire parce qu'elle ne voulait pas qu'Harry passe à côté de son héritage.

— Donc, Harry ne sait que depuis quelques années que vous êtes son père. Cela a dû être difficile, pour lui comme pour vous.

— Quand Eleanor me l'a dit, j'étais furieux. Toutes ces années gâchées…

— Comment Harry a-t-il réagi en apprenant que son père n'était pas celui qu'il appelait papa, mais vous ?

— Il était en colère, plein de ressentiment. J'ai essayé de faire connaissance avec lui. Il devait avoir envie de me connaître, lui aussi, puisqu'il est venu deux fois à Carrington Hall. Mais…

— Pourquoi n'est-il pas revenu, à votre avis ?

— Je ne sais pas. Il trouvait toujours des excuses. Peut-être s'ennuyait-il chez moi, peut-être préférait-il rester avec sa mère ? Je n'ai pas voulu le forcer, dit-il avec une voix empreinte de regret.

— Mais ne vous manquait-il pas ? N'aviez-vous pas envie de le voir, même si lui ne venait pas chez vous ?

Daniel serra le volant et la température dans l'habitacle se fit glaciale.

— Là, vous dépassez les limites, finit-il par dire. Je vous ai dit tout ce que vous aviez besoin de savoir.

Elle sentit la chair de poule l'envahir.

On aurait dit que cet homme s'évertuait à l'empêcher d'éprouver de la compassion pour lui.

Il s'était retrouvé dans une situation terrible qui n'était pas de son fait, certes. Mais qu'avait-il fait pour se rapprocher de son fils ?

Une demi-heure s'écoula avant que Daniel reprenne la parole.

— Le meilleur ami d'Harry en pension s'appelle Nathan. Il serait peut-être intéressant qu'il vous parle d'Harry. Je peux demander à Haversham qu'il cherche ses coordonnées.

Bon, il savait au moins une chose de la vie de son fils.

— C'est une bonne idée. Pouvez-vous demander ce service à Haversham ce matin ?

Le regard que son employeur lui décocha fut un indéchiffrable mélange d'exaspération et d'autre chose, qu'elle eut du mal à interpréter.

Daniel était tellement différent de Ciaran ! Elle lisait sur le visage de Ciaran comme dans un livre ouvert.

Mais elle était consciente que Daniel venait de lui livrer beaucoup de lui-même et qu'elle n'obtiendrait plus grand-chose de lui pour le moment.

Découvrir la maison qu'Harry avait partagée avec sa mère fut un choc pour Colleen.

Comme beaucoup des cottages qu'elle avait aperçus le long de la route, c'était une maison surmontée d'un toit de chaume et dont les murs chaulés étaient couverts de roses et de jasmin.

Elle se sentit immédiatement attirée.

— Le mari de votre ex-femme vit-il toujours ici ? demanda-t-elle en descendant de la voiture.

— David ? Je crois qu'il est à Buenos Aires. Par contre, Mme Hardcastle, Dora, doit être là. Elle travaillait déjà pour ma mère quand j'étais enfant, puis pour Eleanor et moi lorsque nous nous sommes mariés. Elle l'a suivie à Buenos Aires et est revenue avec elle.

La porte d'entrée était fermée.

— Elle a dû se rendre au village, dit Daniel en sortant un jeu de clés de sa poche. Je ne sais pas depuis combien de temps je n'ai pas utilisé ces clés, ajouta-t-il avec un sourire en coin.

L'intérieur de la maison laissa Colleen pantoise.

Contrairement à Carrington Hall, elle était décorée dans des tons chaleureux. La porte ouvrait sur une petite entrée et un salon-salle à manger, meublé de canapés moelleux aux tons pastel et garnis de coussins aux couleurs chatoyantes. Le plancher sombre était couvert de tapis d'un rouge profond, sur lesquels se trouvaient des tables basses de différents styles. Un cantou occupait presque tout un pan de mur. Sur la droite se trouvait une cuisine petite mais fonctionnelle, ainsi qu'une porte qui devait mener aux chambres, à l'étage.

— C'est adorable, murmura-t-elle. Cela ressemble au cottage de mes rêves.

Daniel balayait la pièce du regard, le visage sombre.

— Ma mère adorait cette maison. Elle m'y emmenait l'été lorsque j'étais enfant. C'est le seul endroit où je me sentais chez moi.

Il prononça les derniers mots d'une voix si basse et si désolée qu'elle se demanda si elle avait bien entendu.

Était-elle en train de découvrir une autre faille dans la cuirasse de Daniel Frobisher ? Il n'était peut-être pas si détaché qu'il voulait le faire croire…

— Lorsque Eleanor est revenue de Buenos Aires avec Harry, elle m'a demandé si elle pouvait habiter ici. Je lui ai donné la maison. Je savais qu'Harry y serait heureux.

Comprenant à quel point il était douloureux pour Daniel de revenir dans cet endroit chargé de souvenirs, Colleen posa sa main sur son bras.

Mais les muscles de son bras se contractèrent sous ses doigts, et elle retira sa main comme si elle venait d'être piquée.

— On va voir la chambre d'Harry ? suggéra-t-elle, troublée.

La chambre d'Harry était la première pièce à droite lorsque l'on arrivait sur le palier du premier étage. Elle était petite, mais suffisamment spacieuse pour contenir un lit, une table de chevet et un placard. Sur la table étaient posées une petite télévision et une console de jeux.

— Je lui ai offert un téléviseur avec un grand écran pour son anniversaire, mais je ne le vois pas, grommela Daniel.

Elle n'imaginait pas une télévision plus grande dans cette chambre, mais elle s'abstint de tout commentaire.

Les murs étaient décorés de posters de films, de joueurs de cricket et de rugby.

— Je vois qu'il est supporter des Wasps. Ce sont les meilleurs après les London Irish, dit-elle.

Daniel parcourut du regard les livres rangés dans la bibliothèque et sourit.

— Je ne savais pas qu'il aimait ce genre de livre. Je pensais qu'il en était encore à Harry Potter. Tous les enfants de moins de quinze ans sont fans d'Harry Potter, non ?

— Les enfants changent de goût assez vite, dit-elle.

Décidément, Daniel avait encore beaucoup à apprendre.

Sur la table de chevet était posée une photographie d'Harry avec sa mère, identique à celle que Daniel lui avait montrée au café. Ils se tenaient enlacés et souriaient tous les deux à l'objectif. Sur le mur, d'autres photographies étaient punaisées : Harry avec des amis, Harry au sein de l'équipe de cricket de son école, et Harry en maillot de bain soulevant un trophée. Il y avait également une photo émouvante et plus ancienne de Daniel à l'âge de cinq ou six ans, la bouche barbouillée de glace qui avait également coulé sur son menton et sur son T-shirt. Un homme à l'allure sévère le portait dans ses bras, un peu raide comme s'il n'avait pas l'habitude de porter des enfants, ce qui n'empêchait pas le petit garçon de lever vers lui des yeux pleins d'admiration.

Daniel s'approcha et détacha la photographie du tableau.

— C'était un été où mon père était venu. Nous avions passé la journée à chercher des fossiles sur Chesil Beach. Dans mes souvenirs, c'est le seul jour où je me suis amusé avec lui. Il ne faisait que travailler. Nous avons au moins cela en commun, ajouta-t-il avec un sourire ironique.

Si le père de Daniel était aussi distant qu'il en avait l'air, il n'y avait rien d'étonnant à ce que Daniel ait des difficultés avec son propre fils.

— J'ignorais qu'Harry possédait cette photographie, commenta Daniel en reposant le cliché sur la table.

— Allez, emballons tout cela, suggéra-t-elle. Les photos, les posters, les livres, la console de jeux, et même la couette.

Elle grimpa sur une chaise et se mit à détacher les posters des murs.

Alors qu'elle s'étirait pour enlever une punaise près du plafond, la chaise vacilla… Mais avant qu'elle ne perde tout à fait l'équilibre, des bras puissants l'avaient rattrapée par la taille, soulevée de la chaise et déposée sur le sol.

Elle sentit la chaleur du torse de Daniel contre son dos et ferma les yeux, emplie d'une incroyable sensation de plénitude à se trouver au creux de ses bras, comme s'il était normal qu'elle se trouve à cet endroit en cet instant.

Rien de comparable avec ce qu'elle éprouvait dans les bras de Ciaran…

Affolée par le cours qu'étaient en train de prendre ses pensées, elle se dégagea et s'écarta de Daniel, qui affichait une drôle d'expression.

L'air se chargea soudain d'une tension presque insupportable. Son cœur battait si fort qu'elle avait l'impression de l'entendre.

Elle se ressaisit et balaya la pièce du regard.

— Ensuite ? dit-elle pour dissimuler sa confusion.

Elle avança d'un pas décidé vers le lit, dont elle ôta la couette. Lorsqu'elle prit l'oreiller, une coupure de journal écornée glissa sur le sol.

C'était la photo d'un homme en toge noire et perruque — un avocat, peut-être.

— Qui est-ce ? s'enquit-elle tout en scrutant le portrait, à qui elle trouvait quelque chose de familier.

— Vous ne me reconnaissez pas ?

— C'est vous ? s'exclama-t-elle, médusée.

— Je suis conseil de la reine. Vous ne le saviez pas ?

Non, elle ne le savait pas. Elle n'avait pas pensé à demander à Daniel Frobisher quelle profession il exerçait, elle s'était simplement imaginé qu'il était un magnat de l'industrie ou quelque chose du genre.

— Avocat des plaignants ou de la défense ?

— Je travaille pour les plaignants.

Elle ne put s'empêcher d'être soulagée par cette réponse. Elle préférait le savoir du côté des innocents

— Vous savez, chacun a le droit d'être défendu. Dans ce pays, les gens sont innocents jusqu'à ce que l'on ait apporté la preuve de leur culpabilité. Et puis, je traite essentiellement de crimes, mais il m'arrive parfois de m'occuper de droit matrimonial : divorces, gardes d'enfants, ce genre de choses.

Une fois de plus, il venait de lire dans ses pensées !

Elle sentit ses joues s'empourprer.

— Qui fait appel à un conseil de la reine lorsqu'il a divorcé ?

— Des gens très riches, rétorqua sèchement Daniel. On continue ?

Une heure leur suffit à emballer toutes les affaires d'Harry, qu'ils déposèrent devant la porte d'entrée afin que Mike les récupère. Daniel s'apprêtait à rédiger un mot à l'intention de Mme Hardcastle, lorsqu'une femme aux cheveux gris et bouclés apparut sur le seuil.

Ses lèvres s'amincirent lorsqu'elle aperçut Daniel.

— Vous êtes là ? dit-elle.

— Dora, je vous présente Colleen. C'est l'infirmière qui va s'occuper d'Harry dès demain, à sa sortie de l'hôpital. Colleen, voici Dora Hardcastle.

— Cet enfant devrait être ici, avec les gens qu'il aime et qui l'aiment, lança la gouvernante en passant devant eux. Surtout maintenant qu'il a perdu sa pauvre mère.

— Il sera avec des gens qui l'aiment, rétorqua Daniel sur un ton tranchant.

— Vous le savez aussi bien que moi : c'est avec moi qu'il devrait être. C'est moi qui le connais le mieux, et il me connaît depuis toujours. Au lieu de cela, je me retrouve seule dans une maison vide, avec pour seule compagnie des souvenirs.

Elle sortit de sa poche un mouchoir et se tamponna furtivement les yeux.

— Si je n'avais pas autant d'affection pour sa mère, j'aurais quitté cet endroit, moi aussi.

— Vous pouvez venir avec nous à Londres, suggéra Daniel. Dieu sait que nous avons la place de vous recevoir.

— Qu'est-ce que vous voulez que j'aille faire là-bas ?

Le ton de Mme Hardcastle était bourru, mais Colleen aurait juré, à l'éclat de ses yeux, que l'idée la séduisait malgré tout.

— Vous pourriez m'aider à prendre soin d'Harry, intervint-elle. Je pense moi aussi qu'il vaut mieux qu'il soit entouré de visages qui lui sont familiers.

Dora se tourna vers Colleen, les yeux brillants.

— Vous savez, je m'occupe de lui depuis sa naissance. J'ai changé ses couches, je l'ai vu faire ses premiers pas, je lui ai donné ses premières purées. Je l'aime comme mon propre enfant. J'ai du mal à l'imaginer à Londres, loin de moi.

Elle se moucha, disparaissant derrière son mouchoir.

— Personnellement, j'ignore tout des habitudes et des goûts

d'Harry, dit Colleen. Ce serait magnifique que vous puissiez venir à Carrington Hall avec lui.

— Je suis sûr qu'il appréciera de vous avoir à ses côtés, renchérit Daniel.

Les lèvres de la vieille dame tremblèrent, et Colleen eut l'impression qu'elle allait éclater en sanglots. Mais Dora renifla et serra les lèvres.

— Quand doit-il sortir de l'hôpital ? demanda-t-elle.

— Demain.

— Dans ce cas, je viendrai la semaine prochaine. Il faut que je m'organise. Dites au petit que je serai bientôt là. Maintenant, si vous voulez m'excuser, j'ai du ménage à faire.

Une fois seule avec Daniel, Colleen lui jeta un coup d'œil. Il souriait.

Il devrait sourire plus souvent, se dit-elle. Ou peut-être moins : son sourire avait l'art de la faire chavirer.

— Vous imaginez Dora et Burton partageant la cuisine ? demanda-t-il en souriant encore plus franchement.

— Pas vraiment, répondit-elle en gloussant. Mais je pense que vous avez bien fait. Elle aime Harry, c'est évident.

— Tout ce qui est bon pour lui me fait du bien à moi aussi, dit Daniel. Même si cela sous-entend de vivre avec Dora à Londres.

Il grimaça comiquement.

— Elle n'a pas l'air de vous apprécier outre mesure, dit Colleen.

— Cela vous fait un point commun, à toutes les deux, dit-il avec une lueur de malice dans l'œil.

— Ce n'est pas que je ne vous apprécie pas, Daniel, protesta-t-elle.

Il leva les sourcils, visiblement incrédule, et le cœur de Colleen se mit à bondir dans sa poitrine.

Cet homme la désorientait. Il faisait naître en elle des sentiments contradictoires, et il produisait sur elle un effet pour le moins insolite.

7.

Colleen contempla l'ancienne salle à manger devenue la nouvelle chambre d'Harry.

Les murs étaient couverts d'images de ses sportifs préférés, des livres provenant de sa chambre dans le Dorset, auxquels s'ajoutait une sélection de livres de poche de son auteur de science-fiction favori sur les conseils de Nathan, son meilleur ami, qui avait aussi accepté de participer à l'agencement de la chambre.

Elle commençait à se faire une idée plus précise de la personnalité d'Harry, du moins tel qu'il était avant son accident. Mais elle ne comprenait toujours pas ce qui empêchait Daniel et son fils d'entretenir des relations plus harmonieuses.

— Alors, Nat, qu'en penses-tu ? Tu crois que cela va lui plaire ?

— Oui. Il va trouver ça cool.

— Tu es sûr ? demanda-t-elle en souriant. Tu ne crois pas qu'il préférerait des posters des grands joueurs de rugby irlandais ?

— Ça m'étonnerait !

Nathan sourit, puis il se tortilla, l'air gêné.

— Je suis allé le voir à l'hôpital avec d'autres copains. Mais…

Il se mordit la lèvre.

— Harry était bizarre, et on ne savait pas quoi dire.

— Ne t'inquiète pas, c'est normal de ne pas savoir quoi dire face à quelqu'un qui est dans cet état. Mais, tu sais, même quand les gens semblent inconscients, ils entendent ce que l'on dit. Je suis sûre que le fait d'entendre la voix de ses amis lui a fait du bien.

Le visage de Nathan s'illumina.

— Alors, je pourrais venir le voir quand il sera rentré ?

— Très bonne idée, Nathan. Tu pourras lui parler de tout ce que vous faisiez ensemble à l'école avant l'accident. Ce sera bon pour lui.

Lorsqu'elle eut raccompagné Nathan et sa mère, Colleen fit une dernière inspection des lieux.

Oui, la chambre d'Harry était prête à l'accueillir. Il serait toujours temps d'apporter de petites améliorations une fois qu'il y serait installé. Elle avait l'intention de le faire travailler dans la piscine dès que possible.

Mais pour ce faire, elle devrait solliciter l'aide de Daniel. D'une part, ils ne seraient pas trop de deux pour porter Harry, d'autre part, ce serait une façon ludique de rapprocher le père et le fils.

Daniel entra dans la chambre, et à sa façon de se passer la main dans les cheveux, elle se douta qu'il était anxieux.

— À quelle heure l'ambulance sera-t-elle disponible ? demanda-t-elle.

— À 15 heures. Le médecin passera vers 17 heures.

Elle consulta sa montre.

— Alors, il faut bientôt partir.

Elle lui posa la main sur le bras.

— Tout va bien se passer, vous verrez.

Le transfert d'Harry en ambulance se déroula sans encombre. Mais il avait l'air apeuré, comme s'il n'avait pas la moindre idée de ce qu'il lui arrivait. La présence de Daniel semblait le perturber, aussi Colleen proposa-t-elle de l'installer seule.

Une fois dans son lit, il se mit à ouvrir et fermer les yeux par intermittence, l'air égaré.

Elle avait l'habitude de ce genre de manifestations, au cours desquelles les moments de lucidité alternaient avec des phases de confusion et de perte de mémoire. Il fallait souhaiter que les périodes de lucidité augmentent au fil des jours.

— Harry, tu es dans la maison de ton papa, maintenant. Je suis là, et je vais rester avec toi jusqu'à ce que tu ailles mieux, répéta-t-elle jusqu'à ce que le regard du garçon s'apaise et qu'il ferme les yeux.

Lorsqu'elle fut certaine qu'Harry dormait, elle alla chercher Daniel.

Il se trouvait dans la bibliothèque, les yeux rivés sur le verre de whisky qu'il tenait dans la main.

Quand il leva les yeux, l'angoisse qu'elle lut dans son regard la fit tressaillir.

— Comment va-t-il ? demanda-t-il.

— Il dort. Je ne veux pas le laisser seul trop longtemps, au cas où il se réveillerait.

— C'est la première fois de ma vie que je doute d'avoir pris la bonne décision. Je me demande s'il n'aurait pas mieux valu qu'il reste à l'hôpital, dans un service spécialisé.

— En ce qui me concerne, je suis persuadée que vous avez bien fait. Cela prendra du temps, mais Harry va peu à peu s'habituer à vous. Il comprendra que vous l'aimez. De plus, il sera entouré de choses et de gens familiers. Je serai là, Dora aussi, et Nathan a promis de lui rendre visite régulièrement. Les prochaines semaines vont probablement être décisives.

— J'ai délégué une partie de mon travail et sollicité l'aide d'Haversham. Malheureusement, il reste des affaires dont je dois m'occuper moi-même. Mais à part cela, je me tiens à votre disposition dès que vous et Harry aurez besoin de moi.

Elle hocha la tête, tâchant de ne pas avoir l'air trop surprise.

Elle avait du mal à imaginer Daniel Frobisher se tenant à la disposition de quelqu'un d'autre…

— Pourrez-vous me donner le MP3 d'Harry, afin que je connaisse ses goûts musicaux ? Je pourrai le lui faire écouter de temps à autre.

— J'ai beaucoup écouté son MP3 lorsque Harry était dans le coma. Cela me rapprochait de lui.

Une ombre passa sur le visage de Daniel.

— Quand les médecins m'ont dit qu'il pourrait ne pas survivre et qu'il faudrait envisager le don d'organe…

Elle eut envie d'aller vers lui et de le prendre dans ses bras comme elle l'aurait fait avec n'importe quel parent de ses petits patients. Mais quelque chose la retint. Elle ignorait pourquoi, mais elle avait du mal à se comporter de façon naturelle avec cet homme.

Daniel secoua la tête comme pour s'éclaircir les idées.

— Bien. Quoi d'autre ?

— Nous devrons nous relayer à son chevet. Il faut qu'il y ait toujours quelqu'un auprès de lui lorsqu'il se réveille. Il sera bon de lui parler, de lui lire des histoires ou lui faire écouter de la musique. Il faudra le stimuler le plus possible. Je lui ferai faire des mouvements avec les bras et les jambes, pour entretenir ses muscles, afin qu'il se remette sur pied le plus vite possible. Cela dit, je vous préviens, les prochaines semaines seront difficiles pour chacun d'entre nous. Mais venez, allons poursuivre cette conversation dans sa chambre. Il faut qu'il s'habitue à nos voix.

Colleen s'assit sur une chaise près du lit d'Harry. Daniel alla se poster près de la fenêtre et regarda au-dehors.

— Cela ne m'étonne pas qu'Harry n'ait pas eu envie de venir ici. Moi-même, je détestais cet endroit quand j'étais petit.

Elle retint son souffle. Elle eut envie d'en savoir davantage.

— Mon père était très autoritaire, continua Daniel. Presque victorien dans sa façon de considérer les enfants. Je ne dis pas que je n'ai pas vécu de moments de bonheur dans mon enfance. Comme je vous l'ai dit, je passais mes week-ends dans le cottage du Dorset avec ma mère. Elle m'amenait à la plage, on faisait des châteaux de sable, on mangeait des glaces. J'aurais aimé qu'Harry passe du temps à cet endroit quand il était petit. Comme j'aurais aimé faire tout cela avec lui !

Il marqua une pause avant de reprendre :

— Eleanor a toujours aimé la maison du Dorset. Elle était

fan de Thomas Hardy, et l'idée d'habiter à l'endroit où se déroulait l'action de *Tess d'Urberville* l'enchantait. Elle voulait elle aussi écrire un livre un jour… Nous avons été heureux là-bas.

Colleen ressentit une pointe d'envie.

Daniel avait aimé la mère d'Harry. Peut-être était-ce encore le cas. Peut-être éprouvait-il de la peine de ne pas avoir pu la reconquérir.

Mais en quoi cela la regardait-il ? Elle était là pour s'occuper du fils, pas du père.

Dans ce cas, pour quelle raison éprouvait-elle de l'envie ?

— Vous ne lui avez pas rendu visite là-bas quand ils sont revenus du Brésil ? demanda-t-elle au bout d'un moment.

— Eleanor m'a fait comprendre que ma présence n'était pas désirée. J'aurais pu faire davantage d'efforts pour voir Harry, mais il y avait toujours quelque chose…

— Nous pourrons y emmener Harry quand il ira mieux.

Daniel se retourna, le visage soudain dur.

— Je ne crois pas qu'il soit opportun d'emmener Harry à un endroit qui lui rappelle qu'il a perdu sa mère, rétorqua-t-il sur un ton bref.

Elle demeura silencieuse.

Daniel avait sans doute raison. Il était trop tôt pour savoir ce qui était bon pour Harry. D'ailleurs, dès qu'il irait mieux, il serait à même d'exprimer lui-même ce dont il aurait envie.

Les yeux d'Harry clignèrent.

— Bonjour, Harry, dit-elle d'une voix douce. Tu te souviens de moi ? Je suis Colleen. On t'a ramené chez ton papa. Il est là, lui aussi. Nous étions en train de parler de la maison dans le Dorset.

Harry ne réagit pas.

— Maintenant, poursuivit-elle en adressant un coup d'œil à Daniel, nous allons t'aider à t'asseoir. Puis je te lirai un livre. Ou, si tu préfères, nous pourrons écouter de la musique.

Daniel l'aida à relever le jeune garçon.

— Harry, reprit-elle sur le même ton calme, cligne une fois si tu veux que je lise.

Pas de réponse.

— Alors, cligne une fois si tu veux écouter de la musique.

Aucune réaction non plus.

— On peut faire les deux : je lis pendant que tu écoutes de la musique ?

Harry cligna deux fois des yeux.

— D'accord, pas de musique, pas de lecture. As-tu envie de regarder un film ? Nathan m'a dit que tu adorais *Iron Man*.

Cette fois, Harry cligna une fois.

Daniel et elle échangèrent un regard et, pour la première fois, elle perçut l'espoir dans les yeux de Daniel.

— Je dois me rendre au bureau, dit celui-ci. Mais je reviendrai dès que possible.

Il se pencha et déposa un baiser sur le front de son fils. Mais Harry détourna la tête.

Le regard de Daniel changea, mais il se leva sans rien dire et quitta la chambre.

— Bien, Harry, reprit-elle. J'ai l'impression que tu as compris ce qu'il se passait. Mais je vais te répéter souvent où tu te trouves et qui je suis, au cas où tu l'oublierais. J'espère que cela ne t'agacera pas trop.

Elle glissa le DVD dans l'appareil et déclencha le visionnage du film.

— Pendant que tu regardes le film, je vais faire faire des mouvements à tes bras et à tes jambes. Ce ne sera pas très agréable, mais c'est nécessaire si nous voulons que tu remarches un jour. Tu comprends ?

Harry cligna une fois.

— Harry, tu as eu un accident de voiture, et ta tête a reçu un choc. T'en souviens-tu ?

Les yeux d'Harry passèrent de la perplexité à la panique.

— Mais tout va bien, maintenant. Certaines choses vont te paraître bizarres, mais ne t'inquiète pas. Ton père et moi allons tout faire pour que tu guérisses.

La crainte disparut enfin du visage de l'enfant, et il fixa les images qui se mirent à défiler.

Une demi-heure plus tard, il était de nouveau endormi.

D'après le personnel de l'hôpital, ses périodes de sommeil se raccourcissaient. S'il continuait à faire des progrès, il se souviendrait tôt ou tard de l'accident et voudrait savoir ce qu'il était advenu de sa mère.

Colleen soupira intérieurement.

Ce serait un moment difficile qu'elle n'était pas impatiente d'affronter.

8.

Les jours suivants, une sorte de routine s'installa à Carrington Hall. Colleen se levait à 6 heures, se douchait, s'habillait et prenait son petit déjeuner dans sa chambre. Elle allait ensuite retrouver l'infirmière de nuit dans la chambre d'Harry. L'infirmière lui faisait son rapport. Ensemble, elles lui faisaient sa toilette, puis Colleen lui donnait à manger. Puis la journée s'écoulait tranquillement, entre lectures, discussions et gymnastique passive. Le soir, lorsque l'infirmière de nuit arrivait et qu'Harry était prêt pour la nuit, Colleen demandait un plateau dans sa chambre. Parfois, elle allait marcher dans les rues de Londres au gré de ses envies, ravie de reconnaître tel ou tel monument.

À sa surprise, elle ne se sentait jamais seule.

Ses doutes au sujet de Ciaran n'avaient pas disparu. Elle l'appelait de temps en temps, mais ils n'abordaient jamais le sujet du mariage. Était-ce parce qu'ils étaient éloignés l'un de l'autre ou parce que Ciaran lui aussi avait des doutes ?

Ce soir-là, presque une semaine après le retour d'Harry, sa songerie fut interrompue par un coup à la porte.

— M. Frobisher demande si vous voudriez vous joindre à lui pour le dîner, madame, dit Burton.

— Avec plaisir. Dites-lui que je serai là dans une minute.

À sa grande déception, Daniel avait été absent pendant plusieurs jours, ne rentrant que tard le soir. Elle ne lui avait pas parlé depuis le jour du retour d'Harry. Il voulait certainement savoir si son état s'améliorait.

Elle le trouva dans le salon, un verre de whisky à la main.

— Ah, Colleen, merci de vous joindre à moi.

Il avait les traits tirés, observa-t-elle.

— J'ai pensé que nous pourrions dîner dans la cuisine. Enfin, si cela vous convient, ajouta-t-il avec un sourire en coin.

— Cela me convient parfaitement. Je n'ai jamais beaucoup apprécié les dîners formels.

Elle sourit tandis que ses propres repas de famille lui revenaient à la mémoire : tout le monde attablé à la grande table de la cuisine et parlant en même temps.

— Puis-je vous offrir un verre ? demanda Daniel.

— Si je bois de l'alcool maintenant, je vais littéralement m'écrouler.

— Je suis désolé, dit-il avec un regard préoccupé. Je vous fais trop travailler.

Il attendit qu'elle s'asseye avant de prendre place à son tour près de la cheminée.

— J'ai fait préparer le jet, de sorte que vous puissiez rentrer à Dublin le week-end qui vient.

— Je ne rentrerai pas ce week-end, dit-elle en réprimant un bâillement.

Daniel lui adressa un regard interrogateur.

— Harry passe de plus en plus de temps éveillé, expliqua-t-elle. Il progresse bien plus rapidement que je ne l'espérais.

— Mais c'est bon signe, non ? s'inquiéta Daniel.

— Oui. Mais cela signifie aussi que le moment où il va se souvenir de l'accident est proche.

Daniel posa son verre et ferma les yeux.

— Ce qui signifie qu'il va demander où est sa mère. Mon Dieu, qu'est-ce que je vais lui répondre ?

— La vérité. Il sera sans doute furieux, perdu. Il se peut même qu'il régresse un peu.

— Serez-vous là ?

Elle opina.

Le père comme le fils avaient besoin d'elle pour affronter le douloureux instant où Harry comprendrait que sa maman n'était plus là, elle le savait.

— Merci, je vous revaudrai cela.

— C'est mon métier, déclara-t-elle.

Mais en dépit de tout ce qu'elle avait appris sur la distance professionnelle à garder vis-à-vis des patients, elle devait admettre qu'elle s'était déjà attachée à eux.

L'horloge égrena ses minutes dans le silence de la pièce.

— C'est bien qu'Harry change de position tous les jours, reprit-elle. Même si ce n'est que pour s'asseoir.

— Il faisait partie d'une équipe, à l'école, dit Daniel d'un ton nostalgique. Je n'ai malheureusement pas pu assister à ses matchs aussi souvent que je l'aurais voulu.

— À cause de votre travail ?

— Je l'ai emmené au Lord's il y a quelques années, poursuivit-il. Pour ses dix ans. Mais les choses ne se sont pas passées comme je l'avais prévu.

Il but une gorgée de whisky.

— J'avais envie de passer la journée avec lui. C'était le premier anniversaire que nous pouvions passer ensemble. Il avait l'air content quand je suis passé le prendre. J'ai pensé que ce serait un nouveau départ pour notre relation. J'avais obtenu les meilleures places et organisé un pique-nique avec tout ce qu'il aimait. Je m'étais renseigné auprès d'Eleanor. Au début, tout allait bien. Il parlait, me racontait ses matchs, me montrait les joueurs qu'il préférait. Puis, tout à coup, il s'est refermé comme une huître.

— Vous avez dit ou fait quelque chose en particulier ?

— Je ne crois pas. Mais j'avais des invités, des relations de travail à qui il fallait que je parle. Dès qu'ils sont arrivés, Harry s'est tu. Leur présence l'a peut-être rendu timide.

Elle sortit soudain de ses gonds.

— Quel lourdaud vous faites, parfois ! s'exclama-t-elle. Vous vous imaginez, enfant, ayant votre père pour vous tout seul le jour de votre anniversaire, et soudain son attention est détournée par des gens que vous ne connaissez même pas. Quelle belle journée d'anniversaire !

Daniel eut l'air abasourdi par son accès de colère.

— Moi, j'aurais bien aimé que mon père m'emmène à un match de cricket, se défendit-il.

Décidément, il ne comprenait rien !

— Vous allez devoir passer davantage de temps avec Harry. Il ne vous a presque pas vu depuis sa sortie de l'hôpital. Je sais que vous avez un métier très prenant, mais la priorité n'est-elle pas que votre fils guérisse ?

En d'autres circonstances, l'expression d'incrédulité qu'elle lut sur le visage de Daniel l'aurait fait rire. De toute évidence, il n'avait pas l'habitude qu'on lui parle sur ce ton.

Elle bondit sur ses pieds.

— J'ai changé d'avis, annonça-t-elle. Je crois que je vais dîner dans ma chambre si vous n'y voyez pas d'inconvénient. Nous parlerons de tout cela demain.

Elle s'élançait vers la porte, lorsque la voix angoissée de Daniel l'arrêta.

— Colleen, attendez !

Elle se retourna et eut l'impression que tous les démons de l'enfer se livraient bataille au fond de ses yeux.

Elle retint son souffle.

— Quand j'ai su qu'Harry était mon fils, j'ai été bouleversé, dit-il lentement, comme si les mots sortaient tout seuls des profondeurs de son être. Je n'avais jamais imaginé qu'être père produirait un tel effet sur moi. J'ai eu envie de connaître mon enfant, mais sans prévoir qu'il n'aurait pas la même envie que moi. Je n'ai pas imaginé un instant à quel point il serait difficile d'instaurer un dialogue avec lui. L'emmener à un match de cricket était pour moi la seule manière d'être avec lui. Je pensais qu'en créant des occasions de nous retrouver, nous ferions connaissance peu à peu et qu'il se sentirait de mieux en mieux en ma compagnie. Aujourd'hui, je me rends compte de l'erreur que j'ai commise en invitant des collègues de travail au match.

Il se passa la main dans les cheveux.

— Être père n'est pas une chose très naturelle pour moi.

Elle revint s'asseoir sur la chaise face à lui, gênée et honteuse de lui avoir parlé de la sorte. Elle voyait à présent quels efforts Daniel avait déployés pour lui raconter cela.

— Je suis désolée, murmura-t-elle. Je n'aurais pas dû vous parler de cette façon.

D'ailleurs, pourquoi s'était-elle permis de lui parler sur ce ton au lieu de s'adresser à lui normalement, comme elle s'adressait à tous les autres parents de ses patients, de façon compatissante mais posée et professionnelle ?

Il secoua la tête, la mâchoire serrée.

— J'ai toujours cherché à garder le contrôle de ma vie, mais je n'ai rien pu maîtriser de tout ce qu'il est arrivé à Harry. Parce que j'ignorais être son père, puis parce que je n'ai pas su me rapprocher de lui, enfin parce qu'il a eu cet accident. Je n'ai eu de prise sur aucun événement de sa vie…

Elle eut envie de tendre la main vers lui et de le toucher, comme pour absorber un peu de sa douleur. Mais elle se doutait que son empathie serait malvenue.

— Quand j'ai appris qu'il risquait de mourir, j'ai eu envie d'échanger ma vie avec la sienne. J'aurais donné tout ce que je possédais pour qu'il s'en sorte, pour ressusciter sa mère. Mais, pour la première fois de ma vie, je n'avais aucun pouvoir. Aujourd'hui, je peux l'aider à aller mieux. Mais je n'y arriverai pas tout seul, admit-il.

Il fourragea de nouveau dans ses cheveux puis se leva lentement.

— Maintenant, si vous voulez bien m'excuser, j'ai du travail.

Elle le regarda.

Il s'était ouvert à elle et lui avait exposé toute sa douleur. Plus que jamais elle avait la conviction qu'elle ne laisserait pas tomber ce père et son enfant.

— Merci de m'avoir dit tout cela, Daniel. Il faut simplement que vous reteniez qu'Harry a besoin d'une chose par-dessus toutes les autres.

Daniel plissa les yeux et souleva un sourcil interrogateur.

— Une chose qui serait… ?

— Vous, Daniel. Tout ce dont a besoin Harry, c'est vous.

Incapable de se concentrer, Daniel referma son ordinateur portable et s'étira sur sa chaise, fixant la porte fermée du salon.

Ses pensées ne cessaient de revenir à la discussion houleuse qu'il venait d'avoir avec Colleen.

« Oui, monsieur Frobisher », « bien sûr, monsieur Frobisher », c'était tout ce qu'on lui répondait d'ordinaire. Personne ne lui avait jamais adressé la parole sur ce ton. Quelle idée il avait eue de faire entrer chez lui une mégère pareille !

Il fallait bien reconnaître que Colleen n'était pas une employée comme les autres. Mais c'était elle qu'il voulait, pas une autre. Harry avait confiance en elle.

De plus, elle n'avait pas tout à fait tort : inviter des relations de travail le jour de l'anniversaire d'Harry, cela avait été une erreur grossière, il s'en rendait compte à présent.

Mais était-ce une raison pour qu'elle réagisse de la sorte ? Elle n'y était pas allée de main morte !

Il but une autre gorgée de whisky.

Il avait raconté à Colleen des choses qu'il n'avait jamais dites à personne. Des choses privées, qu'il n'avait jamais eu envie de partager. C'était incroyable comme elle parvenait à le faire parler ! Peut-être cela l'aiderait-il à changer un peu l'image qu'elle avait de lui ?

Cette pensée l'embarrassa.

En quoi ce qu'elle pensait de lui était-il important ? Jusqu'à présent, il s'était toujours arrangé pour faire ce qu'il avait à faire, sans se soucier de l'opinion des autres.

Une chose était certaine : s'il était arrivé à ce niveau-là dans sa vie, c'était parce qu'il avait su exprimer le meilleur de chacune des personnes qui travaillaient pour lui.

Pourquoi alors, avait-il l'impression inconfortable d'avoir trouvé en Colleen quelqu'un de la même trempe que lui ?

9.

Le lendemain matin, tandis qu'elle faisait un peu de rangement dans la chambre d'Harry après lui avoir fait faire ses exercices matinaux, on frappa à la porte.

Daniel entra et adressa un sourire à son fils. Il tenait à la main un DVD.

— Regarde, Harry, j'ai une copie de la Coupe du monde de rugby de 2003 en Australie. Tu sais, quand l'Angleterre a gagné ? J'ai pensé qu'on pourrait la regarder ensemble.

Colleen réprima un sourire de satisfaction.

Il lui semblait que Daniel avait autant sinon plus envie de voir le match que son fils, mais son geste prouvait au moins qu'il avait entendu ce qu'elle lui avait dit la veille.

Ce fut alors que se produisit une chose qui lui brisa le cœur.

Harry émit un son.

C'était un son indistinct, mais il était évident qu'il cherchait à dire quelque chose. Or, il n'avait rien dit depuis le jour où ils étaient allés le chercher à l'hôpital.

— Qu'y a-t-il, Harry ? demanda-t-elle.

— Ma…

Daniel et elle s'assirent de part et d'autre de son lit.

— Maman…

Cette fois, le mot était bel et bien reconnaissable.

Elle leva les yeux vers Daniel, qui était blême.

Il prit la main de son fils dans la sienne.

— Harry…, murmura-t-il avant de jeter un regard désespéré à Colleen.

Elle l'encouragea d'un signe de tête.

Le moment qu'ils redoutaient était arrivé. Mais c'était à Daniel de révéler à Harry ce qu'il s'était passé.

Elle prit l'autre main d'Harry dans les siennes.

— Harry, ton papa va te dire quelque chose d'important. Il faut que tu sois très courageux.

— Maman, répéta le garçon, d'une voix paniquée.

— Harry, reprit Daniel sur un ton plus ferme, tu as eu un accident de voiture en revenant de la pension, tu te souviens ?

Harry fit un léger mouvement de tête.

— Non.

Sa voix était rauque de ne pas avoir servi pendant des semaines, mais elle était persuadée qu'il avait très bien compris la question.

— Maman, répéta-t-il en s'agitant.

— Ta maman a été gravement blessée dans l'accident, Harry, dit Daniel. L'ambulance l'a emmenée à l'hôpital. Mais ses blessures étaient très graves. Elle ne s'est pas réveillée.

Les yeux d'Harry s'emplirent de terreur.

Daniel se pencha sur son fils et le prit dans ses bras.

— Je suis désolé, Harry. Ta maman est morte.

La détresse dans les yeux d'Harry était presque insoutenable.

— Non… Non…, répéta-t-il. Maman, maman.

Daniel resserra ses bras autour de lui, mais le garçon le repoussait de toutes ses faibles forces.

— Pas toi. Je veux maman. Pars ! parvint-il à articuler.

— Je pense que vous devriez partir, dit Colleen. Je vais rester avec lui.

Des larmes coulaient sur les joues d'Harry, qui remuait la tête de droite à gauche en répétant « non », comme si cela pouvait changer le cours des choses.

Daniel se leva, mais il demeura debout au milieu de la pièce, pétrifié. Il semblait déchiré entre la volonté de consoler son enfant et la nécessité de sortir comme celui-ci le lui demandait.

Elle se leva à son tour et le poussa doucement vers la porte.

— Allez-y. Ne vous inquiétez pas, je m'occupe de lui. Je viendrai vous voir dès qu'il se sera calmé.

Avec un dernier regard désespéré en direction de son fils souffrant, Daniel quitta la chambre.

Une fois Harry calmé et endormi, Colleen se rendit dans la cuisine, pensant que Burton saurait lui dire où se trouvait Daniel.

À son grand étonnement, Daniel lui-même était assis dans la cuisine, les mains autour d'une tasse de café, en compagnie de Dora qui venait d'arriver du Dorset.

— Comment va-t-il ? demanda cette dernière.

— Il dort, répondit Colleen. Mais il était très agité. Il va lui falloir du temps pour accepter l'idée que sa mère est morte. Nous devons nous attendre à des moments difficiles dans les jours à venir.

Elle croisa le regard perdu de Daniel, et son cœur se mit à fondre.

Dora se leva.

— Je vais le voir, si c'est possible.

— Bonne idée. Merci, Dora. Appelez-moi s'il se réveille.

Elle attendit que Dora soit sortie de la cuisine pour reprendre la parole :

— Daniel, ne prenez pas la réaction d'Harry trop à cœur…

— Qu'est-ce que je ne dois pas prendre trop à cœur, exactement ? s'exclama-t-il en bondissant sur ses pieds. Le fait que mon propre fils refuse de me voir ? Qu'il me tienne probablement pour responsable de la mort de sa mère ? Cela dit, il a raison. Eleanor m'avait demandé d'aller le chercher pour le ramener dans le Dorset. Mais j'ai refusé, j'avais une réunion importante…

Il éclata d'un rire lugubre qui la fit frissonner.

— Quel genre d'homme est capable d'accorder plus d'importance à son travail qu'à son enfant ? poursuivit-il. Si j'étais allé chercher Harry comme Eleanor me l'avait demandé, l'accident ne se serait pas produit, et sa mère serait encore là.

— Daniel…

Elle ne put s'empêcher de s'approcher de lui et de poser la main sur son bras, mais il la repoussa, la regardant comme si elle le dégoûtait.

— Je ne veux pas de votre compassion, dit-il sèchement.

— Dans ce cas, arrêtez de vous en vouloir ! rétorqua-t-elle. Ce garçon, votre fils, va avoir besoin de vous plus que jamais. Il a perdu sa mère et a besoin de temps pour se faire à l'idée qu'il ne la reverra plus jamais. Il en veut au monde entier, et c'est sur vous que retombe sa colère, certes. Mais peut-on le blâmer pour cela ? Tout ce qu'il lui reste dans la vie, c'est un père qu'il connaît à peine. La dernière chose qu'il lui faut, c'est que vous vous éloigniez maintenant…

Elle sentit sa voix se fissurer.

Dès qu'elle avait l'impression de commencer à comprendre Daniel, il disait ou faisait quelque chose qui semait la confusion dans son esprit.

Elle prit une profonde inspiration et ouvrit la bouche pour lui présenter des excuses, mais il avait déjà tourné les talons.

— Je sors, dit-il.

Et, sans lui adresser le moindre regard, il quitta la pièce, furieux.

Plus tard dans la soirée, alors qu'Harry dormait sous la surveillance de l'infirmière de nuit, Colleen faisait les cent pas dans sa chambre, agitée et mal à l'aise.

Elle avait l'impression de mal s'y prendre avec Daniel. Elle ne pouvait pas rester dix minutes dans la même pièce que lui sans que la situation dégénère.

Elle ouvrit la fenêtre.

Le son de la circulation nocturne et des rires d'un couple rentrant après avoir passé la soirée en ville emplit l'air.

Elle éprouva une soudaine envie de retrouver l'atmosphère paisible de County Wicklow…

Mais sans Ciaran. Elle aimait beaucoup Ciaran, mais elle n'était pas amoureuse de lui. Trish avait raison depuis le début.

Elle éprouvait à l'égard de Ciaran les mêmes sentiments qu'à l'égard d'un frère. Elle se sentait bien plus vivante depuis qu'elle était à Carrington Hall qu'elle ne s'était jamais sentie ses côtés.

L'idée la dérangea.

Non qu'elle soit amoureuse de Daniel Frobisher, en aucun cas ! Comment pourrait-elle tomber amoureuse de cette tête de cochon, sûr de lui, arrogant, intéressant, excitant…

Elle sentit son cœur s'arrêter de battre.

Ce n'était pas parce qu'elle avait décidé de ne pas épouser Ciaran qu'elle allait s'enticher du premier homme qui passait. Les sentiments qu'elle nourrissait à l'égard de Daniel découlaient de la grande affection qu'elle avait pour Harry.

Oui, mais c'était la première fois qu'elle réagissait de cette façon vis-à-vis du père de l'un de ses jeunes patients.

Elle ferma la fenêtre d'un coup sec.

Maintenant qu'elle avait pris la décision de ne pas épouser Ciaran, il restait à le lui faire savoir. Elle lui causerait probablement une peine immense, mais ce serait moindre mal que de l'épouser sans l'aimer passionnément.

Une larme coula sur sa joue.

La fatigue la rendait trop sensible. Une bonne nuit de sommeil l'aiderait à affronter plus sereinement la journée du lendemain, qui s'annonçait elle aussi difficile. Un verre de lait chaud lui ferait du bien.

À l'exception de la chambre d'Harry éclairée par la lampe de chevet, la maison était plongée dans l'obscurité.

Elle passa la tête dans l'entrebâillement de la porte.

— Je vais dans la cuisine. Voulez-vous que je vous rapporte quelque chose ? demanda-t-elle à Sheena, l'infirmière de nuit assise au chevet d'Harry endormi.

— Non, merci, Colleen. Dora m'a déjà apporté du thé tout à l'heure.

Contre toute attente, la cuisine était occupée. Daniel, immobile et silencieux, était attablé à la grande table centrale. Seule une petite lampe à l'autre bout éclairait la pièce, si bien que son visage était plongé dans la pénombre.

Elle s'apprêtait à rebrousser chemin lorsqu'une voix grave s'éleva.

— Vous non plus, vous n'arrivez pas à dormir ?

— J'avais envie d'un verre de lait chaud, répondit-elle. Mais je ne veux pas vous déranger.

— Du lait chaud ? répéta-t-il d'une voix amusée. Qui de nos jours boit encore du lait chaud ? Vous ne voulez pas plutôt une rasade de whisky ? dit-il en agitant son verre rempli d'un liquide doré.

Elle se demanda s'il était ivre. Au moins, il n'avait plus l'air en colère contre elle.

— Non, merci. Je ne supporte pas le whisky.

— Il doit y avoir du vin, si vous préférez. Je peux demander à Burton qu'il nous en apporte.

— Ne dites pas de bêtises. Il est plus d'1 heure du matin. Laissez-le dormir.

— Très bien, va pour du lait chaud, alors. Il doit bien y avoir une casserole par ici, dit-il en se levant.

— Laissez, je m'en occupe.

— Mais, bon sang, je ne vais pas vous mordre ! D'ailleurs, c'est plutôt moi qui devrais m'inquiéter de ce dont vous allez encore m'accuser.

— Je suis désolée, dit-elle. Je n'aurais pas dû vous agresser. Vous avez déjà suffisamment de problèmes.

— Écoutez-moi, Colleen, pour être franc, j'en ai assez des gens qui sont toujours d'accord avec ce que je dis. Cela change de parler avec quelqu'un qui dit ce qu'il pense.

Était-il en train de se moquer d'elle, ou parlait-il sérieusement ?

Elle décida de le prendre au pied de la lettre. Sans quoi ils risquaient de s'embarquer dans une nouvelle joute, et elle n'en avait pas la force.

Daniel ouvrait les placards les uns après les autres, râlant de ne pas y trouver ce qu'il cherchait.

Elle saisit une tasse sur le buffet.

— Je vais le faire chauffer au micro-ondes, dit-elle.

— Au micro-ondes ? Parce que vous pensez que Dora autorise l'usage du micro-ondes dans cette cuisine ? dit-il en riant.

— Asseyez-vous, ordonna-t-elle. Je m'en occupe. En voulez-vous une tasse ?

Il scruta son verre, sembla étonné de le trouver vide et attrapa la bouteille qui se trouvait sur la table.

— Je vais continuer au whisky si vous n'y voyez pas d'inconvénient.

Elle le regarda avec inquiétude se verser une bonne rasade de whisky et l'avaler aussitôt en une seule gorgée.

Si ses relations avec Daniel Frobisher étaient compliquées quand il était sobre, que se passerait-il quand il serait ivre ?

Lorsqu'il tendit de nouveau le bras, elle saisit la bouteille avant lui.

— Ne croyez-vous pas que vous en avez assez bu ?

Il la regarda d'un œil torve.

— Ne vous a-t-on jamais dit que vous étiez un peu autoritaire ?

— Si, très souvent, répondit-elle. On a même dit pire sur mon compte !

— Je ne vois pas pourquoi, dit-il.

Il se redressa sur sa chaise.

— Vous savez, j'aimerais bien faire la connaissance de Colleen McCulloch. Je veux dire, la femme, pas l'infirmière. Après tout, vous, vous connaissez bien tous mes secrets honteux !

Elle versa le lait dans une casserole qu'elle mit à chauffer et sortit une seconde tasse.

— Ce ne sont pas des secrets honteux, le reprit-elle. Nous faisons tous des erreurs. On oublie l'essentiel.

— Vous me dédouanez, maintenant ? J'ai du mal à vous imaginer oubliant l'essentiel. Vous êtes trop parfaite.

Parfaite ? Elle aurait bien aimé l'être. Elle ne se serait pas comportée avec lui comme elle l'avait fait. Elle ne serait pas fourrée dans une situation aussi compliquée avec Ciaran. Elle ne se serait pas fiancée par facilité, pour faire plaisir à sa famille. Or, elle avait fait tout cela. Maintenant, elle allait faire souffrir des gens qu'elle aimait. Car elle aimait Ciaran, même si elle n'était pas amoureuse de lui.

Elle se servit le lait chaud et s'attabla en face de Daniel.

— Je ne suis pas certaine que mes frères soient du même avis que vous. Eux me trouvent loin d'être parfaite.

— Parlez-moi de votre famille, Colleen. J'aimerais vraiment vous connaître.

Ne voulant pas gâcher ce moment de détente, elle s'abstint de lui rappeler qu'il avait déjà enquêté sur sa famille.

D'ailleurs, il avait beau savoir combien de frères elle avait et ce qu'ils faisaient dans la vie, il ignorait tout de l'ambiance agitée, bruyante et chaleureuse qui régnait chez ses parents.

— Mes parents possèdent une ferme depuis toujours. Au début, ils élevaient du bétail. Des vaches, des moutons. Puis mon père a eu envie d'élever des chevaux. Il a vendu le bétail et investi dans quelques juments. Peut-être pensait-il gagner plus d'argent en élevant des chevaux. Il a toujours rêvé de faire fortune, mais cela n'est jamais arrivé avec la famille nombreuse que nous étions et les prix du bétail qui chutaient en permanence.

— Vous étiez pauvres ? demanda Daniel.

Elle pouffa de rire.

— Tout dépend de ce qu'on entend par « pauvre ». Selon vos critères à vous, oui, nous devions l'être, du moins d'un point de vue financier. Mais sur tous les autres plans, je me suis toujours sentie riche.

— C'est-à-dire ?

— J'ai eu une enfance heureuse. Du moins jusqu'à l'accident de Cahil et la dépression de mon père qui s'en est suivie. Il y avait toujours quelque chose à faire : aider mon père à la ferme, jouer avec mes frères quand ils le voulaient bien, bien sûr. Il fallait que je me montre forte face à eux. Cela m'a valu un certain nombre de bagarres.

— Je vous imagine bien, petite fille, les cheveux au vent, courant pieds nus dans les champs.

— Nous n'étions pas si pauvres, dit-elle en riant. Nous portions des baskets, comme tout le monde !

Il lui adressa un sourire qui la fit littéralement fondre.

— Tant que mon père avait son bétail, nous vivions confortablement. C'est quand il l'a vendu pour les chevaux que les choses se sont gâtées. L'une des juments est tombée malade, une autre a mis bas, mais son poulain est mort. Au bout d'un moment, il ne lui est plus resté qu'une des cinq juments qu'il avait achetées. Mes frères ont tout fait pour l'aider — moi, j'étais trop petite, j'allais à l'école —, mais la situation est devenue telle que l'un de mes frères a dû arrêter de travailler à la ferme et trouver un travail à Dublin. Ma mère a eu du mal à voir ses enfants quitter la maison, et mon père s'est senti coupable. Là-dessus est survenu l'accident de Cahil. C'est alors que mon père a sombré. Je sais maintenant qu'il s'agissait d'une dépression, mais à l'époque je ne comprenais pas pourquoi cet homme plein de vie s'était transformé en un légume, assis dans son fauteuil à longueur de journée. Ma mère était perdue, elle ne savait pas quoi faire pour l'aider.

Pourquoi était-elle en train de raconter tout cela à Daniel ? Peut-être parce qu'il était tard. Peut-être parce qu'il faisait nuit. Peut-être parce que Daniel avait lui aussi son lot de souffrances.

— Je suis désolé. Qu'est-il arrivé à votre frère ?

Elle prit une profonde inspiration.

— Cahil était le plus jeune de mes frères. J'avais onze ans quand il est né. Je crois qu'il est arrivé par surprise, mais mes parents étaient ravis d'avoir un autre enfant. Un jour, alors qu'il avait huit ans et que mes autres frères avaient déjà quitté la ferme, mon père a voulu rentrer une jument. Il avait besoin d'aide, ma mère lui a suggéré d'attendre le retour des grands, le soir. Or, Cahil a entendu leur conversation, et sans le dire à personne il est allé au champ chercher la jument. Il voulait jouer au grand, mais la jument ne le connaissait pas, et de plus elle était pleine. On ne sait pas très bien ce qu'il s'est passé. Maman s'est rendu compte de son absence quand elle l'a appelé pour le goûter. Ils l'ont trouvé inconscient dans le champ, avec une blessure à la tête.

Elle marqua une pause.

— Il est resté des mois à l'hôpital. Les médecins ont fini par accepter que ma mère le prenne à la maison, tout en étant persuadés qu'il ne recouvrerait jamais ses capacités. Mon père était totalement absent. Mais moi, tous les soirs, après l'école, j'aidais ma mère à s'occuper de Cahil. Elle n'a jamais baissé les bras. Si vous le voyiez aujourd'hui ! Il a toujours des problèmes de mémoire à court terme et confond parfois les mots, mais il joue dans une équipe de football et aide ma mère à la ferme, alors que les médecins avaient déclaré que jamais plus il ne serait capable de manger tout seul ni de marcher.

— C'est grâce à lui que vous faites ce métier, dit Daniel. Je me disais bien que vous aviez une raison particulière pour être si déterminée. Tous vos patients s'en sortent aussi bien que votre frère, j'imagine ?

— Je sais que l'on peut soulever des montagnes avec de l'amour. C'est pourquoi, même si Harry vous repousse, vous ne devez jamais oublier qu'il a besoin de vous plus que jamais.

— Et votre père ? Qu'est-il devenu ?

Elle inspira profondément.

— Il est mort peu de temps après l'accident de Cahil. Il n'a pas vu son fils guérir. Il est mort hanté par la culpabilité et par son sentiment d'échec.

Le silence était retombé dans la cuisine, entrecoupé seulement par le tic-tac de l'horloge.

Daniel dévisagea Colleen tandis qu'elle buvait une gorgée de lait chaud.

Jamais il n'aurait imaginé qu'elle ait vécu une telle tragédie. Lorsqu'elle ne se fâchait pas et que ses yeux ne lançaient pas d'éclairs, sa bouche arborait un sourire presque permanent.

Ses boucles sombres tombant sur ses épaules lui donnaient un air plus jeune et moins sévère. Elle avait la peau pâle, presque translucide, et son nez était parsemé de taches de rousseur qui lui donnaient un air mutin adorable.

En fait, il y avait beaucoup de choses en elle qu'il trouvait adorables. Il aimait ses yeux gris, qui étincelaient quand elle était en colère. Il aimait sa façon de s'occuper d'Harry, de lui tenir tête, de pincer les lèvres quand elle se retenait de rire, et même ses pantoufles ridicules.

Sa robe de chambre s'était entrouverte, révélant un débardeur à fines bretelles, des épaules à la peau de pêche et un peu de son décolleté. Elle portait également un short constellé de personnages de bande dessinée.

Quelle idée de cacher des jambes pareilles, minces et fermes, du genre à vous donner envie d'y poser la main pour sentir la douceur de leur peau ?

L'image de Colleen allongée sous lui, toute en courbes et en douceur, ses yeux gris pleins de désir rivés sur lui, lui emplit l'esprit.

Cette femme lui faisait de l'effet. Était-ce à cause du whisky ou parce qu'il n'avait pas eu de relation avec une femme depuis longtemps ? Peut-être la considérait-il autrement parce qu'elle lui avait permis d'entrevoir la part vulnérable de sa personne ?

Il en était ébahi. Jamais il n'aurait pensé que cette petite mégère irlandaise viendrait un jour hanter ses pensées.

Il ne lui manquait que cela : tomber amoureux de la thérapeute de son fils, elle-même sur le point de se marier avec un autre !

10.

Quelques jours plus tard, Colleen profita d'un moment où Dora s'occupait d'Harry pour aller préparer du thé.

Les odeurs qui émanaient de la cuisine lui mirent l'eau à la bouche, et bien qu'elle ait pris un copieux petit déjeuner quelques heures plus tôt, elle se sentit soudain mourir de faim.

Elle qui souhaitait perdre quelques kilos avant son mariage, il vaudrait mieux qu'elle rebrousse chemin. Elle n'avait qu'à regarder un gâteau pour prendre du poids !

À la pensée de son mariage, elle éprouva de nouveau un sentiment d'inconfort.

Il fallait qu'elle voie Ciaran. Elle ne pouvait pas lui annoncer par téléphone qu'elle renonçait à l'épouser, il méritait mieux que cela. Il fallait donc qu'elle lui parle le plus rapidement possible.

Mais elle hésitait à laisser Harry.

Peut-être pourrait-elle demander à Ciaran de se déplacer jusqu'à Londres ?

Une tranche de cake ou de pain maison l'aiderait certainement à s'éclaircir les idées.

Ses jambes la portèrent tout naturellement jusque dans la cuisine, où elle découvrit pour son plus grand plaisir un gâteau au chocolat couvert de crème qui attendait manifestement d'être mangé.

Elle en coupa trois tranches, qu'elle déposa sur un plateau avec un verre de lait, et sortit de la cuisine en se concentrant sur son allure, les yeux rivés sur le plateau.

En haut des marches, un choc renversa le plateau et son contenu sur… le costume impeccable de Daniel.

— Mon Dieu, s'écria-t-elle, je suis désolée ! Quelle idiote je fais ! Vous allez être en retard…

Elle tamponna la veste de Daniel avec sa serviette en papier mais ne fit qu'étaler le problème.

Daniel regarda son costume avec effroi, manifestement prêt à exploser, puis à sa grande surprise il éclata de rire.

— Je suis ravi de constater que Mademoiselle Parfaite n'est pas si parfaite que cela, dit-il en ôtant un peu de chocolat qui avait atterri sur sa joue. Je dois reconnaître que le chocolat vous rend plus humaine.

Elle se sentit rougir.

— Je dois avouer que vous n'êtes pas mal non plus, couvert de gâteau au chocolat. Enfin, je veux dire, vous…

Quelle mouche l'avait piquée ?

— Disons que vous avez l'air moins strict.

Il leva un sourcil.

Ce n'était pas non plus ce qu'elle voulait dire.

— Enfin… Plus détendu. C'est juste que, parfois, vous faites un peu peur. À Harry, comme à moi.

Le sourire de Daniel s'effaça soudain de son visage.

— Je vous fais peur ? Je fais peur à mon fils ? grogna-t-il.

Pourquoi, comme ses frères ne manquaient jamais une occasion de le lui rappeler, ne savait-elle pas tenir sa langue ?

— Ce que je veux dire, c'est que je ne voudrais pas me trouver face à vous au tribunal. Vous devez pétrifier les témoins, avec vos… vos yeux atrocement verts.

Il demeura perplexe. La chose positive était qu'il n'avait plus l'air gêné du tout par les traces sur son costume.

— Vous trouvez mes yeux « atrocement verts » ?

« Tais-toi, Colleen, tais-toi, murmura une petite voix au fond d'elle. Cesse de parler et va-t'en tant que tes jambes peuvent encore te porter. »

Mais elle en était incapable.

— Je ne veux pas dire que vos yeux sont atroces, au contraire, continua-t-elle de balbutier. Ils sont d'une couleur si insolite que je ne peux pas m'empêcher de les regarder.

Elle sentait son cœur faire des bonds dans sa poitrine.

Elle était folle de dire des choses pareilles ! Qu'était-il advenu de son cerveau ? S'était-il mis en grève ?

Un sourire se dessina sur les lèvres de Daniel, et ses yeux se plissèrent. Il s'approcha d'elle.

— Soit, dit-il, imaginons que vous êtes un avocat au tribunal. Un avocat se doit d'être précis. Alors, que vouliez-vous dire *précisément* au sujet de mes yeux ?

Il était si proche d'elle qu'elle pouvait sentir son souffle, le parfum de son after-shave, l'odeur typiquement masculine qui émanait de sa personne. Elle avait l'impression que les battements de son cœur ébranlaient sa cage thoracique. Elle cherchait ses mots, mais aucun son ne sortait de sa bouche.

Ce fut alors que Burton apparut.

— Votre voiture est avancée, monsieur.

Daniel sourit.

— Nous poursuivrons cette conversation plus tard, Colleen.

Puis, s'adressant au majordome :

— J'arrive dans une minute, Burton. Je vais juste changer de costume.

Il remonta les marches quatre à quatre, tandis qu'elle continuait de se demander ce qu'il venait de lui arriver.

— Qu'allons-nous faire aujourd'hui, Harry ? demanda Colleen en ouvrant les rideaux. Nathan vient ce matin, mais si le temps se lève, nous pourrions peut-être sortir cet après-midi ?

Comme Dora entrait dans la chambre avec le petit déjeuner, elle sourit à celle-ci et se tourna vers Harry.

— Je pense qu'il est temps que tu essaies de manger tout seul. Tu vas t'en mettre partout, mais ce n'est pas grave, nous ferons ta toilette après. Qu'en dis-tu ? poursuivit-elle.

Elle coupa ses toasts en tranches maniables, et après plusieurs tentatives infructueuses, Harry parvint à en saisir une et à la porter à sa bouche.

C'était le signe que, sur le plan moteur, il progressait à grands pas, bien plus rapidement qu'elle n'avait osé l'espérer.

Le petit déjeuner terminé, elle installa Harry dans sa chaise devant la porte-fenêtre.

Daniel entra dans la chambre, superbe dans son pull à col en V, pour une fois sans chemise ni cravate.

— Bonjour, tout le monde ! lança-t-il d'une voix enthousiaste. J'ai pris ma matinée pour rester avec vous. Harry, qu'as-tu envie de faire ?

Harry jeta un coup d'œil en direction de son père et lui adressa un bref sourire.

— Nathan, murmura-t-il.

— Nathan vient lui rendre visite ce matin, précisa Colleen. Il devrait d'ailleurs être en chemin. Mais nous pourrions faire une activité ensemble cet après-midi, ajouta-t-elle en percevant la déception de Daniel. Il est encore un peu tôt pour une séance en piscine, mais nous pourrions sortir.

Daniel ébouriffa les cheveux de son fils.

— Tu pourras voir Nathan un autre jour, dit-il. Je dois être au tribunal cet après-midi.

Le garçon détourna la tête.

— Nathan ! répéta-t-il en secouant la tête.

Et il adressa à Colleen un regard implorant qu'elle ne put ignorer.

Elle capta le regard vide de Daniel, qui précédait souvent la chute du masque sûr de lui qu'il endossait la plupart du temps. Ne voyait-il pas qu'il s'y prenait mal ?

« Ne le pressez pas, eut-elle envie de dire. Laissez-lui le temps. »

— Étant donné que Nathan va arriver d'un moment à l'autre, je pense que nous devrions laisser les choses telles qu'elles sont, finit-elle par dire.

Daniel se passa la main dans les cheveux, l'air soudain résigné.

— Comme tu voudras, fiston.

Puis, adressant un dernier regard à Colleen, il tourna les talons et sortit de la chambre.

Harry avait l'air mécontent.

— Papa. Travail. Typique, dit-il. Pas temps pour moi.

— Ne sois pas injuste, dit-elle. Ton papa ne savait pas que Nathan venait ce matin. Il voulait passer du temps avec toi.

Elle prit sa main dans la sienne.

— Il fait des efforts, tu vois.

Harry dégagea sa main.

— Toi de son côté, dit-il.

— Harry, je serai toujours de ton côté à toi, et tu le sais. Mais je sais que ton papa t'aime très fort. Et qu'il fait de son mieux pour te le dire. Donne-lui un peu de temps, mon chéri.

Les larmes jaillirent soudain des yeux d'Harry, qui enfouit son visage dans les bras de Colleen.

— Veux maman, balbutia-t-il entre deux sanglots.

— Je sais, mon chéri, je sais, murmura-t-elle, le cœur en miettes.

Lorsque Nathan arriva, Colleen laissa les deux garçons devant un jeu sur l'ordinateur. C'était Nathan qui tenait les manettes, mais Harry n'était pas en reste, articulant des « non » et des « oui » à intervalles réguliers, et même parfois un « idiot ».

Elle frappa à la porte du bureau de Daniel et entra sans attendre la réponse.

Daniel leva les yeux de ses papiers et fronça les sourcils.

— Le moment est mal choisi, Colleen, dit-il durement.

— J'ai l'impression que ce n'est jamais le bon moment, Daniel, répondit-elle. Harry est bouleversé.

Et elle, elle était en colère. Daniel avait besoin de temps, mais de combien de temps encore ? Après toutes les discussions qu'elle avait eues avec lui, il ne semblait toujours pas avoir la moindre idée de la façon de construire une relation tant soit peu harmonieuse avec son fils.

— Si vous pensez qu'une visite occasionnelle ou un DVD

de temps en temps régleront vos problèmes, vous faites fausse route, dit-elle sèchement.

— Harry…

— Votre fils fait des progrès incroyables, le coupa-t-elle. Mais je vous rappelle qu'il vient de perdre sa mère et qu'il souffre terriblement. Il a aussi perdu sa maison, ses repères, ses habitudes. Il parle très laborieusement et est en train de réapprendre à manger tout seul.

— Il mange seul ? C'est fantastique ! s'écria Daniel.

— Laissez-moi terminer, Daniel. Oui, c'est fantastique, mais c'est difficile pour lui. Cet enfant a une grande force de caractère, mais chaque jour est un combat pour lui. Ce dont il a besoin maintenant, c'est de savoir que vous l'aimez, qu'il compte plus que tout pour vous et que vous êtes à ses côtés quoi qu'il advienne. Il faut qu'il sache qu'il peut compter sur vous.

Elle marqua une pause.

Le regard d'abord médusé de Daniel était devenu noir.

— Je n'ai pas de leçons à recevoir, Colleen. Je lui consacre le temps que je peux lui consacrer. Si je pouvais passer mes journées à ses côtés, je le ferais, non ? Mais je vous rappelle que j'ai un travail.

— Un travail. Bien sûr !

— Oui, un travail. Quels que soient les drames qui se nouent dans la vie privée des gens, le monde continue de tourner, figurez-vous, rétorqua Daniel, la respiration saccadée. Les gens qui doivent se défendre devant une cour pour sauver leur vie se fichent pas mal de ce qu'il se passe dans la vôtre. Quand l'accident d'Harry s'est produit, j'étais au milieu de la plus grosse affaire de ma vie. Je suis parvenu à la différer de quelques jours, puis j'ai tenté de la confier à l'un de mes pairs. Mais mon client n'a rien voulu entendre. Il est persuadé, à tort ou à raison, que je suis le seul à pouvoir le tirer d'affaire. Les audiences préliminaires commencent cet après-midi. À l'heure où je vous parle, je devrais me trouver au cabinet pour finir de préparer ma plaidoirie. Or, je suis là, parce que mon fils est malade. Mais je ne pourrai pas être là cet après-midi, ni passer trop de temps ici dans les semaines qui viennent. J'aimerais qu'il en soit autrement, mais je n'ai pas le choix !

Elle hocha la tête, impressionnée par la douleur qu'elle lisait dans ses yeux et par les efforts qu'il déployait pour se contrôler.

— Pourquoi ne dites-vous pas tout cela à Harry ? Votre fils souffre, mais il vous aime et il est fier de vous. Sinon, il n'aurait pas gardé cette coupure de journal comme un trésor sous son oreiller. Mais il est persuadé qu'il vous est indifférent et que seul votre travail vous intéresse. Dites-lui la vérité et passez avec lui tout le temps où vous n'êtes pas au tribunal, ne serait-ce qu'assis à ses côtés, même si vous travaillez. Peut-être même pourrions-nous l'emmener un jour au tribunal, afin qu'il vous voie à l'œuvre.

Le silence retomba, et Daniel la regarda un moment dans les yeux.

— Vous a-t-on déjà dit que vous étiez une femme incroyable, Colleen McCulloch ? N'importe qui serait heureux de vous voir combattre à ses côtés. Peut-être devriez-vous envisager une carrière au tribunal ?

Sentant ses jambes flageoler, elle chercha des mains le dossier de la chaise qui se trouvait devant elle et s'y agrippa.

Daniel recula dans son fauteuil.

— C'est une bonne idée d'emmener Harry au tribunal. Il comprendra pourquoi il m'est difficile de rester davantage à la maison.

— Si vous l'emmenez là-bas juste pour vous dédouaner de vos absences, je pense que vous allez être déçu.

— Vous ne lâchez donc jamais ?

Elle serra plus fort encore le dossier de la chaise.

— Je pense au contraire que c'est à vous de lâcher.

Et, avec toute la grâce que lui permettaient ses jambes en coton, elle quitta la pièce.

11.

Le lendemain matin au réveil, la colère de Daniel ne l'avait pas encore tout à fait quitté.

Après s'être habillé, il se rendit dans la chambre d'Harry afin de l'embrasser avant de partir au cabinet. Il fit signe à l'infirmière de nuit de rester assise et se pencha au-dessus du lit.

Harry dormait encore, le front barré par des mèches de cheveux blonds. Il soupira dans son sommeil.

Daniel retint sa respiration.

Pourquoi avait-il laissé passer toutes ces occasions de connaître son fils tant qu'il était encore temps ?

Cela ne l'aurait pas empêché d'être avocat et de bien gagner sa vie, même si l'argent n'était pas sa principale préoccupation dans la vie.

C'était Haversham qui gérait les affaires familiales depuis l'accident d'Harry. De fait, tout ce que lui-même avait à faire, c'était d'assister aux réunions mensuelles et d'étudier les comptes après leur publication. En revanche, le métier d'avocat avait été un choix personnel, et il continuait à l'exercer avec ferveur, surtout lorsqu'il était avocat *pro bono*.

Il embrassa son fils endormi sur la joue et salua l'infirmière avant de quitter la chambre.

Mais qui espérait-il leurrer ? S'il travaillait, c'était parce qu'il ignorait quelle personne il serait sans cela. C'était son travail qui lui donnait une identité.

Pourtant, la veille, il avait mis ses dossiers entre parenthèses, ce qui ne l'avait pas empêché de faire son travail dans les temps…

Mais passer du temps avec son fils était difficile. Il ne

savait pas comment s'y prendre pour entrer en contact avec lui, lui parler, et même rester auprès de lui — contrairement à Colleen, qui ne connaissait pourtant Harry que depuis quelques semaines.

Mais celle-ci se trompait sur un point : quoi qu'il arrive, il était prêt à tout pour devenir le père que méritait Harry, et jamais il ne baisserait les bras.

Il devait bien y avoir un moyen pour s'occuper de son fils et de ses affaires sans négliger ni l'un ni les autres. Peut-être suffisait-il de redoubler d'efforts ?

Colleen s'étira langoureusement en regardant le soleil qui entrait dans sa chambre.

Pour une raison qui lui échappait, elle se sentait depuis son arrivée à Carrington Hall plus heureuse qu'elle ne l'avait été. D'une part elle avait pris une décision importante pour sa vie avec Ciaran. D'autre part la tension qui rendait pénibles ses relations avec Daniel semblait se dissiper.

Elle avait également parlé de son père à Daniel. C'était la première fois que le secret sortait de la famille. Chez elle, personne n'évoquait jamais ce qu'il s'était passé. Ils avaient trop peur de faire de la peine à leur mère. Peut-être était-il temps de lever le tabou ?

Elle tenterait d'en parler la prochaine fois qu'elle rentrerait en Irlande.

Elle sauta du lit avant que Dora ne vienne lui apporter son thé. Elle n'avait pas l'habitude de se faire servir et continuait de trouver cela embarrassant.

Lorsqu'elle sortit de la douche, on avait déposé son plateau sur la table de sa chambre. Dora y avait même ajouté un petit bouquet de fleurs.

La vieille dame semblait commencer à s'habituer à sa présence.

Elle se pencha pour se servir, et remarqua une enveloppe

couverte de l'écriture de Daniel qui lui était récemment devenue familière.

Elle l'ouvrit et découvrit un petit mot, concis et clair :

Merci pour le lait chaud. Merci aussi de m'avoir parlé de votre frère. Et surtout, merci de vous occuper si bien de mon fils.

Daniel était une bonne personne, dans le fond. Ils étaient juste partis du mauvais pied. Et si son cœur avait fait une pirouette lorsqu'elle avait découvert que le mot provenait de lui, c'était simplement la joie qu'ils aient enfin trouvé un terrain d'entente.

Elle s'habilla et fila dans la chambre d'Harry.

Après la discussion qu'elle avait eue avec Daniel la veille, elle s'attendait à le trouver au chevet de son fils. Elle s'efforça d'ignorer la pointe de déception qu'elle ressentit — pour Harry, bien entendu.

Au son de ses pas, Harry tourna la tête et lui sourit.

Elle sentit son cœur fondre.

— Bonjour mon chéri, roucoula-t-elle.

Elle savait qu'elle ne mettait pas suffisamment de distance vis-à-vis de lui, mais cet enfant était si attachant qu'elle ne pouvait s'empêcher d'éprouver des sentiments pour lui.

Sheena, l'infirmière de nuit, lui fit un bref rapport sur la nuit qui venait de s'écouler.

— M. Frobisher est-il venu le voir, ce matin ? demanda-t-elle discrètement.

— Oui, il y a une heure, répondit Sheena. Harry dormait encore. M. Frobisher n'est pas resté longtemps. Il avait une réunion et a dit qu'il rentrerait tard ce soir.

Puis elle prit congé, et Colleen referma la porte derrière elle.

Ainsi, leur conversation de la veille n'avait servi à rien !

Elle avait envie d'empoigner le téléphone pour dire à Daniel ses quatre vérités. Mais Harry était là, qui attendait ses soins, et après tout c'était plus important que de dépenser son énergie avec un homme qui ne comprenait rien à rien.

— Regarde Harry, la journée s'annonce magnifique ! dit-elle en ouvrant les portes-fenêtres donnant sur la terrasse. Que dirais-tu de prendre l'air ?

Harry opina lentement et ouvrit la bouche.

— Oui… air…

— Bravo Harry, le félicita-t-elle. Tu t'exprimes de mieux en mieux. Bientôt, tu seras une vraie pipelette, comme moi.

Harry esquissa un large sourire. Ses yeux riaient.

— Ce sourire sous-entendrait-il que je parle trop, jeune homme ? demanda-t-elle, les poings sur les hanches.

Le son qu'émit Harry ressemblait vraiment à un rire.

Pourquoi Daniel n'était-il pas là pour assister à ces progrès, si infimes soient-ils ?

— Tu sais, je crois que tu es prêt pour une nouveauté, ce matin.

Le sourire d'Harry s'évanouit, ses yeux s'arrondirent.

— Ne crains rien, dit-elle doucement en lui prenant les mains. Je ne ferai rien qui te fasse peur ou mal. Ton papa m'a dit que tu adorais nager depuis que tu es tout petit. Eh bien, je pense que l'on pourrait descendre à la piscine, aujourd'hui. Cela aidera tes membres à se remuscler. Qu'en penses-tu ?

Après l'avoir regardée un moment sans bouger, Harry finit par acquiescer.

Sans le lui montrer, elle ressentit un immense soulagement.

— Tu es le plus fort, Harry ! dit-elle en lui ébouriffant les cheveux. Si on demandait à Burton de venir nous aider ? Je suis sûre qu'il a un maillot de bain une pièce qui lui descend aux genoux.

Harry la gratifia d'un nouveau rire.

— Je reviens dans cinq minutes. Je vais enfiler mon maillot et transmettre la bonne nouvelle à Burton.

Ce dernier n'opposa pas la résistance à laquelle elle s'attendait. Peut-être commençait-il à s'habituer à ses extravagances ?

Elle se sentit un peu honteuse de s'être moquée de lui dans son dos. Cela dit, ses pitreries avaient au moins le mérite d'avoir fait rire Harry.

Quand elle arriva en bas avec la chaise roulante d'Harry, Burton les attendait, et elle manqua foncer dans l'une des précieuses colonnes de marbre de surprise en l'apercevant.

Loin d'arborer un costume de bain du siècle dernier, il portait le maillot le plus minuscule qu'elle ait jamais vu. Elle eut également toutes les peines du monde à détourner le regard de son dos, aussi velu que son torse était glabre.

Par chance, il lui fallut se concentrer sur la manœuvre du palan, afin qu'Harry se sente en sécurité tandis qu'ils le descendaient petit à petit dans l'eau.

Elle s'immergea pour accueillir Harry dans l'eau, passa les bras dans son dos et le libéra du palan puis le fit pivoter de manière à ce qu'il se trouve face à elle.

Le garçon lançait des coups d'œil affolés dans toutes les directions.

— Bien joué, Harry, murmura-t-elle. Je te tiens, ne t'inquiète pas. Détends-toi et laisse-toi simplement porter par l'eau.

Nombre de câlins et d'encouragements furent nécessaires pour qu'Harry commence à se détendre.

— Très bien, Harry. Tu te débrouilles très bien, lui répétait-elle.

S'apercevant que le regard d'Harry était soudain attiré par quelque chose derrière elle, elle se retourna et aperçut Daniel, debout, hésitant, au bord de la piscine.

Par bonheur, il n'avait pas le même fournisseur que Burton et arborait un maillot bleu marine moins pittoresque. Elle ne put s'empêcher de constater qu'il mettait merveilleusement en valeur le bronzage et la musculature de son torse.

— Puis-je me joindre à vous ?

— Qu'en penses-tu, Harry ? On laisse ton père venir nager avec nous ? demanda-t-elle.

L'enfant leva les yeux vers Daniel et acquiesça d'un imperceptible signe de tête.

— Merci, Burton, je vais prendre le relais.

— Très bien, monsieur, répondit Burton avec un soulagement manifeste.

Elle croisa le regard de Daniel, qui serra les lèvres avec un air entendu.

Il trouvait l'accoutrement de Burton aussi amusant qu'elle.

Avec une grâce étonnante pour son immense taille, il plongea et les rejoignit à la nage.

Harry se contracta et se pressa contre elle. Elle sentit son bras lui serrer le cou et ses doigts s'accrocher à ses cheveux.

Le moment était délicat et il ne fallait pas commettre de faux pas, sans quoi le fil ténu qui reliait le père et le fils risquait de se rompre à jamais.

Ignorant la douleur, elle s'efforça de le rassurer sur un ton égal.

— Harry, je t'ai dit que tu pouvais avoir confiance en moi, tu te souviens ? Je t'ai promis de bien te tenir. Tu ne risques rien, ni avec moi, ni avec ton papa. Il veut t'aider, lui aussi.

Harry la regarda, cherchant dans ses yeux le moindre indice qui contredirait ses paroles.

— Veux-tu que ton papa te porte, Harry ? Comme ça, tu pourrais remuer tes bras et tes jambes dans l'eau.

— Non, dit-il en secouant la tête.

Elle croisa le regard de Daniel au-dessus des boucles blondes du garçon. Sa détresse était palpable, mais il ne bougea pas.

Elle desserra peu à peu le bras d'Harry qui lui enserrait le cou tout en continuant de le tenir fermement. Lorsqu'elle sentit qu'il se détendait, elle le rassura de nouveau et l'approcha de son père.

Elle put ainsi le confier à Daniel, qui le prit dans ses bras comme pour le bercer. Peu à peu, les bras d'Harry s'enroulèrent autour du cou de son père et ne le lâchèrent plus.

Daniel se raidit un instant, puis il regarda son fils et le serra contre lui. Puis il leva les yeux par-dessus l'épaule de son fils.

— *Merci*, articula-t-il en silence.

12.

Le lendemain, Daniel se réveilla le sourire aux lèvres.

L'entreprise était entre les mains expertes d'Haversham, et il n'était attendu au tribunal que le lendemain.

Il y avait longtemps qu'il n'avait pas attendu un jour de congé avec autant de hâte. D'ailleurs, à quand remontait son dernier jour de congé ? Quand était-il pour la dernière fois allé au théâtre, à un concert ? Quand était-il même simplement allé se promener ?

Les choses allaient être différentes, désormais.

La veille, il avait senti son cœur se serrer lorsqu'il s'était retrouvé dans la piscine avec Harry accroché à son cou. Jusqu'à présent, c'était tout juste s'il n'ignorait pas qu'il avait un cœur !

Grâce à Colleen, il imaginait pour la première fois de sa vie que son fils pourrait lui revenir, et même qu'il pourrait l'aimer. Il allait passer du temps avec son fils et faire tout ce qu'il aurait dû faire depuis des années.

La pluie avait cessé, et le soleil filtrait à travers les rideaux. Colleen n'avait-elle pas dit qu'elle comptait sortir avec Harry ?

Tandis qu'il passait dans sa salle de bains, l'idée de Colleen le fit sourire.

Grâce à elle encore, cette maison immense et vide devenait peu à peu pleine de vie. Il se surprenait à tendre l'oreille au son de ses pas, à son rire en cascade... Décidément, cette femme lui plaisait, même furieuse, les poings sur les hanches. Et quelles hanches ! Dans son maillot de bain, elle était encore plus belle avec sa taille fine et sa poitrine menue...

Une fois habillé, il se rendit au chevet d'Harry, qui dormait encore. Puis il prit la direction de la cuisine, où Dora était affairée aux fourneaux. Il s'approcha d'elle et lui passa un bras autour de la taille.

Celle-ci sursauta.

— Monsieur Frobisher ! Je ne vous avais pas entendu entrer. Qu'est-ce que c'est que ces singeries ? Vous avez passé l'âge de faire peur aux vieilles dames !

Il attrapa un toast sur la table.

— Je suis désolé, Dora, je n'avais pas l'intention de vous effrayer, je voulais juste vous serrer dans mes bras.

La vieille dame le regarda d'un air interrogateur.

— Que vous arrive-t-il ? Il y a longtemps que je ne vous avais vu aussi gai !

— Dora, pour la première fois de ma vie, je pense qu'Harry va s'en sortir, dit-il en s'attablant.

— Oui, j'ai cru comprendre qu'il avait encore franchi un cap. Colleen m'en a parlé. Je suis ravie pour vous. Cette fille a l'air de savoir ce qu'elle fait.

— Colleen ? J'ai toujours su que c'était la personne qu'il fallait à Harry.

— Et si c'était celle qu'il vous fallait, à vous aussi ?

Il sursauta à son tour.

Dora allait trop loin.

— Désolé, Dora, mais vous savez que je ne me marierai jamais plus. De toute façon, vous savez que Colleen est sur le point de se marier, elle a un fiancé à Dublin.

— C'est ce qu'elle m'a dit, répondit Dora d'un ton sec. Passons. Que désirez-vous pour le petit déjeuner ? Jus d'orange ? Bacon ? Œufs ?

— Tout ! répondit-il avec enthousiasme. Ensuite, j'apporterai son petit déjeuner à Harry.

Lorsqu'il arriva dans la chambre de son fils avec un plateau, ce dernier l'accueillit avec un sourire timide.

Rien en comparaison de ceux qu'il adressait à Colleen, mais c'était un début.

— Tu as faim ? Porridge et toasts ?

Harry fit la grimace.

— D'accord. Oublions le porridge.

Puis il se tourna vers l'infirmière de nuit.

— Je m'occupe de lui, si vous voulez. Vous pouvez partir.

À son grand soulagement, l'infirmière acquiesça et les laissa seuls.

Il se mit à beurrer un toast, qu'il coupa en petits morceaux.

— Ma mère coupait mes toasts comme cela quand j'étais petit, se souvint-il avec nostalgie.

— Maman…, dit Harry, tandis que les larmes lui montaient aux yeux.

Daniel se raidit et son instinct lui conseilla d'abord de faire comme s'il n'avait rien entendu. Puis il se souvint des paroles de Colleen.

Si seulement elle était là, elle trouverait les mots justes.

Il passa un bras autour de son fils.

— Ta maman t'aimait beaucoup, Harry. Quand ma mère est morte, j'étais trop petit pour comprendre qu'elle ne reviendrait pas. Et je ressentais une grande colère quand j'avais besoin d'elle et qu'elle n'était pas là.

Harry le fixa de ses yeux verts.

— À l'époque, continua Daniel, Dora travaillait déjà pour nous. Elle m'a dit que ma maman ferait toujours partie de moi. Qu'elle veillait sur moi. Cela n'a pas toujours été facile d'y croire, mais j'ai essayé, et cela m'a aidé.

Il passa sa main dans les cheveux d'Harry, anxieux de trouver les bons mots.

— Tu sais que ta maman ne t'aurait jamais laissé si elle avait eu le choix. Même morte, elle est là qui veille sur toi.

— J'entends maman… dans ma tête, dit Harry.

Ses larmes avaient séché. Les mots étaient mal articulés, mais c'était la première phrase entière que Daniel entendait de la bouche de son fils depuis l'accident.

Quelque chose se relâcha dans sa poitrine. Il commençait à entrevoir un avenir — pas seulement pour Harry, mais pour eux deux, ensemble.

— Faim, dit Harry.

Lorsque Harry eut fini de manger, Daniel glissa un DVD dans le lecteur.

— Ça te dit de regarder le match qu'on n'a pas eu le temps de regarder l'autre jour ?

— Travail ?

— Je ne travaille pas aujourd'hui. Je passe ma journée avec toi.

Harry sourit, et ils s'installèrent pour visionner le match.

— Regardez-moi ces deux-là, dit Colleen en les trouvant dans la même position un peu plus tard. Devant la télévision alors qu'ils n'ont pas encore pris le petit déjeuner !

— Si, c'est fait, répondit Daniel en lui montrant le bol vide — se gardant bien d'avouer qu'il avait jeté le porridge dans les toilettes. Maintenant, il nous tarde de manger un bon hamburger.

Le visage d'Harry s'illumina.

— Hamburger, balbutia-t-il.

— J'ai l'impression que nous allons pouvoir demander à l'orthophoniste de venir, dit Colleen avec une joie évidente. Bon, je vous laisse, alors. Je vais déjeuner moi-même. Que diriez-vous d'aller prendre l'air ensuite ?

— Excellente idée ! Prenez votre temps, Colleen, que nous puissions voir la fin du match, dit Daniel en adressant un clin d'œil complice à son fils.

Lorsqu'elle revint dans la chambre, la pluie s'était mise à tomber, rendant toute sortie impossible. Mais il n'était pas question de garder Harry dans sa chambre toute la journée non plus. Ses progrès étaient tels qu'il devenait intéressant de fractionner ses journées en différentes activités.

— Il faut t'habiller, Harry, dit-elle en s'approchant du lit.

— Pas papa, dit Harry. Dora et toi.

Décidément, Harry s'exprimait de mieux en mieux chaque jour.

— D'accord, Harry. Ton père va aller lire ses mails pendant ce temps.

Tandis que Daniel refermait la porte derrière lui, Harry se mit à s'agiter dans son lit.

— Que se passe-t-il, Harry ? Qu'est-ce que tu veux ?

— Marcher, répondit le garçon.

Elle échangea un coup d'œil avec Dora, assise près de la fenêtre avec son tricot.

— Tu veux marcher ?

Harry opina.

— Dans ce cas, tu vas commencer par t'asseoir pendant que nous t'habillons, et nous verrons comment tu te tiens. Il faut que tes muscles soient forts pour te porter. Ce sera difficile au début, mais le travail en piscine devrait t'aider.

Elles lui enfilèrent d'abord un T-shirt.

— Essayons de te lever pendant qu'on t'enfile ton jean.

Elles le soulevèrent, puis Colleen tira sur son pantalon et le boutonna.

Ensuite, Dora et elle diminuèrent peu à peu leur soutien, et Harry parvint à s'appuyer sur ses pieds quelques secondes avant que ses jambes ne vacillent.

— C'est fantastique, Harry ! s'écria-t-elle. Tu vas pouvoir tenir un peu plus longtemps chaque jour, et dans quelque temps tu feras des pas.

Harry afficha un large sourire.

— Debout… Pas papa, ajouta-t-il en secouant la tête.

— C'est-à-dire, Harry ? Tu ne veux pas le dire à ton papa ?

Il secoua encore la tête.

— Mais il serait content de le savoir.

Harry afficha la même expression butée qu'elle avait déjà vue sur le visage de son père.

— Très bien, consentit-elle. Je ne le dirai pas à ton père. À partir de maintenant, c'est toi qui le tiendras au courant de tes progrès, d'accord ?

— D'accord, répondit Harry, en retrouvant son sourire.

— Le soleil est de retour ! s'exclama Daniel en entrant dans la chambre d'Harry. Cela ne vous donne pas envie de sortir ?

Colleen se retourna avec un sourire radieux.

— C'est exactement ce que nous étions en train de dire, lui répondit-elle. Harry avait envie d'aller à Hyde Park, si vous êtes d'accord.

C'était incroyable comme cette femme était à l'aise pour communiquer avec Harry, en dépit du peu de mots que le garçon était capable d'articuler. Il lui suffisait de poser une question, et selon le oui ou le non d'Harry, elle parvenait à comprendre ce qu'il voulait.

— Venez avec nous, Dora, proposa Daniel.

— Si cela ne vous dérange pas, je vais rester là, répondit celle-ci. Mes jambes ne sont plus ce qu'elles étaient.

Alors qu'ils s'apprêtaient à sortir, le carillon de l'entrée retentit.

Il ouvrit la porte et se trouva nez à nez avec un jeune homme aux cheveux longs et au sourire chaleureux.

— Hello, dit l'homme avec un fort accent irlandais. Est-ce que Colleen est là, par hasard ?

— Ciaran ! s'écria Colleen. Qu'est-ce que tu fais là ?

Daniel la regarda tendre la joue pour recevoir le baiser que lui donnait Ciaran.

C'était donc lui, son fiancé ? Ce jeune homme assez quelconque, mal coiffé et habillé n'importe comment ?

Il avait du mal à l'imaginer. D'ailleurs, était-ce le fruit de son imagination ? Elle ne semblait pas enchantée de voir son fiancé.

Ce qui lui fit curieusement chaud au cœur.

— J'ai pensé que si tu ne pouvais pas venir me voir, c'était à moi de me déplacer, dit Ciaran en prenant Colleen dans ses bras.

Celle-ci lui rendit l'accolade sans passion et rougit en croisant le regard de Daniel. Puis elle se dégagea de l'étreinte de Ciaran et se tourna vers Harry, qui suivait la scène avec intérêt.

— Harry, je te présente mon fiancé, Ciaran. Tu te souviens, je t'ai parlé de lui.

Harry opina et souleva la main dans un immense effort pour la tendre à Ciaran.

— Salut, Harry, dit Ciaran en lui serrant la main. Colleen m'a beaucoup parlé de toi, tu sais. Je suis content de te rencontrer. Il paraît que tu es fan de rugby, toi aussi ?

— Je suis désolée, Ciaran, dit Colleen en fronçant les sourcils, mais nous nous apprêtions à sortir. Où loges-tu ? Nous pourrions peut-être nous retrouver un peu plus tard ?

— En fait, je suis venu directement ici pour te voir. Mais il doit bien y avoir un *bed and breakfast* dans le coin.

— Installez-vous à Carrington Hall, proposa poliment Daniel.

En fait, il n'en avait aucune envie, mais il ne pouvait empêcher Colleen de voir Ciaran, même si l'idée le contrariait. Comment pourrait-il ne pas le lui proposer ? Le moins qu'il puisse faire pour elle était d'accueillir son fiancé, d'autant que la maison ne comptait pas moins de sept chambres inoccupées.

— C'est gentil, mais Ciaran sera mieux dans un *bed and breakfast*, s'empressa de dire Colleen.

Évidemment, ils avaient besoin de se retrouver tous les deux dans l'intimité.

Daniel s'efforça d'ignorer le nœud qui lui contractait l'estomac.

— Bien sûr, si c'est ce que vous préférez. Je vais demander à Burton qu'il arrange cela.

Il fit un signe au majordome, qui s'empressa d'aller téléphoner. Puis il s'adressa à Colleen :

— Prenez votre journée, Colleen. Harry et moi nous débrouillerons très bien tout seuls.

Il jeta un coup d'œil à Harry, dont le visage s'était rembruni.

Certes, leur relation s'était améliorée, mais Harry n'était de toute évidence pas à l'aise avec lui au point d'avoir envie de passer la journée en sa seule compagnie.

Décidément, rien n'était jamais simple.

Colleen prit aussitôt la main d'Harry dans la sienne.

— Comment ça ? Il n'est pas question que je manque la première journée en plein air d'Harry ! Ciaran peut attendre notre retour. N'est-ce pas, Ciaran ?

— Je peux aussi vous accompagner, suggéra ce dernier sans se départir de son sourire. Je n'ai pas grand-chose de mieux à faire.

— Je ne suis pas certain qu'il soit bon pour Harry de rencontrer trop de nouvelles personnes, émit Daniel. Et puis, vous devez être fatigué du voyage, Ciaran.

— Si Harry n'avait pas envie que Ciaran vienne, il le ferait savoir, n'est-ce pas, Harry ? intervint Colleen.

Harry opina, le sourire aux lèvres.

— J'ai trouvé une chambre libre pas loin d'ici, annonça Burton. Si vous le désirez, je peux demander à Mike de vous y conduire, ajouta-t-il à l'intention de Ciaran.

— Pas la peine, répondit le jeune homme. Je vais marcher jusque là-bas. Colleen, on pourra s'y retrouver après votre balade, non ?

Colleen eut l'air soulagée par la décision de son fiancé.

Ils se mirent tous à marcher en direction de l'hôtel. Colleen insista pour pousser Harry, et Daniel se retrouva derrière elle aux côtés de Ciaran.

— Vous êtes venu en avion ? demanda-t-il poliment.

— Oui. J'ai trouvé une place. Sinon, j'aurais pris le ferry.

— Vous auriez dû me le dire. Je vous aurais fait envoyer mon jet.

— Je voulais faire une surprise à Colleen. Elle est belle, hein ?

Daniel suivit le regard de Ciaran et réprima un gémissement à la vue de la silhouette qui avançait devant eux et dont la queue-de-cheval se balançait au rythme de ses pas.

Que pouvait-il répondre à cela ? Oui, elle était belle. Elle était magnifique, même, et son sourire illuminait le monde.

— Oui, c'est une sacrée personne, se contenta-t-il de répondre.

Ciaran pouffa de rire.

— Vous l'avez dit. Elle déborde d'énergie. Les seules fois où elle est immobile, c'est quand elle a un livre entre les mains.

— Il y a longtemps que vous la connaissez ? demanda Daniel, curieux malgré lui.

— Elle avait dix ans. J'étais copain avec ses frères. C'était un vrai garçon manqué, à l'époque.

Ciaran se tourna vers lui, l'air soucieux.

— Comment va-t-elle ? Elle m'a paru bizarre les dernières fois où je l'ai eue au téléphone.

— Je crois qu'elle va bien, répondit Daniel, mal à l'aise.

Il fut soulagé de voir Ciaran s'arrêter à son hôtel.

Par bonheur, le jeune homme ne prit pas Colleen dans ses bras et se contenta du signe de la main qu'elle lui adressa devant l'entrée.

Ensuite, Daniel se proposa de pousser le fauteuil roulant d'Harry, et Colleen se mit à marcher à leurs côtés, comme s'ils étaient une famille.

Le parc grouillait de promeneurs, de bicyclettes, de personnes installées sur l'herbe pour pique-niquer ou simplement profiter des rayons du soleil.

— Y a-t-il une chose que tu as envie de faire, Harry ? demanda-t-il.

Mais Harry répondit par un visage fermé.

Colleen s'accroupit à côté de lui.

— Je sais que c'est dur pour toi de voir tous ces gens s'amuser alors que tu ne peux pas bouger. Mais, crois-moi, tu pourras d'ici peu toi aussi lancer un Frisbee et pédaler sur un vélo. J'en suis certaine.

Peut-être la promenade au parc n'était-elle pas une si bonne idée, en fin de compte. Cela rappelait à Harry tout ce qu'il n'était plus en mesure de faire et susciterait davantage de frustration que de plaisir…

Daniel leva les yeux pour apercevoir une balle de cricket frappée par un lanceur maladroit se diriger vers eux telle une fusée. Son sang ne fit qu'un tour, et il se rua pour rattraper le missile.

L'instant d'après, il était par terre, un peu honteux, mais heureux que la balle n'ait frappé personne.

— Ça va, Daniel ? demanda Colleen en s'accroupissant.

Il n'avait pas tellement envie de se relever maintenant qu'elle le scrutait, penchée sur lui, l'air inquiet, sa queue-de-cheval libérant des arômes de vanille et de fraise. Il envisagea même de prolonger ce moment…

Mais Colleen était préoccupée, et Harry attendait.

Il hocha la tête et sauta sur ses pieds, la balle toujours dans la main.

Harry lui souriait.

— Bien joué, papa ! articula-t-il.

Colleen fixa Ciaran par-dessus la table et prit une grande inspiration.

— Il faut que je te parle, Ciaran.

Pour une fois, Ciaran eut l'air sérieux.

— Je crois que j'ai déjà compris, dit-il.

Elle lui adressa un regard interrogateur.

— Je te connais, Colleen. Tu ne peux pas me cacher grand-chose. Tu ne veux plus te marier, c'est ça ?

— Je suis désolée, Ciaran, dit-elle en tendant la main vers lui.

— Tu sais, je vois bien que, depuis quelques mois, tu as des doutes, mais je me disais que ça pouvait passer. Alors, je n'en parlais pas. Mais tu n'es pas la seule à te poser des questions. Tu sais que je t'aime, Col, mais j'ai rencontré quelqu'un. Une fille qui me regarde comme on regarde quelqu'un dont on est amoureux. Comme Daniel Frobisher et toi vous regardez, par exemple. Avec des étoiles dans les yeux.

Qu'est-ce qu'il était en train de raconter ? Daniel et elle passaient leur temps à se disputer !

— Tu te trompes sur un point, Ciaran : Daniel a envie au contraire de m'envoyer…

— Toi aussi, tu es amoureuse de lui. Ça saute aux yeux.

— Moi ? Amoureuse de lui ? Si tu savais ! Je ne peux pas passer deux minutes dans la même pièce que lui sans que la situation explose.

— C'est bien ce que je dis.

Sentant sa tête tourner, elle prit une longue inspiration.

Et si Ciaran avait raison ? Si ces battements de cœur, ces nœuds à l'estomac, ces rougissements intempestifs étaient de l'amour ?

Quelle idée saugrenue ! En réalité, c'était la première fois qu'elle rencontrait un homme comme Daniel, qui la faisait réagir, se sentir vivante. Mais il ne s'agissait tout au plus que d'une attraction physique. Et encore.

— Tu te trompes, Ciaran. Mais je suis contente que tu sois d'accord pour que nous annulions le mariage, dit-elle en lui adressant un sourire chaleureux. J'espère sincèrement que nous restons amis, en tout cas.

— Hé, nous rompons nos fiançailles, mais nous ne rompons pas tout ! Bien sûr que nous restons amis, Colleen. Tu sais que j'aurai toujours de l'affection pour toi et ta famille déjantée.

Elle lui rendit son sourire.

— Alors, raconte. Comment est-elle, cette fille qui te regarde avec des étoiles dans les yeux ?

13.

Daniel laissa Burton lui ôter sa veste.

La journée au tribunal avait été ardue, mais il était confiant dans le verdict à venir. Le procès se terminerait d'ici à deux ou trois jours, et il pourrait enfin se consacrer à autre chose.

Il avait allégé son emploi du temps pour les semaines à venir, qu'il comptait passer le plus possible avec son fils.

— Le médecin est là, monsieur, dit Burton.

Le cœur de Daniel cessa de battre. Son fils avait-il un problème ?

Il tendit sa sacoche au majordome et se précipita dans la chambre d'Harry.

Le médecin était penché sur lui et l'auscultait.

— Bonjour, papa, dit Harry.

— Bonjour, Harry.

Le médecin se redressa.

— Votre fils se porte bien, déclara-t-il. Son élocution est bonne, et en dépit d'une faiblesse du côté droit, ses progrès sont très encourageants.

Son soulagement fut immense.

— Mais il faut te reposer, Harry, conseilla le praticien en rangeant son stéthoscope. Tes journées sont bien remplies, mais si tu veux progresser, il ne faut pas que tu en fasses trop non plus.

— Nous sommes allés à la piscine ce matin avec l'aide de Nathan et Burton, intervint Colleen.

— Il me reste quelques jours à passer au tribunal, dit Daniel, assailli par la culpabilité. Mais dès que ce procès sera terminé, je prendrai des vacances. Je t'emmènerai moi-même à la piscine, et même à un match si tu veux.

Harry adressa un regard anxieux à Colleen.

— Ne t'inquiète pas, Harry, je ne m'en vais pas. Pas tant que tu n'es pas totalement rétabli.

— J'ai sommeil, maintenant, dit Harry.

Daniel et le médecin sortirent de la chambre, laissant Colleen installer Harry.

— Va-t-il se rétablir totalement ? demanda Daniel.

— Il est trop tôt pour le dire. Mais s'il continue à progresser de la sorte, il n'y a pas de raison selon moi pour qu'il ne retourne pas au collège en septembre. Il devra continuer à se déplacer en fauteuil roulant, mais cela n'empêche rien. Cela dit, son attention et son humeur seront peut-être aléatoires. Il faut simplement vous y préparer.

Daniel hocha la tête, remerciant le ciel à part lui.

Des sautes d'humeur et un manque de concentration, ce n'était pas grand-chose au regard de la perspective d'avoir un fils immobile sur un lit d'hôpital !

Il avait vraiment bien fait d'insister pour que Colleen McCulloch suive sa rééducation. Peut-être qu'Harry aurait fait des progrès malgré tout si elle n'avait pas été là, mais il ne pouvait s'empêcher de penser que la personnalité de cette femme énergique et pimpante y était pour beaucoup, et il comptait l'en remercier sans tarder.

Il laissa Burton raccompagner le médecin et attendit dans le couloir que Colleen sorte de la chambre d'Harry.

Elle apparut, referma doucement la porte derrière elle et sourit en le voyant.

Comme il aimait la voir sourire ! Il avait l'impression, à chacun de ses sourires, que des centaines de bougies illuminaient la pièce.

— Il dort. Je lui ai dit de m'appeler quand il se réveillera.

— Je ne sais pas comment vous remercier, dit Daniel, ému.

— C'est mon travail.

— Ne soyez pas si modeste, Colleen. Si Harry s'en sort aussi bien, c'est essentiellement grâce à vous. En tout cas, si je peux faire quoi que ce soit pour vous, vous n'avez qu'à demander.

— Je suis déjà largement gratifiée. Le salaire que vous me donnez est trois fois supérieur au salaire normal.

— Je ne parlais pas de cela.

Colleen le regarda avec une sorte de tendresse.

— J'ai tout ce qu'il me faut, merci. En tout cas, je suis ravie que vous ayez décidé de prendre des vacances.

Comment n'avait-il jamais remarqué que le gris de ses yeux était aussi beau ?

— Et si nous partions en week-end ? suggéra-t-il.

— Allez où vous voulez ce week-end. Pour ma part, je crois que je vais rentrer à Dublin. J'ai deux ou trois choses à régler.

Il sentit une étrange sensation s'emparer de lui. Il n'avait pas envie que Colleen retourne à Dublin, ne serait-ce que pour le week-end.

— Je préférerais que vous restiez là ce week-end…

— Je suis désolée. J'aimerais bien, mais j'ai des choses urgentes à faire. Je ne vous demanderais pas cette faveur si ce n'était pas important.

Bien sûr, elle voulait voir son fiancé et faire avancer les préparatifs du mariage ! L'idée lui déplut. Mais il n'avait pas le droit de l'empêcher de rentrer chez elle.

Dora apparut avec un plateau de thé.

— J'ai préparé des sandwichs et du gâteau. Où voulez-vous vous installer ?

— Plus de gâteaux ! gémit Colleen. Encore deux semaines de ce régime, et je ne rentrerai plus dans mes vêtements.

— Vous pouvez utiliser la salle de sport, suggéra Dora.

— Je déteste la gym. C'est pour moi l'une des formes modernes de la torture médiévale, répliqua Colleen avec un sourire. Mais cela vaudrait peut-être la peine que j'essaye…

— Vous n'avez rien à vous reprocher, intervint-il. Vraiment ricn.

Pour son plus grand plaisir, elle se mit à rougir.

C'était la seule femme de sa connaissance dont les joues

s'empourpraient aussi spontanément. Cela ne faisait qu'ajouter à son charme.

— Nous prendrons le thé dans le jardin, décida-t-il. Joignez-vous à moi, Colleen. Cela m'empêchera de penser à mon procès pendant quelques instants.

— Avec plaisir. Installons-nous près de la chambre d'Harry, nous l'entendrons se réveiller.

Il prit le plateau des mains de Dora.

Il aurait été courtois de sa part d'inviter la gouvernante à se joindre à eux, mais il ne pouvait pas laisser échapper une telle occasion de se retrouver seul avec Colleen… Pour parler de l'état d'Harry, bien entendu.

Il posa le plateau sur la table en fer forgé.

— Quelle journée magnifique, dit Colleen en soulevant la théière en porcelaine. J'espère que cela va durer. Comment prenez-vous votre thé ?

— Noir, comme mon café, dit-il en l'observant tandis qu'elle versait le liquide ambré dans les tasses.

Elle but une gorgée puis ferma les yeux, offrant son visage à la caresse du soleil.

— Je me demande ce qu'ils sont en train de faire chez moi, en Irlande… À mon avis, Ciaran est en train de s'occuper des chevaux avec mes frères, et maman cuisine avec les chiens à ses pieds.

— Ils vous manquent ?

— Je ne suis jamais partie de chez moi très longtemps. Même quand je travaillais à Dublin, je rentrais tous les week-ends à la ferme.

— Ciaran m'a dit que vous vous connaissiez depuis longtemps.

— Depuis toujours, je crois. Il était ami avec mes frères, puis nous sommes allés au lycée ensemble.

Daniel sentit un pincement au cœur.

— Vous l'aimez ? demanda-t-il, lui-même surpris de la question.

— En fait, nous avons rompu l'autre jour, quand il est venu à Londres.

— C'est lui qui a rompu ? demanda-t-il, assailli par des sentiments mitigés de soulagement et de colère.

— Je préférerais parler d'autre chose, Daniel.

Il se tut, un peu confus.

— Maman ! Maman ! cria soudain Harry depuis sa chambre. Colleen !

D'un seul et même élan, Colleen et lui se précipitèrent à son chevet.

Le garçon tentait de s'asseoir, une expression de terreur sur le visage.

— Où est maman ? Je veux la voir !

Daniel prit son fils entre ses bras et le berça.

— Chut… tout va bien, Harry. Je suis là, dit-il, essayant de croiser le regard de Colleen afin qu'elle lui vienne en aide.

Mais Colleen s'esquiva, le laissant seul aux prises avec les sanglots et les hoquets de son fils.

— Maman est morte ? dit celui-ci. J'ai rêvé qu'elle était là.

— Elle est morte, Harry. Mais elle est toujours là, auprès de toi. Et moi aussi, je suis là.

— Ne me laisse pas, papa.

Il le serra plus fort dans ses bras.

— Ne t'inquiète pas, Harry. Jamais je ne te laisserai. Jamais.

Colleen sortit de la chambre pour laisser Daniel consoler Harry, le cœur serré à la vue du père berçant son fils dans ses bras.

Elle n'avait pas voulu intervenir. En ce moment, Harry avait besoin de Daniel, pas d'elle. Il faudrait encore un peu de temps avant que leur relation s'harmonise tout à fait, mais ils étaient en bonne voie. Bientôt, elle pourrait rentrer définitivement chez elle et laisser la famille Frobisher mener sa vie.

Cette pensée la bouleversa. Puis elle se sentit furieuse.

Ne s'était-elle pas fait la promesse de ne pas s'impliquer outre mesure avec ses patients ? Il s'agissait de son métier, d'un travail qui était presque achevé. Elle devait se réjouir, au contraire, que les choses se soient déroulées aussi bien et qu'Harry ait déjà recouvré autant de ses capacités !

Elle monta se changer pour le dîner.

Comme il faisait bon, elle décida de troquer son sempiternel jean contre une petite robe d'été. Puis elle détacha ses cheveux et se regarda dans le miroir.

Elle avait les yeux cernés. Peut-être devrait-elle suivre les conseils de Dora et descendre faire de la gym de temps en temps ? Elle avait passé beaucoup de temps à l'intérieur avec Harry. Un peu d'air et d'exercice lui feraient sûrement le plus grand bien.

Quand elle redescendit, Harry et Daniel étaient en train de regarder un DVD dans la chambre d'Harry.

— Bonsoir, lança-t-elle.

— C'est le match d'essai entre l'Angleterre et le Pakistan. C'est presque fini. Vous voulez regarder la fin avec nous ?

— Si cela avait été un match de rugby, peut-être. Mais je ne comprends rien au cricket.

— Comment peut-on ne pas aimer le cricket ? plaisanta Daniel en se tournant vers Harry, qui ébaucha un sourire.

Il avait l'air posé et détendu.

— J'ai une idée, dit-elle. Pourquoi ne viendriez-vous pas en Irlande avec moi ce week-end ? Je suis sûre que cela te plaira, Harry. Tu pourrais faire la connaissance de mon petit frère Cahil. Lui aussi a eu un accident comme le tien, il y a des années de cela. Et puis, une des chiennes a eu des chiots.

L'idée venait seulement de jaillir dans son esprit, mais plus elle y pensait, plus elle l'enchantait.

Un sourire se dessina sur les lèvres d'Harry.

— Des chiots ! On pourra avoir un chiot, papa ?

— Il faut demander à Colleen. Pour ma part, je n'y vois pas d'inconvénient. Mais je ne veux pas déranger votre maman. Sa maison est déjà bien remplie…

— Oh ! maman trouve toujours une place pour des invités ! Elle adore être entourée, et je suis sûre qu'elle sera ravie de rencontrer Harry. Tous ses enfants sont grands, et elle est impatiente de voir ses petits-enfants courir dans la ferme.

Une ombre passa sur le visage de Daniel.

Le projet lui paraissait peut-être précipité ? Peut-être n'avait-il pas envie de s'entasser avec toute sa famille dans une maison bien moins spacieuse et luxueuse que celle à laquelle il était habitué ?

— Ne vous sentez pas obligé d'accepter, Daniel, s'empressa-t-elle de dire.

— Je veux y aller, dit Harry. S'il te plaît, papa, je veux voir des chevaux et des chiots. Je veux partir avec Colleen.

Il est vrai que la séparation d'avec elle serait une étape délicate pour Harry. Mais cela faisait aussi partie du processus de guérison. Plus le temps passerait, plus il se rapprocherait de son père et plus il se détacherait d'elle. Jusqu'à ce qu'elle s'éloigne définitivement.

Elle s'efforça d'ignorer la tristesse que cette pensée suscitait.

— Si vous êtes certaine que cela ne dérangera pas votre maman d'avoir deux invités supplémentaires, finit par dire Daniel, alors j'accepte votre invitation avec plaisir.

— Parfait. J'appellerai maman tout à l'heure. Et si on allait dîner, maintenant ?

Après le dîner, Harry s'était recouché, et Daniel s'était plongé dans un des livres qu'ils avaient rapportés du Dorset.

Colleen téléphona à sa mère pour la prévenir qu'elle aurait des invités le week-end suivant, puis elle sortit dans le jardin.

Il était 8 heures du soir, mais le soleil était encore haut dans le ciel et l'air était chaud.

— Puis-je me joindre à vous ? dit la voix grave de Daniel dans son dos, faisant faire à son cœur un bond dans sa poitrine.

— Avec plaisir. J'avais envie de découvrir le parc. Harry s'est endormi ?

— Oui. On peut marcher par là, si vous voulez.

Daniel la prit par le bras, qu'elle sentit fourmiller de façon bizarre.

— Je voulais vous remercier, Colleen. Harry a fait tellement de progrès en si peu de temps !

— Il a une grande force de caractère, qu'il tient de son père.

— Pourquoi refusez-vous toujours les compliments que je vous fais ?

— J'accepte les compliments, protesta-t-elle.

À sa stupéfaction, elle était haletante comme si elle venait de courir.

— Dans ce cas, sachez que vous êtes resplendissante ce soir.

La voix de Daniel était enjouée, presque moqueuse, mais ses propos étaient pleins de sous-entendus.

Se pouvait-il qu'il soit en train de lui faire la cour ? Ciaran avait-il raison quand il affirmait que Daniel était attiré par elle ?

Elle chassait cette pensée incongrue de son esprit, quand il tendit la main vers son visage.

— Savez-vous que vous avez une fossette là, quand vous souriez ?

Cela perturba encore le rythme de sa respiration.

De fait, il était bien en train de lui faire la cour.

— Etes-vous tombé sur la tête récemment ? demanda-t-elle d'un ton qu'elle souhaitait badin.

Il éclata de rire.

Elle aimait le voir rire. Quand il riait, son visage s'adoucissait, ses yeux verts brillaient.

Mais à quoi diable pensait-elle, à quelques jours à peine de la rupture de ses fiançailles ? D'autant que, à part Harry, Daniel et elle ne partageaient vraiment pas grand-chose.

— Vous devriez vraiment être avocate ! Vous avez une belle repartie. Vous me manquerez quand vous ne serez plus là.

À ces mots, elle sentit son cœur se serrer.

Un jour, bientôt, elle retournerait en Irlande, et les jours passés à Carrigton Hall deviendraient un souvenir, de plus en plus lointain au fil du temps.

— Que se passe-t-il, Colleen ? Tout va bien ?

Elle secoua la tête.

— Bien sûr que tout va bien. Mon patient est en bonne voie de guérison, son père lui consacre de plus en plus de temps. Bientôt, vous n'aurez plus besoin de moi ici.

— Vous allez manquer terriblement à Harry, dit Daniel. À moi aussi, d'ailleurs. Je m'étais habitué à votre présence parmi nous.

« Habitué à votre présence. » Quelle phrase formelle.

La tête lui tourna. La fatigue, probablement.

— Je suis fatiguée, Daniel. Si vous n'y voyez pas d'inconvénient, je vais rentrer.

Soudain, la main de Daniel se glissa dans ses cheveux. Il se pencha et posa un baiser léger sur ses lèvres.

— Alors, bonne nuit, Colleen. À demain.

Après une nuit de sommeil agité, Colleen jeta un coup d'œil à sa montre, renonçant à se rendormir.

Il n'était que 6 heures, bien trop tôt pour réveiller Harry, et dehors la pluie avait repris. Un peu de mouvement ne nuirait pas.

Elle se glissa hors du lit, enfila un T-shirt, un short, et prit la direction de la salle de sport.

Elle ignora les haltères et opta pour le tapis de course. Après avoir observé le tableau de bord, elle appuya sur un bouton, et le tapis se mit en marche.

Mais, à sa grande consternation, l'allure augmenta nettement au bout de quelques minutes, et elle dut se mettre à courir pour ne pas tomber, jusqu'à atteindre une vitesse de sprint. Alors qu'elle cherchait désespérément du regard un bouton sur lequel appuyer, elle perdit l'équilibre, et la machine l'éjecta, tel un cheval qui se cabre.

Elle était en train de reprendre sa respiration, étendue par terre les yeux fermés, se demandant ce qu'il venait de lui arriver, lorsqu'elle entendit un rire moqueur au-dessus de sa tête.

— Vous êtes bien, couchée par terre ? dit la voix de Daniel.

Elle sentit ses joues devenir cramoisies.

En débardeur et caleçon long, il s'accroupit à côté d'elle.

— Normalement, le but est de rester sur le tapis.

— Très drôle. Je ne sais pas ce qu'il s'est passé, dit-elle en s'asseyant.

— Il est programmé pour passer à vingt kilomètres-heure au bout de deux minutes. Il faut le déprogrammer si vous voulez l'utiliser.

— Vous auriez dû me le dire, dit-elle, un peu vexée.

— Vous auriez dû me le demander, répliqua Daniel. Vous ne vous êtes pas fait mal ? demanda-t-il en posant les mains sur ses chevilles.

Il la regardait avec une telle intensité qu'elle cessa un instant de respirer, tentant d'ignorer l'afflux de chaleur provoqué par le contact de ses doigts.

Que se passait-il ? Pourquoi réagissait-elle ainsi ?

Il la releva et la tint contre lui pendant un moment plus long que nécessaire. Puis il murmura quelques mots inaudibles et la lâcha brusquement, au point qu'elle chancela.

— Je vais régler le tapis de course, dit-il.

Mais tout ce dont elle avait envie, c'était d'explorer ces étranges sensations qui s'étaient emparées de son corps et qu'elle n'avait jamais éprouvées avec Ciaran.

— Ce n'est pas la peine. De toute façon, vous aviez l'intention de l'utiliser.

— Non, je voulais soulever des poids. Nous pouvons travailler chacun de notre côté, dit-il en appuyant sur les boutons de réglage du tapis.

Elle n'eut d'autre choix que de remonter sur la machine et de se remettre à courir, à un rythme plus calme cette fois, pendant que Daniel allongé sur un banc soulevait des haltères.

Hélas, ce spectacle ne l'aidait en rien à calmer la sensation de chaleur qui s'était emparée d'elle.

Au bout d'un quart d'heure, Daniel s'approcha du tapis de course et appuya sur un bouton.

Le tapis ralentit puis s'arrêta.

— Je pense que c'est suffisant pour un premier jour.

— Ah ? Je ne suis pas fatiguée, pourtant, protesta-t-elle.

— Il vaut mieux mélanger les types d'exercices. Un peu de cardio et un peu d'endurance. Venez, je vais vous montrer comment travailler avec les haltères.

Incapable de rétorquer quoi que ce soit, elle le suivit et prit place sur le banc sur lequel il s'était allongé. Daniel déposa une barre dans ses mains et se plaça derrière elle.

— Voilà, levez doucement l'haltère… Très bien… Ne verrouillez pas les coudes…

Tout en parlant, il posait les mains sur ses bras, ses poignets, ses coudes.

S'il continuait à la toucher, elle allait se mettre à gémir !

Elle reposa la barre sur son support, consulta sa montre et feignit l'étonnement.

— Déjà ? Il faut que j'y aille. Je dois prendre ma douche et voir l'infirmière de nuit.

Elle sauta sur ses pieds, trop consciente du regard amusé qu'il posait sur elle.

— Merci pour… votre aide. À tout à l'heure !

Sur ce, elle marcha jusqu'à la porte, adoptant une démarche qu'elle espéra leste, malgré ses jambes flageolantes.

Daniel regarda Colleen s'éloigner et sortir de la pièce. Puis il régla le tapis de course sur sa fréquence habituelle et se mit à courir.

Il ferait huit kilomètres de plus, ce matin. Il avait besoin de chasser l'image de Colleen, allongée, en T-shirt et short.

Qu'est-ce qui l'attirait tant chez cette femme ? Certes, elle était sexy en diable, mais il n'y avait pas que cela.

En fait, il se sentait bien avec elle, mieux qu'il ne s'était jamais senti en compagnie d'une femme.

Il était tombé amoureux de Colleen. Il aurait beau chercher à se convaincre du contraire, rien n'y ferait.

14.

Le vol pour Dublin fut bref. Ils le passèrent à jouer au jeu des sept familles après en avoir expliqué les règles à Daniel.

Colleen n'avait pas beaucoup revu Daniel depuis leur séance de gymnastique, et chaque fois qu'ils s'étaient croisés, il l'avait traitée avec sa courtoisie habituelle. Elle en était presque arrivée à se convaincre qu'il ne l'avait jamais embrassée.

Ils mirent une heure pour gagner la ferme, d'abord par l'autoroute, puis par les jolies routes de campagne.

Sa mère les accueillit avec un grand sourire.

— Bonjour, je suis Sheila. J'ai rentré les chiens afin qu'ils ne vous sautent pas dessus. Tu dois être Harry, ajouta-t-elle une fois que Daniel eut installé son fils dans son fauteuil roulant.

— Bonjour madame, répondit Harry avec un sourire timide.

Sheila se redressa.

— Et vous, vous devez être Daniel, son papa. Bonjour et bienvenue à vous trois ! Entrez, j'ai fait des gâteaux, j'espère que vous avez faim ? Colleen m'a dit qu'Harry voulait voir les chiots. Je pourrai vous y emmener quand vous vous serez installés. Colleen, tes frères sont quelque part par là, si tu veux aller leur dire bonjour.

— J'irai tout à l'heure. Je meurs d'envie de voir la nouvelle portée, moi aussi.

Ils entrèrent dans la maison, et Daniel poussa le fauteuil roulant vers la table.

Sheila avait préparé un assortiment de petits sandwichs et de gâteaux maison qu'Harry serait capable de manger tout seul. Elle avait sorti des tasses, et une énorme théière trônait au centre de la grande table en pin de la cuisine.

Rien n'avait changé, pensa Colleen avec joie. Elle avait l'impression d'être partie la veille.

— Aimes-tu les chevaux, Harry ? demanda Sheila.

— Oui, mais je ne sais pas les monter.

— Colleen pourra te faire essayer Dobbin, si tu veux. C'est un cheval très doux, et Colleen est l'une des meilleures cavalières de la région.

Daniel cessa net de manger et la regarda avec un mélange d'admiration et d'étonnement.

— J'ai des tas de talents cachés, dit-elle en riant.

— Ah ? Et que savez-vous faire d'autre ? demanda Daniel en adressant un clin d'œil à Harry.

Colleen fit semblant de réfléchir.

— Humm… Voyons… Je sais faire un sudoku en trois minutes, et je ne joue pas mal au polo.

— Ne la croyez pas, Daniel, intervint Sheila, elle joue avec les hommes de la région depuis qu'elle est toute petite.

— Nous pourrions faire un match, un jour, suggéra Daniel.

Elle sourit et haussa nonchalamment les épaules.

— Avec plaisir, si vous n'avez pas peur de perdre.

Il lui adressa un regard dont elle eut toutes les peines à se détacher.

— Laisse la vaisselle, maman, je m'en occupe, dit-elle, éprouvant soudain un besoin irrépressible de se lever de table. Assieds-toi et détends-toi un peu.

— De quoi veux-tu que je me détende ? demanda Sheila d'un air incrédule. De toute façon, il faut que tu conduises nos invités à leurs chambres. J'ai préparé pour Daniel l'ancien cabanon des ouvriers agricoles, et pour Harry ton ancienne chambre, au rez-de-chaussée.

Il n'y avait jamais moyen de s'opposer à la volonté de Sheila.

— On va installer Harry d'abord, dit Colleen en faisant signe à Daniel de la suivre jusqu'à son ancienne chambre.

— Est-ce qu'on peut aller voir les chiots ? demanda Harry quand ils eurent terminé la visite.

— Bien sûr, répondit-elle, ravie d'échapper à l'espace réduit de la chambre. Ensuite, on ira voir la chambre de ton papa.

Daniel parcourut du regard la petite chambre que Sheila lui avait préparée.

Par sa taille, la chambre lui rappelait vaguement sa chambre de pension. En étendant les bras de chaque côté, il pouvait presque toucher les deux murs en même temps. Mais la pièce était lumineuse, et le petit bouquet de fleurs que Sheila avait déposé sur la table de chevet la rendait plus accueillante que la plupart des endroits dans lesquels il avait eu l'occasion de dormir. C'était d'ailleurs le cas de toute la maison, au cœur de laquelle se trouvait Colleen.

Comme elle était désormais au centre de leur vie, à Harry et à lui.

Restait maintenant à trouver le moyen qu'elle y reste.

— Tu viens avec nous voir les chiots, papa ?

Il laissa ses bagages en plan et suivit Colleen, qui poussa le fauteuil roulant d'Harry jusqu'à l'enclos des chiens.

Il n'avait jamais vu son fils aussi heureux. Les yeux d'Harry brillaient plus que jamais. Il avait fallu qu'il attende de rencontrer Colleen pour comprendre ce que le bonheur signifiait.

— Ils sont encore petits, dit Colleen en montrant les bébés labradors qui se bousculaient près des mamelles de leur mère. Tu ne pourras pas en emporter un aujourd'hui, mais tu peux d'ores et déjà le choisir.

Harry observa et caressa les chiots pendant un moment, jusqu'à ce qu'il en désigne un tout petit qui jouait des coudes pour pouvoir aller téter.

— Je voudrais celui-là.

Daniel échangea avec Colleen un regard dubitatif.

Le chiot en question était minuscule et susceptible de ne pas supporter la rude concurrence avec ses frères et sœurs.

— Tu n'en veux pas un autre ? Regarde celui-là, avec les

chaussettes blanches ! Tu sais, celui-ci est très petit. On ne peut pas être certain qu'il survivra.

Mais Harry n'en démordit pas.

— Justement, dit-il, il est comme moi. Il est faible, mais je suis sûr qu'il va s'en sortir.

— Pourquoi ne vas-tu pas faire un tour avec Daniel ? proposa Sheila lorsqu'ils furent de retour dans la cuisine — si Harry veut bien rester avec moi, bien entendu.

Avant que Colleen ait pu répondre, Daniel l'attrapa par le bras et la tira au-dehors. Après avoir fait quelques pas, il s'arrêta et se tourna vers elle avec un drôle d'air.

— J'ai quelque chose à vous demander, Colleen.

— Bien sûr, même si je ne vous promets pas de pouvoir y répondre.

— Pouvons-nous aller dans un endroit tranquille où personne ne nous entende ?

— Il y a un banc près du lac. Mais que se passe-t-il, Daniel ? Quelque chose ne va pas ?

— Je vous expliquerai là-bas.

Qu'avait-il de si urgent à lui demander ? Voulait-il lui annoncer qu'elle ne travaillerait plus pour lui ?

Harry avait fait des progrès. Si Daniel continuait à s'occuper de lui comme il promettait de le faire, il est vrai qu'ils n'avaient pratiquement plus besoin de ses services.

Cette pensée provoqua une sensation de vide dans son ventre.

Ils arrivèrent au banc de pierre placé au bord du lac.

C'était son père qui l'avait construit, il venait s'y asseoir pour réfléchir lorsqu'il se trouvait confronté à un problème.

Ils s'assirent l'un à côté de l'autre, la cuisse de Daniel effleurant la sienne.

Elle avait envie de poser la tête sur son épaule et de ne plus penser à rien, mais elle se ressaisit.

— Alors, qu'aviez-vous de si important à me demander ?

— Colleen, combien de fois avez-vous été amoureuse dans votre vie ?

La question la surprit, et elle pouffa de rire.

— Mais Daniel, c'est ma vie privée ! Je pensais que vous vouliez me parler d'Harry.

— Vous connaissez tout de la mienne, Colleen. Vous pouvez bien me le dire. Nous sommes amis, n'est-ce pas ?

Amis ? C'était tout ce qu'ils étaient l'un pour l'autre ?

Elle se concentra sur la réponse à la question.

— J'étais amoureuse d'un garçon de ma classe quand j'avais huit ans… Puis de Ciaran, il me semble.

— Comment avez-vous su que vous étiez amoureuse ?

— Allez, Daniel, dites-moi. Vous avez rencontré quelqu'un, et vous vous demandez si c'est la bonne personne, c'est cela ?

— En fait, non… Enfin, si.

— Ah ? Et alors ? demanda-t-elle en sentant son cœur voler en éclats.

— Alors, cela me rend heureux. J'ai envie d'être avec elle tout le temps, de la voir, de l'entendre, de lui faire l'amour.

Il était donc sérieux ?

Dévorée par l'envie, elle s'imagina un instant être aimée de Daniel, puis elle chassa cette idée de son esprit fiévreux.

Mais à ce moment-là il se pencha vers elle, écarta une mèche de cheveux qui lui barrait le front et, prenant son visage dans ses mains, l'embrassa. D'abord à peine, si bien qu'elle crut rêver, puis son baiser s'intensifia tandis que ses bras puissants l'enveloppaient et l'attiraient vers lui, plaquant son corps contre le sien.

Elle sentit une vague de chaleur l'envahir des pieds à la racine des cheveux. Tandis que les mains de Daniel parcouraient son corps, elle eut envie d'arracher ses vêtements et de sentir leurs peaux nues l'une contre l'autre. Jamais elle n'avait éprouvé un tel désir pour un homme auparavant.

Mais Daniel cessa brusquement de l'embrasser.

— Est-ce que Ciaran vous a déjà embrassée comme cela ? dit-il d'une voix rauque et haletante. A-t-il déjà fait naître en vous un désir si intense que c'en est à peine supportable ? A-t-il été l'objet de toutes vos pensées, de tous vos rêves ?

La réponse était non, évidemment. Mais où voulait-il en venir ? Qu'est-ce que Ciaran avait à voir avec tout cela ?

— Pourquoi me parlez-vous de Ciaran ? demanda-t-elle, confuse et perplexe.

— Il faut que je sache si vous l'aimez encore.

Elle pouffa.

— Bien sûr que non. Sinon, pensez-vous que j'aurais rompu nos fiançailles ?

— C'est vous qui avez rompu ? demanda-t-il.

— Oui, je pensais vous l'avoir dit, répondit-elle sans comprendre ce que voulait Daniel.

— Je voulais m'assurer que rien ne pouvait empêcher notre amour.

Était-il en train de lui dire qu'il l'aimait ?

— Vous voyez bien, reprit-il. Nous formons une famille, Harry, vous et moi.

Ces mots lui brisèrent le cœur.

Elle comprenait, à présent. Cela lui était déjà arrivé avec d'autres parents de patients, qui confondaient la gratitude et l'amour. Elle savait que leurs sentiments finissaient toujours par s'estomper. Lorsque Harry n'aurait plus besoin d'elle, son père se détacherait aussi.

Ses bras retombèrent.

Daniel ne semblait pas conscient de son changement d'état intérieur et continuait à parler sur un ton exalté.

— Si vous aimez Harry, peut-être réussirez-vous à m'aimer aussi ?

Il s'imaginait qu'il n'avait qu'à l'embrasser pour qu'elle soit à ses pieds ?

— Écoutez, dit-elle froidement, je suis votre employée. Sachez que s'il ne s'agissait pas d'Harry, je vous donnerais ma démission sur-le-champ.

Son cœur saignait, et elle avait peur que la colère lui fasse tenir des propos inconsidérés. Aussi tourna-t-elle les talons et prit-elle le chemin de la maison.

Elle n'avait fait que quelques pas lorsqu'elle sentit une main la retenir.

— Qu'est-ce qui vous prend, Colleen ? Vous ne croyez tout de même pas que je vous ai embrassée pour profiter des charmes de la thérapeute de mon fils ! Colleen, je vous ai embrassée parce que je suis fou de vous.

Elle leva les yeux vers lui.

Son regard vert était si intense qu'elle sut qu'il était sincère. Mais il mélangeait tout.

— Daniel, nous avons passé du temps ensemble, au cours duquel vous avez surmonté des épreuves terribles. C'est pourquoi vous *avez l'impression* que vous m'aimez. C'est fréquent, mais cela va passer, je vous assure. Vous finirez par m'oublier, ne vous inquiétez pas.

Il l'attrapa par les épaules, et elle eut l'impression qu'il allait la secouer.

— Vous vous trompez, Colleen. Je vous ai toujours aimée !

Elle posa la main sur sa poitrine.

— C'est ce que vous croyez. Mais…

Sa gorge se serra, et les larmes se mirent à perler sous ses paupières.

— Laissez-moi, Daniel, dit-elle en le repoussant.

Daniel se serait giflé tellement il s'en voulait.

Que diable avait-il fait ? Que s'était-il imaginé ? Que Colleen tomberait amoureuse de lui au premier baiser ? Il n'aurait pas dû la brusquer. Il aurait dû lui laisser le temps. Elle venait à peine de se séparer de Ciaran. Comment pourrait-elle être disponible aussi rapidement pour une autre histoire ? Il aurait dû lui parler, lui expliquer, pas se jeter sur elle comme une brute.

Mais cela faisait si longtemps qu'il avait envie de l'embrasser !

Et puis, il avait dû l'effrayer en lui disant d'emblée qu'il l'aimait, comme s'il n'avait jamais connu d'autre femme avant elle !

Mais de toutes celles qu'il avait connues, aucune ne lui avait jamais fait cet effet. Pas même Eleanor.

Il ne fallait pas qu'il renonce. Colleen et lui étaient faits pour être ensemble, il en était certain.

Restait à savoir comment l'en convaincre.

Colleen n'était pas en état de parler à qui que ce soit, aussi se dirigea-t-elle vers l'enclos des chevaux.

Elle posa les doigts sur ses lèvres, à l'endroit où Daniel l'avait embrassée.

Qu'est-ce qui lui avait pris ? Elle venait de rompre, le moment était mal choisi pour se lancer à corps perdu dans une nouvelle relation, *a fortiori* avec un homme qu'elle ne connaissait que depuis quelques semaines mais qui était capable de lui briser le cœur.

Car le mal était fait : elle était amoureuse de Daniel Frobisher. Comment ne s'en était-elle pas aperçue plus tôt ? Tous les signes étaient là : la vue de Daniel lui faisait battre le cœur, le contact de ses doigts l'embrasait. Et, outre l'attraction physique, c'était bien d'amour qu'il s'agissait.

Oui, elle aimait Daniel.

Mais lui ne l'aimait pas de la même façon. Il s'était attaché à elle pour de mauvaises raisons, leur histoire ne pourrait jamais fonctionner. Il finirait bien par le comprendre, une fois qu'elle serait partie.

Elle entra dans l'enclos et se dirigea vers son cheval, Star, qui la salua en lui léchant la main.

Pourquoi la vie était-elle si compliquée, et l'amour si douloureux ?

Colleen remonta les couvertures sur Harry et s'assit près de lui.

Sheila et elle l'avaient aidé à marcher. Il parvenait à traverser une pièce tout seul à présent, même si ses pas étaient encore mal assurés et s'il fallait que quelqu'un soit toujours là pour le rattraper au cas où il trébucherait.

Le bon air avait teinté ses joues de rose. Allongé dans son lit, il ressemblait à n'importe quel garçon de son âge.

— Tu as passé une bonne journée, Harry ? demanda-t-elle.

— Une *super* journée, rectifia-t-il. Tes frères sont trop sympas !

Elle se pencha et l'embrassa sur le front.

— Bonne nuit, mon chéri. Si tu as besoin, je suis à côté. Appelle-moi. D'accord ?

— Colleen, je voudrais parler à papa.

— Je vais le chercher. Tu vas lui dire que tu marches ?

— Pas encore. Il faut que je lui parle, d'abord. Tu pourras rester ?

Elle n'avait pas particulièrement envie de voir Daniel, mais les yeux d'Harry l'imploraient, et elle décida de faire passer ses problèmes personnels après les besoins du garçon.

— Si tu veux.

Elle sortit et se dirigea vers le cabanon dans lequel était logé Daniel.

Il était assis dehors, l'air pensif, et en le voyant, elle sentit son cœur battre de façon désordonnée.

Comment allait-elle pouvoir maintenir une distance entre eux durant les semaines qui restaient ?

— Harry veut vous parler, dit-elle.

— J'allais justement venir, répondit-il en se levant. C'est magnifique, ici. Cela me donne envie d'habiter l'Irlande. Harry serait content, vous ne croyez pas ?

— Sans doute.

La brise rabattit ses cheveux sur son visage, et Daniel tendit la main pour replacer ses mèches derrière son oreille. Elle frissonna.

— Les cheveux détachés vous vont bien, dit-il.

Elle ne répondit pas.

— Allons voir ce que veut Harry, reprit-il. Ensuite, j'aimerais que vous écoutiez ce que j'ai à vous dire.

— Tout va bien, Harry ? s'enquit Daniel en entrant dans sa chambre.

— Oui, c'est super, ici. Papa, on peut rester plus longtemps ?

Daniel afficha une expression embarrassée.

— Tu sais, Harry, la famille de Colleen a d'autres choses à faire.

— Bien sûr qu'on peut rester, si cela te fait plaisir, dit Colleen. Si ton papa est d'accord. Il peut rentrer à Londres s'il a besoin de travailler et nous laisser ici tous les deux.

Les yeux du garçon pétillèrent.

— C'est envisageable, dit Daniel, si Colleen et sa famille sont d'accord. C'est ce que tu voulais me demander, Harry ?

— Non, dit-il.

Son visage se rembrunit, et des larmes perlèrent soudain au coin de ses yeux.

Colleen déglutit, le cœur serré. Mais elle avait promis à Harry de rester.

— Pourquoi ne m'as-tu pas dit tout de suite que tu étais mon père ? demanda-t-il.

Daniel alla s'accroupir à côté de lui.

— Parce que je l'ignorais, Harry. Ta mère ne me l'a appris qu'après le départ de David. Si je l'avais su, jamais je ne vous aurais laissés partir loin de moi. Je pense que ta maman le sentait et que c'est pour cette raison qu'elle a préféré se taire. Pour ma part, je ne te l'ai pas dit tout de suite parce que j'espérais que nous ferions connaissance avant.

— Maman m'a dit que tu ne voulais pas de moi. Que tu n'avais pas le temps.

— Elle a dit cela parce qu'elle était en colère. Parce qu'elle m'en voulait. Mais elle avait tort, Harry. Je t'aime plus que tout. Je suis désolé d'être passé à côté de ton enfance et de ne pas avoir été là quand tu avais besoin de moi, mais sache que nous allons rattraper le temps perdu.

Colleen s'efforça de ne pas laisser couler ses larmes.

Elle ne savait pas si c'étaient des larmes de joie ou de tristesse. Elle était touchée par les retrouvailles qui se déroulaient sous ses yeux mais immensément triste de savoir qu'elle allait bientôt quitter le père et le fils, quand sa présence ne serait plus indispensable.

Harry la regarda avec insistance.

— Daniel, je crois qu'Harry veut vous montrer autre chose, dit-elle, tandis qu'Harry s'asseyait au bord du lit. Tu es prêt, Harry ?

Harry opina, et elle l'aida à se lever.

Il chancela un instant avant de trouver son équilibre, puis il fit un pas, deux…

Instinctivement, Daniel se précipita pour le soutenir.

— Non, papa, j'y arrive tout seul.

Il fit encore quelques pas, avant de se jeter dans les bras de son père ébahi.

— Je vous laisse, dit-elle, la gorge serrée à la vue du père et du fils enlacés. Je vais voir les chevaux qu'on a sortis aujourd'hui, prétexta-t-elle.

Elle referma la porte derrière elle tandis que Daniel aidait Harry à se rallonger.

Ils allaient lui manquer terriblement. L'un comme l'autre. La pensée de vivre loin d'eux lui était presque insoutenable.

Mais était-il nécessaire qu'elle vive loin d'eux ?

Elle avait toujours cherché la sécurité dans la vie, mais maintenant qu'elle connaissait Daniel Frobisher, elle avait envie de sortir de son monde étriqué. Daniel lui avait ouvert les yeux sur une autre façon d'aimer, une façon qu'elle avait envie d'explorer, au-delà de ses peurs et des limites qu'elle s'imposait elle-même.

Peut-être Daniel l'aimait-il parce qu'il se sentait redevable, mais comment le saurait-elle, tant qu'elle n'en ferait pas l'expérience ?

L'allégresse la submergea.

Peut-être Daniel l'aimait-il vraiment. De son côté, elle allait enfin accepter ce que la vie lui offrait, sans se soucier de savoir si cela durerait.

Daniel retira doucement son bras de sous la tête d'Harry qui s'était endormi. Une lame du plancher grinça sous ses pieds, mais le garçon ne se réveilla pas.

Il fallait qu'il trouve Colleen et qu'il lui parle.

Il entendit les sons d'un jeu télévisé provenant du salon. Il s'approcha et ouvrit la porte.

Sheila et tous ses fils étaient là.

— Si vous cherchez Colleen, dit Eugene, elle trafique dans les stalles. Mais si vous voulez regarder la télévision avec nous, venez vous asseoir.

— Il fait bon dehors. Je crois que je vais aller prendre l'air.

Dehors, le ciel orangé se reflétait dans le miroir du lac immobile.

Il pouffa intérieurement.

Serait-il en train de devenir romantique ?

Tout changeait tellement vite, lui y compris, qu'il n'en serait pas étonné.

Il fit le tour des box mais n'y trouva pas Colleen. Il s'apprêtait à rebrousser chemin lorsqu'il aperçut de la lumière dans la grange, et il s'approcha.

Comme si elle avait perçu sa présence, Colleen se retourna, envoyant de la paille par-dessus son épaule.

— Vous voulez m'aider ?

— Avec plaisir. Que voulez-vous que je fasse ?

Colleen lui tendit une pelle et désigna un tas de crottin.

Il fallait vraiment qu'il soit fou d'elle pour accepter de charrier du crottin de cheval !

— Vos frères ne vous aident-ils pas ? demanda-t-il nerveusement.

— Ils me l'ont proposé, mais j'aime bien mettre la main

à la pâte quand je reviens à la ferme. Cela me fait du bien, déclara-t-elle en riant.

Avec ses cheveux qui s'échappaient continuellement de son élastique, son jean et son teint de porcelaine, elle faisait naître en lui un désir que jamais aucune autre femme n'avait suscité auparavant.

Ses doigts frôlèrent les siens, et il éprouva un besoin irrépressible de la prendre dans ses bras et de la serrer contre lui.

Il tendit la main, ôta un brin de paille de ses cheveux.

— C'est mieux ainsi, dit-il en plongeant son regard dans le sien.

Alors, Colleen fit un pas vers lui et se hissa sur la pointe des pieds, emplissant l'air de son parfum.

— Vous aussi, vous en avez un là, s'esclaffa-t-elle.

Il ne put empêcher ses mains de se poser sur sa taille et l'attira à lui. Leurs bouches se frôlèrent puis se mirent à se dévorer avidement, tandis que Colleen passait ses mains dans son dos pour le rapprocher d'elle.

Enfin, il la regarda, haletant, fou de désir.

— Je t'aime, Colleen, depuis le premier jour. J'ai envie de toi, de t'embrasser, de te faire l'amour. Mais j'attendrai que tu aies confiance…

Pour toute réponse, elle attrapa une couverture, lui prit la main et lui fit gravir une échelle menant au grenier. Là, elle étala la couverture dans le foin et ouvrit les bras.

La tête posée contre le torse de Daniel, Colleen écoutait la pluie frapper contre le toit de tôle.

Un cheval hennit en piaffant. Elle l'appela, et il se calma aussitôt.

— Je t'aime, Colleen, murmura Daniel. Je n'ai jamais aimé une femme autant que je t'aime, toi. Tu me crois, maintenant ?

Elle pouffa.

— Tu ne dis pas cela parce que tu as eu ce que tu voulais ?

— Au contraire, j'aurais dû dire cela avant, pour obtenir ce que je voulais.

— Tu as raison, dit-elle en feignant le dépit.

— Je veux que nous restions ensemble, Colleen.

— Pour Harry ?

— Non, pas pour Harry. Parce que je t'aime et que je veux passer le restant de ma vie avec toi. Harry est là, et je ne le laisserai plus jamais. Il a besoin de moi. Il a besoin d'un père. Mais moi, j'ai besoin de toi. Je ne pourrais plus passer une heure sans toi. Je veux me marier avec toi. Et même si tu n'as pas envie de te marier, je veux que tu restes avec moi.

— Dire que je viens à peine de rompre mes fiançailles, et toi, tu veux que je recommence tout à zéro !

— Oui, mais avec moi. Et je te préviens, maintenant que je t'ai rencontrée, je n'ai pas l'intention de te laisser partir.

Épilogue

Colleen remontait lentement l'église au bras d'Eugene vers Daniel et Harry qui l'attendaient au bout de l'allée.

Trois mois venaient de s'écouler, pendant lesquels les progrès d'Harry s'étaient consolidés. Il parlait de mieux en mieux, et même si sa concentration laissait parfois à désirer, il serait bientôt prêt à reprendre le chemin de l'école. Quant à Daniel et elle, ils avaient pour projet d'ouvrir un centre spécialisé pour les traumatisés crâniens dans le Dorset.

Assis sur les bancs, ses amis et sa famille souriaient. Trish, son témoin, arborait un immense sourire de satisfaction, comme si elle avait été l'instigatrice de leur relation. Jake et Kiera étaient là eux aussi, ainsi que presque tout le personnel de son service. Dora tamponnait ses yeux avec l'un de ses immenses mouchoirs, et même le regard de Burton semblait étrangement humide.

Lorsqu'elle approcha de l'autel, deux paires d'yeux incroyablement verts se tournèrent vers elle. Daniel lui tendit la main, et elle le rejoignit tandis que les dernières notes de la *Marche nuptiale* se dissipaient dans l'air.

Sa vie ressemblait désormais à une grande aventure, dont elle espérait bien profiter de chaque instant.

BLANCHE

HARLEQUIN

Retrouvez prochainement, dans votre collection BLANCHE

La princesse et le pédiatre, d'Annie O'Neil - N°1601

SÉRIE : LA CLINIQUE DES ÎLES - 3/4

Trois années sur l'île de Sainte-Victoria ont changé Amelia. Ici, elle n'est plus la princesse de Karolinska mais simplement le Dr Lia. Libérée des entraves que lui imposent le palais et son rigoureux protocole, elle exerce avec passion son métier de neurochirurgienne à la Clinique des îles. Hélas, quand à la suite d'une nuit époustouflante avec le Dr Oliver Bainbridge elle se découvre enceinte, elle doit agir en souveraine et épouser le père de son bébé !

L'As des cœurs, de Charlotte Hawkes

SÉRIE : LA CLINIQUE DES ÎLES - 4/4

Talia est bouleversée de retrouver Liam Miller à Sainte-Victoria, l'île où elle a grandi. Trois ans plus tôt, elle l'a follement aimé avant de le quitter, faute de voir ses sentiments partagés. S'il a rejoint les Caraïbes aujourd'hui, ce n'est pas pour renouer avec elle mais pour soigner une patiente qui a besoin de l'As des cœurs, le meilleur chirurgien cardiaque au monde. Dans un mois, il sera reparti, loin de Talia…

Un infirmier pour fiancé, d'Ann McIntosh - N°1602

Jamais Geneviève n'aurait dû s'inventer une vie de couple épanouie pour rassurer sa mère. Parce que cette dernière lui rend visite aux Caraïbes, la voilà contrainte de se trouver un faux fiancé – et vite ! Or elle ne voit qu'une personne susceptible de tenir ce rôle : Zach Lewin, le sublime infirmier qui l'assiste en salle d'opération. D'abord réticent, Zach accepte de jouer le jeu, mais la comédie prend un tour dangereux quand la passion s'en mêle…

L'inconnu de Los Angeles, de Julie Danvers

Si Emily est à Los Angeles, c'est pour travailler – en tant que membre de l'équipe médicale d'un championnat de danse. Hélas, sitôt arrivée dans sa ville natale, elle est assaillie par un flot de mauvais souvenirs, qu'elle tente d'oublier dans les bras d'un bel inconnu. Mais, alors que leur nuit devait rester sans lendemain, Emily découvre avec stupeur que son amant est médecin lui aussi et qu'ils seront amenés à collaborer durant six longues semaines…

Leur mission : sauver des vies.
Leur destin : trouver l'amour.

HARLEQUIN
www.harlequin.fr

BLANCHE

Les miracles d'une sage-femme, de Caroline Anderson - N°1603

Georgie adore son métier de sage-femme, bien qu'elle ne puisse connaître elle-même le bonheur d'être maman. Cette passion, elle la partage avec Dan, le nouvel obstétricien aussi talentueux que charmant. Jusqu'au jour où leur relation professionnelle prend un virage trop intime. Après une nuit de passion, Georgie décide d'oublier ce moment d'égarement, mais impossible : elle attend des jumeaux !

Vétérinaires et amoureux, de Louisa Heaton

Cinq ans après la tragédie qui a brisé leur couple, Bex et Ethan se retrouvent pour soigner ensemble un cheval gravement malade. Être en présence d'Ethan rappelle à Bex les souvenirs heureux, et bientôt elle retombe amoureuse de lui. Se pourrait-il que leur mariage ait une seconde chance ? La surprise qui vient soudain éclairer leur monde pourrait en être le signe…

Un étranger pour amant, de Tina Beckett - N°1604

SÉRIE : LES FRÈRES VALENTINO - 3/4

Cassie en est convaincue : pour oublier son traître de fiancé, rien de tel que de passer une nuit entre les bras d'un inconnu ! Sauf que lorsqu'elle s'aperçoit, quelques semaines plus tard, que le fabuleux amant qu'elle comptait ne jamais revoir et son nouveau collègue – le Dr Rafe Valentino – ne sont qu'une seule et même personne elle se sent blêmir. D'autant qu'elle attend un enfant de lui…

L'épouse de Dante Valentino, d'Amalie Berlin

SÉRIE : LES FRÈRES VALENTINO - 4/4

L'homme le plus sexy qu'elle ait jamais vu – et qu'elle vient tout juste de rencontrer – la demande en mariage ? Sans hésiter, Lise accepte. Le défi est assez excitant pour être relevé ! De toute façon, consentir à cette union est sans danger puisque le Dr Dante Valentino ne souhaite rien d'autre qu'un mariage de convenance. Seule condition pour que cette douce folie ne soit pas une erreur monumentale : ne pas tomber amoureuse !

HARLEQUIN

Leur mission : sauver des vies.
Leur destin : trouver l'amour.

HARLEQUIN
www.harlequin.fr

BLANCHE

HARLEQUIN

Un patient si troublant, d'Allison Leigh - N°1605

Courtney est sous le choc. Le patient qu'elle a accepté de soigner à domicile n'est autre que Mason Hyde, l'homme avec qui elle a eu une aventure un an plus tôt. Pourtant, il est trop tard pour renoncer : Courtney exercera son métier d'infirmière comme elle l'a toujours fait – avec professionnalisme. Et peu importe si son cœur vibre chaque fois que Mason pose le regard sur elle…

Ce bonheur en plus, de Jennifer Taylor

Depuis qu'il a perdu son épouse, Daniel Saunders n'a que deux préoccupations dans la vie : son travail de médecin et le bien-être de Nathan, son fils. Dans ces conditions, hors de question de retomber amoureux… Pourtant, lorsqu'il croise le regard envoûtant d'Eleanor, sa nouvelle collègue, il ne peut s'empêcher de ressentir des émotions qu'il pensait évanouies à jamais…

Leur mission : sauver des vies.
Leur destin : trouver l'amour.

HARLEQUIN
www.harlequin.fr

AZUR

GLAMOUR. INTENSE. IRRÉSISTIBLE.

Poussez les portes d'un monde fait
de luxe, de glamour et de passions.
Ici, les hommes sont beaux, riches et
arrogants ; les femmes impétueuses,
fières et flamboyantes. Entre eux, le désir
est immédiat… et l'amour impossible.

**11 romances à découvrir tous les mois,
à seulement 4,60 €.**

DIVERTIR • INSPIRER • ÉMOUVOIR

HARLEQUIN
www.harlequin.fr

RESTEZ CONNECTÉ AVEC HARLEQUIN

Harlequin vous offre un large choix de littérature sentimentale !

Sélectionnez votre style parmi toutes les idées de lecture proposées !

www.harlequin.fr

- **Découvrez** toutes nos actualités, exclusivités, promotions, parutions à venir…
- **Partagez** vos avis sur vos dernières lectures…
- **Lisez** gratuitement en ligne
- **Retrouvez** vos abonnements, vos romans dédicacés, vos livres et vos ebooks en précommande…

L'application Harlequin

- Des **ebooks gratuits** inclus dans l'application
- **50 nouveautés tous les mois** et + de 7 000 ebooks en téléchargement
- Des **petits prix** toute l'année
- Une **facilité de lecture** en un clic hors connexion
- Et plein d'autres avantages…

Téléchargez notre application gratuitement

Télécharger dans l'App Store

DISPONIBLE SUR Google Play

SUIVEZ-NOUS !

facebook.com/HarlequinFrance
twitter.com/harlequinfrance

VOTRE COLLECTION PRÉFÉRÉE DIRECTEMENT CHEZ VOUS

Vous souhaitez découvrir nos collections ? Une fois votre colis de bienvenue reçu, si vous souhaitez continuer à recevoir nos livres, cela se fera automatiquement. Vous n'avez aucune obligation d'achat et cette offre est sans engagement de durée !

Dans votre 1er colis, 2 livres au prix d'un + 1 cadeau

☛ COCHEZ la collection choisie et renvoyez cette page au
Service Lectrices Harlequin – CS 20008 – 59718 Lille Cedex 9 – France

Collections	Prix 1er colis	Réf.	Prix abonnement (frais de port compris)
❑ **AZUR**	4,50€	AZ1406	6 livres par mois 30,59€
❑ **BLANCHE**	7,30€	BL1603	3 livres par mois 24,85€
❑ **HISTORIQUES**	7,20€	LH1202	2 livres par mois 17,29€
❑ **PASSIONS**	7,70€	PS0903	3 livres par mois 26,49€
❑ **BLACK ROSE**	7,70€	BR0013	3 livres par mois 26,79€
❑ **HARMONY***	5,99€	HA0513	3 livres par mois 20,76€
❑ **NORA ROBERTS***	8,90€	NR2403	3 livres tous les 2 mois, prix variable**
❑ **SAGAS***	7,99€	SA2303	3 livres tous les 2 mois 29,46€
❑ **VICTORIA**	7,90€	VI2113	3 livres tous les 2 mois 26,79€
❑ **GENTLEMEN***	7,50€	GT2022	2 livres tous les 2 mois 17,95€
❑ **ALIÉNOR**	7,70€	AL2132	2 livres tous les 2 mois 17,75€
❑ **HORS-SÉRIE***	7,70€	HS2812	2 livres tous les 2 mois 18,45€

*livres réédités / **entre 28,79€ et 31,39€ suivant le prix des livres

F22PDFM

N° d'abonnée Harlequin (si vous en avez un) ⌊_⌋⌊_⌊_⌊_⌊_⌊_⌊_⌊_⌊_⌋

Mme ❑ Mlle ❑ Nom : ____________________

Prénom : ____________________ Adresse : ____________________

____

Code Postal : ⌊_⌊_⌊_⌊_⌊_⌋ Ville : ____________________

Pays : ____________________ Tél. : ⌊_⌊_⌋⌊_⌊_⌋⌊_⌊_⌋⌊_⌊_⌋⌊_⌊_⌋

E-mail : ____________________

Date de naissance : ____________________

Date limite : 31 décembre 2022. Vous recevrez votre colis environ 20 jours après réception de ce bon. Offre soumise à acceptation et réservée aux personnes majeures, résidant en France métropolitaine, dans la limite des stocks disponibles. Prix susceptibles de modification en cours d'année. Vous pouvez demander à accéder à vos données personnelles, à les rectifier ou à les effacer. Il vous suffit de nous écrire en nous indiquant vos nom, prénom et adresse à : Service Lectrices Harlequin CS 20008 59718 LILLE Cedex 9. Service Lectrices disponible du lundi au vendredi de 9h à 17h : 01 45 82 47 47.

Harlequin® est une marque déposée du groupe HarperCollins France – 83/85, Bd Vincent Auriol – 75646 Paris cedex 13. SA au capital de 1 149 680€ – R.C. Paris. Siret 31867159100069/APE5811Z.